Die Niederlage

MännerschwarmVerlag

Die Niederlage

Charles Jackson

Roman

Aus dem amerikanischen Englisch
und mit einem Nachwort
von Joachim Bartholomae

Männerschwarm Verlag
Hamburg 2016

Diese Übersetzung wurde aus Mitteln des Deutschen Übersetzerfonds und durch eine Privatspende gefördert.

Bibliografische Information der Deutschen Bibliothek
Die Deutsche Bibliothek verzeichnet die Publikation in der Deutschen Nationalbibliografie; detaillierte bibliografische Daten sind im Internet über http://dnb.ddb.de abrufbar.

Charles Jackson
Die Niederlage
Aus dem amerikanischen Englisch und mit einem Nachwort
von Joachim Bartholomae

Die Verse aus «Ritter Harolds Pilgerfahrt» von Lord Byron auf S. 204 werden zitiert in der Übersetzung von Adolph Seubert.

Umschlaggestaltung: Carsten Kudlik, Bremen,
unter Verwendung zweier Fotos von http://www.masterfile.com/
Druck: Finidr s.r.o., Tschechien
1. Auflage 2016
ISBN der Printausgabe: 978-3-86300-209-1
ISBN der Ebook-Ausgabe: 978-3-86300-212-1

Männerschwarm Verlag
Frankenstraße 29 – 20097 Hamburg
www.maennerschwarm.de
f Männerschwarm Verlag

Unvorbereitet, ward nur des Mangels Diener unser Wille.

Shakespeare, Macbeth

Sollte sich in der nun folgenden Geschichte jedoch erweisen, dass Schritt für Schritt des armen Starbuck Tapferkeit zu Schanden wird, brächte ich's kaum übers Herz, das aufzuschreiben; denn bloßzulegen, wie die Kraft aus der Seele entweicht, ist höchst beklagenswert – ja, empörend. Versammelt in Geschäften und Nationen mögen die Menschen niederträchtig erscheinen; sie mögen Schurken sein, Narren und Mörder; die Menschheit mag ein böses und jämmerliches Antlitz zeigen; und doch ist der Mensch in seinem Ideal so edel und so strahlend, ein derart leuchtendes und wunderbares Geschöpf, dass, falls sich an ihm ein schändlicher Makel zeigt, all seine Freunde zu ihm eilen sollten, um ihre kostbarsten Tücher darüber zu decken. Das reine Mannestum, das wir in uns spüren, tief drinnen, wo es keinen Schaden nimmt, auch wenn der äußere Charakter verloren ist, blutet in höchster Pein beim unverhüllten Anblick eines gebrochenen Menschen.

Melville, Moby Dick

Anfang

Wie sie es ihm in ihrem letzten Brief aufgetragen hatte, der am Morgen eingetroffen war, ging John Grandin von Raum zu Raum und zog die Rollos hinunter. Er empfand es noch immer als sehr ungewöhnlich, Briefe von seiner Frau zu erhalten; zwar hatte sie ihm in der letzten Woche ein halbes Dutzend geschrieben, doch würde er ihre Handschrift wohl nicht so bald wieder zu sehen bekommen. Trotz des strahlenden Morgens war es im Wohnzimmer jetzt so dunkel, dass er für den letzten prüfenden Blick eine Lampe einschalten musste.

Das prall gefüllte Bücherregal dem Fenster zum Drive gegenüber war ihm ein solch vertrauter Anblick, dass er es fast nicht mehr sah, wie ein Familienfoto, das man nach ein paar Wochen nur noch selten anschaute, weil man sich ganz genau an jedes Detail erinnerte und es selbst im Dunkeln vor Augen hatte; er wusste zum Beispiel, wie weit er die Hand nach links ausstrecken musste, um auf dem dritten Regalbrett die Essays Hazlitts zu berühren, gerade weit genug und kein bisschen zu viel, wie ein Pianist, dessen Finger blind die Tasten finden. Die Aschenbecher waren leer, die Schonbezüge der Polstermöbel glatt gezogen; die Zeitschriften lagen übersichtlich sortiert auf dem Servierwagen, der als Couchtisch vor dem großen Sofa stand. Er war zufrieden, alles war sauber und ordentlich. Nur der Kamin war schmutzig; er hatte dort noch am Abend einige Hausarbeiten verbrannt, die von nachlässigen oder gleichgültigen Studenten nicht abgeholt worden waren, und die schwerelosen Ascheteilchen waren hinter dem Kaminschirm unablässig auf und ab gewirbelt. Er schob den Schirm zur Seite, nahm den Messinggriff des Schürhakens und schob die festeren Aschehaufen weiter nach hinten in den Kamin hinein. Damit hatte er Ethels Anweisung befolgt, die Wohnung aufzuräumen; er schob ihren Brief zwischen die Seiten des Buchs, das er für die Zugfahrt mitnehmen wollte, und steckte das Buch in die Jackentasche. Zuletzt warf er noch einen Blick durch die Tür des Arbeitszimmers, das schon viel zu lang im wahrsten Wortsinn seine Zuflucht gewesen war - hohe Konzentration und Hunderte einsam dort verbrachter Stunden hatten ihm geholfen, die aufsteigende Depression abzuwehren, die ihn in letzter Zeit zu überwältigen drohte.

Er sah auch hier die entlang der Wände aufgereihten Bücher, den stets überhäuften Schreibtisch, den außer ihm niemand berühren durfte, und die Couch, auf der er alleine schlief. Eigentlich hatte er allen Grund zur Freude: Gestern erst war er offiziell in den Verwaltungsausschuss berufen worden, als dessen Mitglied er im nächsten Semester die Studentenberatung übernehmen sollte, und Scribner's hatte *Das tragische Ideal* begeistert angenommen und wollte es im November herausbringen. Gerade erst war er auf eine volle Professorenstelle befördert worden; all diese Ereignisse waren

Für Rhoda, auch dieses

Ausdruck großer Anerkennung für seine Arbeit und sein Engagement der letzten sechzehn Jahre. Er hatte Ethel am Abend die Neuigkeiten telegrafiert und war sehr gespannt, was sie dazu sagen würde, wenn sie sich nachmittags am Cape trafen. Als wären seine Frau und die zwei Söhne noch nicht genug, hatte er nun wirklich alles, um ein erfülltes Leben zu führen, doch die Genugtuung darüber verblasste angesichts der unerklärlichen Beklemmung, die ihn Tag und Nacht verfolgte. Sein Glück, sein Erfolg, selbst seine Ehe schienen auf Sand gebaut. Welches Menschenwerk war das nicht? Doch in manchen Momenten wurde ihm schmerzlich bewusst, dass eine namenlose Macht sein sorgfältig geplantes Leben bedrohte. Er blickte in das dunkle Arbeitszimmer, in dem sein Werk entstanden war (wie viel Konzentration es gekostet hatte, würde seine Frau nie ermessen), das seine Stellung in der Welt der Wissenschaft vielleicht, vielleicht auch nicht verändern würde. Obwohl dies seit vielen Jahren ihr Zuhause war und er schon bald hierher zurückkehren würde – sicherlich ohne zu zögern, sobald ihr Urlaub vorüber war –, war er doch froh, den Ort zu verlassen. Auf irgendeine unklare Weise hing seine Unruhe mit dieser Wohnung zusammen, vor allem dem Arbeitszimmer und der Abgeschlossenheit und Isolation, die er dort durchlebt hatte. Sie war die Folge einer ungesunden Selbstbezogenheit, der Zurückweisung des Lebens um ihn herum. Wenn er fortging, würde diese Last von ihm abfallen; was er brauchte, war ein Urlaub mit Ethel, die Insel und die frische Luft, das Wandern, Schwimmen, die See und die Sonne. Als er die Tür zuschlug und abschloss, hörte er, wie der schwere Schürhaken drinnen mit lautem Poltern zu Boden fiel – wahrscheinlich auf den Kaminrost. Schon auf dem Weg zum Fahrstuhl besann er sich anders. Er schloss die Tür wieder auf und betrat noch einmal die Wohnung.

Er hob den Schürhaken auf und lehnte ihn seitlich an den Kamin, gegen die schwarzen Marmorplatten unter dem Sims. Noch einmal blickte er unruhig umher. Inmitten des vertrauten dunklen Raums stand er da und grübelte über seine namenlose Vorahnung.

Obwohl mit seinem Leben äußerlich alles in Ordnung war, war John Grandin vor einiger Zeit klar geworden, dass er unter großer Anspannung stand. Manchmal beherrschte ihn über Stunden hinweg das Gefühl, es würde ihm etwas zustoßen, etwas Ungehöriges, Perverses, das in seinem so bequem eingerichteten Leben keinen Platz hatte; das Gefühl ging vorüber, und er dachte nicht mehr daran, bis es irgendwann zurückkehrte. Es überfiel ihn bei der Arbeit oder störte sein Familienleben und ließ ihn aufgewühlt zurück. Des Abends in seinem Arbeitszimmer - oder auch am Nachmittag, im vollen Tageslicht - geschah es, dass er plötzlich mit hellwachen Sinnen den Kopf hob und sich verblüfft bei der Frage ertappte: Wann wird die Bombe platzen? Was würde er tun, wenn sie platzte, und was für eine Bombe würde es sein? Seit Monaten war er nicht mehr vollkommen Herr seiner Gedanken, etwas oder jemand anderes schien für und durch ihn zu denken. Eine vage, furchtsame Unsicherheit, eine Katastrophenwarnung nistete in seinem Hinterkopf, und hin und wieder fragte er sich geradezu beiläufig (so sehr war es schon zur Gewohnheit geworden): Was ist dieses Etwas, weshalb ich mich schlecht fühle oder fühlen sollte? Als hätte er in letzter Zeit eine grauenhafte Erfahrung gemacht, die, obwohl er sie abgeschüttelt hatte, in seinem Geist weiterlebte und einen Nachhall ihrer Unerfreulichkeit in sein alltägliches Denken aussandte; sie schlummerte zwar, doch war sie noch immer bedrohlich, noch immer in der Lage, aufs Neue zu erwachen. Wenn das Gefühl sich meldete, würde er, um endlich Ruhe zu finden, am liebsten verkünden: Jawohl, ich bin schuldig, sie haben mich durchschaut, die Polizei ist schon unterwegs, Ethel wird mich verlassen, man wird uns die Kinder fortnehmen, ich werde alles verlieren und meine Zeit absitzen - und danach wird es mir besser gehen … Doch was er verlieren würde und weshalb, war ihm ein Rätsel.

Er führte es auf den Krieg zurück. Überall auf der Welt platzten Bomben. Auch ihn, in der Sicherheit seines Arbeitszimmers, wo er nichts mit dem zu tun hatte, was in Übersee geschah, würden sie erreichen und in die Luft jagen. Manchmal, wenn er in der mitternächtlichen Stille des Hauses die Stimme seines Gewissens hörte, trat er an die Tür des Arbeitszimmers und lauschte den tiefen Atemzügen der schlafenden Ethel in ihrem Bett, oder er ging ins Zimmer der Kinder, um nachzusehen, ob es ihnen gut ging und sie (was für ein absurder Gedanke!) noch da waren. Während er im Dunkeln tastete, ob sie auch gut zugedeckt waren, verließ ihn die Furcht, vergaß er die unbegründeten Vorahnungen, und mit einem Gefühl von Dankbarkeit, das intensiver und bewegender war als je zuvor in seinem Leben, schlich er auf Zehenspitzen aus dem Raum. Dennoch, sobald er wieder in seinem Arbeitszimmer war, kehrte die Vorahnung eines Schicksalsschlags, der ihn treffen würde, zurück, oder sie wartete ein wenig, um einige Tage später in einem unachtsamen Moment am helllichten Tag ihr Haupt zu erheben. Sie ließ ihm keine Ruhe; erst wenn das Geheimnis gelüftet sein würde (falls es ein Geheimnis war), würde er Ruhe finden – wenn das Verbrechen benannt und eingestanden war. Er hatte nichts «getan», keinen Grund, sich schuldig zu fühlen. Vielleicht käme er im Laufe der Zeit darüber hinweg und es würde Gras über die Sache wachsen. Aber worüber, zum Teufel, sollte denn Gras wachsen? Etwa über die Tatsache, dass er ein besserer Lehrer, ein gründlicherer Student, ein ehrbarerer Mann gewesen war als andere, dass ihm die Suche nach Wahrheit wichtiger gewesen war als der Erfolg? Der Gedanke stank vor Eitelkeit, er hätte es nie vermocht, ihn offen auszusprechen, und doch wusste er tief im Herzen, dass er zwar keine großen Taten vollbracht und wenig vorzuweisen hatte, aber dennoch mehr ins Grab mitnehmen würde als die meisten anderen Men schen.

Er trat hinaus in den Hausflur und zog die Tür ins Schloss.

Als er den Schlüssel umdrehte, hörte er, dass der Schürhaken wieder scheppernd zu Boden fiel, mit einem scharfen Klirren, das bis zum Ende des Flurs zu hören war; zum Teufel damit, dachte er nur. Er fuhr im klapprigen Fahrstuhlkäfig nach unten und ging zur Bushaltestelle an der Ecke.

II

ETHEL GRANDIN STAND in der Mitte des kleinen, niedrigen Zimmers, das einmal ihr Kinderzimmer gewesen war, in das man später dann ein Doppelbett gestellt hatte, für die seltenen Gelegenheiten, an denen sie und ihr Mann ihre Eltern besuchten. Ihre Taschen waren gepackt, und sie war bereit zum Aufbruch, aber dennoch blieb sie stehen und runzelte unsicher die Stirn, als hätte sie irgendetwas vergessen. Sie hörte, wie ihr Vater den Wagen rückwärts aus der Garage setzte und hupte. Sie ging zum Fenster, rief: «Nur einen Augenblick, ich komme gleich», und blieb doch stehen.

Ihre Mutter war mit den Kindern in die Stadt gefahren, damit sie nicht dabei waren, wenn sie sich auf den Weg machte. Aber die beiden hatten schon akzeptiert, dass sie bei den Großeltern in Maine bleiben mussten, und würden sie wahrscheinlich kaum vermissen, wenn überhaupt.

Sie nahm das Telegramm, das sie von ihrem Mann erhalten hatte, und las es noch einmal durch. Sie freute sich über die Beförderung und auch darüber, dass Scribner's sein Buch angenommen hatte, das Buch, für das er sie so sehr vernachlässigt hatte; aber sie fragte sich unwillkürlich, ob seine neuen Pflichten an der Universität, die zusätzliche Arbeit und der Zeitaufwand, den sie mit sich brachte, sie nicht noch stärker einander entfremden würden.

Auf der Kommode stand ein Foto ihres Mannes. Sie liebte das Bild, es wurde ihm wirklich gerecht; sie hatte ihn immer für einen sehr attraktiven Mann gehalten. Er hatte dichtes sandfarbenes Haar mit einer leichten Welle und einen dichten, ebenfalls sandfarbenen Schnurrbart. Am bemerkenswertesten war seine Stirn, sie war hoch, klar und sehr vornehm. Die Augen waren hellbraun, sie wirkten ehrlich und ziemlich jugendlich. Er hatte sehr männliche Nasenflügel und einen großen, festen Mund mit vollen, sinnlichen Lippen. Sie wusste noch ganz genau, wie es war, wenn diese Lippen sich öffneten und sie küssten - und dabei ihren Mund ganz bedeckten - und sie ein Rausch durchfuhr, als wäre dies schon beinahe der Höhepunkt. Sie betrachtete das Foto des einzigen Mannes, den sie je geliebt und mit dem sie ihr Leben zu teilen gehofft hatte, und sie fragte sich, wann er sie das letzte Mal so geküsst hatte. Lag es Wochen zurück? Monate? Konnte es wirklich schon Monate her sein? Es war gut, dass sie es nicht wusste. Es zu wissen, wäre ein echter Grund zur Verzweiflung gewesen, doch so konnte sie Tag für Tag weiterleben und hoffen, dass es diese Nacht so weit sein würde, oder spätestens morgen.

Weil sie in einem lieblosen Elternhaus aufgewachsen war, hatte Ethel Cameron sich nur eins vom Leben gewünscht: Liebe. Ihre ganze Jugend über hatte sie mit angesehen, wie ihre Eltern ihr Leben vergeudeten. Sie bedeuteten einander nichts, waren wie Fremde, so einsam miteinander, als lebte jeder für sich allein; die Ehe war ihnen keine Bereicherung, und deshalb konnten sie nichts geben oder nehmen. Als Mädchen hatte sie sich heimlich geschworen, wenn - oder falls - sie eines Tages dem Mann begegnete, den sie liebte, dann würde sie sich ihm ganz und gar hingeben und nur für ihn da sein. Und das hatte sie getan. Trotzdem hatte sie die Liebe verpasst. Vielleicht war sie selbst schuld daran; vielleicht war er zu alt für sie, oder sie zu jung. Als sie John Grandin kennenlernte und sich in ihn verliebte, war sie dreiundzwanzig gewesen und er zehn Jahre älter. Vielleicht war auch er es, der die Liebe verpasst hatte. Das könnte der Grund sein (sie wusste es nicht; außer dem, was sie selbst betraf, wusste sie wirklich gar nichts über diese Dinge, oder wie es sich bei anderen damit verhielt), warum er sich so früh in ein eigenes, abgesondertes Leben zurückgezogen und sie mit so viel unerfüllter Liebe alleingelassen hatte, dass sie manchmal glaubte, es nicht ertragen zu können. Als die Kinder kamen, hätte sich das ändern müssen, aber das war nicht geschehen; sosehr sie sie auch liebte, umso mehr sehnte sie sich nach der Liebe ihres Mannes. In den kurzen Anfangsjahren ihrer Ehe hatte sie diese Liebe so intensiv erfahren, dass ihr das Leben nun geradezu bedrohlich leer erschien.

Es war zehn Uhr morgens; in sechs Stunden würden sie sich in Woods Hole auf dem Cape wiedersehen, nach einer Trennung, die ihr viel länger als eine Woche vorkam. Sie würden die Nacht im selben Raum, möglicherweise (endlich) im selben Bett verbringen. Bei dem Gedanken sank ihr Mut; zu ihrer Überraschung spürte sie statt zärtlicher Gefühle Ärger in sich aufsteigen.

Von der Einfahrt klang wieder die Hupe herauf. Sie nahm ihre beiden Taschen und lief hinunter.

III

Obwohl sein Gepäck sich bereits am Bahnhof befand – er hatte es mitgenommen, als er am Abend zuvor seine Platzkarte abholte – und er nicht mehr zu tragen hatte als das Buch in der Jackentasche, beschloss John Grandin kurzerhand, ein Taxi zu nehmen – der Urlaub hatte für ihn begonnen, und er wollte so schnell wie möglich eine Atmosphäre von Unbeschwertheit und Leichtfertigkeit schaffen, wie die Ferien es mit sich bringen; es war geradezu ein Anflug von Leichtsinn und Luxus, denn für gewöhnlich fuhr er nicht im Taxi. Jawohl, «Luxus», Genuss im elisabethanischen Sinn des Wortes, sagte er sich, und er freute sich über diese Vorstellung: eine Betörung der Sinne. Zivilisten sollten nur in Notfällen Taxen benutzen, und normalerweise hielt er sich an diese Bestimmung, so wie er und seine Frau gewissenhaft alle Kriegsverordnungen befolgten. Aber dies war ein besonderer Anlass, für den diese Regeln nicht galten. Er gab dem Bus ein Zeichen, dass er nicht einsteigen wollte, und winkte einem Taxi.

Der Tag hatte heiß begonnen. Man schrieb den 25. Juni 1943 – es war Sommer, und ein sommerlicher Dunstschleier lag über der Stadt, auch wenn die Jahreszeit noch keine Woche alt war. Er lehnte sich zurück, als säße er bereits im Liegestuhl, und wies den Fahrer an, ihn zum Grand Central zu bringen. Mit aufheulendem Motor ließ das Taxi die 116th und den Drive hinter sich.

Er hatte schon lange auf diesen Urlaub gewartet; er hatte ihn verdient und brauchte ihn wirklich, und dass er kurz sein würde, machte ihn besonders wertvoll. Manche Kollegen am Fachbereich Englisch blieben bis September fort, doch er hatte sich für die Ferienkurse eingetragen – nicht unbedingt, weil er so gern unterrichtete; wegen des Kriegs fehlte Personal, und er hatte sich freiwillig gemeldet, um zu helfen. Während das Taxi im Tau dieses frühen Junimorgens den Riverside Drive hinabschaukelte und das Bild der Stadt jenseits des Flusses schon in der flirrenden Hitze zitterte, machte sich John Grandin nur über eins Sorgen: dass sein Urlaub in zwei Wochen vorüber sein würde.

Doch dieser Gedanke war bald verflogen: Jetzt kam erst einmal der Urlaub mit seiner Frau, seit Langem das erste Mal, dass sie ohne die Kinder verreisten, und an einen Badeort, wo sie noch nie gewesen waren. Ethel war schon eine Woche früher gefahren, um die Kinder zu ihren Eltern nach Maine zu bringen; heute Nachmittag würden sie sich in Woods Hole treffen und das Schiff nach Nantucket besteigen, um rechtzeitig zum Abendessen in Sconset einzutreffen, wie der Werbeprospekt des Hotels versprach. Unter den waltenden Umständen konnte ihnen das Dune House keinen Wagen schicken, aber am Pier würde der Inselbus auf sie warten.

«Waltende Umstände» – das klang so endgültig und erweckte den Eindruck unausweichlicher Notwendigkeit; und was das Schlimmste war, man brauchte nicht zu erläutern, auf welche Umstände man sich bezog. Jeder wusste, was gemeint war, als gäbe es in diesen wechselvollen Zeiten nur einen einzigen Umstand, der «waltete».

Es war der zweite Kriegssommer, für andere Länder der vierte (und für wieder andere bereits der siebte): Der Krieg war Teil des Lebens geworden. Selbst als behüteter Zivilist war er sich dessen mit jeder Faser bewusst, und er ärgerte sich über die kleinen, irrationalen, aber beunruhigenden Zwangsvorstellungen, die sich nicht abschütteln ließen, kleine Irritationen, für die er sich in Anbetracht der realen Turbulenzen in Übersee schämte. Das ganze Leben änderte sich mit alarmierender Geschwindigkeit, und selbst die Sprache war davon nicht ausgenommen. Eine Bluse war keine Damenbekleidung mehr, sondern ein Uniformhemd; eine Schlacht war nicht länger das Treffen zweier Armeen auf dem Schlachtfeld, sondern die Eroberung ganzer Staaten zu Land, zu Wasser und aus der Luft, man sprach von der Schlacht um Frankreich oder der Schlacht um Italien – und benannte die Schlachten nicht mehr wie in alten Zeiten nach Ortschaften oder Flüssen wie Soissons oder Marne; Formulierungen wie *unter den waltenden Umständen* waren in den alltäglichen Sprachgebrauch eingegangen und so vertraut, dass sie ihre ursprüngliche Bedeutung beinahe verloren hatten. Darüber hinaus drang der Krieg sogar in die Seminarräume ein, in denen immer weniger Jungen saßen und immer mehr Studenten Uniform trugen. John Grandin sah unter dem fröhlich gestreiften Stoffverdeck des Taxis hervor, dessen lose Kante geräuschvoll im heißen Wind flatterte, und ignorierte bewusst das Geschwader der Zerstörer, die auf dem Hudson schaukelten, und die hässlichen Transporter und Frachtschiffe, die hoch aus dem

Wasser ragend auf ihre unheilvolle Fracht warteten, die sie im bewaffneten Konvoi zu geheimen ausländischen Häfen bringen sollten. Er sah das alles, verschwendete jedoch keine Gedanken daran. Stattdessen dachte er an das Dampfschiff, das sie nach Nantucket brachte, und an die Überfahrt … Ein Akkordeonspieler würde umhergehen, Schuhputzjungen ihre Dienste anbieten, Wimpel würden flattern und Hüte im Wind davonfliegen …

… Und Ethel würde ein hübsches und zweckmäßiges Kostüm tragen, ohne wehenden Taft oder flatternde Seide, denn auf dem Meer konnte der Wind kühl sein; und später, auf der Insel, würde sie Hemdblusen und Röcke aus Leinen tragen und keine der Strandkleidchen, Latzhosen und Shorts, die andere Frauen an Urlaubsorten zur Schau trugen. Während der Überfahrt würde sie ihm von den Jungs erzählen oder Fragen zur Wohnung stellen und, wie es ihrem Wesen entsprach, kein Wort über das verlieren, was sie mehr als alles andere beschäftigte: ihr gemeinsamer Urlaub.

Das Buch beulte seine Jackentasche aus, und er nahm es heraus; aus Vorsicht, es nicht liegen zu lassen und zu vergessen, behielt er es in der Hand. Instinktiv, aus alter Gewohnheit hielt er es falsch herum, den Buchdeckel zum Körper gedreht, sodass niemand den Titel lesen konnte, wenn er durch die Bahnhofshalle ging. Warum er das tat, hätte er nicht sagen können. Auch wenn es ein bekannter Schmöker, das Tagebuch eines Kriegsberichterstatters oder ein gelehrtes Werk über Philosophie oder Metaphysik gewesen wäre, hätte er das getan.

Das Taxi hatte den Columbus Circle erreicht. In der City war die Luft schwül und drückend, sie war schwer vor Feuchtigkeit. Eine frische Inselbrise wäre jetzt genau das Richtige, dachte Grandin: Auch wenn Manhattan eine Insel war, merkte man nur sehr wenig davon. Der Fahrer des altmodischen Busses, der geräuschvoll neben dem Taxi fuhr, trug ein blaues Hemd, dessen Rücken ganz dunkel war vom Schweiß. Auf der Straße war kaum jemand im Jackett zu sehen. Mehrere

Menschen standen vor den Kinokassen. Wer ging denn schon so früh am Morgen ins Kino, fragte er sich, oder überhaupt tagsüber? Natürlich wollten all diese Leute nur der Hitze entkommen und in einem klimatisierten Saal sitzen.

Sie hatten die Wahl gehabt, entweder jetzt zwei Wochen Urlaub zu nehmen - die letzte Woche im Juni und die erste im Juli - oder drei Wochen zwischen dem Ende der Sommerkurse und dem Beginn des Wintersemesters; doch ein Blick in den Kalender hatte die Sache entschieden: In ein paar Tagen würde Vollmond sein, das hatte für seine Frau den Ausschlag gegeben, und für ihn ebenfalls.

War das ein Fehler gewesen? Er ließ sich nicht gern von solchen Dingen leiten, deshalb ärgerte er sich darüber, dass ihn dieser romantische Spleen um einen späteren, längeren Urlaub gebracht hatte. Doch um ihr einen Gefallen zu tun und sie glücklich zu machen (womit er auch sich selbst glücklich machte), hatte er seiner Frau nur zu gern zugestimmt. Ethel brauchte den Vollmond. Wie ein romantisches Schulmädchen glaubte sie, dass ein Urlaub ohne Mond kein richtiger Urlaub war; und wenn sie den Gedanken auch nicht in Worte fasste, so begriff er doch, dass ihr Wunsch, bei Vollmond nach Nantucket zu fahren, ein gutes Zeichen war, die stumme, aber womöglich sehnsüchtige Bekundung, dass sie sich noch immer liebten.

Der Fahrer bog in den Broadway ein. Er fuhr schnell, und doch war die Luft, die durch das offene Taxi wehte, ganz gewiss keine Brise. Die Straßenschlucht schien ein Vakuum zu sein, ohne Luft zum Atmen; die Fahnen, die überall hingen, waren so leblos, als wären sie aus Metall; eine Stunde später würde an den Kreuzungen der Asphalt unter den Schritten nachgeben und die Schuhe Abdrücke hinterlassen, weshalb die Fußgänger sich beeilten, die Sicherheit des gegenüberliegenden Bürgersteigs zu erreichen, um nicht im Sog des heißen Straßenbelags die Schuhe zu verlieren.

Die letzte Woche, die er allein, ohne Ethel verbracht hatte, war trübe und ruhelos gewesen. Normalerweise verbrachten sie kaum ein Dutzend Abende im Monat zusammen. Wenn sie nichts zu tun hatte - und weil sie wusste, dass er bald wieder über seinen Büchern sitzen würde -, ging Ethel früh zu Bett und schlummerte über einer Zeitschrift ein, während er noch aufblieb. Eine halbe Stunde später hörte er für gewöhnlich den klatschenden Aufprall, wenn die Zeitschrift vom Bett zu Boden rutschte; Ethel wachte davon auf und schaltete das Licht aus. Nun war er sich selbst überlassen; da seine Frau und die Kinder schliefen, würde er nicht mehr gestört werden, und es gefiel ihm, Tag für Tag bis weit nach Mitternacht in seinem Arbeitszimmer zu sitzen und sich in Genüsse zu vertiefen, die niemals erschöpft, niemals zu oft oder gründlich genug durchdacht sein würden, egal, wie lang er seine Tage ausdehnte. (Und auch wenn er über den Cartoon gelächelt hatte, wie gut hatte er den Mann verstanden, der in einem Comicstrip in einer der letzten Ausgaben des *New Yorker* gezeigt wurde, wie er, ein aufgeschlagenes Buch vor sich, die ersten Worte eines Briefs formulierte: «Ich befürchte, Professor Witherspoon zitiert Verlaine nicht ganz korrekt. Der Vers lautet, wenn mich das Gedächtnis nicht täuscht, vielmehr folgendermaßen …») Diese Nächte des Lesens und Studierens waren vielleicht seine glücklichsten Momente, auch wenn sie durch die Anstrengung getrübt wurden, den flüchtigen Stunden ein möglichst hohes Pensum abzutrotzen. In diesen Momenten überkam ihn die Vorahnung, wie kurz das Leben doch war, und er missgönnte dem Schlaf jede Stunde. Doch als Ethel abgereist war, hatte er, obwohl er sie schon so lange vernachlässigte, nicht gewusst, was er mit sich anfangen sollte; etwas fehlte, die stillen Zimmer waren zu still, allein fühlte er sich in ihnen nicht wohl. Am Abend spazieren zu gehen war sinnlos; der Drive war voller Seeleute und Mädchen, und es deprimierte ihn, dass sie sich überall ungehindert ihrer bedeutungslosen Liebe hingaben - selbstverständlich eine ganz natürliche Begleiterscheinung des Krieges; er wollte nichts damit zu tun haben und es am liebsten nicht mit ansehen müssen. Er stellte überrascht fest, dass er, obwohl er zu Hause war, Heimweh bekam; mit schlechtem Gewissen dachte er daran, dass er in der vergangenen Woche fünf Mal in Maine angerufen hatte. Gut, er hatte bis zum Abend gewartet, wenn die Tarife günstiger waren, aber es war ein Betrag zusammengekommen, den er sich kaum leisten konnte – und außerdem war auch das ein Verstoß gegen die Kriegsverordnungen. Warum hatte er angerufen, was hatte er davon gehabt? Worüber hatten sie geredet? Worüber redeten sie überhaupt miteinander? Die Anrufe waren nur Ausdruck seines Bedürfnisses gewesen, sich ihr nah zu fühlen; doch die Sprache, derer sie sich bedienten, falls man das eine Sprache nennen konnte, taugte nun einmal nicht dazu, Nähe zu schaffen.

In Ausnahmezuständen wie diesem überließ er sich der intensiven und bohrenden Selbsterkundung (soweit er dazu bereit und in der Lage war), ehrlich sich selbst gegenüber und offen, auch wenig schmeichelhaften Tatsachen ins Auge zu sehen. Welche Rolle spielte in ihrer Ehe die Gewohnheit, welche Rolle spielte die Liebe? Doch was machte das schon für einen Unterschied? – Und falls es Liebe war, welche Art von Liebe? Auf Ethels Seite hatte es darüber von Anfang an nie irgendwelche Zweifel gegeben; sie war eine Frau mit menschlichen Bedürfnissen und menschlichen Fähigkeiten, sie nahm und gab Liebe wie das Herz Blut und die Lunge Luft. Er hatte sich vor zehn Jahren in sie verliebt, und obwohl er sie noch immer liebte, hatte er stets auch andere Interessen gehabt, Interessen, die ihn mit zunehmendem Alter mehr und mehr in Beschlag nahmen, sodass er tatsächlich nicht sagen konnte, welchem Menschen oder welcher Sache er sich je rückhaltloser hingegeben hätte als seiner Arbeit. Er war Ethel ein guter Ehemann gewesen, treu und zuverlässig, aber sein wahres Lebenselixier war die Welt des Geistes. Er war froh und glücklich darüber, geliebt zu werden, er wollte und brauchte das, aber er freute sich auf die Zeit, in der ihre Ehe noch mehr als jetzt zur Gewohnheit geworden wäre. Im mittleren Alter war alles so viel einfacher als in der Jugend; das Leben war viel friedlicher und besser geregelt; immer weniger lenkte ihn ab von der Verfolgung seiner immer anspruchsvolleren Interessen, und mit seiner Frau lief alles glatt, ohne dass dafür viel Aufwand nötig war. Vielleicht hatte sich im Lauf der Zeit erwiesen, dass ihre Ehe nicht dem Ideal entsprach, das sie sich gelobt und erhofft hatten, als sie Bräutigam und Braut waren, aber war sie nicht ebenso solide und sicher wie die meisten? Dass er darauf nicht besonders stolz sein konnte, war ihm nur allzu bewusst. Auf Zufriedenheit konnte man sich nicht wirklich etwas einbilden.

Wenn er daran dachte, mit welchem nahezu kindlichen Vergnügen Ethel die Vorbereitungen für ihren Urlaub getroffen hatte, berührte es sein Herz, und eine Welle von Zärtlichkeit, die er seit vielen Wochen nicht mehr verspürt hatte, durchlief ihn. Wie hatte er sich ihrer Beziehung so sicher sein können, ohne selbst etwas dafür zu tun, und Ethel warten lassen – immer nur warten –, dass er irgendwann die Zeit hatte und daran dachte, ihr irgendeine halbherzige Aufmerksamkeit zu schenken. Sie zu vernachlässigen war zur Gewohnheit geworden, darin bestand seine Sünde. Er hatte zu hart gearbeitet und abends zu lange über den Büchern gesessen und dabei vergessen, was sie einander bedeuteten. Voller Erleichterung und Dankbarkeit begriff er, dass der Urlaub für sie beide genau zur rechten Zeit kam. Nichts konnte ihr Interesse aneinander so gut beleben und eine Liebe, die zur Gewohnheit geworden war, so gut erneuern wie eine Zäsur, ein Ortswechsel, der Aufenthalt in einem beliebigen Hotel oder die Reise zu einem Urlaubsort wie dem, an dem sie heute Abend ankommen würden. Fort von zu Hause und den Kindern, nur sie beide allein miteinander an einem fremden Ort, die Aussicht auf Vollmond – es würde sein, als wären sie noch einmal jung, und er konnte wieder ein Ehemann sein, der Ethel zu einer glücklichen Frau machte.

Das Taxi war vom Broadway abgebogen und fuhr nach Osten, als wäre dort sein Zuhause – Nantucket, der Vollmond und das Treffen mit Ethel … Er wusste nicht, warum, doch plötzlich schien es ihm, in einer mehr gefühlsmäßigen als mentalen Wahrnehmung, als wäre er es gewesen, der diese zwei Wochen dem späteren, längeren Urlaub ohne Vollmond vorgezogen hatte. Als hätte, in heimlichem Einvernehmen mit seiner Frau, er selbst den Vollmond gewollt und auf ihn gesetzt. Er fühlte sich schuldig, weil die Intensität, mit der er sich so oft in seine Arbeit vergraben hatte, andere Vergnügungen verhindert hatte, und deshalb war er (um die Wahrheit zu sagen) dankbar für jeden Stimulus der Liebe. Ein Hotelzimmer, vor allem an einem Ferienort, war geradezu eine Ermutigung jeder erotischen Regung, selbst dann, wenn ein Mann mit seiner eigenen Frau darin wohnte. Das Wissen darum und die Hinweise darauf, dass Fremde in diesem Raum gewesen waren, die Abwesenheit der Kinder und das Fehlen häuslicher Verpflichtungen, die verschlossene Tür, das Gefühl, dass in den Nachbarräumen andere Menschen schliefen oder sich liebten, die routinierte Überprüfung an der Rezeption, ob sie ein verheiratetes Paar waren, die abschätzenden Blicke, die ihnen beim Verlassen des Speisesaals folgten, oder das verständnisvolle Augenzwinkern der Gäste in der Lobby, wenn sie eine gute Nacht wünschten und die Treppen emporstiegen, all das hatte einen stimulierenden Effekt. Oder existierte das alles nur in seiner Fantasie – die Atmosphäre von Ehebruch und Promiskuität, die Handlungsreisenden, die Untreuen oder die jungen, unverheirateten Paare? Was es auch war, ob fiktiv oder real, es verlieh dem Aufenthalt in einem Hotel eine angenehme Würze, und er kehrte zu seiner ersten Vorstellung zurück: Ein Hotelzimmer, vor dem Fenster die weiße Nacht, das Mondlicht über dem Bett wie ein weißes Laken, lebendig und leuchtend durch ihre Bewegungen; oder ein Strand, eingetaucht in den blendend weißen Dunst des Mondes, an dem sich die Gischt bricht wie Kaskaden zerbrochenen Glases; vielleicht lag in der Nähe ein frisch vermähltes Paar still im Sand, und er und Ethel ... Das Taxi hatte angehalten.

«Tut mir leid, Chef.» Der Fahrer drehte sich um. «Im Moment geht's nicht weiter. Haben Sie's eilig?»

John Grandin beugte sich vor. «Was ist denn los?»

«Das da.» Der Fahrer zeigte nach vorn, und er sah, weshalb sie stehen blieben.

Das Taxi war in der East 44th zum Halten gekommen, nur einen kleinen Block vom Grand Central entfernt, aber jenseits der Madison Avenue. Auf dem Bürgersteig der Avenue marschierte von Süden über den Murray Hill kommend in Zweierreihen eine seltsame Parade bunt zusammengewürfelter Männer, die bis auf Weiteres jeden Verkehr in west-östlicher Richtung unterbrach. Er warf einen Blick auf die Uhr. «Meinen Sie, das dauert noch lange?»

Der Fahrer zuckte die Schultern. «Weiß nicht. Dauert manchmal 'ne Viertelstunde oder länger.»

Es war fünf vor halb neun. Der Zug nach Cape Cod fuhr in zwanzig Minuten. Wahrscheinlich hatte er noch genug Zeit, aber er war gern früh auf dem Bahnsteig. Außerdem musste er noch seine Taschen aus der Gepäckaufbewahrung holen. «Dann sollte ich wohl besser ...»

«Klar, Sie gehen besser zu Fuß. Ist ja nur noch ein Katzensprung.»

«Danke.» Grandin zahlte, gab ein Trinkgeld und stieg aus.

Es störte ihn nicht, dass er das letzte Stück zu Fuß gehen musste. Wie der Fahrer gesagt hatte, es war nur ein Katzensprung. Was ihn störte, war die Unterbrechung, und vor allem die Art dieser Unterbrechung. Sie brachte ihn aus dem Gleichgewicht.

Mit anderen Fußgängern blieb er auf dem Bürgersteig stehen und schaute der Parade zu; immer wieder gingen einzelne Passanten los und durchbrachen die Marschkolonne, die ihnen den Weg versperrte, als hätten sie Wichtigeres zu tun und für so etwas keine Zeit. Er wünschte sich inständig, er könnte ebenfalls vorpreschen und schnell zwischen den Zweierpaaren hindurchgehen, um sein Ziel zu erreichen, aber er brachte es nicht fertig.

Es war keine Parade im üblichen Sinn. Die Männer marschierten nicht in ordentlicher Formation die Straße entlang, sondern schlurften oder spazierten in einer lockeren Gruppe über den Bürgersteig und schafften es kaum, eine Zweierreihe zu bilden. Es waren Männer und Jungs verschiedener Altersgruppen. Einige gingen hemdsärmelig, andere trugen trotz der Hitze Pullover, einige waren förmlich gekleidet; sie hatten Koffer bei sich, zusammengerollte Kleidung oder Papiertüten. Selbst dem oberflächlichsten Betrachter war klar, dass diese Männer auf dem Weg zum Einberufungsamt in der Lexington Avenue waren – ihnen stand schon bald ihr großer Moment bevor.

Der Anblick war so bedrückend, dass John Grandin merkte, wie er verlegen wurde. Damit war er nicht der Einzige. Auch andere in der Menschenansammlung um ihn herum betrachteten diese Prozession mit unbehaglichem Gesichtsausdruck, der klar zum Ausdruck brachte, dass sie sich diesen Anblick gern erspart hätten. Eine eigenartige Stille lag über der Straße, während die Männer vorbeigingen. Nur die ganz Jungen, kleine Jungen und Mädchen, lächelten die Einberufenen an, lachten und riefen ihnen die gängigen Parolen zu. Das Lachen klang hohl in Grandins Ohren. Er spürte den Drang, die Doppelreihe zu durchbrechen und weiterzugehen, fort, nur weg von hier – aber in melancholischem Respekt blieb er wie angewurzelt auf dem Bürgersteig stehen.

Wie sehr unterschied sich diese Szene von anderen Kriegen, anderen Jahren. Er dachte daran, wie fröhlich die Soldaten früher eingerückt waren; damals war die Menge aufgeregt gewesen und ergriffen und hatte offen ihre Bewunderung gezeigt, eine Welle der Solidarität war von ihr ausgegangen, die jubelnde Menge und die einrückenden Soldaten gehörten zum selben großen, eng verbundenen Volk, das sich in einer

Welle massenhafter Zuneigung vereinigte, die in diesem Moment stärker und umfassender war als jedes andere Gefühl. Hier war es anders. Die Menge stand mit dümmlichem Gesichtsausdruck da. Die ganze Straße atmete Verlegenheit und Scham.

Am meisten berührte ihn der Anblick der Männer selbst. Es versetzte ihm einen Stich, beunruhigte und empörte ihn. Auch sie machten schweigend dämliche Gesichter. Dümmlich, mit Armesündermiene zogen sie dahin; mit albernem Grinsen schauten sie zur Seite oder geradeaus, ohne etwas zu sehen, die Zähne zusammengebissen; hin und wieder blickten einer oder zwei von ihnen einem Passanten mit frechem, trotzigem Blick direkt in die Augen, als ob sie sagen wollten: Na los, lach doch. Auch der Gedanke, wie schnell sich das alles ändern würde, machte die Sache nicht besser; die Männer würden eine Veränderung durchlaufen und einheitlich, stolz und diszipliniert werden, mit starkem Zusammengehörigkeitsgefühl und gut aufeinander eingespielt, sodass man sie kaum noch voneinander würde unterscheiden können, ihre angeborene Persönlichkeit als gute oder schlechte Menschen würde in der unausweichlichen, großen Maschine aufgehen, der sie dann als ergebene, anonyme Rädchen angehören würden. John Grandin war so unbehaglich zumute, dass er nicht länger hinsehen konnte; und als das letzte Rekrutenpaar an ihm vorbeigetrottet war, rannte er so schnell zum Grand Central hinüber, als gelte es, in letzter Minute den allerletzten Zug zu erreichen, egal wohin.

IV

Der Zug aus Boston war heiß, laut und schmutzig. Ethel Grandin fuhr im normalen Abteilwagen; nicht weil es keinen Salonwagen gab (sie hatte sich gar nicht danach erkundigt), sondern weil sie es extravagant gefunden hätte, für eine Reise von drei Stunden so viel Geld auszugeben; sie vermied alles, das wie Luxus und Protzerei wirken konnte. Ihr Gepäck war im Netz über ihrem Kopf verstaut; eine Tasche hatte nicht mehr hineingepasst und stand im Gang, zum Ärger der anderen Fahrgäste, aber das konnte sie nicht ändern. Jedes Mal, wenn der Schaffner vorbeikam, verzog er grimmig das Gesicht und war drauf und dran, diesen gedankenlosen Fahrgast zurechtzuweisen, der den Gang mit seinem Gepäck verstopfte; doch als er sah, wie souverän und ruhig diese Dame auf ihrem Platz saß, von Soldaten geradezu umzingelt, änderte er seine Meinung und ging weiter. In ihrem Schoß lagen die Sandwiches, die sie zum Lunch essen würde, und ein Detektivroman mit dem Titel *Heiliger Mord*, in dem sie immer wieder einige Seiten zu lesen versuchte. Der stämmige Gefreite, der sich beinahe an ihre Schulter lehnte, und die zwei Matrosen, die sich auf den gegenüberliegenden Sitzen lümmelten – einer der beiden hatte die Füße auf das schmutzige Plüschpolster zwischen ihr und dem Soldaten gelegt –, warfen immer wieder verstohlene Blicke auf ihre Sandwiches, ihr Buch oder, am häufigsten, ihre Beine.

Dass das Buch ihr Interesse nicht zu fesseln vermochte, war weniger die Schuld des Autors als ihres Mannes; indem er ihre Gedanken mehr und mehr beschäftigte, stand er zwischen ihr und dem Roman. Sie legte das Buch zur Seite und betrachtete die vorbeiziehende Landschaft, doch der Soldat meinte wohl, der Blick gelte ihm, und schaute zurück. Also sah sie sich im Waggon um, über die Köpfe der beiden Matrosen hinweg. Einer der beiden, ein dunkelhaariger, unrasierter Bursche, lehnte sich mit offenem Mund an die Fensterscheibe und war kurz vorm Einschlafen; der andere war ein blondes Kind weit unter zwanzig. Seine sorgfältig geputzten Schuhe streiften immer wieder ihren Rock – ob absichtlich oder unabsichtlich, konnte sie nicht feststellen. Wenn er ihren Blick einfing, lächelte er ihr frech und hinterlistig, aber dennoch jungenhaft zu.

Ihre Söhne Alan und Ted hätten sofort ein Gespräch mit den Matrosen angefangen, und auch mit dem Soldaten; ihr Ehemann hätte dasselbe getan. Aber sie brachte es nicht über sich, diesen jungen Männern offen ins Gesicht zu blicken, geschweige denn mit ihnen zu reden. Wie viele Frauen liebte Ethel Grandin den Krieg, sie liebte es, dass ihr Land daran teilnahm, sie liebte Soldaten und Uniformen; beim Klang und Anblick einer Parade mit Militärmusik füllten sich ihre Augen mit Tränen und ihre Brust drohte zu bersten; doch wenn ein Soldat oder Matrose auf der Straße Annäherungsversuche unternahm – oder Anstalten machte, zutraulich zu werden, wie es bei dem Jungen der Fall zu sein schien –, dann spielte die Uniform plötzlich überhaupt keine Rolle mehr, und sie sah in ihm nur das, was er in Wirklichkeit war: ein halbes Kind.

Manche Frauen hätten gelacht und es lustig gefunden, vielleicht auch forsch; andere hätten sich geschmeichelt gefühlt. Doch sie fühlte sich nicht geschmeichelt und fand es nicht forsch. Im Gegenteil, der Gedanke, er könnte glauben, sie interessierte sich für ihn, hatte etwas entschieden Unerfreuliches an sich. Sie richtete die Augen starr auf das Ende des Waggons, fest entschlossen, an etwas anderes zu denken und ihn aus ihrem Kopf zu verscheuchen.

Sie war froh, dass sie daran gedacht hatte, Alan und Ted bei ihrem kurzen Aufenthalt in Boston Postkarten zu schicken; sie würde in Woods Hole weitere Karten kaufen, und auch in Nantucket, bevor sie nach Sconset weiterfuhren. Sie hatte die Kinder nicht mitnehmen wollen, und als ihr Ehemann es vorschlug, nur kurz darüber nachgedacht. Sie wusste sehr genau, weshalb sie mit ihm allein sein wollte; in ihrem jetzigen verwirrten Zustand war das im Grunde das Einzige, was sie genau wusste. Es waren keine romantischen Gründe, aus denen sie ihren Ehemann ganz für sich allein haben wollte; dieser Urlaub – vielleicht schon diese Nacht – sollte vielmehr über einen Aspekt ihres Ehelebens entscheiden, der (zumindest in ihrer Vorstellung) einen kritischen Zustand erreicht hatte. Wären die Jungen dabei, würden sie die Aufmerksamkeit des Vaters oder der Mutter auf sich ziehen, und eine Entscheidung wäre unmöglich. – Doch was dieser «Aspekt» war und wie man zu einer Entscheidung kommen könnte, wusste sie nicht. Wüsste sie es, könnte sie ihrem Ehemann mit mehr Selbstvertrauen und Zielstrebigkeit gegenübertreten, als es jetzt der Fall war.

Sein Vorschlag, sie sollte die Jungen mitbringen, hatte ihr nicht geholfen. Sie war froh, dass er die Jungen vergötterte, darauf war sie immer stolz gewesen. So vielen Männern waren ihre Kinder gleichgültig, besonders wenn sie noch klein waren, doch er hatte sie vom ersten Augenblick an geliebt – hatte sich um sie gekümmert, für sie gesorgt und war ihnen mit einem Interesse begegnet, das er sonst nur an seiner Arbeit zeigte. Was die Kinder betraf, ließ sein Verhalten nichts zu wünschen übrig. Doch in letzter Zeit – besonders während der letzten ein bis zwei Jahre – hatte Ethel Grandin immer wieder das Gefühl, übergangen zu werden; er liebte die Kinder mehr als sie, brauchte sie mehr als seine Frau und schenkte ihnen mehr Aufmerksamkeit als ihr. Wieder und wieder hatte sie in letzter Zeit plötzlich einen eigenartigen Stich verspürt, wenn sie sah, wie rückhaltlos er sich einem ihrer Söhne widmete, wie liebevoll er die beiden anschaute und wie dankbar und glücklich sie ihn machten. Der Stich war nicht Ausdruck von Eifersucht, sondern des Gefühls, unerwünscht zu sein. Sie hätte viel darum gegeben, zu erfahren, ob sie ihm ebenso viel Freude bereitete wie die Jungen, ob er sie ebenso liebte. Früher war es so gewesen.

Vom ersten Augenblick an war er der einzige Mann gewesen, der sie je verstanden hatte; aber verstand er sie auch jetzt, und wusste er überhaupt, wie sie sich fühlte? Sie erinnerte sich noch ganz genau an das erste Mal, als er sie nach einer Abendgesellschaft mit nach Hause nahm, und auch, warum. Es war ein unangenehmer Abend gewesen, mehrere dumme Menschen hatten jedes gute Gespräch im Keim erstickt. Geselliger Umgang lag ihr nicht, wenn Geselligkeit hieß, mit Männern und Frauen, die sie kaum kannte und an denen ihr nichts lag, über banale Dinge zu reden. Eine der anwesenden Frauen hatte einen Hang zum Dramatischen und fing an, anderen Gästen aus der Hand zu lesen. Ethel überließ ihr widerstrebend ihre Hand, und die Frau riss vor Erstaunen die Augen auf und stieß hervor: «Sehen Sie sich diesen Venusberg an! Haben Sie in Ihrem ganzen Leben schon mal einen solchen Venusberg gesehen? Sagen Sie selbst!» Äußerst verlegen murmelte Ethel Cameron: «Man hat mir gesagt, ich hätte die Hand eines Mörders oder Selbstmörders.» Die Frau machte ein finsteres Gesicht, legte eine effektvolle Pause ein und erwiderte: «Nun, die Hand eines Mörders ist das nicht.» – Von allen Anwesenden hatte nur John Grandin verstanden, dass Ethel einfach improvisiert hatte (wie auch die Bemerkung der Handleserin über den Venusberg nur eine Improvisation gewesen war), sie hatte versucht mitzuspielen, behilflich zu sein, der Frau ein Stichwort zu geben, das sie aufgreifen konnte. Ihre Bemerkung war albern gewesen, aber sie hatte sich verpflichtet gefühlt, etwas zu erwidern. Weder sie noch John Grandin waren so verrückt, der verwegenen Interpretation der Frau irgendwelche Bedeutung beizumessen, doch sie ärgerten sich über ihre Dummheit. Kurz darauf verließen sie zusammen die Party; und eine Stunde später hatten sie sich geliebt.

In dieser Nacht war er für sie die einzige Seele auf der Welt geworden, deren Schicksal (so viel stärker als das der Kinder) unwiderruflich mit dem ihren verbunden war.

V

Bequem zurückgelehnt in seinem Sitz im Salonwagen blätterte John Grandin in der *Life*. Die Illustrierte enthielt einen Artikel über eine typische Stadt im Mittleren Westen, die man vielleicht deshalb ausgesucht hatte, weil sie die einzige «typische» Stadt im Mittleren Westen war; vier Seiten lang wurde ein neuer Film bejubelt; ein anderer Artikel zeigte Abbildungen von dem, was modische Frauen trugen, wenn sie «unter den waltenden Umständen» in ihrem Selbstversorgergarten arbeiteten. Bild der Woche war eine ganzseitige Fotografie von vier Marines, die mit dem Gesicht nach unten an einem Strand im Südpazifik lagen, Hemden und Hosen zu eng für die schon aufgequollenen Körper. Er wandte sich schnell davon ab und bemühte sich, auf andere Gedanken zu kommen.

Er dachte an den neuen Kurs im Wintersemester, den Kurs, den er als offizieller Mentor betreuen, und an die Teilnehmer, die er in vielen persönlichen Gesprächen kennenlernen würde. Er fühlte sich geehrt, dass er für diese Aufgabe ausgewählt worden war, geehrt, dass man ihn offenbar für so weise, einfühlsam und engagiert hielt, der Jugend etwas so Schwieriges zu vermitteln wie «Ratschläge». Er spürte deutlich die Verantwortung und hoffte von ganzem Herzen, dass es ihm gelingen würde, jedem dieser jungen Leute wenigstens etwas von dem zu geben, das sie ihrer eigenen Meinung nach brauchten. Außerdem fühlte er sich geehrt, dass die Arbeit, auf die er so viel Zeit und Arbeit verwandt hatte, schließlich von einem Verlagshaus angenommen worden war. Sie würden bei Gott in finanzieller Hinsicht keinen großen Ertrag damit erzielen; es war ein reines «Prestigeprojekt», wie man in der Branche dazu sagte; doch vielleicht würden die wenigen Hundert, die in der Lage waren, dem Buch immerhin mit einem Abglanz des Interesses zu begegnen, das er selbst ihm in Hunderten von Stunden entgegengebracht hatte, seine Arbeit als das anerkennen, was sie sein wollte: die ernsthafte Untersuchung eines ernsthaften Gegenstands, der Mühe wert, die er darauf verwandt hatte. Er rechnete nicht damit, für *Das tragische Ideal* Auszeichnungen zu bekommen, doch er erwartete – und wünschte sich – ein höheres Ansehen unter den Kollegen, und vielleicht ein halbes Dutzend kluger Briefe, die ihm mitteilten, dass ihre Verfasser wussten, worauf er hinauswollte, dass auch sie schon oft diesen Gedanken gehabt hätten, aber selbst noch nicht weit genug in die Materie vorgedrungen wären, um ihn auch nur halb so gut zum Ausdruck zu bringen: das höchste Lob, das ein Autor erwarten konnte – im Grunde der einzige Grund zu schreiben.

Weit voraus – sozusagen an der Spitze des Zugs – stand Ethel und wartete auf ihn. Er fragte sich, ob sie wohl ihre Meinung geändert und als Überraschung doch noch eins der Kinder mitgebracht hatte. Ein müßiger Gedanke, denn obwohl er mehrmals angedeutet hatte, wie schön eine solche Reise für die Jungen wäre, hatte sie darauf bestanden, dieser Urlaub gehöre nur ihm und ihr und niemandem sonst. Nach der Fahrt von Boston zum Cape würde sie verschwitzt sein, ihre Haut gerötet, aber dennoch würde sie alert und jugendlich wirken, alles an ihr so jung, attraktiv und straff wie stets; denn sie hatte noch immer die Figur eines Mädchens, und selbst im Gesicht fanden sich wenige Spuren, die verrieten, dass sie schon über dreißig war. Beim Wiedersehen nach einer Trennung – und besonders, wenn die Kinder nicht dabei waren – war er immer wieder verblüfft, wie jung sie wirkte, und er beglückwünschte sich zu ihrer äußeren Erscheinung, umso mehr, als an den offen taxierenden Blicken anderer Männer abzulesen war, dass er sich einen sehr glücklichen Ehemann nennen konnte. Das war er wirklich; doch wie überrascht wären diese Männer, wenn sie wüssten, in welche glühende und hilflose Verzweiflung, in welchen Zorn er sich hineinsteigern konnte, wenn er sah, wie penibel sie eine Olive aß oder einen Briefumschlag anfeuchtete (ihre kleine Zunge zuckte dabei hin und her wie die einer Eidechse), oder wenn sie den Tankwart zu Dingen befragte, die sie niemals verstehen und er niemals erklären könnte … Doch vielleicht wären sie gar nicht sehr überrascht, denn dies waren die Unaussprechlichkeiten jeder Ehe – unaussprechlich im wahrsten Sinn des Wortes, denn wenn ein Mann auch hundert Eigenschaften und Angewohnheiten seiner Frau kritisieren konnte, die ihm missfielen, so könnte er ihr doch niemals sagen: Ich hasse die Art, wie du eine Olive isst oder einen Briefumschlag anleckst. Für eine Frau, die ihren Ehemann liebte, wäre das nichts anderes, als hätte er gesagt: Ich hasse alles an dir – ich hasse dich.

Er staunte selbst über die Wucht dieses Gedankens, und dann musste er beinahe lächeln; natürlich entsprach nichts von alldem der Wahrheit. Es war lediglich ein weiteres Beispiel für die Ungewissheit der Ehe, die Missverständnisse, auf die man achten, und die Gefahren, vor denen man auf der Hut sein musste. Genau aus diesem Grund sprach man nicht über die kleinen Ärgernisse, die manchmal das Glück zu überschatten schienen. Denn war das Ereignis vorbei und der Grund der Verzweiflung beseitigt, war auch die Wut verflogen, selbst die Erinnerung daran; und der Mann wunderte sich über sich selbst, so wie er sich jetzt wunderte, und nahm sich vor, das nächste Mal, wenn sich die Wut regte, daran zu denken, dass er das vorige Mal im Nachhinein darüber lächeln konnte und es auch jetzt tun sollte. Er stand auf und ging zum Herrenwaschraum, um eine Zigarette zu rauchen.

Zum Glück hatte er sein Buch nicht mitgenommen. Es wäre unmöglich gewesen, dort etwas zu lesen. Im Vorraum des WCs saß mindestens ein halbes Dutzend Männer eng zusammengepfercht auf der schwarzen Sitzbank und dem schmalen Ledersitz neben der Tür. Mit Ausnahme eines attraktiven Burschen in Khaki waren sie durchweg mittleren Alters. John fand einen Stehplatz, wo er keinem im Weg stand, der den Waschraum betreten wollte, und zündete sich eine Zigarette an.

Die hervorstechendste Erscheinung unter den Anwesenden war der junge Mann, und das nicht nur wegen seiner Uniform. Er fiel vor allem durch die große Aufmerksamkeit, ja, Bewunderung auf, die die anderen ihm entgegenbrachten. Grandin konnte nicht erkennen, zu welcher Waffengattung der junge Mann gehörte, und deshalb brachte er seine Frage in einer Gesprächspause zur Sprache.

Einer der Männer sah ihn strafend an. «Sehen Sie das nicht? Er ist Fallschirmjäger!» Johns Unwissenheit rief allgemeines Erstaunen hervor.

Er bemerkte daraufhin das Abzeichen am Ärmel des Jungen und wunderte sich, dass von jedem erwartet wurde, es zu kennen. Er konnte sich nicht erinnern, das kleine rot-weiße Symbol schon einmal gesehen zu haben; und wenn doch, dann hatte er nicht gewusst, was es bedeutete. Die Abzeichen von Army und Navy (die offenbar allgemein bekannt waren) sagten ihm gar nichts – genauso wenig wie die geheimnisvollen Tabellen beim Baseball.

Der Fallschirmjäger war auf seine schlanke, adrette Art recht attraktiv, und offensichtlich stammte er aus gutem Hause. Bereitwillig gab er über sich Auskunft. Er kam aus einem Ausbildungslager in Georgia und war unterwegs zum Ferienhaus seiner Familie auf Nantucket, in dem er seit seiner Kindheit jedes Jahr den Sommer verbracht hatte. Er war bei Weitem keiner dieser blutrünstigen, brutalen jungen Tunichtgute, die, wie derzeit oft gesagt wurde, den idealen Fallschirmjäger abgaben. Dieser Bursche hatte aristokratische Nasenflügel, schöne Hände und gepflegte Zähne und Nägel. Er war umgänglich und kultiviert und konnte sich ohne jede Schüchternheit unbefangen und mühelos ausdrücken; er wusste, das Interesse der älteren Männer war ihm sicher.

Sein Mangel an Zurückhaltung war eindeutig nicht seine Schuld. Die anderen bedrängten ihn so sehr mit ihrer Bewunderung und traktierten ihn derart mit ihren Fragen (mit denen die Fragenden in erster Linie ihr eigenes Wissen zur Schau stellen wollten), dass es einem weniger disziplinierten jungen Mann zu Kopfe gestiegen wäre. Obwohl man außer den wenigen Fakten, die er selbst preisgegeben hatte, nichts über ihn wusste, behandelte jeder den Fallschirmjäger voller Ehrfurcht wie einen Held. Einzelheiten über seine Ausbildung wurden mit Nicken und wissenden Blicken quittiert, man murmelte gut hörbar «Netter Junge», «Raues Leben» oder «Der hat Nerven», und immer wieder «Netter Junge», und der junge Mann freute sich und tat, als hörte er es nicht. Mitzuerleben, welche Bewunderung, ja, sogar Zuneigung in diesem überfüllten Raum einem Jungen, den keiner kannte, von allen Seiten entgegengebracht wurde, berührte und verwirrte John Grandin. Es lag natürlich an der Uniform, und an der Gefahr; und daran, dass sie alle nicht mehr jung waren.

Im Abteil lag seine Reiselektüre neben dem Sitz auf dem Boden, die aufgeschlagene Seite nach unten, wie er das Buch hingelegt hatte, als er gegangen war. Er hob es auf, zog die Jalousie ein Stück herunter und machte es sich zum Lesen bequem.

Er wusste nicht, warum er aus all den Bänden in seiner Bibliothek ausgerechnet *Die gesammelten Gedichte* von A. E. Housman als Reiselektüre gewählt hatte. Doch es war ein Buch, das er immer wieder lesen konnte, egal ob flüchtig oder intensiv – er konnte es an jeder beliebigen Stelle aufschlagen und fand immer eine beglückende Lektüre. Anfangs lenkte ihn ab, dass so viele Seiten an den Ecken umgeknickt und so viele Zeilen unterstrichen waren, und er fragte sich, welche Saite ein bestimmter Vers oder ein ganzer Absatz wohl bei einem früheren Lesen in ihm angeschlagen und ihn dazu bewogen hatte, ihn zu zitieren. Viele der Unterstreichungen wunderten ihn; in den meisten Fällen konnte er den Grund dafür beim besten Willen nicht mehr erkennen. Er strich die Eselsohren wieder gerade und konnte bald darauf auch die Anstreichungen ignorieren und das Buch genießen.

Genuss war eigentlich nicht das richtige Wort; er erlebte eine Überraschung, die man bei einem so vertrauten Buch nicht für möglich halten sollte. Das Thema der Gedichte war ihm bestens vertraut, doch plötzlich kam es ihm vor, als habe er niemals wirklich darauf geachtet; mit Sicherheit hatte er die Bedeutung dieses Themas noch nie so stark empfunden.

Etwas simpel auf den wichtigsten Aspekt reduziert besagte es, dass der vorzeitige Tod junger Menschen, besonders auf dem Schlachtfeld, Schönheit und die hochmütige Ironie des Schicksals in sich barg; diesen Gedanken ergründeten die Gedichte wieder und wieder mit einer feinsinnigen Perfektion, deren Kunstfertigkeit ihm einst den Atem geraubt hatte. Zeile um geistreiche Zeile, die er sonst so beglückend empfunden hatte, riefen nun seinen Widerwillen hervor. Unter der Anmut jeder fein gedrechselten Strophe lag ein Zynismus, dessen Bitterkeit stärker war als die wundervollen Worte des Dichters: morbid, grausig, nekrophil - durch eine Verliebtheit, ja, eine Lust am Grab befleckt. Die Verse rochen nach Verwesung; keine noch so glücklich gewählte Formulierung konnte das schmutzige Grauen bemänteln. Dass sie dem Thema dahingeraffter Jugend nicht nur einen gewissen Zauber, sondern auch geistreiche Aperçus abgewinnen konnten, trieb die Verunglimpfung auf die Spitze und setzte ihr die Krone auf. Epigramme! Sein Geist reagierte empört; er, der an die Freiheit der Kunst glaubte, ohne Ansehen ihres Gegenstands, und weder politische noch andere Einschränkungen akzeptierte, gerade er kam zu der schockierenden Schlussfolgerung, dass ein solcher Band in Kriegszeiten verboten werden sollte. - Er ging noch einmal rauchen.

Dieselbe Gruppe von Männern bewunderte noch immer den gut aussehenden und umgänglichen Fallschirmjäger; als John eintrat, sprang zu seiner Überraschung ein großer blonder Soldat in Khaki und schweren Springerstiefeln auf und bot ihm seinen Platz an. Die höfliche Geste kam so unerwartet, dass John Grandin im ersten Moment nicht wusste, wie er reagieren sollte. Natürlich lehnte er ab; er hätte es wirklich lächerlich gefunden, einem Soldaten den Platz wegzunehmen. Außerdem war die Geste so offensichtlich im Altersunterschied begründet, die Höflichkeit eines jungen Mannes einem älteren gegenüber, dass er zugleich peinlich berührt und belustigt war. Während ihres kurzen Geplänkels bekam er den Eindruck, dass der stämmige Soldat wahrscheinlich aus einem der Großraumwagen herübergekommen war, um sich anzuschauen, wie ein Salonwagen aussah, und sich nicht besonders wohl in seiner Haut fühlte: Er schien verlegen und fühlte sich offensichtlich fehl am Platze. Außerdem registrierte Grandin, dass der Bursche blaue Augen hatte, sandfarbenes, lockiges Haar, das von langer Sonneneinstrahlung ganz ausgebleicht war, und ein stark gebräuntes Gesicht. Er war, in jeder Hinsicht, gewaltig.

Einer der Männer ging, und John setzte sich auf dessen Platz am Fenster, direkt neben den Soldaten. Er spürte den Druck der kräftigen Schulter gegen die seine; er mochte es nicht, so dicht neben anderen Menschen zu sitzen, erst recht neben Fremden, aber es war nicht genug Platz, um abzurücken. Der Fallschirmjäger führte, von seinen Bewunderern angestachelt, noch immer das Wort. Der Soldat hörte ihm zu wie alle anderen; er folgte seinen Worten mit distanzierter, aber höflicher Aufmerksamkeit, die Hände über dem kräftigen Knie gefaltet, die Ellbogen angewinkelt, als versuchte er, so wenig Platz wie möglich einzunehmen. John Grandin spürte seine Anspannung und hätte am liebsten gesagt: Nur die Ruhe, Soldat, solange du Uniform trägst, hast du jedes Recht, hier zu sein.

Es konnte kaum einen größeren Unterschied geben als den zwischen dem verlegenen Soldaten und dem selbstbewussten, gebildeten Fallschirmjäger. Der Unterschied war so augenfällig, dass der Letztere alle Bewunderung auf sich zog und keiner dem Burschen, der zu groß für seine Kleidung schien und unbehaglich auf der Bank kauerte, irgendwelche Beachtung schenkte. Was immer er zuvor zum allgemeinen Gespräch beigetragen oder worüber er sich mit dem Fallschirmjäger unterhalten haben mochte, musste eher belanglos gewesen sein, denn der andere beherrschte den kleinen Raum noch immer, als trüge nur er hier eine Uniform. Grandin hatte aufgeraucht, warf die Zigarette in den Spucknapf und ging hinaus; als er den Raum verließ, lächelte ihm der blonde Soldat verkrampft zu, noch immer höflich und beflissen.

Der Zug fuhr langsam durch eine hübsche, parkähnliche Ortschaft, und durchs Fenster sah er mehrere weiß gekleidete Paare auf Tennisplätzen herumspringen, die, solange man keinen von ihnen genau fixierte, wie Spielplätze in Manhattan wirkten, auf denen Kinder aus den umliegenden Häusern spielten. Tennisbälle sausten im Zickzack durch sein Blickfeld, durch die Bewegung des Zugs verschwammen sie zu Bändern aus weißem Stoff; sie erinnerten John Grandin an das unablässige Tennisspiel vor seinem Seminarraum, das ihn den ganzen Frühling über so sehr abgelenkt hatte …

An einem der ersten warmen Tage im April war ihm das *Deng Dong* hin und her geschlagener Tennisbälle aufgefallen, das zu dem Raum, in dem er unterrichtete, hinaufdrang. Es war ein angenehmes Geräusch; weit davon entfernt, ihn zu unterbrechen, war es eine geradezu poetische Begleitung seiner Rede und völlig im Einklang mit dem warmen Sonnenschein, der durchs Fenster fiel, und den ersten sinnlichen Vorboten des Sommers, die in der Luft lagen. Jeden Morgen nahm er sich vor, am Ende der Stunde zum Fenster zu gehen und den Spielern zuzuschauen, doch in den ersten Tagen hatte er den Vorsatz bis zur Pause zwischen den Kursen wieder vergessen. Vor einem Monat schließlich war er des Morgens ans Fenster getreten. Auf den drei Plätzen dort unten spielten zwölf junge Männer; sie trugen weiße Tennisschuhe, dicke weiße Socken und weiße Shorts, sonst nichts, ihre Schultern waren von der Sonne bereits leicht gerötet. Unwillkürlich trat er einen Schritt zurück ins Dunkel des Raums, blieb wie angewurzelt stehen und beobachtete durchs Fenster die energisch geschleuderten Arme, das Muskelspiel auf den schlanken Rücken und die fast formlosen Beine, die so wirkten, als wären sie wie Kolben oder Pleuelstangen ausschließlich zum Zweck der Bewegung entworfen; und zu seiner eigenen Überraschung merkte er, dass er das Verhalten dieser Studenten missbilligte. Zu seiner Zeit waren Shorts – auf jeden Fall jedoch bloße Oberkörper – nicht erlaubt gewesen, selbst auf einem Campus, der noch keine Koedukation kannte. Seine Verwirrung hatte nichts mit Prüderie zu tun – im Gegenteil, sie resultierte aus dem vollen Bewusstsein über den antiken Charme der Szene; es war eine puritanische Missbilligung, denn der Anblick war viel zu verlockend, es war eine solche Freude, ihnen zuzuschauen, doch schließlich waren sie hier, um zu arbeiten, für Spielerei war keine Zeit. Das so lebendige Szenario unter seinem Fenster ließ einen ganzen Schwarm sinnlicher Erinnerungen in seinem Geist aufsteigen, an seine Jugend, an Sport und an das Leben im Freien, das er so sehr vernachlässigt hatte, und an die Sehnsucht nach dem Sommer. Mit anderen Worten, die Tennisspieler lenkten ihn ab. Hunderte gingen an den Plätzen vorbei und warfen den Spielern allenfalls flüchtige Blicke zu; doch manchen einzelnen Passanten, der allzu sehr in den Bann dieses Schauspiels gezogen wurde – oder den, der, aus seiner Konzentration gerissen, am Fenster des Seminarraums stand –, mochte diese Bekleidung traurig stimmen. Deprimiert ging er wieder zu seinem Schreibtisch im Halbdunkel des Raums, um die nächsten Studenten zu erwarten; und noch tagelang erklang das *Deng Dong Deng* der Tennisbälle wie ein sanfter Wechselgesang im Hintergrund seiner Vorlesungen. Er fragte sich, ob die Studenten merkten, wie schwer es ihm fiel, nicht den Faden zu verlieren; und bis zum Ende des Semesters trat er nie wieder ans Fenster, um zu den Spielern hinunterzuschauen …

VI

Im hinteren Teil des Großraumwagens schlug eine Tür; Zeitungsfetzen wehten oder rutschten über das schmierige Linoleum des Mittelgangs; ein heißer Wind, der nach Stadtgas roch, wehte durch den Waggon. Der junge Matrose mit dem pfiffigen Blick schlug die Beine übereinander und rutschte noch tiefer in seinen Sitz hinein, bis sein Hintern fast frei in der Luft hing; er schwenkte ihn aufreizend hin und her, bis seine dunkle Hose, die keinen Hosenschlitz hatte, über dem Schritt spannte. Er verschränkte die Arme. Ethel Grandin wusste, dass er sie angrinste und ihren Blick einzufangen versuchte. Sie sah sich nach einem anderen freien Platz um. Der Waggon war voll besetzt. Sie schloss die Augen, wie der andere Matrose, der an der Fensterscheibe lehnte, und gab vor zu schlafen.

Nicht allein, dass Ethel Grandin ihren Ehemann liebte, sie war noch immer in ihn verliebt. Es hatte für sie nie einen anderen gegeben, und dabei würde es bleiben. Wenn sie sagte, dass sie ihn liebte, weil er netter zu ihr war als irgendein anderer Mann, dem sie je begegnet war, war das nicht als Herabsetzung seiner oder ihrer Liebe gemeint. Es war die reine Wahrheit; und für eine Frau, die sich seit je vor dem Männlichen fürchtete, hatte es viel zu bedeuten. Merkwürdigerweise mochte sie die Männer und zog ihre Gesellschaft der von Frauen entschieden vor, aber seit jenem Tag, als sie im Alter von dreizehn Jahren mittags von der Schule nach Hause kam und in ihrer Unterhose mysteriöse Blutspuren fand, war die Furcht vor den Männern zu ihrer zweiten Natur geworden. Damals hatte ihre Mutter sie bei den Schultern genommen und in schrecklichem, wildem, drohendem Ton hervorgestoßen: «Von nun an passt du auf, dass kein Junge dich anfasst, hörst du? *Ich warne dich!*» Aus Gesprächen ihrer Freundinnen hatte sie sehr viel später genug aufgeschnappt, um zu verstehen, was ihre verängstigte Mutter ihr widerwillig zu erklären versucht hatte; doch die Angst vor den Männern schlug Wurzeln und blieb bestehen, und noch immer konnte sie nicht behaupten, wirklich frei davon zu sein. Solange sie sich der Liebe ihres Ehemanns gewiss sein konnte, konnte sie diese Angst beherrschen. Ohne diese Gewissheit ging ihr Selbstvertrauen verloren.

Wenn er bei ihr war, hatte sie niemals Angst gehabt, nicht einmal zu Anfang. Dass er ausgerechnet sie ausgewählt hatte, machte sie zu einer wichtigen Frau, wenn auch nur für einen einzigen Mann; und seine Leidenschaft hatte in ihr Gefühle zum Leben erweckt, von denen sie zuvor nicht einmal geträumt hatte. In der Anfangszeit, als die Liebe ihnen so große Schwierigkeiten bereitete, war er der Inbegriff von Takt und Rücksicht gewesen, ganz anders als andere Männer, von denen sie gehört hatte. In seinen Umarmungen öffnete sie sich ihm und war so sehr sie selbst wie nie zuvor in ihrem Leben: lebendig, bewusst, voll Vertrauen in die Zukunft und ihren Platz darin. Sie veränderte sich in wenigen Wochen. Als junges Mädchen hätte sie keinem geglaubt, der ihr vorhergesagt hätte, dass sie eines Tages mit einem Mann schlafen würde, ohne mit ihm verheiratet zu sein, doch sie hatte mit John Grandin geschlafen, es ebenso gewollt wie er und nicht im Geringsten als Sünde empfunden (trotz der besorgten Warnungen ihrer Mutter), ja, sie war nicht einmal überrascht gewesen, außer über die Entdeckung, dass der Akt der Liebe ganz und gar keine einfache Angelegenheit war.

Wie viele Stunden hatten sie sich anfangs miteinander abgemüht, unter Schmerzen; sie war so begierig auf den nächsten Schritt gewesen und hatte doch Angst vor dem, worin er bestehen würde; schließlich glaubte sie, verzweifelt und hoffnungslos, sie sei dem nicht gewachsen. Sie erinnerte sich noch an eine schreckliche Nacht, in der sie sich plötzlich aus seinen Armen gerissen und zur Wand gedreht hatte, um ihren Kummer und ihre Scham aus sich herauszuweinen; doch er hatte sie ganz erstaunt wieder an sich gezogen und zärtlich geflüstert, «Liebling … was ist denn nur»; ihre Tränen liefen über seine Schulter, weil sie noch immer das Elend beweinte, dass der Liebesakt für sie so schmerzvoll war, und noch immer ohne jede Hoffnung, ihn je vollziehen zu können: «Ich bin nicht die Richtige für dich, mit mir stimmt etwas nicht …» Doch er hatte sie getröstet und geflüstert, «Liebling, weißt du denn nicht, dass ich dich liebe, auch ohne das? Was spielt diese Nacht schon für eine Rolle ...» Erst viel später verstand sie wirklich, wie sanft, beherrscht und vernünftig er gewesen war. Die meisten Männer hätten ohne Rücksicht darauf, wie unerfahren und verschlossen sie war, die Sache zu Ende gebracht und sich ihre Befriedigung verschafft, ohne viele Gedanken daran zu verschwenden, ob sie dem Mädchen Schmerzen zufügten oder es verlieren könnten. Er war ganz anders gewesen; er hatte sie so sehr geliebt, dass er warten konnte. Eine fast weibliche Intuition hatte ihm gesagt, wie sie sich fühlte, und er hätte ihrer Unwissenheit nicht freundlicher und geduldiger begegnen können. Dies war eine der Erfahrungen, für die sie ihm immer dankbar gewesen war. In diesem so wichtigen Augenblick ihres Lebens hatte er sie nicht enttäuscht, und das Ergebnis war: Sie hatte sich in ihn verliebt, und diese Liebe hatte sie bis heute nicht verlassen.

Das Glück der Liebe hatte sich bald in das solidere Glück der Ehe gewandelt. Sie hatte nichts über Sex gewusst. Noch im College, wenn die Mädchen im Schlafsaal darüber redeten, war sie hinausgegangen - vielleicht war sie prüde, aber sie konnte nicht anders. Alles, was sie jetzt wusste, hatte sie von ihrem Ehemann gelernt; und nachdem der erste Schritt getan war, war noch so viel zu lernen gewesen. Vielleicht war es ein unreifer, kindischer Gedanke, aber nun, mit einem Mann, der sie liebte, einem Ehemann nur für sie allein, war es zum ersten Mal wunderbar, erwachsen zu sein, frei, sich der Liebe hinzugeben, ohne sich um die Meinung der Eltern scheren zu müssen, ja, ohne dass sie überhaupt darum wussten. Und sie hatte ihm gutgetan; sie wusste, dass sie ihm immer gutgetan hatte. Das jetzt zu leugnen oder sich vorzuwerfen, es sei nicht so gewesen, hieße, alles zu leugnen, was in der Vergangenheit zwischen ihnen gewesen war. Aus diesem Grund waren die Vorgänge der letzten Zeit so verwirrend und demütigend für sie, deshalb ging ihr das Selbstvertrauen, das sie erst in der Ehe gefunden hatte, so schnell verloren.

An welchem Punkt hatte sie versagt? Irgendetwas in ihrer Ehe stimmte nicht. Aus welchem anderen Grund könnte sie so unsicher geworden sein? Ihr Mann schien sich von ihr zu entfernen, das war ihr in der letzten Woche klar geworden. Hatte er das Interesse verloren? Bedeutete ihm ihre körperliche Liebe nicht mehr dasselbe wie ihr? Ehemüdigkeit war etwas Furchtbares, aber andere, vor ihnen, hatten sie überwunden, und auch sie würden sie überwinden – vorausgesetzt, sie fanden heraus, welche Gründe dafür verantwortlich waren, Gründe jenseits von Gewöhnung, Ruhelosigkeit oder Langeweile. Sie hatte ihm immer noch so viel zu geben, aber er schien vergessen zu haben, dass jemand auf ihn wartete. Welcher Teil der Schuld lag bei ihr? Sie wusste nicht, wie sie das herausfinden könnte, denn sie hatte keinerlei Ansatzpunkt. Doch während der letzten Woche, die sie in Maine verbracht hatte, ohne ihren Mann, in dessen Gegenwart sie das, was ihr durch den Kopf ging, oft nicht aussprechen konnte (weil sie ihn liebte) – in dieser Woche war es ihr gelungen, die letzten Jahre ihrer Ehe in neuem Licht Revue passieren zu lassen, und die Schlussfolgerungen, zu denen sie gelangt war, waren beunruhigend und beängstigend. Trotz der furchtbaren Ungewissheit der vielen, vielen Nächte, die sie allein in ihrem Bett verbracht hatte, während ihr Ehemann in seinem Arbeitszimmer saß, hatte sie dennoch geglaubt – weil sie daran gewohnt war, es zu glauben –, dass sie glücklich verheiratet war. Jetzt hatte sie die bittere Wahrheit erkannt, dass die Rolle, die sie in seinem Leben spielte, kaum mehr war als die einer Haushälterin.

VII

Hinter ihm redete jemand über Swing. «Sie müssen sich diese neuen Kompositionen einmal genau anschauen», sagte die Stimme, «wirklich, tun Sie das unbedingt. Glauben Sie mir, Lionel Hamptons Einspielung von *Central Avenue Breakdown* ist genauso raffiniert und komplex wie irgendwas von Bach, Vater *oder* Sohn. Die Leute merken das gar nicht!» John Grandin griff nach seiner Ausgabe des *Life*-Magazins.

Das Heft klappte an der Seite auf, auf der das Bild der Woche zu sehen war, die ganzseitige Fotografie der vier toten Marines, und dieses Mal betrachtete er das Bild gründlich und nachdenklich. Die Leichen lagen mit dem Gesicht nach unten auf dem Strand, sehr nah am Wassersaum; sie ruhten im Sand, der sie schon bald bedecken würde. Der Strand war übersät mit abgebrochenen Palmwedeln, und im Hintergrund sah man die kahlen Stämme der Palmen, erbärmlich zerfetzt und verwüstet. Kaum einige Meter von den reglosen Körpern entfernt rollten die letzten Ausläufer der Brandung näher und näher heran und versickerten im Sand. Die greifbare Stille der Szene, ihre unaussprechliche Einsamkeit kündete wie ein gellender Schrei von den erbitterten Kämpfen, die erst kurz zuvor auf diesem Strand getobt hatten. Doch die Kämpfe waren vorüber, nur der Kameramann war geblieben. Rein bildlich, ohne die Macht der Worte, bewahrte diese Fotografie die Einsamkeit des Todes in seltsamer, melancholischer Schönheit – aus dem kollektiven Sterben waren vier einsame Tode hervorgegangen, unendlich anrührend, denn die Marines wussten nichts vom Fotografen, vom Ausgang des Kampfes, von den Wellen, die neben ihnen anbrandeten, noch voneinander oder vom unbekannten Betrachter, der sie ungerührt oder erregt im Sessel seines Zugabteils betrachtete. Er klappte die Zeitschrift zu und griff nach seinem Buch.

Plötzlich schämte er sich für seine Reaktion auf die Gedichte und den Dichter, er schämte sich, so heftig geurteilt zu haben; das verstieß gegen jeden Grundsatz seiner Überzeugungen und seines Geschmacks. Wer wusste besser als er, dass der Tod im Jugendalter das «passendste» und von den Dichtern unter allen menschlichen Erfahrungen bevorzugte Thema der

Poesie war; wenn das Herz sich zusammenkrampfte, wurde das ästhetische Empfinden erhöht und befriedigt. Sollte der Künstler doch Epigramme schreiben, wenn er sich dazu entschied, solange nur das Ergebnis so schön war wie ihr Gegenstand ... *Tot liegen wir nun hier, weil wir nicht leben wollten, Wenn dieses Leben Schande bringt dem Land, aus dem wir kamen. Man sagt, dass wir des Lebens Wert nicht überschätzen sollten, Das tun nur junge Leute, jung, wie wir es waren ...* Jahrhundertelang waren die Dichter ein wenig in den sanften Tod verliebt gewesen; und wenn der nachdenkliche Reim gut gelang oder der Ausdruck glückte, so war dies keine Verleugnung, sondern geradezu eine Steigerung der Ironie des Schicksals und der tragischen Gefühle des Künstlers. Selbst ein so unbehauener Dichter wie sein geliebter Walt Whitman, der die dandyhafte Dekadenz so schroff zurückwies, hatte die Schönheit des Todes in vielen anspruchsvollen, männlichen Gesängen gefeiert ... Und war es Bach Vater oder Bach Sohn, so fragte er sich mit einem Lächeln, der *Komm, süßer Tod* komponiert hatte? – Seine Stimmung hob sich; für den Moment hatte er sich wieder gefangen.

Im Waggon wurde es lebhaft. Einige Fahrgäste waren aufgestanden, um aus dem Fenster zu schauen; auch John Grandin stand auf. Der Zug rumpelte über eine lange Stahlbrücke. Darunter glitt ein U-Boot langsam den Fluss abwärts zum Sund. Einen Augenblick lang befand es sich direkt unterhalb des Zugs, im rechten Winkel zur Brücke; dann bekamen sie es vollständig zu sehen, es war länger, schlanker und lag höher im Wasser, als er erwartet hätte. Es war perlgrau gestrichen und wirkte brandneu. Er wünschte, Alan könnte es sehen; ja, und Ted ebenfalls; Alan hätte vielleicht seine Typenbezeichnung und Tonnage gewusst und auch das Schwesterschiff gekannt. Er sah mehrere Männer in Baumwollhosen und Unterhemden auf dem schmalen Deck stehen; ihre roten Arme leuchteten in der Sonne, als sie den Passagieren im Zug zuwinkten. Ein Mann sprang auf und ab und spielte für sein begeistertes Publikum den Clown; andere standen ruhig da, die Arme in die Hüften gestemmt, und machten sich ihre eigenen tiefen, spöttischen oder verächtlichen Gedanken. Die Fahrgäste blieben noch eine Weile an den Fenstern stehen, als das U-Boot auf seiner Fahrt hinaus auf See außer Sicht geraten war; dann nahmen sie wieder ihre Plätze ein, und zwei oder drei von ihnen warfen sich ohne besondere Absicht Blicke zu.

Alan sammelte in einem Notizbuch die Namen, die Piloten ihren Bombern gaben, und hatte selbst noch einige hinzugefügt: *Hell's Angel, The Avenger, All-Out Alan*. Er hoffte inbrünstig, der Krieg würde lange genug dauern, dass er noch daran teilnehmen konnte. Ted, der gar nicht wusste, was Frieden war, glaubte, der Krieg würde ewig weitergehen. John ging in den Speisewagen und fand einen freien Platz.

Der Kellner setzte ihn zu einem Ehepaar an den Tisch, das gerade seine Mahlzeit beendet hatte. Sie waren ungefähr in seinem Alter. Der Mann durchbohrte ihn mit einem Blick, der ihm feindselig vorkam, sagte aber im nächsten Augenblick ganz höflich, «Schöner Tag heute.» Er stellte sich und seine Frau als Mr und Mrs Howard vor; oder einfach nur Sarah und Bill, fügte er hinzu.

Obwohl er zu Albernheiten neigte, war Mr Howard freundlich und natürlich und behandelte Mrs Howard sehr zuvorkommend. Soweit Grandin beurteilen konnte, war dies ein Mann, der seine Frau liebte – beharrlich, lebenslang liebte. Seine heitere Spontanität, beinahe die Unbeschwertheit eines Tieres, würde wahrscheinlich die Verliebtheit der Howards bis zum Jüngsten Tag bewahren. Seine Frau war um die vierzig, groß, mit einem breiten und recht griesgrämigen Gesicht. Ihre Augen und Augenbrauen blickten voll immerwährender Geringschätzung, als beklagte sie sich, dass nichts gut genug für sie sei: Warum musste man sich mit solchen Dingen nur abgeben, was *hatten* die Leute bloß? Sie war eine Frau, die geliebt wurde, also ließ sie sich gehen.

«Dieser Kuchen ist altbacken», sagte sie zu ihrem Mann.

«Aber wenn wir uns beschweren, kriegen wir natürlich wieder nur zu hören, wir befänden uns im Krieg.»

«Ach komm, Mama», sagte Mr Howard.

Auf dem Weg zurück zu seinem Platz machte Grandin eine Pause im Vorraum des WCs, um eine Zigarette zu rauchen. Ein am Zahnstocher kauender, kumpelhafter Mann kam herein. Als er den Fallschirmjäger erblickte, rief er, «Mensch, Jimmy, wie geht's dir, Bursche? Dachte schon, diesen Sommer kriegten wir dich überhaupt nicht zu sehen. Komm nachmittags mal im Srail Club vorbei, dann machen wir einen drauf.»

«Ich hab nur eine Woche Urlaub, Richter, da komm ich nicht raus nach Sconset. Lohnt nicht, oder?»

«Na, das weiß ich nicht», sagte der Richter langsam und sah sich verschmitzt im Abteil um. «In Sconset sind acht Tage besser als gar nichts, aber in Nantucket ist das 'ne Menge Zeit», und er zwinkerte Grandin gutmütig zu.

Der Fallschirmjäger widersprach energisch, und als hätten sie es zuvor so vereinbart, stürzten sich die beiden in eine lebhafte Debatte über die Vorzüge ihrer jeweiligen Ortschaften auf der Insel, eine Debatte, die wie eine Routine, beinahe wie ein Ritual wirkte, das unter langjährigen Bewohnern Nantuckets so üblich war. Obwohl sie freundlich geführt wurde, zog sich die Debatte so engagiert und beharrlich in die Länge, dass Grandin, nachdem er seine Zigarette geraucht hatte, froh war, zu seinem Platz zurückzukehren.

Die Landschaft, die vor dem Fenster vorbeizog, war einladend, ländlich und von ganz eigenem Charakter. Sie war nicht mit dem New England zu vergleichen, das er während seiner Besuche bei den Schwiegereltern in Maine kennengelernt hatte, und auch nicht mit Williamstown, wo er das College besucht hatte. Hier gab es weite, hügelige Felder, nur wenig Wald, große Sandflächen, die mit Kieferngestrüpp übersät waren, und immer spürte man die Nähe der See – fast meinte man, sie zu hören. Unerklärlicherweise empfand John Grandin eine Art Nostalgie für die Atlantikinsel, die er bald kennenlernen würde. Er lehnte sich in den bequemen Sessel zurück und versuchte ein wenig zu schlafen.

Wie er träge mit halb geschlossenen Augen im Waggon umherblickte, fühlte er sich dem Schlaf bereits sehr nah; das leichte Schaukeln des Zuges tat ein Übriges. Menschen passierten sein verschwommenes Blickfeld, doch er bemerkte sie kaum, wusste nicht, wer oder was sie waren. Er fragte sich, wie das Hotelzimmer wohl aussehen würde, und dachte an Ethel …

… Bei der Erinnerung daran, wie ihre geübten Hände plötzlich seinen Rücken umklammerten, wenn sie in der Liebe den Höhepunkt erreichten, wie sie die eine Silbe seines Namens halb keuchend, halb flüsternd hervorstieß, machte sein Herz einen Sprung und er bekam weiche Knie. Nach einem solchen Beisammensein war die Welt noch tagelang in Ordnung, er war ein veränderter Mensch, glücklich bei der Arbeit, glücklich zu Hause, mit seinen Kindern und seiner Frau; seine Frau erschien ihm (dann, und nur dann) als die ideale Gefährtin, die Frau, die er liebte, weil sie ihm ein erfülltes Leben schenkte. Der Verzicht auf Sex stand zwischen ihnen wie ein eisiger Fremder, so fordernd, so bedeutungsvoll; wurde er jedoch ausgelebt, reihte er sich in die anderen angenehmen Freuden des alltäglichen Lebens ein, und man dachte kaum daran; die angespannte Atmosphäre ihres Zusammenlebens hellte sich auf, die Fröhlichkeit kehrte wieder, und die Routine ihrer Beziehung fand zu einer perfekten Balance zurück, sodass beinahe der Eindruck entstand (dann, und nur dann), der Sex sei nicht so wichtig für ihre Liebe. Er hatte im ganzen Leben keine bessere, keine andere Liebe gefunden. Deshalb war es so unfair, nur dann mit Ethel zu schlafen, wenn sie umständehalber zufällig im selben Raum oder Bett schliefen, so, wie es heute geschehen würde. Sie liebten sich, sie hatten nur sich, und das Leben war so kurz. Es kostete ihn so wenig, Ethel das Glück zu schenken, das sie sich wünschte und brauchte, und damit auch sein eigenes Glück wiederherzustellen; es war grausam, sie warten zu lassen, voller Fragen, die so selten beantwortet wurden. Was für eine Verschwendung, die Nächte über immer denselben, vertrauten Büchern zu brüten, während seine Ehe schal wurde – bei ihm war sie beinahe in Vergessenheit geraten, für sie ein ständiger, demütigender Vorwurf. Jetzt war er froh, nicht darauf bestanden zu haben, dass sie die Kinder nach Sconset mitbrachte, denn jetzt sah er, dass der bevorstehende Urlaub die Chance versprach, seine Frau zurückzuerobern, von der er sich viel zu lange zurückgezogen hatte. Mit einer nahezu jugendlichen Erregung überließ er sich der Vorstellung, wie ihre gemeinsame Nacht im Hotelzimmer, wie ihre Woche, ihre zwei Wochen verlaufen würden. Erwartungsvoll sah er der Gelegenheit entgegen, alles wiedergutzumachen, sie seine lange Teilnahmslosigkeit vergessen zu lassen. Die körperliche Liebe war eine Gewohnheit, zu der man zurückkehren konnte, genau wie die Vernachlässigung eine Gewohnheit war; und wenn er mit Ethel nach New York zurückkehrte, würde er vom Sofa im Arbeitszimmer in ihr Zimmer zurückkehren, ihr altes Schlafzimmer, das einmal auch sein Platz gewesen war.

Merkwürdigerweise verschaffte ihm dieser Entschluss einen inneren Frieden, zum ersten Mal seit vielen Monaten. Da er nun wusste, was die Nacht bringen würde, war er damit einverstanden, dass die ermüdende Fahrt ihren Lauf nahm, selbst wenn der Zug sich um Stunden verspäten sollte. Er drückte sich tiefer in die bequemen Polster, dann entspannte er jedes einzelne Glied und jeden Muskel, um den Schlaf anzulocken. Schläfrig, schon kurz vorm Einschlafen sah er durch halb geschlossene Augen, wie die vertraute Gestalt des großen blonden Soldaten, der ihm im Raucherabteil seinen Platz angeboten hatte, den Waggon betrat und auf ihn zukam.

Wie seltsam, dass er diesen Burschen als vertraute Gestalt bezeichnete; er hatte ihn zuvor erst ein Mal gesehen, und selbst dann nur wenige Minuten. Jetzt fiel ihm auf, dass er ihn bei seinen letzten Aufenthalten beim Herrenwaschraum gar nicht bemerkt hatte. Vielleicht war er dort gewesen, vielleicht auch nicht. Die erneute Begegnung war wie ein Wiedersehen, verbunden mit angenehmen, freundschaftlichen Gefühlen. Vielleicht hatte das verlegene, unbehagliche Verhalten des jungen Mannes, der so fehl am Platz wirkte, unbewusst seine Sympathie geweckt. Er sah, wie der Bursche unbeholfen den Gang entlangkam, die breiten Schultern leicht hochgezogen, die Arme ausgestreckt, um die Balance zu halten, wenn der Zug durch eine Kurve schaukelte. Sein Gesicht war typisch amerikanisch, die Personifizierung des amerikanischen Jungen – des Helden dieser Zeit, und zwar in solchem Maße, dass er beinahe aufhörte, ein Individuum zu sein. Er war der Inbegriff eines Typs.

Als er Grandins Sessel erreicht hatte, geriet der baumlange Kerl ins Straucheln und musste sich mit der Hand am Gepäcknetz über Grandins Kopf festhalten, um nicht gegen das Fenster zu prallen. In dieser instabilen Haltung sah er auf ihn hinab und lächelte. John Grandin gelang es nicht sofort, das Lächeln zu erwidern; es war mit Sicherheit das umwerfendste Lächeln, das er je gesehen hatte, und er war wie vom Donner gerührt. Als er sich gefangen hatte, war der Soldat schon weitergegangen.

Er setzte sich auf, wieder ganz wach. Nach einer Weile griff er noch einmal nach der Zeitschrift und betrachtete das Bild der Woche.

Gewalt in tropischer Umgebung war in diesen Tagen selbstverständlich geworden, und deshalb war der Strand einer Insel – längst nicht mehr das Ziel romantischer Fluchtfantasien – ein Symbol des Todes. Bezeichnenderweise stellte er sich vor, was diese Jungs durchgemacht und erlebt hatten, Jungs, die sich zu Hause in der Sicherheit ihrer Betten unmöglich erträumt hatten, dass sie auf so absonderliche Art enden würden, von Kugeln durchlöchert auf einem unbekannten Strand – junge Männer, die noch so viel Liebe zu geben hatten und die Liebe nun nie wieder erfahren würden. Der Soldat im Vordergrund umarmte den Boden mit geradezu verliebter Hingabe, er hatte die Fußspitzen nach innen gedreht und für dies lange Beisammensein den linken Arm unter die Wange gelegt – John wäre gern bei ihm gewesen, hätte den todesschweren Burschen weiter den Strand hinaufgezerrt, damit die ansteigende Flut ihn nicht erreichte; hätte vielleicht eine Decke über ihn gebreitet und wäre die Nacht über bei ihm geblieben.

Doch was würden ihm die Decke und die Totenwache schon nutzen? Ohne Zweifel hatten, fünf Minuten nachdem das Foto aufgenommen wurde, die Sanitäter die Leiche fortgebracht, zusammen mit Dutzenden anderen, und der Fotograf hatte den Film an seine Zeitschrift gesandt und sich gefragt, ob dies vielleicht der Glückstreffer unter Hunderten ähnlicher Aufnahmen sein würde, die er seit Beginn des Feldzugs in die Heimat geschickt hatte. John Grandin schlug die Zeitschrift zu und legte sie endgültig beiseite; als er es tat, wurde ihm bewusst, wie sehr es ihn verlangte, das Bild wieder und wieder zu betrachten.

VIII

Ethel Grandin wurde durch einen Schrei geweckt. Einige Plätze weiter war ein Säugling in durchdringendes, katzenartiges Geheul ausgebrochen, und die bestürzte Mutter versuchte, ihr Kind mit lauten zischenden Tönen zu beruhigen, die wie austretender Dampf klangen. Der junge Matrose fing ihren Blick und zwinkerte ihr zu. «Richtig nett hier, oder, Lady?» Sie lächelte höflich, nahm ihr Buch zur Hand und tat, als würde sie lesen. Es gab nichts auf der Welt, das sie ihm hätte sagen können – belangloses Gerede fiel ihr selbst Freunden gegenüber schwer –, und ihr war klar, was auch immer er ihr gern sagen würde, es würde zutraulich und peinlich sein.

Wenn ihr Ehemann schon jetzt so teilnahmslos und gedankenverloren war, wie würde es erst werden, wenn er im nächsten Semester seine neuen Verpflichtungen am Fachbereich übernahm und sich in Besprechungen mit den einzelnen Studenten des neuen Jahrgangs verausgabte? Und wenn sein neues Buch ein Erfolg würde (was sie natürlich hoffte), würden seine Interessen sich neuen Bereichen zuwenden, Bereichen, in die sie ihm nicht folgen konnte und an denen sie keinen Anteil hatte. Sie hatte das Manuskript gelesen und war von seiner Gelehrsamkeit beeindruckt gewesen, doch noch stärker hatte sie die Tatsache beeindruckt, dass sie den Mann, der dies geschrieben hatte, nicht kannte. Doch wenn es auch den bitteren Beweis erbrachte, dass er in einer weit entfernten Welt von Ideen und Interessen lebte, so bot es doch nicht die geringste Erklärung dafür, warum er sie in letzter Zeit so sehr vernachlässigt hatte.

Zu ihrem Schutz hatte sie versucht, genauso zurückhaltend zu sein wie er. Sie hatte den Versuch unternommen, zu Bett zu gehen, ohne ihm einen Gutenachtkuss zu geben. Sie hatte nur «Gute Nacht» gesagt und den Raum verlassen. Überraschenderweise hatte er protestiert. Das war ja unerhört; bedeutete er ihr denn gar nichts mehr, wollte sie ihm keinen Gutenachtkuss mehr geben – gaben sich Eheleute nicht immer, ganz selbstverständlich, wenn schon aus keinem anderen Grund, Gutenachtküsse? Er schien darin (genau wie sie) ein Symbol ihrer zunehmenden Entfremdung zu sehen; wenn sie sich vor dem Schlafengehen nicht mehr küssten, könnten sie ebenso gut ihr Scheitern eingestehen und aufgeben. Also ging sie wieder demonstrativ zu ihm und küsste ihn auf den Mund, bevor sie den Raum verließ; doch in die Geste hatte sich etwas Künstliches eingeschlichen, das sie irritierte. Sie empfand nicht mehr die gleiche Freude dabei, denn sie bemerkte seine Zurückhaltung und konnte nicht anders, als sie widerzuspiegeln. Manchmal verspürte sie den Impuls umzukehren oder ihm einen kalten Kuss zu geben, wie eine Schwester oder

Kusine, bei dem keiner von beiden eine andere Befriedigung empfand als die der Einhaltung einer Formalität. Nach ein paar Tagen gab sie den Gutenachtkuss dann gänzlich auf, als Eingeständnis ihres Scheiterns - wie er darüber dachte, würde sie vielleicht nie erfahren.

Es war anscheinend nicht einmal Resignation; vielmehr hatte sie beide eine merkwürdige, unsichere Heuchelei befallen, seitdem sie sich so distanziert eine gute Nacht wünschten. Sie empfand nichts als Verachtung für Eheleute, die sich ständig in Gegenwart anderer küssten, als würden sie aus einer tiefen Unsicherheit oder der Lust am Theaterspiel damit die öffentliche Erklärung abgeben, dass sie sich noch immer liebten oder dass ihre nicht existente Liebe noch immer in voller Blüte stand. Für diese Angewohnheit, die im amerikanischen Alltag sehr verbreitet war, hatte sie nichts übrig; Zärtlichkeiten vorzutäuschen, die nicht ihren Gefühlen entsprachen, lag selbst in der Privatheit ihres eigenen Wohnzimmers, wo niemand zuschaute, so vollständig außerhalb ihrer Möglichkeiten wie zu fliegen; nicht nur würde sie sich selbst für diese Heuchelei hassen, sie würde auch ihren Ehemann verachten, wenn sie befürchten musste, dass er ihr oder sich selbst zuliebe Theater spielte. Wenn sie den Raum mit ihrem Buch oder ihrer Zeitschrift verließ, um zu Bett zu gehen, sagte sie nun ganz einfach «Gute Nacht», in einem forcierten Tonfall, der ihm auffallen konnte oder auch nicht; und er erwiderte von seinem Sessel aus in einer Beiläufigkeit, die besser gespielt war als die ihre, «Gute Nacht - schlaf gut.» Wie sich diese guten Nächte von denen der Vergangenheit unterschieden, hätten nur er oder sie (in glücklicher Erinnerung, die nicht immer den Tatsachen entsprach) sagen können.

Ethel Grandin hatte kein Verständnis für Frauen, die sich darüber beklagten, ihre besten Jahre dem Ehemann geopfert zu haben. Natürlich hatten sie das! - warum auch nicht? - was wollte oder erwartete eine Frau denn anderes? Hatte denn nicht auch er, um den Satz zu wiederholen, seine besten

Jahre gegeben? Es waren wundervolle Jahre gewesen, doch die Zeit verging schnell; einer ebenso verbreiteten Redensart zufolge wurde sie nicht jünger. Wenn die Ehe, auf die sie so lange Zeit gebaut hatte, sich in Luft auflöste, was würde dann aus ihr werden? Sie war fünfunddreißig, das war nicht alt; doch das Leben würde ihr keine zweite Chance gewähren. Sie selbst wollte das nicht, vorausgesetzt, ihre Ehe wäre zu retten. Wenn sie akzeptieren müsste, nicht mehr gebraucht oder gewollt zu werden, dann würde sie – Kinder hin oder her – lieber sterben.

Konnte sie ihn verlassen – die Kinder nehmen und fortgehen? Das war unmöglich. Selbst in Anbetracht ihres Unglücks war es nicht richtig, ihre Bedürfnisse über die der Kinder zu stellen. Alan und Ted liebten ihren Vater; sie dieser Liebe zu berauben, weil John ihr gegenüber gleichgültig geworden war, wäre Ausdruck einer Selbstsucht, die ihr nicht entsprach. Genauso unmöglich war es, je einen anderen Mann zu lieben. Sie war einer jener Menschen, die nur einmal gaben, und dann alles; es war ihr nichts geblieben, wenn der Mann, den sie liebte, sie nicht mehr wollte. Die Ungewissheit, ob er sie noch liebte oder nicht, rieb sie auf; sie zerbrach innerlich und entwickelte einen Abscheu vor sich selbst, der sehr wahrscheinlich für ihre Zwangslage längst ebenso mitverantwortlich war wie seine Gleichgültigkeit, denn er war ein aufmerksamer Mensch und nahm solche Stimmungen wahr. Nicht die kleinste emotionale Regung konnte sie vor ihm geheim halten. Weil er sie so gut kannte, bemerkte er intuitiv jeden Stimmungswechsel; und je deutlicher er erkannte, dass sie Angst hatte, desto mehr musste er sie verachten.

Wenn sie ihn nicht mehr liebte, wäre das alles nicht wichtig; vielleicht könnte sie dann die Situation akzeptieren, wie sie war, ihre Pflichten als Mutter erfüllen und den Kindern zuliebe weitermachen. Aber sie liebte ihren Ehemann leidenschaftlich: Zu sehr hatte sie zu ihm gehört, zu lange war sie ein Teil von ihm gewesen.

Im Frühling hatten sie einen kleinen Streit gehabt, einen Streit, in dem sie beide, wie in einer geheimen Übereinkunft, vermieden hatten, auf den wahren Anlass zu sprechen zu kommen, der zu gefährlich war, um ihn beim Namen zu nennen. Sie war sich in läppischen Vorwürfen ergangen: «Und was ist mit mir, auch ich habe Anspruch auf *etwas* Glück im Leben; ich kann so nicht weitermachen!» Er hatte darauf erwidert, sarkastisch, aber nur allzu wahr: «Dein Problem besteht darin, dass du das Leben nicht so nimmst, wie es ist. Schau dir andere Leute an! Wen kennen wir, der glücklich verheiratet ist? Nicht ein Paar. Nimm deinen eigenen Vater und deine Mutter. Glaubst du wirklich, dass sie glücklich sind?» – «Das spielt keine Rolle», hatte sie hilflos geschrien, «‹andere Leute› sind mir egal, jawohl, selbst Papa und Mama. Ich will nicht so *sein* wie andere Leute – das Leben ist zu kurz!» Er hatte sich in aller Ruhe eine Zigarette angezündet und erwiderte: «Tolstoi sagt, die Hauptursache für unglückliche Ehen liegt darin, dass den Leuten gesagt wurde, Ehe bedeute Glück. Je mehr Glück wir von der Ehe erwarten, desto mehr leiden wir. Wir erwarten das Unmögliche und sind auf das Gewöhnliche nicht vorbereitet.» – «Dummes Zeug!» – «Tolstoi sagt dummes Zeug? Also wirklich! Außerdem sagt er –» Wütend fiel sie ihm ins Wort: «Zum Teufel mit Tolstoi, ich rede über mich!» Doch dann hatte sie sich geschlagen gegeben und den Raum verlassen.

Trotz seiner Geheimnisse und seiner abgehobenen Art war er ein ehrlicher Mensch, ehrlicher als die meisten; das war er immer gewesen. Manchmal, wenn sie am wenigsten darauf gefasst war, machte er eine Bemerkung von entwaffnender Aufrichtigkeit und brachte die Sache damit exakt auf den Punkt – eine Bemerkung, die viel eher das Ergebnis einer stundenlangen Diskussion zu sein schien als ein einzelner, zusammenhangloser und fast banaler Gedanke. Neulich sagte er ganz unvermittelt zu ihr: «Liebling, wenn *ich* es vergesse, warum kommst *du* dann nicht zu mir? Ich habe zu tun und bin müde, ich arbeite bis spätabends – es ist ganz allein meine Schuld; bitte glaub mir, ich brauche nur von Zeit zu Zeit einen kleinen Anstoß. Du weißt, dass ich dich will.» So beiläufig er sie auch vorbrachte, diese kleine einseitige Unterhaltung war wirklich beispiellos: In ihrer Unverfrorenheit enthüllte sie zugleich seinen eigenen inneren Aufruhr und die Wahrheit über sie beide; und das Gespräch blieb aus dem einfachen Grund einseitig, weil damit alles gesagt war und für sie nichts zu sagen übrig blieb. Es verschlug ihr die Sprache; sie war so tief berührt, dass ihr für einen Moment das Herz stehen blieb, weit mehr aus Mitleid mit ihm als mit sich selbst. Die Einfachheit und der ehrliche Appell dieser Eröffnung verhinderten zunächst, dass sie die ganze Bedeutung erfasste. Erst später begriff sie das volle Ausmaß dessen, was er gesagt hatte: Sie konnte ebenso die Initiative ergreifen wie er. Doch aus ihrem unerschütterlichen Stolz würde sie das niemals tun, egal, wie viele Nächte sie schlaflos auf ihn gewartet hatte. Sie brauchte die Gewissheit, dass sie um ihrer selbst willen begehrt wurde, nicht weil er glaubte, es sei an der Zeit; niemals könnte sie das Gefühl ertragen (was für eine Schmach!), er ginge mit ihr ins Bett, um ihr einen Gefallen zu tun. Wenn sie das denken müsste, würden die Verkrampfungen ihrer Jungfernzeit sofort zurückkehren und sie wäre mehr denn je eine ungeliebte und kalte Frau.

Es war schon längst Essenszeit; sie wickelte ihre Sandwiches aus. In einem Tonfall, der jede doppeldeutige Auslegung unmöglich machte, fragte sie den Jungen im Sitz gegenüber: «Kann ich Ihnen etwas davon anbieten?» Er nahm die Füße vom Sitz, setzte sich gerade hin und beugte sich mit erwartungsvollem Grinsen vor. «Gern, wenn Sie es entbehren können, Lady.» – «Gewiss. Wecken Sie Ihren Freund, vielleicht möchte er auch etwas.» – «Nee», sagte der Junge und mit einer wegwerfenden Handbewegung, «lassen Sie ihn liegen. Der hat ganz schön was intus.» Der Gefreite neben ihr musste in Middleboro aussteigen und hoffte, dort etwas zu essen zu bekommen, also aßen nur sie und der junge Matrose. Obwohl er ständig lächelte und grinste, machte sie keine weitere Konversation.

Eins der Themen, das in letzter Zeit zwischen sie und ihren Ehemann getreten war, war der Krieg, und das war eigenartig, denn in politischer wie patriotischer Hinsicht waren sie beide völlig einer Meinung. Während sie die Siege in Übersee aufregend fand, begierig jedes Detail des quälend langsamen Fortschritts im Pazifik registrierte und voller Aufmerksamkeit Karten und Fotos in den Zeitschriften studierte, wurde er immer deprimierter. Er sprach selten darüber; sie wusste, dass er unter dem sinnlosen Gemetzel litt, doch wie sehr er seine Gefühle für sich behielt, war ihr vor einigen Wochen durch einen Zufall bewusst geworden. Er wusste nichts davon – davon, dass sie es entdeckt hatte –, doch Ethel sah darin ein Indiz für seine tragische, geradezu morbide Anteilnahme, vielleicht auch sein Schuldgefühl, nicht dabei zu sein, seine Identifikation mit all dem, was ohne seine Beteiligung in Übersee geschah.

Sie war eines Morgens, als er seinen Kurs abhielt, in sein Arbeitszimmer gegangen, um sauber zu machen. Sie wusste, dass er es hasste, wenn dort geputzt wurde; ihre Putzfrau durfte den Raum nicht betreten. Doch auch wenn es einem Mann nichts ausmachte, wenn sein Arbeitsplatz verkam, war es irgendwann so weit, dass jemand hineingehen und für ihn aufräumen musste, ungeachtet dessen, was er selbst für notwendig hielt. Sie öffnete die Fenster und saugte den Teppich; sie wischte Staub auf dem Kamin, leerte die Aschenbecher und sammelte Bücher und Hausarbeiten ein, die verstreut auf dem Fußboden lagen oder sich neben seinem Lieblingssessel zu einem unordentlichen Haufen stapelten. Der Schreibtisch war verbotenes Terrain; es war in Ordnung, wenn er nicht wollte, dass jemand die Aufzeichnungen und Lexika, die er benutzt hatte, durcheinanderbrachte. Doch wenn sie ganz vorsichtig nur drum herum Staub wischte, ohne eine Spur zu hinterlassen, wäre das bestimmt von Nutzen. Schließlich putzte sie die Rückseite und die Flanken des Schreibtischs und hob als Letztes die Schreibunterlage an, um die Tischplatte darunter abzuwischen.

Es war ein wuchtiges Ding mit lederbeschlagenen Ecken. Die Fläche war zerkratzt und vollgekritzelt mit Notizen, die sie nicht verstand. Sie griff die Unterlage und trug sie zur Couch, auf der er schlief, vorsichtig, damit nichts, was darauf lag, verrutschte. Dabei fiel ihr ein Zeitungsausschnitt auf, den er unter die Unterlage geschoben hatte - wohl schon vor einigen Monaten, so wie er aussah, doch sein Inhalt war noch immer aktuell.

Es war ein Zeitungsfoto, zwei oder drei Spalten breit, sorgfältig mit der Schere ausgeschnitten, auch die Bildunterschrift war entfernt worden, denn sie war unnötig, das Foto sprach nur allzu deutlich für sich selbst. Es zeigte einen vom Kampf ermüdeten Marine in tiefem Schlaf auf seinem Feldbett, im rechten Arm (wahrscheinlich aus Gewohnheit) ein schweres Garand-M-1-Gewehr und das gepackte Sturmgepäck auf der Brust; seine linke Hand lag entspannt auf seinem Bauch - der einzige Körperteil, der nicht trotz seines tiefen Schlafs angespannt und sofort einsatzbereit wirkte. Sein Hemd war zerknittert und am Hals offen, seine weiten Tropenshorts zeigten kräftige bloße Oberschenkel und Knie, leicht behaart und wahrscheinlich schmutzig. Offenbar hatte er sich seit mehreren Tagen nicht rasiert, besonders auf der Oberlippe zeichnete sich bereits deutlich ein Schnurrbart ab. Seine Augenbrauen über den im Schlaf fest geschlossenen Augen waren hochgezogen; seine Nase war kurz, fast eine Stumpfnase, sein Mund breit und attraktiv, die Lippen fest geschlossen, und sein Kinn war sehr ausgeprägt. Er war ein sehr kräftiger, männlich und reif wirkender junger Mann, wahrscheinlich um einiges jünger, als er aussah; doch der Haupteindruck, den das Bild hervorrief, war der völliger Erschöpfung; der Bursche schlief geradezu leidenschaftlich (vielleicht träumte er von zu Hause, dachte sie sentimental), und trotzdem schien er bereit, automatisch aufzuspringen, sobald die Sirene aufheulte. Mit dem Staubtuch in der Hand stand sie da und betrachtete das Bild, ganz versunken und bewegt. Auf dem Rücken der entspannt geschlossenen Hand war dunkler Flaum zu sehen; das Gewehr in der Armbeuge musste schwer gegen die müde Schulter drücken. Im Herzen war sie bei diesem hundemüden Soldaten – der Welt entrückt, und doch für einen Augenblick geborgen und in Sicherheit: Sie hätte ihm so gern das Gewehr aus dem Arm genommen, ganz vorsichtig, um ihn nicht zu wecken, und dafür gesorgt, dass die Sirene, die diese Ruhe so brutal zerstören würde, nicht erklang. Das Foto war von bezwingender Schönheit; aufs Äußerste realistisch und doch poetisch, erinnerte es an die *Trommelschlag*-Gedichte Whitmans, den ihr Ehemann so sehr liebte (*O sonnverbrannter Junge der Prärie*). – Durch den Gedanken an ihren Ehemann wurde ihr bewusst, wo sie war, und sie legte den Ausschnitt zurück auf die Tischplatte und darauf die Schreibunterlage.

Wenn ihn ein Bild in der Zeitung so sehr berührt hatte, dass er sich die Mühe machte, es auszuschneiden und aufzuheben (das Foto war in der Tat sehr bewegend, niemand konnte ihm einen Vorwurf machen), warum hatte er dann kein Wort darüber verloren? Doch das Warum war von zweitrangiger Bedeutung, verglichen damit, dass ihr Ehemann besorgt war und schwieg. Sie wusste, dass er lange Zeit vom Krieg ganz besessen gewesen war; doch welche persönlichen Gedanken oder Gefühle von ihm Besitz ergriffen, wenn er um Mitternacht in seinem Arbeitszimmer saß, wusste sie nicht. Sie kontrollierte, ob sein Schreibtisch wieder so aussah, wie er ihn verlassen hatte, und dabei wurde ihr instinktiv klar, dass sie ihn nie darauf ansprechen würde, nie erwähnen würde, dass sie den Ausschnitt gefunden hatte, es sei denn, er käme selbst darauf zu sprechen.

Die Erinnerung an diese Entdeckung verwirrte und irritierte sie stärker, als sie sich ohne Weiteres erklären konnte; sie hasste es, etwas über ihren Mann zu wissen, das er ihr nicht selbst mitgeteilt hatte: Es kam ihr vor, als hätte sie von einem Gefühl erfahren, das so privat war, dass sie kein Recht hatte, davon zu wissen. Dies war ein weiteres Beispiel dafür, dass sie sich immer weiter voneinander entfernten: Sie lebten so eng zusammen wie stets und befanden sich gefühlsmäßig dennoch in verschiedenen Welten. Sie wollte wissen, was ihm Sorgen oder Trauer bereitete. Doch er wollte das offenbar nicht, warum sonst hätte er eine so banale Sache wie einen Zeitungsausschnitt für sich behalten? Ihre Furcht vor dem Wiedersehen am Nachmittag wuchs, und zugleich hasste sie sich für diese Furcht, denn sie hatten sich doch so lange auf diese Reise gefreut. Auch wenn sie es nie in Worte gefasst hatten: Der Sinn und Zweck dieses Urlaubs war es, sie in so etwas wie den zweiten Flitterwochen wieder zusammenzubringen – sie hatten sogar absichtlich einen Zeitraum gewählt, in dem es Vollmond geben würde. Doch während sich der Zug seinem Ziel näherte, überkam sie die furchtbare Vorstellung, dass zwei Individuen (früher eins, nun getrennt) sich aus einer nahezu chemischen Notwendigkeit heraus mit hoher Geschwindigkeit aufeinander zubewegten; und ihr Zusammentreffen würde, ohne dass sie etwas daran ändern konnte, einen unausweichlichen Effekt hervorbringen: Zusammenprall und Explosion.

IX

«Woods Hole – alles aussteigen!»

Die freudige Verwirrung, die nun folgte, ließ alles andere in Vergessenheit geraten. Auf der Reise geschlossene Freundschaften wurden der aktuellen Betriebsamkeit geopfert, Gepäck und andere Dinge verlangten Aufmerksamkeit. John Grandin spürte eine Aufregung wie schon lange nicht mehr, die Aufregung, an einem fremden Ort anzukommen. Dazu kam die frohe Gewissheit, dass er in wenigen Augenblicken, nur noch sehr wenigen Augenblicken, Ethel treffen würde.

Das Schiff aus New Bedford war schon da. Hoch aufragend lag es am Ende des Piers und ließ große Wolken von schwarzem Rauch in den sonnigen Nachmittagshimmel aufsteigen; so versperrte es jede Aussicht auf Küste und offene See. Eigenartigerweise wirkte es wie eine Theaterkulisse, ein Pappboot in einer Operette; wer hinter die bemalte Leinwand schaute, würde Bühnenarbeiter zu sehen bekommen, die zwischen den Latten und Seilen Würfel spielten. Doch die Fahrgäste strömten zum Dampfschiff davon, ohne zu bedenken, dass es eine Illusion sein könnte.

John Grandin stand auf dem Schotterweg und wartete, der Zug aus Boston musste jeden Moment eintreffen. Die Howards gingen an ihm vorbei. Mrs Howard fing seinen Blick auf und zuckte übertrieben mit den Schultern, als habe sie eine Frage, die er ihr gestellt hatte, nicht richtig verstanden – eine dieser sinnlosen Gesten im Vorbeigehen, die zu einer Form des sozialen Umgangs geworden waren.

Aus entgegengesetzter Richtung zu der, aus der er selbst gekommen war, rollte unter den großen Weiden und Pappeln der Zug aus Boston heran, und die keuchende und schnaubende Dampfmaschine blies die herabhängenden Zweige in die Luft empor. Stöhnend und mit gewaltigen Seufzern kam er zum Stehen. Aufs Freudigste erregt sah er zu, wie die Reisenden den Zug verließen. Weil sie sahen, dass die Fähre nach Nantucket schon unter Dampf stand, eilten sie den Pier entlang, als wäre zu befürchten, dass die Gangway im nächsten Moment eingezogen wurde. Grandin hielt Ausschau nach seiner Frau. Als der Strom der Menschen nachließ, überkam ihn ein ungutes Gefühl. Konnte es sein, dass sie in Boston den Anschluss verpasst hatte? Der letzte Fahrgast war ausgestiegen; Arbeiter begannen, den Zug auszufegen. Furchtbar enttäuscht und hilflos sah er zu den Waggons hinüber. Noch immer war keine Ethel in Sicht.

Er war nicht nur enttäuscht, sondern geradezu wütend. Seine Vorfreude schlug in Ärger um, dass Ethel so nachlässig gewesen war, den Zug in Boston zu verpassen; es sah ihr gar nicht ähnlich. Was sollte er jetzt nur tun? Die Nacht über in Woods Hole warten, bis am nächsten Morgen der nächste Zug eintraf? Mit düsterer Miene sah er zu dem Dampfschiff hinüber, dessen Decks sich bis an die Reling gefüllt hatten, und wusste vor lauter Hilflosigkeit nicht, was er tun sollte. Das war ein schlechter Start für den lang ersehnten Urlaub, vielleicht sogar ein böses Omen – vielleicht würde der Urlaub gar nicht stattfinden. Eine solche Wendung der Ereignisse wäre ihm nie in den Sinn gekommen: Er konnte sich nicht erinnern, schon einmal derart enttäuscht gewesen zu sein. Typisch Ehemann, kam er nicht auf die Idee, sich Sorgen zu machen; seine einzige Empfindung war der Ärger darüber, dass sie sich in Boston verspätet hatte.

Damit niemand seine Enttäuschung bemerkte, wandte er sich vom Dampfschiff ab, zog Ethels Brief aus seinem Buch und tat, als würde er ihn lesen, wie um eine Information nachzuschlagen. In diesem Moment, auf dem Höhepunkt seiner Verärgerung, sah er seine Frau hinter dem letzten Waggon hervorkommen. Sie lächelte schwach und kam auf dem Schotterweg auf ihn zu. Seine Wut war sofort verflogen, als er begriff, was geschehen war: In ihrer Verwirrung war sie auf der falschen Seite aus dem Zug gestiegen.

«Ich hatte keine Ahnung», sagte sie, als sie ihn erreicht hatte. «Sie haben die Türen auf beiden Seiten geöffnet – wie sollte ich denn wissen, welche die richtige war?»

Er lachte. «Liebling, ich mache dir doch keine Vorwürfe. Ich bin so froh, dass du nun endlich hier bist!»

«Danke.» Ihr Körper verspannte sich, und sie zog die Schultern zurück, als er sie küsste. Er wusste, dass sie es noch nie besonders gemocht hatte, in der Öffentlichkeit geküsst zu werden, aber er nahm keine Rücksicht darauf und küsste sie noch einmal.

«Du ahnst nicht, was für ein scheußliches Gefühl das war, als alle Fahrgäste ausstiegen, und du warst nicht dabei.»

«Ich bin so froh», sagte sie.

Doch als sie zusammen zum Dampfer gingen, spürte er, dass etwas nicht stimmte.

Er wollte sich jetzt nicht den Kopf darüber zerbrechen; so viele andere Dinge verlangten seine Aufmerksamkeit. Er war vor allem deshalb irritiert, weil sie sich wie immer einen guten Moment ausgesucht hatte, um schwierig zu sein. Vielleicht bildete er sich das nur ein. Doch dann hörte er, wie sie sich räusperte. Nein, das war keine Einbildung. Es war Ärger im Anmarsch, und ihm war klar, dass er Stunden um Stunden brauchen würde, um überhaupt nur herauszufinden, worum es ging; das machte ihn mutlos.

Er versuchte einen Witz zu machen. «Ist das Buch etwa schuld daran?»

«Woran soll es denn schuld sein?»

«Immerhin habe ich nur eins mitgenommen.»

Es funktionierte nicht. Ethel sah streng geradeaus zur Gangway und schien ihn nicht gehört zu haben. Er kam sich vor, als ginge er den Weg allein.

«Vielleicht ist es ja auch die neue Berufung.»

«Welche neue Berufung?»

«Ach komm, Ethel.»

«Oh, *die* Berufung. Meinen Glückwunsch!»

Auf dem Unterdeck gab er ihre Reisetaschen zur Aufbewahrung, dann stieg er die Treppe hinauf. Es gab keine Musikkapelle; nicht einmal ein Akkordeonspieler wie auf der Fähre nach Coney Island war da, wie er gehofft hatte. Das Boot wimmelte von Menschen, die einen Sitzplatz suchten. Überall waren Kinder; selbst Hunde schienen ohne Leine frei und unbeaufsichtigt herumzulaufen. Sie setzten sich an die Außenwand des Salons, nicht an die Reling. Es war zwar heiß, doch er war sich sicher, dass es auf der Überfahrt recht windig sein würde.

«Wie geht es den Jungs?»

«Bestens. Ich soll dich von ihnen grüßen.»

«Und deinen Eltern?»

«Alles in Ordnung.»

Das Schiff hatte abgelegt. Langsam und leise glitt es vom Pier, und es entstand der Eindruck, dass der Pier und das Festland sich fortbewegten, während sie unverändert liegen blieben. Dann gaben die Motoren volle Kraft, und ein gleichmäßiges, aber nicht unangenehmes Vibrieren machte sich über die ganze Länge des Dampfers bemerkbar.

«Was hältst du davon», sagte er. «Ich habe den alten Gummibeutel wiedergefunden, den wir für die Windeln gekauft haben. Erinnerst du dich? Den mit Leinenbezug. Ich dachte, der könnte für nasse Badesachen ganz praktisch sein.»

«Gute Idee.»

Er beugte sich vor und umschloss ihre Hand mit seiner. «Freust du dich, mich zu sehen?»

«Und du?»

«Natürlich! Wenn du wüsstest, wie ich mich gefühlt habe, vorhin, als du nicht mit den anderen ausgestiegen bist.»

«Ja. Das sagtest du schon.»

Er ließ ihre Hand los. «Was ist los, Ethel?»

«Was soll schon los sein?»

«Du meine Güte.»

Dass sie nicht protestierte, bewies ihm, dass er recht hatte. Irgendetwas stimmte nicht. Er lehnte sich zurück und sah sie an. Sie trug ein schickes, schlicht-braunes Kostüm, einen eng anliegenden braunen Hut, eine Art Barett, und Schuhe aus Krokodilleder. Ihre Beine wirkten glatt und hübsch, sie trug vermutlich ihre einzigen Nylons. Sie wirkte überhaupt nicht wie die Mutter zweier Kinder, bereits jenseits der dreißig; doch ihre braunen Augen sahen kalt an ihm vorbei, und ihr Gesicht war zu einer abweisenden Maske erstarrt, die sie in diesem Augenblick weitaus älter erscheinen ließ. Sie räusperte sich.

«Na gut. Sag schon, Ethel.»

«Hm?»

«Was ist los?»

«Wieso, gar nichts.»

«Ich will wissen, was los ist.»

Sie öffnete ihre Handtasche und nahm Streichhölzer und eine Schachtel Zigaretten heraus; doch wegen des starken Windes blieben ihre Versuche erfolglos, und sie sagte: «Ich fürchte, du musst sie für mich anstecken, wenn du das tun würdest.» Ihr *Danke schön* danach war knapp und höflich, als ob sie sich gerade zum ersten Mal begegnet wären.

Ein Junge mit Schürze ging herum und rief, die Cafeteria unter Deck sei nun geöffnet. Sie würden nicht vor halb acht am Dune House eintreffen; vielleicht später, denn es war schon fast fünf Uhr.

«Ich gehe hinunter und hole ein paar Sandwiches», sagte er. «Was möchtest du haben?»

«Ich bin nicht hungrig.»

«Wir sollten etwas essen. Es sind noch Stunden bis zum Dinner. Schinken? Käse?»

«Ist mir egal, irgendetwas.»

In der Warteschlange unten im Korridor dachte er über ihren Tick nach, dieses nervöse leichte Räuspern. Nach zehn Jahren wusste er, was es bedeutete: Ein «Thema» kochte langsam auf. Es war so typisch, dass Ethel selbst sich dessen gar nicht bewusst war, obwohl er sie schon oft darauf hingewiesen hatte. Inzwischen hatte er es aufgegeben; es wäre sinnlos, einen Trumpf zu verschleudern: Da es ihn so wütend machte, war es nützlich, die ersten Anzeichen früh zu erkennen. Seine Nerven hatten sich so daran gewöhnt, dass er sich jedes Mal, wenn er das Geräusch hörte, automatisch fragte: «Was jetzt wohl kommt?»

Ein anderes Zeichen ihrer Anspannung war Ethels Angewohnheit, eine Frage mit einer Frage zu beantworten, so dass sie auf seine Frage *Was ist los?* unweigerlich mit *Was?* antwortete, als hätte sie ihn nicht gehört. Vielleicht verschaffte ihr das Zeit zum Nachdenken – sie wusste noch nicht, *wie* sie sagen sollte, *was* sie sagen wollte. Selbst dann, wenn sie sich stritten, tat sie ihm leid: Sie schaffte es einfach nicht, auf den Punkt zu kommen und ihren Standpunkt zu vertreten, sie brach in Tränen aus, verließ das Zimmer oder wiederholte wie ein Papagei dasselbe, was er gerade gesagt hatte. Heute würde sie nicht sagen, was sie bedrückte, aber seine Aufmerksamkeit war geweckt – in Ethels Kopf ging etwas vor. Sicher war im Moment nur eins: Keiner von ihnen würde die Bootsfahrt, auf die er sich gefreut hatte, genießen.

Die kleine Cafeteria war überfüllt; es war beinahe unmöglich, zum Tresen zu gelangen. Der erschöpfte Verkäufer machte das Beste aus dem Andrang der zeternden Menge. Er saß am längeren Hebel, bevorzugte seine Günstlinge und nahm die Bestellungen der Stammgäste entgegen; die Bitten und Wünsche von Neulingen und Unbekannten schien er gar nicht zu hören. Als endlich Grandin an der Reihe war, wandte er sich nur kurz in seine Richtung, zog eine Augenbraue in die Höhe und schloss die Augen, als wollte er sagen, Na, und wofür halten *Sie* sich? «Eins mit Schinken, eins mit Käse, und zwei Cola bitte», sagte Grandin. Der Verkäufer machte sich mit einem müden Gesichtsausdruck an die Arbeit, als wollte er sagen, *Vielleicht* bekommen Sie das, bevor wir Nantucket erreichen, aber vielleicht auch nicht …

Während er darauf wartete, dass seine Bestellung ausgeführt wurde, drehte Grandin sich in der drängelnden Menge herum und musterte die Passagiere hinter sich. Ganz am Ende der Schlange, fast außerhalb des Raums stand der massige Soldat, der ihm im Zug aufgefallen war, derjenige, der ihm seinen Platz angeboten hatte. Grandin fing seinen Blick und signalisierte ihm über die Köpfe der Leute hinweg, er solle ihm sagen, was er haben wolle; so sparte er sich die Mühe, sich an den Tresen vorzukämpfen. Das sonnengebräunte Gesicht hellte sich auf; in einer Art lautem Bühnenflüstern rief er ihm zu, «Eins mit Schinken, eins mit Käse, zwei Cola.» Eigenartigerweise freute sich Grandin darüber; und als er sich wieder an den hochnäsigen Verkäufer wandte und seine Bestellung verdoppelte, freute er sich zusätzlich, dass der junge Mann bereits ein Mädchen gefunden hatte.

Als er aus dem Gedrängel der Cafeteria herauskam, wartete der Soldat auf ihn, ein breites Lächeln auf dem Gesicht. Das Geld hielt er bereits in der Hand. Seine Freude und Dankbarkeit schienen etwas übertrieben, die kleine Gefälligkeit rechtfertigte kaum derart überschwängliche Dankesbezeugungen. Grandin schob die Hand mit dem Geld zur Seite und sagte: «Ach was.» Der Soldat nahm das Tablett mit den Sandwiches und Colas in die eine Hand, und mit der anderen griff er mit einer spontan freundlichen Geste Grandins Arm.

«Kommen Sie kurz mit, Sir. Ich möchte Ihnen meine Frau vorstellen.»

Eigentlich hätte er auf so etwas vorbereitet sein sollen, doch Grandin war vollkommen überrascht. Der Soldat führte ihn, seinen Arm noch immer zutraulich im Griff, zu einem Stuhl am Ende der Treppe. Dort saß eine junge Frau mit verträumtem Blick, recht farblos, aber dennoch äußerst attraktiv. Der junge Mann sagte, «Billie, ich möchte dir – o Verzeihung, dies ist meine Frau, Sir: Mrs Hauman.»

Grandin verneigte sich und wollte gerade Guten Tag sagen, als das Mädchen von ihrem Stuhl aufsprang und rief: «Na hallo, Mr Grandin!»

Perplex stellte er fest, dass das Mädchen im soeben zu Ende gegangenen Semester eine seiner Studentinnen gewesen war. «Ja, natürlich», sagte er, um sein spätes Erkennen zu überspielen, «Sie sind Miss – Sie waren Miss –»

«Cowles», sagte sie lächelnd. «Aber das macht nichts. Sie konnten sich schon im Seminar das ganze Jahr über meinen Namen nicht merken …»

Es war sogar noch schlimmer. Er versuchte, sich an den Namen zu erinnern, doch sie hatte keinerlei Eindruck bei ihm hinterlassen, außer diesem einen: dass sie die einzige Studentin des Kurses war, deren Namen er sich nicht einprägen konnte. Glücklicherweise schien sich ihr Ehemann nichts dabei zu denken, dass er den Namen vergessen hatte, denn für ihn war Miss Cowles sicherlich *das* Mädchen, das einzige auf der ganzen Welt.

Der Soldat freute sich, dass seine Frau und dieser Mann sich bereits als Studentin und Professor kannten. Er machte sich sofort auf die Suche nach einem weiteren Stuhl und schlug vor, dass sie sich zusammen hinsetzen und ihre Sandwiches essen sollten. Seine eifrige Gastfreundschaft verlieh der Situation die festliche Stimmung einer Party, eine Stimmung, die Grandin nur widerwillig mit der Erklärung zerstörte, seine Frau erwarte ihn auf dem Oberdeck. Mit einigen Bedenken (inzwischen erinnerte er sich nur zu gut an Miss Cowles) lud er die Haumans stattdessen ein, sich ihm und seiner Frau Ethel anzuschließen. Sie nahmen die Einladung so eilfertig an, dass sie ihn ein weiteres Mal überraschten, diesmal durch ihre Bereitschaft, die Überfahrt in Gesellschaft zweier Fremder zu verbringen. Denn sie waren ja Fremde, ungeachtet der Tatsache, dass er und Miss Cowles (oder Mrs Hauman) einen guten Teil dieses Jahres im selben Seminarraum miteinander verbracht hatten.

Als er die Treppe emporstieg, kam ihm der Gedanke, er habe einen ernsthaften Fehler begangen. Die Anwesenheit dieser jungen Leute würde nicht nur schrecklich langweilig sein, sondern Ethel würde ihm ein Motiv unterstellen: Er flüchtete sich in die Gesellschaft von Fremden, um ihre anstehende Auseinandersetzung zu vermeiden oder aufzuschieben. Falls sie das dachte, konnte sie es ihm schwerlich zum Vorwurf machen; er hatte weiß Gott alles versucht, um das Thema zur Sprache zu bringen, was immer es auch war.

Bald darauf aßen sie ihre Sandwiches auf dem windigen Oberdeck, zurückgelehnt in ihren Stühlen wie eine Gruppe vergnügter Freunde. Nur Hauman hatte sich nicht zurückgelehnt. Die großen Hände gefaltet und die Ellbogen auf die Knie gestützt, saß er auf der Kante des kleinen Klappstuhls, der auf geheimnisvolle Weise nicht unter ihm zusammenbrach, und beugte sich eifrig zu den anderen vor.

«Nun, Miss Cowles» – Grandin hatte es geschafft, sich an ihren Namen zu erinnern –, «ich wusste gar nicht, dass Sie eine verheiratete Frau sind.»

«Bitte sagen Sie Billie», sagte sie und fügte dann hinzu, «das war ich auch nicht. Cliff und ich haben erst gestern geheiratet.»

«Oh», sagte Ethel, «dann sind Sie ja in den Flitterwochen. Meine Glückwünsche, Mr Hauman!»

«Vielen Dank, Ma'am.»

«Cliff war nämlich der Grund», fuhr Billie fort, «weshalb ich in den letzten Monaten im Seminar nicht so ganz bei der Sache war. Ich glaube, ich habe sogar einige Stunden versäumt, stimmt's?»

«Ich – ja, ich glaube, es kam einige Male vor, dass ich Sie als abwesend eintragen musste …»

Aber sie hörte gar nicht zu. Stattdessen lächelte sie gezwungen, so wie auch ihr Ehemann gezwungen lächelte, während sie verzweifelt versuchte, ihre Kleidung und ihren großen weißen Hut vor den Windböen zu schützen. Von der offenen See blies eine steife Brise und zerrte an allen losen Enden, die sie finden konnte. Das verwelkende Ansteckstäußchen auf ihrem weißseidenen Kleid wurde hin und her geweht, und sie presste die Hände darauf, um zu verhindern, dass es abgerissen wurde. Das Haar wehte ihr ins Gesicht, sodass sie die Finger vors Gesicht halten musste, um sehen zu können. Der Rock peitschte ihr gegen die Knie und fügte dem Pfeifen des Windes ein flatterndes kleines Tremolo hinzu.

Ethel hielt die freundliche Konversation mit den Haumans aufrecht. Grandin staunte, dass seine Frau das unter diesen Umständen zustande brachte, umso mehr, als sie kein Talent zum Small Talk hatte. Obwohl sie innerlich von Sorgen, die er nicht kannte, gequält wurde, war sie doch in der Lage, die gesellschaftlichen Konventionen aufrechtzuerhalten, als sei nichts geschehen. Ihm konnte Ethel nur schlecht etwas vormachen, es gelang ihr nicht, ihre Gefühle zu verbergen; Fremden, selbst Freunden zeigte sie jedoch eine Fassade, die nichts von ihrem Innenleben verriet. Er wusste, dass ihr Interesse an den Haumans angesichts ihres Streits unmöglich echt sein konnte, abgesehen von der unwiderstehlichen Tatsache, dass sie in die Flitterwochen fuhren. Er war ihr dankbar dafür; es entband ihn von der Verantwortung, am Gespräch teilzunehmen, denn er merkte schnell, dass er nicht wusste, worüber er mit ihnen reden sollte.

Billie war so schön wie ein Bild; das war eine passende Beschreibung, denn damit war alles über sie gesagt. Ihr Gatte war peinlich um Höflichkeit bemüht, offenbar ohne eigene Ideen oder Meinung, und er saß so unbequem auf der Kante des kleinen Stuhls, dass sich Grandin beim bloßen Anblick unbehaglich fühlte. Er war wahrhaftig ein Riese, eins neunzig oder sogar noch etwas größer, und kräftig gebaut: mächtige Schultern, großer Kopf, blondes, lockiges Haar, blaue Augen - ein Sportler, das amerikanische Idol, uninteressant. Sein Gesicht war hübsch, aber merkwürdigerweise ohne besonderen Ausdruck - abgesehen von strahlender Gesundheit -, der Interesse wecken könnte. Das einzige Merkmal, das nicht dem Image des Zeitschriften-Coverboys entsprach, waren die blonden Locken, die im Nacken etwas zu lang waren, und die unpassende Art, wie sich die Mundwinkel seines Kindermunds nach oben zogen, sodass Hauman der Kreuzung zwischen einem Bacchus und einem Amor von Rubens glich.

Als Grandin diese unpassende Beobachtung verwarf, hörte er, wie Ethel fragte, was die kleinen silbernen Streifen an seinem Hemdkragen zu bedeuten hätten; er selbst bemerkte diese Streifen jetzt zum ersten Mal.

«Das sind meine Rangabzeichen, Ma'am», sagte Hauman. Sein Ton klang beinahe entschuldigend.

«Cliff ist Captain», sprang Billie ein, «bei den Marines.»

Diese Mitteilung klang für John Grandin einigermaßen erstaunlich, und Hauman schien das alles sehr unangenehm zu sein. Er war außerordentlich zuvorkommend und bemüht, ihnen zu gefallen, doch sobald er selbst in den Fokus der Aufmerksamkeit geriet, wich er zurück.

«Es macht nichts, dass Sie das nicht wussten», sagte Billie. «Cliff hat die schönsten Uniformen, aber er zieht sie nicht an, nicht einmal das Abzeichen der Marines – und keine dieser tollen Ordensspangen. Er sagt, er muss das nicht, wenn er Urlaub hat. Mich macht das verrückt. Er trägt nichts anderes als Hemd und Hose. Sie sollten seine Hüte sehen. Er hat so umwerfende Hüte.»

«Mützen», sagte er.

«Tragen Sie keine Mütze?», fragte Ethel.

«Dies hier, Ma'am.» Er zog ein schlichtes Schiffchen aus der Tasche, mit denselben doppelten Silberstreifen daran; wie alles an ihm war auch das makellos sauber und frisch.

«Sind Sie auf Urlaub, Captain?»

«Nein, Ma'am. Dienstuntauglich.»

«Er sieht nicht sehr krank aus, oder?», sagte Billie.

«Sollte man nicht meinen. Für mehrere Wochen?»

Etwas verlegen gab Captain Hauman zu, dass er schon seit mehr als einem halben Jahr dienstuntauglich war.

Es stellte sich heraus, dass er an der ersten Landung auf Guadalcanal beteiligt gewesen war, wo er unter den schlimmen Bedingungen der ersten Tage Furchtbares durchgemacht hatte, im Dezember verwundet und mit einem Krankentransport ausgeflogen worden war, sobald er transportfähig war. Er kehrte per Schiff nach San Diego zurück, wo er eine lange Zeit der Rehabilitation verbrachte. Über die Art der Verwundung, wie er sie sich zugezogen hatte, wo und unter welchen Umständen, wollte er nicht sprechen – seine Bescheidenheit steigerte sich beinahe zur Phobie –, doch nun sei er wieder fast vollständig einsatzbereit, sagte er; und ohne Frage sah er so aus. Er war erst vor einer Woche in seine Heimatstadt Bridgeport zurückgekehrt, und gestern hatte er Billie Cowles geheiratet, mit der er in der Highschool flüchtig und später dann enger befreundet gewesen war und zu der er freudig zurückkehren würde, wenn die Sache mit Guadalcanal vorüber war. Er hatte sich 1941 von den Marines anwerben lassen, direkt nach seinem Abschluss an der Universität von Syracuse – wo er sicherlich, vermutete Grandin, ein Football-Held gewesen war. Seitdem war er innerhalb von zwei Jahren zum Rang des Captain aufgestiegen, mit vierundzwanzig. Grandin, den die Reife der Jugend immer wieder verblüffte, empfand das als ein tatsächlich geringes Alter. Es sprach für Haumans Fähigkeiten als Soldat und Anführer – als junger Mann, der in diese Zeit passte. Gegenüber diesem Captain der Marines, der kaum mehr als halb so alt war wie er selbst, kam sich John Grandin merkwürdigerweise wie der Jüngere von beiden vor.

Die Tatsache, dass der junge Fallschirmjäger die Männer im Raucherabteil vor dem WC den ganzen Tag mit Geschichten von seiner Ausbildung in Georgia unterhalten hatte, während Hauman, der Schreckliches erzählen konnte, kein Wort gesagt hatte, schien nun geradezu absurd; doch Grandins Gedanken schweiften zu einem anderen Thema. Er grübelte mit schlechtem Gewissen darüber nach, was er in seinem letzten Brief nach Maine geschrieben – oder nicht geschrieben – hatte ...

Von Ethel durch höfliche Fragen ermuntert, gab Hauman nach und nach einiges über seine Herkunft preis. Er schien selbst Wert darauf zu legen, dass er wortwörtlich von der Pike auf gedient hatte. Es war nicht allein Grandins Irrtum gewesen, dass er den Eindruck bekommen hatte, Hauman gehöre nicht in einen Luxuswaggon. Mit seiner ganzen Art blieb er seiner Herkunft aus einer Arbeiterfamilie treu; dass er und seine Frau Plätze im Salonwagen reserviert hatten, war nur wegen der Flitterwochen. Und auch die Vermutung, er sei ein Held im Football gewesen, erwies sich als richtig; dank seiner körperlichen und sportlichen Leistungen hatte er ein Stipendium für Syracuse bekommen. Während seiner vier Jahre dort hatte er dem bequemen Leben der Stipendiaten widerstanden und es vorgezogen, das Geld für Zimmer und Verpflegung selbst zu verdienen, indem er Tischdienste übernahm, Öfen heizte und vor Sonnenaufgang für eine der örtlichen Zeitungen Ballen packte. Während der Highschool hatte er im Drugstore Soda ausgeschenkt und zugleich seinem verwitweten Vater den Haushalt geführt. «Mein Daddy ist Tischler. Ein wunderbarer Mensch», sagte er. «Ich bin Amerikaner der ersten Generation, mein Daddy ist nämlich Holländer.»

Ein Paar ging vorbei. Der Mann warf den vieren einen grimmigen Blick zu, dann salutierte er und lächelte äußerst freundlich und liebenswürdig. Es waren die Howards. Als sie weitergingen, hörte man, wie Mrs Howard sagte: «Ich habe noch nie im Leben so viele Hunde und Kinder gesehen, du meine Güte.»

Billie Hauman wirkte unbeteiligt, ja, gelangweilt, während ihr Gatte redete. Sie hörte mit einem angedeuteten Lächeln zu, und obwohl ihre Augen immerzu an ihrem Ehemann hingen, war offensichtlich, dass ihre Gedanken andere Wege gingen. Sie war lasziv, träge, fast schläfrig; und das war kaum ein Wunder, wenn letzte Nacht ihre Hochzeitsnacht gewesen war. Und wie sich zeigte, ging ihr das gerade durch den Kopf.

«Unsere Hochzeit war so wunderbar», sagte sie zu Ethel, mit einem Seufzen, das sehr nach Heimweh klang. «Die Brautjungfern trugen Gelb. Waren sie nicht süß, Cliff? Hast du nicht gemeint, Marion sehe einfach entzückend aus?» Ihr Lächeln war träger und lasziver als je zuvor, ihre Augen halb geschlossen. «Es ist schon verrückt, oder? Erst letzten Monat habe ich mein Zimmer zu Hause neu gestrichen. Und jetzt werde ich ausziehen. Dabei ist es richtig hübsch, nicht wahr, Cliff? Ich mag es so gern …»

«Eigenartig, einfach so auf einem Dampfschiff zu sitzen», sagte Hauman, «ohne Luftunterstützung oder Begleitschutz. Nicht ein Flugzeug zu sehen.»

«Also wirklich, immer reden sie nur davon», sagte Billie. «Die ganze Zeit müssen sie vom Krieg reden.»

«Ja, Mensch, Billie, mein Schatz, wir sind doch im Krieg.»

«Trotzdem, andere Leute unterhalten sich auch über andere Sachen, manchmal zumindest.»

Hauman lächelte freundlich. «Billie glaubt wohl, der Krieg fände auf den Titelblättern der Zeitschriften statt und nirgendwo sonst. Manchmal glaube ich, sie hält ihn nicht für real.»

«Ich halte ihn schon für real. Wie denn auch nicht, wenn du Uniform trägst und verwundet wirst – und vielleicht sogar eines Tags dahin zurückkehrst. Aber ehrlich», sagte sie zu Ethel, «der Krieg ist für Cliff dasselbe wie der Sport für meine Brüder und meinen Dad. Er kennt die Namen aller Generäle an allen Fronten, in Afrika und Alaska und ich weiß nicht wo.»

«Rücken Sie wieder ein?», fragte Ethel.

«Ja, Ma'am, darauf können Sie wetten. Sobald ich nur kann.»

«Und wann ist es so weit?»

«Tja, da bin ich nicht sicher, Ma'am. Aber sobald diese Flitterwochen vorbei sind, melde ich mich in Brooklyn zu einer neuen Untersuchung. Sie checken mich durch, um zu sehen, ob sie mich wieder losschicken können. Oh, das können sie, keine Sorge. Die glauben das nicht, aber ich bin genauso fit wie jeder andere.»

«Sie sehen auf jeden Fall so aus», sagte Ethel, und ihr Ehemann konnte ihr nur beipflichten. Er meinte, noch nie einen derart überzeugend fitten Menschen gesehen zu haben.

«Cliff könnte ganz leicht eine ehrenhafte Entlassung kriegen», sagte Billie. «Aber er will das nicht. Manchmal glaube ich, also …»

«Schon gut, Schätzchen», sagte er und schenkte Ethel ein bezauberndes Lächeln. «Billie meint es nicht so, Ma'am, aber nur um mich zu ärgern, behauptet sie, das Marine Corps bedeute mir mehr als sie. Sie versteht einfach nicht – nun, dass …»

«Dass was?», forderte Billie ihn heraus. «Sehen Sie? Er kann es selbst nicht erklären.»

«Ja, Mensch, was soll ich denn machen?» Er griff nach Grandins Jackettärmel. «Das ist ein schönes Jackett, Sir, wenn ich das sagen darf. Das würde meinem Daddy gut stehen. Ist doch so, Billie?» Er befühlte den Tweed. «Mein Daddy mag schöne Jacketts.»

«Und wissen Sie was, Mrs Grandin? Als Cliff in San Diego im Krankenhaus lag, durfte ich kein einziges Mal dorthin reisen und ihn besuchen, die ganze Zeit. Und er ist seit Dezember da gewesen.»

«Es geht Billie einfach nicht in den Kopf, Ma'am, warum ich nicht wollte, dass sie sich in San Diego rumtreibt. Was soll sie da denn machen, ohne Freunde und mit mir im Krankenhaus? San Diego ist nichts für ein junges Mädchen.» Der kindliche Mund verzog sich zu einem einnehmenden Lächeln. «Und überhaupt, ich bin ja zu dir zurückgekommen, oder etwa nicht – Mrs Hauman?»

Billie wurde rot und wandte sich ab. «Wussten Sie, dass wir Vollmond haben werden, Mrs Grandin? Ich habe nachgesehen.»

«Ja, wir haben es gehört.»

«Das ist nämlich der Grund, warum wir gerade jetzt unsere Hochzeitsreise machen, stimmt's, Cliff? Nur wegen des Vollmonds …»

X

Der Dampfer löste sich langsam vom Pier; wieder bebte das Deck, als er zur letzten Etappe der Fahrt von Oak Bluffs nach Nantucket aufbrach. Während die meisten Passagiere an der Reling standen oder nach unten gegangen waren, hatten John und Ethel Grandin ihre Plätze an der Außenwand des

Salons behalten. Als das Schiff Martha's Vineyard anlief und die Maschinen verstummten, waren die Haumans aufgestanden. «Wir wollen uns das anschauen», hatte Billie gesagt und ihren Hut mit beiden Händen ganz fest gehalten; Hauman hatte über die Schulter gerufen: «Wir kommen gleich wieder, Sir», als ob die Grandins sie vermissen oder sich Sorgen machen würden. Grandin hätte sich ihnen gern angeschlossen; um einen Blick auf die Insel zu werfen und zuzusehen, wie die Passagiere von Bord gingen. Aber Ethel hatte sich nicht gerührt. So hielt er es für besser, bei ihr zu bleiben.

Nach einer Pause sagte er: «Es ist lange her, seit ich jemand getroffen habe, der so höflich ist. Doch, wirklich, das gefällt mir.» Dann fügte er hinzu, «Ist es nicht verrückt, dass er ‹mein Daddy› sagt?»

«Ja.»

Er nahm das als Ermunterung und fuhr fort. «Nicht Dad oder Paps, wie unsere Kinder sagen. Und immer *mein* Daddy.»

Er bekam keine Antwort. Kurz darauf versuchte er es noch einmal. «Eigenartig, dass ich sie vergessen hatte. Aber ich glaube, ich habe sie heute zum ersten Mal sprechen gehört. Sie hat nie etwas vorgetragen.»

«Sie ist ein bemerkenswert schönes Mädchen.» Sie betonte den Satz, als wollte sie sagen, Nun ja, ganz attraktiv für ihr Alter.

Großer Gott, dachte er, sie denkt doch wohl nicht, ich interessierte mich für Miss Cowles – eine Schwärmerei zwischen Professor und Studentin? Nein, das wäre wirklich zu absurd. Ethel würde so etwas nicht glauben, genau wie er nicht glaubte, dass sie das tat.

«Also los, Ethel.»

«Hm?»

«Ich hab gesagt, also los. Bringen wir's hinter uns.»

Wie zur Vorbereitung auf das, was nun kommen würde, öffnete sie ihre Handtasche und nahm ein Kleenex heraus.

«Nun ja, es gibt nicht viel zu sagen.» Ihre Stimme war angespannt und gepresst; dies hier überstieg beinah ihre Kräfte. «Nur, dass ich letzte Woche viel Zeit hatte, um über manche Dinge nachzudenken.»

«Was im Himmel willst du damit sagen?»

«Nichts, das ist alles.»

«Schau –», begann er, doch plötzlich verlor er den Mut. «Du bist nur müde.»

«Das bin ich bestimmt …»

Er sah, dass sie mit den Augen zwinkerte, um die Tränen zurückzuhalten. Es gab, wie Ethel gesagt hatte, nicht viel zu sagen; gewiss, es war alles gesagt. Aber wenn er es dabei beließ, war er verloren.

«Wie lange soll dieses Theater noch dauern?»

«Ich mache kein Theater», sagte sie.

«Wie lange geht das also noch so weiter?»

«Ich weiß nicht …»

«Na gut! Wenn du mir nicht sagst, was dir am Herzen liegt, dann kann ich nichts machen. Ich bin nämlich kein Hellseher.» Er erhielt keine Antwort. «Willst du, dass ich mit dem nächsten Schiff zurückfahre?»

«Mir ist egal, was du tust.»

«Das kannst du nicht meinen», sagte er.

«Warum kann ich das nicht?»

«Ich hab dich früher schon beim Wort genommen, und du weißt selbst, was dann passiert.»

«Was passiert denn?»

«Du brichst in Tränen aus, oder du läufst mir nach und bittest mich, zurückzukommen –»

«John, nicht jetzt! Ich – bitte …»

«Warum nicht jetzt? Wozu warten, wozu hinauszögern? *Ich* will wissen, worum es hier *geht*!»

«Ich – bitte, John.» Die Tränen flossen. «Gib mir bitte dein Taschentuch …»

«Du hast dein Kleenex.»

Sein erster Impuls war, aufzustehen und fortzugehen. Er musste allein sein, an Deck spazieren gehen und seine Gedanken ordnen. Seine Brust war heiß; obwohl sein Mund fest geschlossen war, konnte er sich atmen hören; seine Hände zitterten, als er sich eine Zigarette anzündete. Er zwang sich, auf die Rückkehr der Haumans zu warten.

Als das Schiff seine Fahrt wieder aufgenommen hatte, kamen sie über Deck geschlendert. Hauman hielt den Stuhl seiner Frau, als sie sich setzte.

«Mrs Grandin», sagte Billie, «Sie haben ja geweint.»

«Geweint? Nein … Nein, es muss wohl am Wind liegen.»

Grandin stand auf. «Ich habe Lust, mich auf dem Schiff umzusehen. Entschuldigst du mich, Ethel?»

«Natürlich, John.»

Hauman erhob sich in seinem Stuhl. «Soll ich mitkommen, Sir?»

«Nein, danke.» Als er fortging, sah er noch den Ausdruck auf Haumans Gesicht, als ihm die Zurückweisung bewusst wurde und er sich wieder hinsetzte. Er wirkte unsicher, beinahe verletzt. Vielleicht war er grob gewesen. Wie auch immer. Er konnte sich darüber jetzt nicht den Kopf zerbrechen. Andere Dinge hielten seinen Geist gefangen.

Falls Ethel ihn vertreiben wollte, nun gut, er würde sich vertreiben lassen. Falls sie vorhatte, ihnen beiden die Ferien zu verderben, würde er ihr dabei helfen. Er wusste, wer am Ende am meisten darunter leiden würde. Er merkte, dass die Strapaze ihm weniger zu schaffen machte, als er vermutet hatte. Das Streiten als solches war immerhin eine Art Handeln, Kommunikation, sogar eine Art von Einvernehmen; sie bezogen sich dabei intensiv aufeinander, sodass keiner von ihnen, so weit sie auch voneinander entfernt standen, ganz allein war – wie sie es zum Beispiel an den stillen, gleichgültigen Abenden gewesen waren, an denen er in seinem Arbeitszimmer und sie im Bett gelesen hatte. Jetzt war das lange Schweigen auf beiden Seiten dagegen mit leidenschaftlichen Gefühlen aufgeladen. Und früher oder später würde sich dieses Schweigen verändern, sie würden sich umarmen und schließlich ins Bett gehen; die Atmosphäre wäre dann wieder gereinigt.

Er fand einen Platz an der Reling am Bug des Schiffes. Der stürmische Wind, der ihm um die Ohren pfiff, verschluckte die Geräusche der keuchenden Motoren; Stimmen drangen nicht zu ihm durch; alles, was er hörte, war das tosende Rauschen der aufgewühlten Gischt am Bug und die klagenden Rufe der Seemöwen.

Er zog ihren Brief aus dem Buch in seiner Tasche, den Brief, den er an diesem Morgen erhalten hatte. Was schrieb sie ihm? Was hätte sie ihm schreiben können, jenseits der wenigen praktischen Dinge, an die er denken sollte? Es war der Brief einer Ehefrau, die ihren Mann liebte; er las: «Mein lieber John! Bin früh aufgestanden wegen der Jungs. Ich frage mich, ob sie jemals länger schlafen werden. Mama ist das nicht gewohnt, aber sie wird schon damit zurechtkommen. Bekam eine Nachricht von Hammacher Schlemmer, dass sie die Lieferung am 22. aufgegeben haben. Sie hatten es wohl vergessen und sich erst damit befasst, nachdem ich ihnen geschrieben habe. Was ziemlich schlimm ist. Ich habe ihnen deutlich gesagt, dass ich die Sachen *brauche*. Mama häkelt mir eine Tagesdecke zum Geburtstag, aber ich bezweifle, dass sie rechtzeitig fertig wird. War im Old Orchard und habe den Jungs kurze Khakihosen gekauft, mit Gürteln, die wie Patronengurte aussehen, aber es stecken nur hölzerne Pflöcke drin. Sie gefallen ihnen. Wollte für mich ein verführerisches Strandkleidchen kaufen, aber da war im Old Orchard nichts zu machen. Dein Brief war sehr nett, wie immer. Ich habe den Jungs ein paar Stellen daraus vorgelesen. Sie haben gemerkt, dass ich manches ausgelassen habe, aber ich habe gesagt, diese Stellen würden sie nicht verstehen. Was ja auch stimmt. Solch ein netter Brief, Liebling. Räum bitte überall auf. Leere die Aschenbecher, sonst stinkt es. Der Scheck ist angekommen. Deine Post kommt hier mit dem Fünffünfunddreißiger an, also sind wir alle drei zum

Bahnhof gegangen. Habe ihn sofort eingelöst und Johnson den Versicherungsbeitrag gezahlt. Das reicht für ein weiteres Jahr. Nach dem Frühstück flitzen die Jungs nach draußen, und bis Mittag kriegen wir sie nicht mehr zu sehen», und so weiter.

Wie ihre meisten Briefe hätte auch dieser von einem guten Freund kommen können; er war reserviert, zurückhaltend und verriet nicht zu viel. Ethel fiel es nicht leicht, von Liebe zu reden; was sie im Innersten empfand, blieb ungesagt. Er erinnerte sich daran, wie er vor ein paar Tagen bei ihr angerufen hatte, früher als sonst, und, nachdem sie seine Stimme erkannt hatte, zu hören bekam (wie irgendein Bekannter): «Wir setzen uns gerade zu Tisch.» Es spielte keine Rolle, dass es ein Ferngespräch war und er ihr Ehemann. Und nach dem ersten Moment der Verwunderung und Erbitterung hatte es ihm nichts ausgemacht, dass sie so mit ihm redete, so wie es ihm nichts ausmachte, was für Briefe sie schrieb. Er wusste, dass sie in Gegenwart ihrer Eltern ihre Gefühle nicht zeigen konnte und dem geschriebenen Wort gegenüber ein angeborenes Misstrauen empfand. So war es von Anfang an gewesen, so war sie nun einmal; warum sollte er sie sich jetzt anders wünschen als die Frau, die ihm zu Beginn attraktiv erschienen war – welches Recht hatte er, das Unmögliche zu verlangen, das nicht ihrem Charakter entsprach? Schließlich waren die Briefe, die sie ihm als verliebtes Mädchen geschrieben hatte, als sie die Leidenschaft gezügelt und den Sommer in Europa verbracht hatte, um ‹eine Entscheidung zu treffen›, nicht anders gewesen – *(Heute Nachmittag zu einer weiteren Tour aufgebrochen, zur Kirche von Stoke Poges, das Stoke Pógees ausgesprochen wird, wo Thomas Gray seine Elegie geschrieben hat. Eine reizende alte Kirche mit einem Loch in der Wand hinter dem Altar, einem Guckloch, durch das die Leprakranken den Gottesdiensten zuschauen konnten. Die Eibe, unter der er die Elegie geschrieben haben soll, ist ein schöner, aber morscher alter Baum, mindestens tausend Jahre alt, dem Vikar zufolge, den wir in der Kirche angetroffen haben und der uns viel erzählen konnte. Was mein Vertrauen in den Fremdenführer gestärkt hat, der uns bereits dasselbe erzählt hatte. W. Penns Söhne und Enkel sind auch hier begraben. In Liebe, Ethel)* – wenn sie nun also das Mädchen war, in das er sich einmal verliebt hatte, und es solche Briefe waren, die er mit der irrationalen Leidenschaft des Verliebten verschlungen hatte – wie konnte er jetzt Ausbrüche von Liebe erwarten, die es niemals geben würde, die hervorzubringen nicht in ihrer Macht lag, was sie für ihn ja gerade so liebenswert machte? *Er* kannte ihre Gefühle – *ihm* musste sie nichts erklären –, und was waren denn schon Worte? Ihr unbeteiligter Brief hatte ihm noch einmal sehr deutlich das vierundzwanzigjährige Mädchen gezeigt, das inmitten von Touristen auf einem englischen Friedhof stand und sich pflichtbewusst die Eibe anschaute, weil sie gutes Geld dafür bezahlt hatte, und dabei von einem Ehemann träumte, mit dem sie eines Tages Arm in Arm an derselben Stelle stehen wollte; und später, in ihrem kleinen Hotelzimmer, nahm sie das Briefpapier mit dem protzigen Wappen und vergaß all den Heiratsunsinn (was anderes als Unsinn konnte es sein, da es noch nicht geschehen war?), um nach bestem Wissen die Kirche zu beschreiben, das Loch in der Wand hinter dem Altar, den Vikar, die Eibe, alles, nur nicht ihre Gefühle. So war es noch immer. Aus den häuslichen Anekdoten im Brief von heute Morgen, den er jetzt wieder zusammenfaltete und zurück ins Buch legte, klang aus jeder Silbe die Liebe – zumindest für den Mann, der den Brief aufbewahrt hatte, weil er von der Frau geschrieben war, die er so gut kannte und ohne die er nicht leben konnte, der Frau, die manchmal so sehr in Gewohnheiten oder Gebräuchen gefangen war, dass sie eigenartig oder dumm wirkte, die Frau, die ihn liebte.

Seine Wangen wurden im kalten Wind allmählich steif. Er drehte der Reling den Rücken zu und hielt seinen Hut fest. Seine Krawatte wurde aus dem zugeknöpften Jackett herausgerissen und flatterte geräuschvoll um sein Gesicht.

Am meisten ärgerte er sich über seinen eigenen Ärger. Er

hatte nicht gewollt, dass es so weit kam. Ethels einfache Bemerkung, sie habe «über manche Dinge nachgedacht», hatte ihm allzu deutlich gezeigt, worum es ging; und obwohl er nicht so dumm war, zuzugeben, dass er verstanden hatte, war er umso dümmer gewesen, sich von seiner Wut mitreißen zu lassen. Ihre Hilflosigkeit war ihm viel stärker zu Herzen gegangen als ihre Tränen, und aus seinem Mitleid war Wut geworden. Denn der Ärger, das wusste er, war eine Form der Verteidigung.

Er sollte besser zurückgehen. Die Haumans würden sich sonst Gedanken machen; Billie hatte ohnehin schon zu viel mitbekommen. Im Moment konnte er nichts anderes tun, als zurückzugehen. Er würde nicht wieder darauf zu sprechen kommen; Ethel musste den nächsten Schritt tun. Bis es so weit war, würde er versuchen, die Sache zu vergessen und sich zu amüsieren, oder wenigstens nett zu den Haumans zu sein. Es war nicht ihre Schuld, dass er und Ethel ein Zerwürfnis hatten. Ihm fiel Haumans überraschter Blick ein, der so wirkte, als habe er sich zurechtgewiesen gefühlt.

Ethel sah nicht auf, als er zurückkam. Hauman saß wie vorher auf der Kante seines Stuhls; es schien seine Angewohnheit zu sein, immer auf Stuhlkanten zu sitzen. Billie war in Gedanken offenbar ganz woanders und überließ ihr weißes Kleid dem Wind; ihr Ansteckräußchen flatterte hin und her. Grandin fühlte sich an Swanns Odette erinnert, die sich unter ländlicher Kleidung ein Taftkleid vorstellte.

«Sie haben's verpasst», sagte sie vergnügt, als er sich hinsetzte. «Cliffs Stuhl ist unter ihm zusammengebrochen, und er ist auf dem Boden gelandet.»

Grandin merkte, wie Hauman errötete, und wechselte das Thema. «Das hier muss für Sie eine ziemliche Umstellung sein, Captain, nach Guadalcanal und dem Krankenhaus.»

«Ja, Sir. Das ist es, Sir.»

«Ich nehme an, Sie hatten direkte Feindberührung mit den Japsen?»

«Ja, Sir, das hatte ich, mehrere Male.»

«Sind sie - nun ja, wollen die sich wirklich auf Teufel komm raus selbst aufopfern, wie man überall liest?»

Anscheinend brachte die hingeworfene Frage Hauman im ersten Augenblick aus dem Konzept - (vielleicht hielt er sie sogar für respektlos?) -, aber er fing sich schnell wieder. «Es schert sie keinen Deut, was aus ihnen wird, Sir, wenn Sie das meinen. Keinen Deut. Sie lassen sich niemals lebend gefangen nehmen, wenn Sie verstehen.» Er lachte so gut gelaunt und herzlich, dass Grandin sich noch einmal ins Gedächtnis rief, worüber sie gerade gesprochen hatten, denn er verstand es nicht; er konnte keinerlei Verbindung zwischen dem Lachen und dem Gesprächsverlauf herstellen. «Ich nehme an, Sie haben in der Zeitung gelesen, dass nur wenige Japaner in Gefangenschaft geraten? Nun, das ist wohl eher unsere Schuld!» Er lachte wieder.

«Ich habe mich oft gefragt, wie ihr Burschen das aushaltet», sagte Grandin.

«Ihr Leute zu Hause, Sir, ihr lest zu viele Bücher. Die meisten Jungs machen sich nicht mehr Gedanken darüber als über einen Pfadfinderausflug.» Vor lauter Freude, dass er nun doch das Interesse des Mannes gewonnen hatte, den er für den Professor seiner Frau hielt, rutschte er immerzu auf seiner Stuhlkante hin und her und beugte sich begeistert nach vorn. «Sagen Sie», fuhr er fort, «haben Sie diese Geschichten gelesen, wie die Japsen das mit der weißen Fahne machen, Sir? Wir rücken vor, weil wir denken, die Hunde haben sich ergeben. Aber sobald wir in Reichweite sind, schießen sie uns nieder wie … Haben Sie diese Geschichten gelesen, Sir?»

Grandin erschauerte innerlich. «Das haben wir wirklich.»

Der Captain stieß ein kurzes, scharfes Lachen aus. «Zum Teufel, und wennschon? Wir machen das genauso!»

Der Schauder war verfrüht gewesen. Als er in dieses jungenhafte, lächelnde Gesicht sah, das so fröhlich, so liebenswürdig vom Blutvergießen sprach, lief es Grandin kalt den Rücken hinunter. Unwillkürlich warf er Ethel einen Blick zu.

Hauman bemerkte ihr kurzes Erschrecken und beeilte sich vergnügt, sie zu beruhigen. «Was bleibt uns denn übrig, Sir. Wenn wir das nicht getan hätten, säße ich jetzt nicht hier. Da draußen gibt es keine Regeln - wie denn auch. Zum Teufel, die Hunde machen vor gar nichts halt, vor gar nichts! Also machen wir sie fertig, wo wir können.» Das bezaubernde Lächeln wirkte gerade deshalb so entwaffnend, weil es bei diesem Thema vollkommen fehl am Platze war. «Und das können wir mindestens so gut wie sie, wenn Sie mich fragen!»

«Cliff und ich wollen uns Fahrräder mieten und ein bisschen trainieren», sagte Billie. «Stimmt's, Cliff?»

«Na klar», sagte er und wärmte sie alle mit seinem Lächeln. «Muss etwas von diesem überschüssigen Fett loswerden, das sich angesammelt hat, als ich so viele Monate rumgelegen habe, ohne was zu tun.»

Grandin betrachtete die Schultern und die breite Brust; die Tatsache, dass die Nähte des Hemds zum Bersten angespannt waren, lag wohl kaum am Fett. Wie er sich so auf seinem Stuhl vorbeugte, schien sein ganzer Körper nur aus Muskeln zu bestehen. Offenbar quälte es ihn, ihnen beiden oder Billie nicht noch mehr Gutes tun zu können, als lebte er in ständiger Sorge, sie könnten sich vernachlässigt fühlen oder den Eindruck bekommen, ihre Gesellschaft sei ihm gleichgültig.

Grandin rätselte, was diese Haltung wohl bedeuten konnte, und kam zu dem Schluss, es müsse sich nicht notwendigerweise um Minderwertigkeitsgefühle handeln. Im Gegenteil, man merkte, dass Hauman großen Wert darauf legte, dass alles - auch mit ihm selbst - seine Richtigkeit hatte. Vielleicht war es eine Frage der Disziplin, die ihn gelehrt hatte, Älteren Respekt zu erweisen, sich makellos zu kleiden, stets aufmerksam und höflich zu sein und sich gut einzufügen. Mit solchen Fertigkeiten ließen sich alle Unterschiede der Herkunft überwinden. Er war stolz auf sein diszipliniertes Verhalten;

Disziplin war das Ideal dieser Tage, wichtiger als Erziehung oder Intelligenz. Grandin fragte sich, ob die unschuldige Ausdrucksweise Haumans ebenfalls seinem disziplinierten Wesen geschuldet war oder ob seine Wortwahl einem Geist entsprang, dessen Reinheit lediglich Ausdruck gähnender Leere war. Es ließ sich nicht sagen; seine Natürlichkeit gab keinen Hinweis auf ihren Ursprung. Nur zwei Dinge waren gewiss: Er liebte seinen Vater; und obwohl er seine Frau sehr wahrscheinlich nicht wirklich liebte (denn er würde sie niemals begreifen oder verstehen), war es berührend zu erleben, dass eine der größten Freuden seines Lebens darin bestand, dass sie Billie hieß …

«Ich glaube, wir sind gleich da», sagte der Captain. «Hat Ihnen die Überfahrt gefallen, Sir?»

«Sehr sogar. Wie weit ist es denn noch?»

«Die Insel ist ungefähr acht Kilometer entfernt. Wir fahren gerade an einem Leuchtturm vorbei.»

«Herrje», sagte Billie, «sollten wir nicht lieber nach unten gehen und unsere Sachen holen?»

«Keine Eile, Schätzchen. Obwohl, wenn die Grandins uns entschuldigen würden …?»

Damit sein Beitrag zum Verlauf dieses Nachmittags etwas freundlicher wirkte, sagte Grandin: «Man sagt, der Strand von Sconset sei sehr schön. Wenn Sie ihn sich einmal anschauen wollen, zögern Sie bitte nicht, zum Umziehen unser Zimmer zu benutzen.» Das war allein aus Höflichkeit gesprochen, einer Höflichkeit, von der sie alle angesteckt worden waren.

Und nur aus derselben Höflichkeit erwiderte Hauman, als sie aufbrachen, «Danke, Sir, das machen wir bestimmt, das ist wirklich nett von Ihnen …»

Automatisch drehten die Grandins sich um, um ihnen nachzuschauen. Am Kopf der Treppe zum Unterdeck sah Captain Hauman noch einmal zu ihnen zurück; er suchte ihren Blick; und dann sandte er ihnen über die Köpfe der vielen Passagiere hinweg, die noch auf ihren Plätzen saßen, ein strahlendes Lächeln, den unverfälschten Ausdruck von Gesundheit und Jugend, und Grandin starrte noch eine ganze Weile zurück, nachdem die Haumans längst verschwunden waren.

Er wandte sich um zu seiner Frau. «Ich bin müde. Vielleicht ist es die Seeluft», fügte er hinzu, «aber ich habe mich schon lange nicht mehr so alt gefühlt.» Doch so alt er sich fühlte, unerklärlicherweise spürte er ebenfalls eine eigenartige Jugendlichkeit, das Gefühl, wieder ein Teenager zu sein.

Ethel sammelte ihre Sachen zusammen und sagte nichts.

Auf dem Pier warteten Menschen in Sommerkleidung hinter einer Art Zaun, um den Passagieren beim Aussteigen zuzusehen. Schweigend standen sie da, jeder mit dem gleichen eingefrorenen Lächeln auf den Lippen, die Arme schon angehoben, um beim ersten vertrauten Gesicht zu winken. Es schien, die ganze Insel habe sich hier eingefunden, um der Ankunft einer berühmten Persönlichkeit beizuwohnen. Als die ersten Passagiere das Schiff verlassen hatten und der Niedergang sich leerte, gingen Ethel und John Grandin nach unten.

Während sie langsam zur Gangway vorrückten, blickte er fort von der Insel, hinaus zum fernen Horizont. Der Himmel war von blassem Weiß-Grün und so weit entfernt, dass er wie der Prospekt eines Bühnenbilds aussah, durch ein verkehrt herum gehaltenes Fernglas betrachtet. Möwen flogen und schrien den Himmel an, doch am Horizont war keine Bewegung zu sehen. Er fühlte sich an einen Traum erinnert, den er als Kind geträumt hatte, einen wunderschönen Traum ohne jede Bedeutung, den er seiner bildhaften Schönheit wegen nie vergessen hatte, einer Schönheit, die er seitdem jederzeit vor seinem inneren Auge aufrufen konnte und die dieser fernen Seelandschaft so sehr ähnelte … Schulter an Schulter hatte er mit zehntausend anderen auf einer Klippe gestanden, hoch über dem Meer. Die Klippe war auf einer kleinen felsigen Insel, hoch und flach, ohne Strand oder Küste, die sich senkrecht aus dem Meer erhob. Sie standen schweigend, als warteten sie auf ein unheilvolles Ereignis oder eine Offenbarung, dicht gedrängt bis zum Rand der Klippe, die Füße vom langen trockenen Gras fast bedeckt, und über ihren Köpfen kreisten Vögel am Nachmittagshimmel und kreischten. Ein kühler Wind wehte vom Meer auf die Insel zu, darüber hinweg und wieder aufs Meer. Um sie herum, bis zum Ende des Horizonts, erstreckte sich das ferne Panorama eines weiß-grünen und zitronengelben Himmels, und in weiter Ferne türmten sich am Rand der See Gewitterwolken wie Felsen …

Ein großer klappriger Bus hupte sanft-quäkend am Eingang zum Pier. Er trug die Aufschrift SIASCONSET.

Bis auf die breite Rückbank war schon alles besetzt. Sie gingen nach hinten durch und setzten sich, wie sie dann feststellten, direkt neben die Howards. Mr Howard stellte die Damen einander vor; und als der Bus heftig zu schaukeln begann, rieb er sich die Hände und sagte: «Das wird ein Spaß!» Der Bus fuhr durch die Stadt davon.

Irgendwo von einem Turm schlug eine Uhr.

«Acht Uhr, du meine Güte», sagte Mrs Howard. «Ich frage mich, ob wir wohl noch etwas zu essen bekommen.»

Mr Howard beugte sich vor. «Jemand eine Ahnung, wie lange im Dune House das Abendessen serviert wird?»

«Im Prospekt steht halb neun.»

«Hörst du, Mama? Wir schaffen es gerade noch auf den letzten Drücker.»

«*Vielleicht*», sagte sie.

Es war schon zu dunkel, als dass sie sich noch einen Eindruck von Nantucket Village machen konnten. Das würde bis zu einem späteren Besuch bei Tage warten müssen; bevor ihr Urlaub zu Ende ging, würden sie sicherlich einige Abstecher in die Stadt machen. Als der Bus die Durchgangsstraße nach Sconset emporschwankte, wurde die Nachtluft dicker, und das nicht nur, weil die Dunkelheit sich schnell herniedersenkte. Weißer Nebel schob sich über das Moor; als sie hindurchfuhren, war es, als bewegten sie sich zwischen übereinanderliegenden Schichten durchsichtiger Schleier.

«Sieh nur, Bill – Nebel», sagte Mrs Howard.

«Schön!»

«Von wegen schön. Wir sind nicht hierhergekommen, um Ferien im Nebel zu machen.»

«Komm, Mama, vielleicht ist er ja nur heute Abend.»

«Wollen wir hoffen. Ich will diese Woche den Vollmond sehen.»

Wie in einer langsamen, sanften Achterbahn fuhren sie über die Insel, immer wieder Hügel und Täler hinauf und hinab, die plötzlich auftauchten. Der ächzende Bus schien mit waghalsiger Geschwindigkeit zu fahren. Schließlich rollte er einen Abhang hinunter und kam abrupt vor einem Drugstore zum Stehen. Von vorn schrie der Fahrer:

«Si-as-conset!»

XI

DAS ZIMMER WAR PERFEKT. Es war ein großes Eckzimmer mit einer guten Badewanne, mit Blick aufs Meer und südlich über das dunkle Moor bis Tom Never's Head. Aber die Jalousien waren bis zum Fensterbrett hinuntergezogen und mit breiten Streifen Klebeband verklebt.

«Die Verdunklung», sagte Ethel.

«Hatte ich vergessen.»

«Ich würde mir gern etwas anderes anziehen.»

«Keine Zeit, Ethel. Ich habe an der Rezeption gesagt, dass wir sofort hinunterkommen. Es ist schon spät.»

«Geh du und reserviere den Tisch, ich brauche nicht lange.»

Allein im Zimmer, blieb sie vor dem Spiegel über dem Schreibtisch stehen, auch wenn dies nicht der Zeitpunkt zum Trödeln war. Doch sie hatte Angst, nach unten zu gehen,

Angst vor dem, was vielleicht später noch geschehen würde. Sie achtete nicht auf ihr Spiegelbild und dachte nicht an sich selbst. Sie dachte an ihren Mann.

Es war nicht fair, ihm den Urlaub zu verderben. Er brauchte die Ruhe und den Ortswechsel schon seit Langem; vielleicht war es ja nur das, was ihm fehlte – vielleicht würde von nun an alles ganz anders sein, von diesem Moment, von dieser Nacht an. Und doch – wie lange konnte sie es noch ertragen, einsam auf ihn zu warten?

Sie liebte ihn – oh, es war ausgeschlossen, dass sie ihn nicht liebte; doch wie lange noch konnte sie einen Mann lieben, der nicht da war? Sicher, er hatte versucht, ihr auf dem Schiff ein gewisses Maß an Beachtung zu schenken, zu Anfang hatte er versucht, einen Streit beizulegen, der in der Luft lag, wie er sofort gespürt hatte, aber das war reine Höflichkeit gewesen, Gewohnheit und Eitelkeit. Es war bequemer für ihn, wenn nach außen hin alles in Ordnung schien. Ihm ging es nur um den Anschein von Harmonie. Solange nach außen hin der Eindruck ehelicher Einigkeit aufrechterhalten wurde, konnten grundlegende Probleme ignoriert werden, als würden sie nicht existieren, so lange ignoriert, bis sie schließlich keine Rolle mehr spielten. Ihm war das möglich, aber ihr nicht.

Während das Schiff in Oak Bluffs am Pier lag, hatte sie ihre Gelegenheit bekommen zu reden, und sie war gescheitert. Als es so weit war, konnte sie nur hilflos stammeln, und irgendwie hatte sich das Blatt zu seinen Gunsten gewendet: Wie immer ging er in die Offensive, und nicht sie. Warum musste das so sein? Ihre Gefühle und ihre Liebe waren ganz einfach zu tief, um sie in Worte zu fassen, aber er – in jeder Sackgasse, in die sie gerieten, blieb er schlagfertig und unwiderlegbar, immer siegreich, mit verheerenden Folgen. Ihr Elend war so bitter, dass sie sich nach der Rückkehr der Haumans gesehnt hatte, der Haumans, die ihr schnurzegal waren; weder sie noch John konnten ahnen, wie groß ihre Erleichterung war, als sie endlich wiederkamen. Eine eigenartige Wende hatte stattgefunden, für die kein anderer als sie selbst die Verantwortung trug. Jetzt war *sie* es, die dem Thema auswich, es weit in den Hintergrund schob und sich in die Gesellschaft von Fremden flüchtete. Und das setzte ihrer Demütigung die Krone auf: Weit entfernt, das Problem anzusprechen und sich ihm zu stellen, half sie aus Feigheit ihrem Mann dabei, es zu vertuschen.

Sie wandte sich vom Schreibtisch ab und betrachtete den Raum mit Tränen in den Augen. Sie sah die Betten. Sie würde das von der Tür entferntere Bett nehmen und er das nähere, wie sie es immer machten – und das war das. Doch allein die Vorstellung, sich in seiner Gegenwart auszukleiden (sie waren seit zehn Jahren verheiratet!) und zu Bett zu gehen, im selben Raum mit ihm, der im anderen Bett lag; sich Gute Nacht zu sagen und einzuschlafen – einfach unmöglich. Und doch wusste sie, dass sie es tun würde. Sie wusste, wenn er sie in die Arme nähme, was er heute Abend bestimmt tun würde, schmölze all ihre Entschlossenheit dahin, und die Gelegenheit wäre für immer vertan. Sie würden den nächsten Monat, das nächste halbe Jahr oder den Rest ihres Lebens fortfahren zu heucheln, wie sie es schon so lange taten, und vielleicht würde sich niemals wieder eine Gelegenheit ergeben. Womöglich würde es ihr irgendwann gar nichts mehr ausmachen – diese Vorstellung schien ihr am allerfurchtbarsten.

Sie bückte sich, öffnete eine ihrer Taschen und nahm ein grünes Wollkleid heraus. Sie hatte gut gepackt, es war so gut wie nicht zerknittert. Sie stieg aus ihrem Rock, schlüpfte aus Blazer und Bluse und zog sich das Kleid über den Kopf. Sie brachte vor dem Spiegel ihr Haar in Ordnung und trug etwas Lippenstift auf.

Hatte er gewusst, wovon sie redete oder zu reden versuchte? Natürlich hatte er; das hatte er immer. War er deshalb so abrupt aufgestanden, sofort nachdem sie ihn angegriffen hatte? Doch als sie sich die Situation ins Gedächtnis rief, wurde ihr klar, dass sie keine ihrer Sorgen angesprochen hatte. Sie hatte gar nichts gesagt, die Schuld, dass es zu keiner Klärung gekommen war, lag bei ihr, nicht ihm. Es würde keine Klärung geben, die Liebe hatte ihr die Hände gebunden, Liebe und Mitleid für ihren Ehemann, der, auch wenn er noch so geschickt argumentierte, keinen festeren Boden unter den Füßen hatte als sie. Wenn sie ihn wirklich erreichen wollte, wäre es dann nicht besser, noch ein wenig zu warten, im Moment nichts weiter zu unternehmen, zuzulassen, dass sie sich liebten, wenn er es wollte, und ihre Ehe über die nächsten Wochen hinwegzuretten? Es war eine sinnlose Frage; sie wusste, dass sie ohnehin nicht in der Lage sein würde, eine Entscheidung zu treffen.

Liebe ist nur eine Episode im Leben des Mannes. Sie ist die ganze Geschichte des Frauenlebens … wie die Dichterin sagt. Doch sie konnte auch eine Erniedrigung sein. Sie hatte ihm so viel zu geben und bekam so wenig zurück – alles Glück, das sie jetzt noch erwarten konnte, war Dankbarkeit für kleine Gefälligkeiten. Doch was waren kleine Gefälligkeiten schon wert, was konnten sie ihr bedeuten; war es genug, ihn zu lieben – nur selbst zu lieben? Wenn es sein musste, war ihre Liebe groß genug für sie beide; aber sie musste wissen, musste *spüren*, auch wenn er nie ein Wort darüber sagte, dass ihre Liebe zumindest gewünscht und gebraucht wurde.

Sie wandte sich wieder dem Spiegel zu, warf einen letzten Blick auf ihr Haar und legte sich eine schlichte Goldkette um den Hals. Sie wünschte, die Kette wäre länger, wünschte, sie würde in einem längeren Oval hinabhängen, damit ihr Gesicht nicht so rund wirkte. Sie überprüfte die Wirkung im Spiegel, und dabei versank sie wieder in Gedanken.

XII

DER SPEISESAAL WAR GROSS, kahl und wenig reizvoll; mehrere dünne Säulen stützten die durchhängende Decke. Er erinnerte Grandin an den schummrigen Raum, in dem in seiner Jugend der Kindergottesdienst abgehalten wurde; dort waren die Säulen mit Ranken und Girlanden geschmückt gewesen, und er konnte wieder den scheppernden Klang des kleinen schwarzen Klaviers hören … Dieser Raum war angefüllt mit den klimpernden Tönen von *Beautiful Dreamer*, das im Salon jenseits der Eingangshalle auf einer Harfe gespielt wurde. Ganz am Ende des langen Raums saßen die Howards und unterhielten sich lebhaft; ein paar Tische weiter saß ein goldblonder junger Mann mit seiner Mutter. Ethel erschien in der Tür, sah sich unsicher um und entdeckte dann ihren Tisch. Als sie durch den Raum schritt, bewunderte er ihren Gang: gradlinig, selbstsicher und lässig, der Gang einer jungen Frau.

«Du siehst sehr gut aus», sagte er.

«Dank dir.»

«Ich mag das Kleid.» Er faltete seine Serviette auseinander. «Es scheint eine Art Konzert stattzufinden, auf der Harfe.»

«Ja.»

«Hast du Lust, nach dem Essen hinüberzugehen und ein wenig zuzuhören?»

«Heute nicht.»

Der große, stille Raum rief noch immer Assoziationen an die Vergangenheit hervor; er musste nur die Augen schließen, um sich in die Bastelstunde der Jungen im Pfarrgemeindehaus zurückversetzt zu fühlen, die immer freitagabends stattgefunden hatte. Schon zum zweiten Mal innerhalb einer Stunde erreichten ihn Signale aus der Kindheit. Zuerst war es die Erinnerung an einen Traum gewesen, die ungefragt in seinem Geist Raum ergriffen hatte, als sie von Bord des Dampfers gingen; jetzt das Gefühl, sich im alten Saal des Gemeindehauses zu befinden. Was rief diese Bilder hervor, fragte er sich. Das bevorstehende Theater mit Ethel – sein Gefühl, gewissermaßen vor Gericht zu stehen –, was ihn unausweichlich zu etwas wenig Erwachsenem reduzierte? Oder war es am Ende noch immer der Einfluss des Marine-Captains, in dessen Gegenwart er Anzeichen einer zweiten Adoleszenz gespürt hatte?

Eine Frau mittleren Alters mit dichten schwarzen Brauen, fliederfarbenen Haaren und langen, tropfenförmigen Ohrringen, in Strandanzug und Sandalen, kam an ihren Tisch und stellte sich als Miss Fly, ihre Gastgeberin, vor. Sie begann sofort ein langes, einseitiges Gespräch, ein wahres Trommelfeuer von Rechtfertigungen, als fürchtete sie sich davor, unterbrochen zu werden – was, wie sich später herausstellte, wirklich zutraf; denn Miss Fly war stocktaub und lebte in ständiger Angst, dass ihre Gäste das merkten.

«… tut mir leid, aber wir können euch Leuten heute Abend nur ein mehr oder weniger kaltes Abendessen servieren, weil es so spät ist und wir zu wenig Personal haben. Eigentlich schließen wir den Speisesaal schon um halb neun, aber wir können euch lieben Leuten ja schlecht das Essen verweigern, nur weil das Schiff Verspätung hatte, stimmt's? Sonst war der Speisesaal bis neun geöffnet, aber da hatten wir natürlich mehr Angestellte. Wie sagte die alte Mrs Westermeier doch erst heute Mittag – Sie beide sollten sie unbedingt kennenlernen, sie ist was Besonderes –, gute Angestellte fallen nicht vom Himmel; im Grunde fallen überhaupt keine Angestellten vom Himmel. Wir finden heutzutage einfach kein Personal mehr, wie und wo auch immer, außer Jugendliche von der Schule. Aber c'est la vie. Wir hoffen nur, dass das nicht immer so weitergeht …»

«Das glaub ich einfach nicht», sagte John, als Miss Fly gegangen war.»

«Faszinierend …»

Aus Rücksicht auf den Personalmangel und die späte Stunde verzichteten sie auf die Suppe. Während sie darauf warteten, dass ein Schulmädchen das Hauptgericht auftrug, schaute Grandin zu dem jungen Mann und dessen Mutter hinüber. Er trug ein himmelblaues Leinenjackett mit großen weißen Knöpfen aus Bein, darunter ein rot-weiß geringeltes Shirt. Er hatte die Ellbogen aufgestützt und seine langen Finger unter dem Kinn verhakt. Selbst auf diese Entfernung leuchteten und funkelten die Fingernägel im Licht, als wären sie mit grellbuntem Lack überzogen.

«Ich kann das Meer gar nicht hören», sagte Grandin.

«Wir sind wohl ein gutes Stück entfernt …»

«Außerdem sind die Fenster geschlossen, ich vermute, wegen der Insekten.»

«Ja …»

«War es nicht lustig, wie er rot wurde, als ich ‹auf Teufel komm raus› sagte?»

«Wer? Ach so. Das ist mir nicht aufgefallen …»

Wie auch sonst in ähnlichen Situationen machten sie Konversation. Er fragte sich, warum sie das taten. Vielleicht war es eine Frage des Stolzes; sie wären sich gewiss dumm vorgekommen, wenn sie sich in diesem großen, stillen Raum schweigend gegenübergesessen hätten, umso mehr, als vom Tisch der Howards Gelächter und lebhaftes Gespräch zu hören war. Miss Fly umkreiste ihren Tisch in gebührendem Abstand, aber mit scharfem Blick auf den Fortschritt der Mahlzeit, und der goldblonde junge Mann sah sie aus den Augenwinkeln starr, wenn auch geistesabwesend an. Ihr Abendessen einzunehmen, ohne sich zu unterhalten, wäre einer öffentlichen Bekanntmachung gleichgekommen: Wir waren oder sind zerstritten oder werden es bald sein.

«Ich frage mich, wie Hauman verwundet wurde. Er hat es nicht gesagt.»

«Ich vermute, das tut er nie.»

«Ach, ich weiß nicht. Er hat doch ganz bereitwillig über sich selbst gesprochen, nachdem er erst einmal angefangen hatte.» Dann fügte er hinzu: «Verrückt, dass er Schuld verspürt, weil er nicht am Krieg teilnimmt. Regelrechte Schuld. Ausgerechnet er.»

«Kaum zu glauben.»

«Du hast noch gar nichts von den Jungs erzählt.» Sie war auch noch nicht auf sein Buch zu sprechen gekommen, aber aus irgendeinem Grund wollte er darüber jetzt nicht sprechen.

«Ich glaube, sie haben viel Spaß.»

«Sie fehlen mir. Dir nicht auch?»

«Nein, eigentlich nicht ...»

«Ach, übrigens! Vor ein paar Tagen ist mir etwas Scheußliches passiert. Ich saß im oberen Stock des Busses, allein, außer mir war niemand oben. Da kamen vier junge Flieger herauf und setzten sich ein paar Reihen hinter mich. Ihre Uniformen waren hellblau, ich glaube, es waren Kanadier; jedenfalls waren es keine Amerikaner. Du kannst dir gar nicht vorstellen, wie jung sie waren - richtige Kinder -, die mussten sich bestimmt noch nicht mal rasieren. Man merkte, dass sie bester Laune waren und sich einen schönen Abend machen wollten - mal so richtig um die Häuser ziehen. Ich saß da und dachte über sie nach, fragte mich, wo sie wohl in sechs Monaten sein würden, oder auch nur in drei, ob sie dann überhaupt noch am Leben wären. Plötzlich hörte ich, wie einer von ihnen sagte, «Hey, da vorn sitzt so ein Drückeberger.» Ich sah mich um, weil ich dachte, es wäre noch jemand nach oben gekommen, aber dann merkte ich, dass sie mich meinten. Sie machten mir Vorwürfe. Mir, mit vierundvierzig Jahren! Aber darum geht es mir nicht. Was ich sagen wollte - also, das Ganze tat mir furchtbar leid; ich wünschte mir so sehr, es wäre nicht passiert oder ich hätte sie wenigstens nicht reden gehört ...»

«Verstehe ...»

XIII

WORUM ES AUCH IMMER GING, das Ganze hatte nun schon so lang gedauert, dass man es genauso gut noch länger vor sich herschieben oder es ganz unter den Tisch kehren konnte. Das hatten sie schon öfters getan. Er spürte kein Bedürfnis, weiter nachzufragen, und Ethel selbst schien bereit, es zu vergessen. Aber als sie später in ihrem Zimmer die Koffer auspackten, räusperte sie sich wieder mit diesem kleinen nervösen Krächzen, und er sah, dass sie sich verkrampfte. Plötzlich sagte sie: «John, ich möchte mit dir reden», und ihre Augen füllten sich mit Tränen.

Er setzte sich auf die Bettkante. Unbewusst - vielleicht in instinktiver Rückkehr zu einer alten Gewohnheit - faltete er die Hände demütig im Schoß, als erwartete er ein Donnerwetter der Mutter oder des Lehrers. Ethel saß in einem Korbstuhl am Schreibtisch. Im Licht der nackten Glühbirne unter der Decke sahen sie sich an. Sie atmete schwer, formulierte erst nur in Gedanken, und obwohl sie ihn direkt ansah, wusste er, dass sie sich fürchtete.

Er wollte es endlich hinter sich bringen, was immer es auch war, aber um ihretwillen hätte er lieber darauf verzichtet. Sie tat ihm leid; bei solchen Anlässen gelang es ihr nicht, sich klar auszudrücken, sie schien nicht zu wissen, was sie sagen wollte, und verkorkste am Ende alles. Von ganzem Herzen hätte er sie am liebsten in die Arme genommen.

«Noch einen Moment, Ethel, bevor du anfängst.»

«Jetzt rede *ich*!»

«Das sollst du auch. Ich will dich nur daran erinnern …» Er zögerte.

«Was?»

«Ach, nicht so wichtig.»

«Du willst mich nur aus dem Konzept bringen!»

«Das stimmt nicht. Ich möchte nur, dass du vorsichtig bist. Du verdirbst nicht nur mir den Spaß, sondern dir genauso.»

«Spaß!», sagte sie. «Meinst du, das hier macht mir Spaß?»

«Genau das wollte ich sagen. Also, was liegt dir auf dem Herzen?»

Sie sah ihn schweigend an. Dann fing sie an zu sprechen. «In der Woche bei meinen Eltern habe ich viel über uns nachgedacht. Sehr viel! Und – also ...»

«Also?»

In einem Atemzug platzte es aus ihr heraus: «Ich bin dies Leben leid, das ich führe!»

«Sprich weiter.»

«Was habe ich denn von der Zukunft schon zu erwarten?»

«Nun, was hat man zu erwarten?», erwiderte er. «Wahrscheinlich das, was man aus seinem Leben macht, oder?»

«Ach, Scheiße!»

Er schoss empor, so wütend, dass er nicht sprechen konnte. Um sich zu beruhigen, ging er zum Fenster und sah hinaus, aber die Jalousie war wegen der Verdunklung hinabgezogen. In der plötzlichen Stille hörte er aus dem Salon direkt unter ihnen das *Pling-Plong* der Harfe. Er war außer sich, dass sie eins der zwei oder drei Wörter gebraucht hatte, auf die er, warum auch immer, empfindlich reagierte und die ihm selbst niemals über die Lippen kamen. Mehr noch, er war bestürzt; nicht weil dieses Wort gefallen war, sondern weil selbst eine Frau von Ethels makellosem Benehmen automatisch vulgär wurde, wenn sie wütend war. Das Phänomen war ihm zuvor schon öfters aufgefallen, doch jedes Mal überraschte es ihn vollkommen. Nach einer kleinen Pause kehrte er zum Bett zurück, setzte sich wieder und sagte ruhig:

«Ich verstehe allerdings nicht ganz, weshalb du gerade jetzt ...»

«Nein, solche Dinge kannst du wohl nicht verstehen!»

«Warum konntest du nicht warten – bis wir wieder in New York sind? Warum willst du uns den ganzen Urlaub verderben? Kannst du mir das bitte sagen, wenn es dir nichts ausmacht?»

«Das macht mir gar nichts aus! Ich will es dir ganz genau sagen! Genau darum geht es mir ja!»

«Du brauchst nicht zu schreien.»

«Es geht um – das ist nicht leicht zu erklären …»

«Ich nehme an», warf er leichtfertig ein, «es ist eine moralische Frage.»

Ihr Blick war voller Hass. «Ich merke, du weißt ganz genau, was ich sagen will.»

«Dann sag es.»

«Du hast ganz recht! Mach dich darüber lustig, wenn du willst, aber es ist eine moralische Frage. Und ich werde heute Nacht nicht mit dir schlafen. – Darauf hast du die letzte Zeit doch spekuliert, oder?»

«Nun, nicht direkt. Nicht darauf, dass du nicht mit mir schlafen willst, genau gesagt.»

Sie ignorierte das und fuhr wie im Rausch fort: «In letzter Zeit hast du dir gesagt, ‹Sobald wir in Sconset sind, mache ich bei ihr alles wieder gut.› Habe ich nicht recht? War es so? So, aber dieses Mal wird das nicht klappen! Wofür hältst du mich eigentlich? Jemand, mit dem du schlafen kannst, wenn *du* zufällig gerade Lust dazu hast, so ungefähr sechs Mal im Jahr? Und was ist mit mir? Was glaubst du denn, wie *mir* zumute ist, Nacht für Nacht? Glaubst du, ich habe keine Gefühle?»

Von alldem wurde ihm flau im Magen. Es rief ihm bitterlich in Erinnerung, was er sich auf der Zugfahrt überlegt hatte: dass er aufrichtig bereit war, seine Gewohnheiten zu ändern, dass er in ihr Schlafzimmer zurückkehren und ein besserer Ehemann sein wollte … Aber das jetzt zu sagen – nein, das war bestimmt nicht der richtige Zeitpunkt. Deshalb sagte er:

«Bitte sprich etwas leiser.»

«Nacht für Nacht liege ich im Bett und denke darüber nach, was ich tun kann …»

Aus dem verzweifelten Bedürfnis, die Initiative zurückzugewinnen, erwiderte er sarkastisch: «Aber nicht sehr lange. Nach fünf Minuten schläfst du ein. Bei brennender Lampe.»

Sie hatte ihn gar nicht gehört. «Schließlich bin ich mir über einige Sachen klar geworden! Du wirst mich nicht länger so behandeln, hörst du? Dir nichts zu bedeuten, nie zu wissen, ob du mich willst, nie … Wenn du wüsstest, wie demütigend es ist, das Ding einzusetzen und es dann wieder herauszunehmen, weil nichts passiert ist! Wie oft war ich vorbereitet und …»

«Ethel, lieber Himmel!»

«Aber ich hab's gemacht, weil du beim Essen besonders nett und aufmerksam zu mir warst und ich mir dachte, vielleicht passiert es jetzt endlich …»

«Halt! Jetzt reicht's aber!»

«Mir reicht's genauso wie dir, John Grandin, ich hasse es durch und durch! Es ist nicht leicht für eine Frau, solche Dinge zuzugeben. Dies ist nicht der Urlaub, den ich gewollt habe oder den du gewollt hast. Aber es musste sein. Die ganze Woche hatte ich schon Angst davor, weil ich wusste, dass du vorhast, heute Nacht mit mir zu schlafen – weil du geglaubt hast, *ich* würde es erwarten –, und so etwas kann ich einfach nicht. Dieses Mal nicht! Nicht heute Nacht, ich kann es nicht! … Glaub nicht, dass ich es mir nicht wünschte. Das tue ich. Aber wenn ich schwach werde und mit dir schlafe und alles vergesse, was ich mir letzte Woche vorgenommen habe, dann sind wir wieder da, wo wir vorher waren – und zwar nirgendwo!»

«Ethel! Nebenan sind Leute!»

«Und da ist noch etwas. Jedes Mal, wenn ich meine Periode habe, suche ich eine Gelegenheit, es dir zu sagen. Natürlich merkst du es nicht, aber ich lasse Bemerkungen fallen wie die, der Rücken tue mir weh, ich habe Krämpfe oder, ganz direkt, ich habe meine Tage. Weißt du, warum ich das mache? Ich tue es nicht, um dich von der Verpflichtung zu erlösen, mit mir schlafen zu müssen …»

«Pass auf, was du sagst!»

«… nein, deshalb mache ich das nicht. Ich tue es für mich selbst! Ich tue es, um nicht allein im Bett zu liegen und zu wissen, dass du in deinem Arbeitszimmer sitzt und mich bedauerst, vielleicht darüber nachdenkst, ob du etwas für mich tun kannst, dich fragst, ob ich dich wohl erwarte oder ob es mir viel ausmacht, wenn du es noch einmal verschiebst ...»

«Um Himmels willen, *Ethel*!»

«Ich – John, ich ...» Sie brach in Tränen aus und rannte aus dem Zimmer.

Er hörte, wie im Badezimmer das Wasser lief; sie legte sich wohl ein kaltes Handtuch auf die Augen. Er saß auf dem Bett, unfähig, sich zu bewegen, erschüttert. Nach einer Zeitspanne, die ihm sehr lang erschienen war, kam sie zurück und ging zum Schreibtisch.

Als er zusah, wie sie sich vor dem Spiegel die Nase schnäuzte, musste er an einen Vorfall denken, der sich vor einigen Jahren ereignet hatte. Sie aßen in einem Restaurant, und plötzlich stand sie vom Tisch auf und ging hinaus, zog hörbar weinend eine hochdramatische Show ab, sodass er in dieser äußerst peinlichen Situation allein seine Mahlzeit beenden musste. Als er nach Hause kam, lag sie mit einer Tafel Schokolade im Bett und las einen Kriminalroman. Es war ihr schlimmster Streit gewesen, aber er konnte beim besten Willen nicht mehr sagen, worum es gegangen war ...

«Ich kann's nicht ändern», sagte sie und trocknete sich die Augen, «immer muss ich weinen.»

«Warum brichst du so was dann überhaupt vom Zaun», donnerte er; das Schlimmste war offenbar vorbei. «Dir macht es doch am meisten zu schaffen.»

«Ja, das stimmt», sagte sie, «mir macht es am meisten zu schaffen, ob wir uns streiten oder nicht ...»

Er stand auf. «Nun», sagte er scharf. «Liebst du mich, oder liebst du mich nicht?»

«Ich weiß es nicht ...»

«Na prima!»

Er ging hinaus und knallte die Tür zu.

Mitte

Sonnenlicht durchflutete den Raum, als John Grandin erwachte. Er sah auf die Uhr, es war halb zehn. Dass es so spät war, überraschte ihn; für gewöhnlich schlief er nicht viel und wachte kurz nach Tagesanbruch auf. Er konnte sich nicht erinnern, wann er zuletzt so lange oder so gut geschlafen hatte; er war die ganze Nacht kein einziges Mal wach geworden. Das musste an der Seeluft liegen. Er griff nach einer Zigarette und sah hinüber zu Ethels Bett. Sie war nicht da.

Er stützte sich auf den Ellbogen, um zu sehen, ob sie eine Nachricht hinterlassen hatte, aber weder auf dem Nachttisch zwischen ihren Betten noch auf ihrem Kopfkissen lag ein Zettel. Vielleicht hatte sie ihn im Badezimmer hinter den Spiegel gesteckt. Sie musste früh aufgestanden sein und sich leise angekleidet haben, um ihn nicht zu stören, und war dann zum

Frühstück nach unten gegangen. Wenn er sich beeilte, würde er sie wahrscheinlich noch am Frühstückstisch antreffen, oder auf der Veranda, wo sie die Morgensonne genoss, strickte, Kreuzworträtsel löste oder mit anderen Gästen plauderte, wahrscheinlich in der quietschenden Hollywoodschaukel. Beim Gedanken an die Schaukel überkam ihn auf einen Schlag die Erinnerung an die Ereignisse der letzten Nacht, und plötzlich war er nicht mehr in der Stimmung, sich zu beeilen.

Natürlich hatte sie keine Nachricht hinterlassen, nicht heute. Er ließ den Kopf auf das Kissen sinken und schloss die Augen.

Eigentlich müsste er sich dafür schämen, so gut geschlafen zu haben. Von Rechts wegen hätte er sich die ganze Nacht über schlaflos und verzweifelt im Bett herumdrehen und hin und her werfen müssen. Stattdessen hatte er geschlafen, als gäbe es nichts, das ihm Sorgen bereitete. Vielleicht hatte der Streit in all seiner Heftigkeit die Atmosphäre wirksamer gereinigt, als er gemerkt hatte, und etwas ans Licht gebracht, das schon viel zu lange unterdrückt worden war. So war er von einem quälenden Schuldgefühl befreit, das ihm lange Zeit bis tief in die Nacht den Schlaf geraubt hatte. Er musste an einen Kollegen denken, der fast jedes Mal, wenn sie sich unterhielten, sehr ausführlich und alles andere als erfreut auf seine Schlaflosigkeit zu sprechen kam und sich wieder und wieder darüber beklagte, dass er keinen Schlaf finden konnte; Grandin hatte nur gedacht: «Wer ist es, mit dem du nicht schlafen willst?» – War es möglich, die Probleme eines anderen instinktiv zu begreifen und seinen eigenen so blind gegenüberzustehen?

Nachdem er die Tür zugeknallt hatte, war er nach unten gegangen. Als er die kleine Eingangshalle durchquerte, wobei er nicht nach rechts oder links schaute und jeden Blickkontakt vermied, klangen ihm noch immer seine letzten Worte in den Ohren – *Na prima!* –, und er fragte sich, was in aller Welt er damit wohl sagen wollte. Als er sie sagte, waren sie ihm unvermeidlich und richtig erschienen, er hatte sie ohne Zweifel und ohne weitere Überlegung dahingeschleudert. Jetzt kamen sie ihm sinnlos vor, abgesehen davon, dass sie *finis* bedeuteten, den Ausstieg aus dieser schmerzhaft unnützen Veranstaltung. Ohne diese Worte (oder andere, ähnlich banale und nicht aggressive Ausdrücke, die keine neuen Schuldzuweisungen auslösen konnten) wäre es vielleicht immer so weitergegangen, bis sie beide das letzte bisschen Anstand verloren hätten und nicht mehr von ihnen übrig war als zwei Skelette aus Hass, die nicht mehr bluten konnten.

Als er die Tür nach draußen öffnete, war er gegen eine Zeltplane geprallt, die straff vom Dach der Veranda bis zum Boden gespannt war, um die beleuchtete Eingangshalle nach außen abzudunkeln. Er ging darum herum und nahm sich einen Stuhl irgendwo im Dunkeln.

Durch die Fenster in seinem Rücken hörte er die klimpernden Töne der Harfe. Sie plätscherten dahin bis zu einem abrupten Höhepunkt, gefolgt von Händeklatschen und dem Summen wiederaufgenommener Gespräche. Ein paar Schritte von seinem Stuhl entfernt war das Quietschen einer Hollywoodschaukel zu hören, die langsam vor- und zurückschwang; er sah die Glut von zwei Zigaretten, die abwechselnd heller und dunkler wurde.

Neben ihm saß ein Paar – ob jung oder alt, konnte er nicht sagen; aus dem tiefen Schweigen zu schließen, das zwischen ihnen herrschte, befanden sie sich in völligem Einvernehmen, wenn nicht sogar in inniger Umarmung.

Er verspürte ein eisiges Gefühl in der Magengrube. Die furchtbare Auseinandersetzung hatte ihn geradezu physisch angegriffen. Dies war nicht der Moment, um im Geist das Gesagte noch einmal durchzugehen, abzuwägen, wo Ethel mit ihren Klagen im Recht war und wo nicht, oder die Verteidigung zu planen, für den Fall, dass sie noch einmal darauf zurückkam. Er wollte jetzt nichts anderes als in der Nachtluft sitzen und hoffen, dass dieses elende Gefühl sich allmählich verflüchtigte. Wenn man bedachte, wie lange er sie vernachlässigt hatte, war ihre Beschwerde durchaus nicht unberechtigt; eher sollte man sich wundern, dass sie sie nicht schon früher geäußert hatte. Außerdem hatte ihn gewundert, dass der Angriff so wortgewaltig, präzise und umfassend gewesen war. Ausnahmsweise hatten ihr nicht die Worte gefehlt. Es war das erste Mal in ihrer Ehe, dass ihm kein Schlupfloch geblieben war, um seine Selbstachtung zu retten.

Mit der Dunkelheit war starker Nebel aufgekommen, Feuchtigkeit streifte seine Wangen und Stirn. Von irgendwo, doch es schien weit entfernt, hörte er das Meer, kein Plätschern von Wellen, die sich hoben und senkten, sondern das dumpfe Donnern der regelmäßig auf den Strand treffenden Brandung.

Er fragte sich, was Ethel da oben wohl tat, in dem Zimmer direkt über seinem Kopf; wahrscheinlich räumte sie ihre Sachen weg, hängte ihre Kleider in den Schrank und richtete sich für den Urlaub ein. Er musste vermeiden, dass ihn die Wut packte wie schon so oft, wenn er ins Zimmer zurückkam und sie dabei antraf, wie sie am Frisiertisch ihre Nägel lackierte oder im Bett lag und eine Zeitschrift las, als wäre nichts geschehen. Nach solchen Ausbrüchen war er noch Stunden später aufgewühlt und schwach. Auf sie dagegen wirkten sie wie eine Art von Reinigung. Fast sofort danach war sie wieder ganz sie selbst; je heftiger der Streit, so schien es, umso schneller erholte sie sich davon. Von ihrer Last befreit, ging es ihr schon besser, bevor er den Raum verlassen hatte.

In der Schaukel regte sich etwas, als hätte einer der beiden eine bequemere, möglicherweise auch vorteilhaftere Haltung eingenommen. Er war beinahe sicher, dass dort irgendeine Art von Liebesspiel stattfand; doch in Anbetracht dessen, was gerade geschehen war, schien ihm das alles nur eitel, dümmlich, nichtig. Dann kehrte, abgesehen von der Harfe, wieder Stille ein – eine vielsagende Stille, und doch, was konnte sie anderes bedeuten als Nichtigkeiten … Wer auch immer sie waren, sie mussten vorhin das Spektakel über ihren Köpfen mitbekommen haben.

Er vermutete, es wäre das Beste, wieder nach oben zu gehen und ihr zu sagen, dass es ihm leidtat, dass sie im Recht war und dass er sie verstand, und ihr die Entscheidungen mitzuteilen, die er auf der Zugfahrt getroffen hatte. Oder gar nichts zu sagen: sie in die Arme zu nehmen und zu halten, mit ihr ins Bett zu gehen. Doch selbst wenn es sein Leben kostete, das würde er nun nicht fertigbringen. Nicht jetzt; nicht, während das alles in ihrer beider Köpfe noch lebendig war. Ethels Vorwürfe kamen zu sehr einer Aufforderung gleich, ihr zu beweisen, dass sie im Unrecht war. Im Bewusstsein, dass sie sein ganzes Verhalten, jeden noch so kleinen Schritt, kritisch infrage stellen würde, wäre er überhaupt nicht in der Lage, jetzt mit ihr zu schlafen.

Der Grund, dass ihre Vorwürfe so umfassend ausgefallen waren, musste darin liegen, dass Ethel eine Woche Zeit gehabt hatte, sie sich zurechtzulegen. So heftig sie auch waren, entsprang ihre Philippika offenbar weniger einer momentanen Stimmung als kalter Berechnung oder bösem Vorsatz. Sie hatte reichlich Zeit gehabt, ihre Gedanken hübsch in Reih und Glied aufzustellen, sodass alles plausibel wirkte, und erst einmal in Gang gekommen, hatte sie sie dann Punkt für Punkt abgespult, bis hin zum niederschmetternden Höhepunkt. Ein halbes Dutzend Mal hatte er versucht, sie durch sarkastische, ironische oder brutale Bemerkungen zu stoppen, doch dann war er sich wie verhext vorgekommen, sowohl abgestoßen wie fasziniert von ihrer Art, sich und ihn vollkommen entblößt zur Schau zu stellen und Worte hinauszuschreien, die sie sonst niemals in den Mund genommen hätte. Ungebeten kam ihm ein Werbeslogan in den Sinn: Natur im Rohzustand ist selten mild.

Wurden Frauen niemals müde? Wollten sie *einen* Mann für alle Zeiten, immer und immer wieder nur ihn? Warum schwächte sich ihre Liebe im Laufe der Zeit nicht ab auf ein bequemeres Niveau, wie es bei den Männern der Fall war, auf dasselbe Level neben Arbeit, Spiel, Schlaf und den anderen Annehmlichkeiten der normalen Existenz. Immer kam es zum Konflikt, ob am Anfang oder in der Spätphase der Ehe. Männer gingen mit voll ausgewachsenem Appetit die Ehe ein, und in manchen Fällen blieben ihre Frauen so lange passiv, dass die Zeitspanne, in der die unterschiedlichen Naturen der Ehepartner sich entsprachen, recht kurz ausfiel. Diese Zeitspanne hatte begonnen, als seine Leidenschaft bereits den Gipfel überschritt und ihre endlich anfing, sich zu ähnlicher Intensität zu entfalten. Rückblickend erinnerte er sich an diese Phase als die glücklichste Zeit seines Lebens, die erfüllteste, beste. Doch selbst das Beste bereitete weniger Genuss, wenn es zu lang andauerte. Jedenfalls war diese Phase nicht von Dauer gewesen. Als seine Leidenschaft nachließ, hatte ihre zugenommen. Was war aus seiner Leidenschaft geworden? Eine reellere Liebe als die frühere, die weniger Beweise verlangte? Oder bedeutete weniger als das Beste in diesem Fall: gar nichts?

Doch das war Kasuistik. Er spürte in vollem Ernst, dass ihm Recht widerfahren war, und war am Boden zerstört, außerstande, einen Ausweg aus diesem Dilemma zu finden, das ihm so klar vor Augen geführt worden war. Er sah der furchtbaren, unausweichlichen Tatsache ins Gesicht, dass alles, was er von nun an tat, falsch sein würde. Jede seiner Taten, jedes seiner Motive war in Zukunft verdächtig.

«Sollen wir hochgehen, Mama?», fragte leise und eindringlich eine Männerstimme aus der Hollywoodschaukel.

«Jederzeit, Schatz», antwortete eine schläfrige, zufriedene Frau.

Die Vorstellung, nun zu erfahren, wer so dicht neben ihm im Dunkeln gesessen hatte, erschreckte John Grandin; er sprang auf und brauchte nur ein oder zwei Sekunden, um die Veranda zu verlassen, die kleine beleuchtete Eingangshalle zu durchqueren und den zweiten Stock zu erreichen.

Eine Weile stand er vor ihrer Zimmertür auf dem Flur, um sich zu sammeln. Die verrutschte Sisalmatte zu seinen Füßen zeugte noch von seinem hastigen Aufbruch vor einer halben Stunde. Er schob sie mit dem Fuß an ihren Platz zurück. Drinnen war kein Geräusch zu hören. Schließlich öffnete er die Tür. Der Raum war dunkel.

Er tastete sich hinein, fand die Bettkante, auf der er vorhin gesessen hatte, und zog sich aus; lautlos legte er die Kleider auf den Fußboden. Seinen Schlafanzug hatte er noch nicht ausgepackt, aber zum Teufel damit. Er schlug das Laken zurück und kroch ins Bett. Die Laken waren kühl und angenehm auf der Haut. Er legte sich auf den Rücken, die Handflächen unter dem Kopf. Der Raum war stickig. Als sich seine Augen an die Dunkelheit gewöhnt hatten, sah er, dass die Jalousien noch nicht emporgezogen waren.

Er stand wieder auf, ging auf Zehenspitzen zu den Fenstern und öffnete die Jalousien. In der Nachtluft lag dicker Nebel, der durch das Fliegengitter hereinzog. John ging zurück und legte sich wieder ins Bett. Er lauschte, doch von Ethel war nichts zu hören. Ihr Atem ging leise, und sie bewegte sich nicht.

So hatten sie sich die erste Nacht ihres Urlaubs sicherlich nicht vorgestellt, aber vielleicht war das gar nicht so schlimm. Ohne dass sie es gemerkt hatten, war ihre Ehe in eine neue Phase eingetreten. Es war besser, dass sie darüber nachdachten, was das zu bedeuten hatte – was sie nun waren, was sie aneinander hatten –, bevor sie irgendeinen Versuch unternahmen, wieder zusammenzufinden. Sein Herz wurde schwerer und schwerer, denn er wusste, dass dieser Streit nicht einfach aus einer Laune heraus entstanden war. Es schien fast, als spiele die Tatsache, dass er nicht mit ihr ins Bett gegangen war, keine sehr wichtige Rolle. Ihm blieb nichts anderes übrig, als sich mit unnützen Fragen herumzuquälen, die er nicht beantworten konnte: Warum begehrte sie ihn so sehr? Glaubte sie, sie würde ihn verlieren? Oder, weil ein Mann schließlich begehrt werden will: Warum zog ihn ihr Begehren, wenn schon nichts anderes, nicht öfter in ihr Bett?

Er fragte sich, wie viele andere Ehemänner ihre Frauen wohl ehrlich liebten, aber der ehelichen Pflichten überdrüssig geworden waren (wie beschämend für die Menschenwürde, dass ausgerechnet das, weshalb sie gar nicht schnell genug heiraten konnten, schließlich zu einer Pflicht wurde!), wie viele Ehemänner wohl diese Pflichten körperlich zwar noch immer genossen, wenn sich die Gelegenheit ergab, sich jedoch auf jenen Tag freuten, an dem diese Leidenschaft nicht mehr von ihnen eingefordert wurde und sie die Freiheit erlangten, ihre Frauen zu lieben, ohne daran denken zu müssen – oder durch Schweigen oder Vorwürfe daran erinnert zu werden –, dass seit dem letzten Mal bereits Wochen vergangen waren und es «Zeit wird, sich wieder darum zu kümmern …».

Eine kleine Flamme erleuchtete die Zimmerdecke. Ethel steckte sich eine Zigarette an. Die Flamme verlosch. Er drehte den Kopf auf dem Kissen herum. Jedes Mal, wenn sie einen Zug nahm, konnte er ihre Nasenspitze erkennen. Die kleine gelb-rötliche Glut schwand allmählich dahin.

Er sah bis zum Ende zu, hörte, wie sie sich auf dem Kissen ausstreckte, um den Aschenbecher zu erreichen und die Zigarette auszudrücken, und wie sie sich wieder zum Schlafen hinlegte.

Er wartete einen Moment, dann stand er auf, durchquerte den schmalen Raum zwischen ihren Betten und setzte sich auf ihr Bett.

Er legte ihr die Hände auf die Schultern. Sie verkrampfte sich.

«Ethel», sagte er.

Sie bewegte sich. Er glaubte, sie wollte ihm Platz machen, und legte sich neben sie.

«Nein», sagte sie. «Nein.»

Er wartete, weder richtig im Bett noch davor; er griff nach ihrer Hand. Sie zog sie weg.

«Nein.»

Er schmiegte sich an sie und blieb ruhig liegen. Sie rührte sich nicht. Er legte den Arm über sie und zog sie näher zu sich. Sie gab ein Geräusch von sich, befreite sich aus seiner Umarmung und stand auf.

Gegen die dunklen Quadrate der offenen Fenster sah er, wie sie zum Korbstuhl am Schreibtisch ging und sich setzte. Er blieb, wo er war, nicht zugedeckt, denn sie hatte den Quilt zurückgeschlagen, als sie aufstand; ihm fröstelte in der nächtlichen Brise. Kurz darauf stand sie auf, kam zum Nachttisch, um ihre Zigaretten zu holen, und ging wieder zum Stuhl. Ab und zu hörte er das Knarren des Korbstuhls.

Er kehrte in sein Bett zurück. Wie lange sie dort saß, wusste er nicht. Soweit er sich erinnerte, saß sie noch dort, als er einschlief …

II

Wieder sah John Grandin auf die Uhr. Es war fast zehn. Ihm war noch immer nicht nach Frühstück, aber wenn er nicht bald aufstand, war der Vormittag herum. Außerdem wäre es ein stillschweigendes Einverständnis von Versagen oder gar Schuld, bis Mittag im Bett zu bleiben. Es war besser, jetzt aufzustehen und so zu tun, als wäre nichts geschehen. Als er aufstand, verfingen sich seine Füße in seinen Sachen, die er in der Nacht auf den Boden gelegt hatte.

Er ging zum Fenster, um sich die Umgebung des Hotels anzuschauen. Im Tageslicht konnte er nun die Entfernung des Dune House zum Meer feststellen. Das Hotel lag oberhalb einer Klippe, an der eine Straße entlangführte. Zwischen der Klippe und dem Strand, der knapp einen Kilometer entfernt war, erstreckte sich ein kahler Sandstreifen wie eine weite, unfruchtbare Wüste. Unten am Strand hatte man einige große Sonnenschirme aufgestellt und schräg gegen die Sonnenstrahlen gerichtet. Er konnte zwei oder drei frühe Strandbesucher ausmachen, die in diesen Schattenflecken lagen. Obwohl die Sonne schon hoch stand und der Tag warm war, lag ein dünner Nebelschleier über dem Sand, so dünn, dass er nicht sicher war, ob es sich tatsächlich um Nebel handelte oder das Flimmern von Sonne und See.

Eine ältere Dame, die die Straße entlangkam, starrte unverwandt zu ihm hinauf, und er trat schnell vom Fenster zurück. Er öffnete den Koffer, nahm sein Rasierzeug heraus und legte die Kleider zurecht, die er anziehen wollte.

Während er sich im Badezimmer rasierte, kam ihm der Gedanke, dass die letzte Nacht ganz anders hätte verlaufen können, wenn er nicht ohne Schlafanzug in Ethels Bett gekrochen wäre. Er ärgerte sich bei der Vorstellung, dass sie vielleicht geglaubt hatte, er habe das alles geplant, um sie zu verführen oder zu ködern oder ähnlichen Unsinn. So weit war es durch den Streit gekommen: Er misstraute seinen eigenen Gedanken. Nichts, was er tat, erwies sich im Nachhinein als richtig; alles musste sorgfältig in Hinblick auf seinen möglichen Effekt oder Nicht-Effekt abgewogen werden; jede harmlose Bewegung konnte falsch interpretiert werden. Die nächsten Tage würde es Missverständnisse hageln.

Er öffnete den Badezimmerschrank und räumte sein Rasierzeug hinein. Die kleine verspiegelte Tür des Schränkchens reflektierte das Bild einer Gestalt draußen auf dem Rasen. Eine junge Frau mit rotem Haar lag im Garten des exklusiven Ferienhauses neben dem Hotel sonnenbadend auf dem Rücken, zum Teil von einem weißen Handtuch bedeckt. Neben ihr im Gras lagen ein Häufchen weißer Kleidung und eine Sonnenbrille mit weißem Rand. Das Handtuch hatte sie über ihrer Mitte ausgebreitet, doch ihre vollen Schenkel und der Ansatz ihrer Brüste waren zu sehen. Sie lag nicht mehr als dreißig Meter von ihm entfernt. Selbst noch immer nackt, sah er hinab auf diese fast nackte Gestalt. Weil er sie nicht kannte – denn er hatte sie noch nie zuvor gesehen und würde sie niemals wiedersehen –, stieg in seiner Brust eine schwache Erregung auf, die sich langsam auch in seinen Lenden bemerkbar machte, und er überließ sich dem üblichen Tagtraum. Wie gern würde er mit bloßen Füßen über diesen wundervollen Rasen gehen, sich neben ihr zu Boden fallen lassen, das Handtuch langsam fortziehen und sie umschlingen, und dort in der heißen Sonne, ohne dass sie wussten, wer der andere war, würde er sie nehmen und sich ihr hingeben in ein und demselben Akt. Vielleicht sahen ihnen hundert Leute zu; doch wenn auch nur ein Wort zwischen ihnen gesprochen würde, wäre alles zerstört.

Es fiel ihm nicht schwer (denn wozu sollte das führen, außer zu weiteren Unannehmlichkeiten) sich abzuwenden. Er ging zurück ins Schlafzimmer und fühlte sich zugleich albern und aufgeregt. Vielleicht lag an diesem Ort etwas in der Luft, eine durch die Sonne ausgelöste Trägheit oder Wollust, vor der man auf der Hut sein musste …

Angezogen, verwarf er die Idee, seinen gelben Pullunder überzuziehen, und entschied sich für einen anderen, denn jedes Mal, wenn er ihn trug, sagte Ethel: «Der gelbe Pullunder gefiel mir schon immer besonders gut.» Da war es wieder: Hätte er ihn an diesem Morgen getragen, würde Ethel es bestimmt wahrnehmen – er hatte ihn mit Absicht angezogen, er wollte sie zurückgewinnen –, und sie wäre verärgert.

Den Speisesaal allein zu betreten machte ihn unsicher; er sah es als Zugeständnis, dass etwas nicht in Ordnung war, nahezu die Bestätigung eines Gerüchts, das vermutlich seit gestern kursierte. Hatte außer den Howards, die in der Hollywoodschaukel gesessen hatten, noch jemand ihren Streit mitbekommen? An einem Ort wie diesem war das fast sicher der Fall; da die Stimmen Wände und Fenster durchdrangen, konnte nichts lange geheim bleiben. Es lag in der Natur dieses Ortes – dem Müßiggang der Gäste (dankbarer Boden für Klatsch) sowie dem natürlichen Interesse für die Angelegenheiten anderer Leute, die das Wesen eines Ferienhotels ausmachten –, dass vermutlich bereits über sie gesprochen wurde.

Ethel war nicht da. Er musste allein frühstücken und den Eindruck erwecken, dass alles in Ordnung sei. Die taube Wirtin mit dem fliederfarbenen Haar zog in der Mitte des Speisesaals ihre Kreise, ihre linke Hand spielte geistesabwesend mit einem der Ohrringe. Sie faltete bereits gefaltete Servietten, stellte saubere Gläser verkehrt herum auf die Tischdecke und näherte sich dabei allmählich seinem Tisch, wobei sie erneut in einen Monolog verfiel.

«Guten Morgen, Mr Grandin, na, ist das nicht ein schöner Morgen. Du meine Güte, Sie müssen ja lange geschlafen haben, Ihre Frau war schon vor Stunden hier. Na ja, nicht gerade Stunden, aber – Oh, und sie sagte, dass sie heute Morgen in den Ort zum Drugstore gehen wollte, für den Fall, dass Sie wissen möchten, wo sie ist …»

«Hat Mrs Grandin Sie gebeten, mir das zu sagen?»

«Mmmh? Nun, ich glaube, Sie werden einen sehr schönen Tag haben, obwohl, um diese Jahreszeit ist es hier immer schön. Wir haben zwar des Nachts ein wenig Nebel, und manchmal löst er sich am Morgen nicht so schnell auf, wie manche von uns es sich wünschen, doch wie ich es schon den Schülerinnen gesagt habe, man kann nicht alles haben, meinen Sie nicht auch? Du meine Güte, Sie sehen vielleicht sommerlich aus, aber deshalb sind Sie ja schließlich hier. Nun, ich versuche ein Mädchen zu finden, das Ihnen etwas zum Frühstück bringt, wenn noch eins von ihnen im Dienst ist; das kann man heutzutage nie so genau wissen …»

Es passte nicht zu Ethel, ihre Pläne einer Fremden anzuvertrauen. Diese indirekte Art der Kommunikation amüsierte ihn, und zugleich war er erleichtert, dass sie sich immerhin so viel Mühe gemacht hatte. Er fragte sich, ob das wohl etwas zu bedeuten hatte; mit anderen Worten, ob dies ein besserer Tag zu werden versprach.

Ein Mädchen brachte den Orangensaft. Er bestellte sein Frühstück und sah sich im Raum um.

Der Speisesaal lag in einem angenehmen Dunkel; die Jalousien waren zur Hälfte hinuntergezogen, und durch sie hindurch sah man den hellen Sonnenschein. Das kühle Halbdunkel erzeugte in dem kahlen Raum einen hübschen Unterwassereffekt; wenn man hinausschaute, war es, als blicke man durch hellere und immer hellere Wasserschichten hinauf zur Sonne hoch oben in all ihrem strahlenden Glanz.

Die einzigen Gäste außer ihm waren der goldblonde junge Mann und seine Mutter. Beide trugen bis auf kleine Abweichungen im Schnitt vollkommen identische Strandanzüge aus grüner Shantung-Seide und grüne Sandalen. Sie las ihm einen Brief vor. Er saß sehr gerade am Tisch; als sie gemeinsam den Raum verließen, ging er so aufrecht, dass es schien, als würde er sich zurücklehnen. Sie hatten sich gegenseitig nicht begrüßt, doch einmal war sein Blick dem des jungen Mannes begegnet, und sie hatten sich ein Guten Morgen zugenickt.

III

Der Drugstore war anscheinend der einzige Ort in ganz Sconset, der eine gewisse Geschäftigkeit aufwies, der einzige Bienenstock quirligen Lebens. Ethel Grandin saß auf einer Bank an der Bushaltestelle dem Laden gegenüber und schaute den Leuten zu, die ein und aus gingen. Auf jeden Mann kamen natürlich zehn Frauen; mit sehr wenigen Ausnahmen waren die männlichen Personen entweder unter achtzehn oder deutlich über vierzig. Wer altersmäßig dazwischenlag – in einer ganzen Stunde kaum ein halbes Dutzend –, war in Uniform.

Der Tag war in helles Licht getaucht. Die Strahlen der Morgensonne waren so weiß, dass am wolkenlosen Himmel kein

Blau zu sehen war. Noch war es nicht warm, eine morgendliche Kühle lag in der Luft, doch bis zur Mittagszeit, vielleicht schon bis elf Uhr, würde diese Kühle mit Sicherheit verschwunden sein. Der Strand würde glühen und die Luft heiß und drückend sein wie in den Tropen.

Sie brauchte Postkarten; aber da sie weder in Woods Hole noch nach der Ankunft in Nantucket daran gedacht hatte, schien es nicht allzu wichtig zu sein. Hinter Boston war die Verbindung abgerissen; weitere Kartengrüße konnten warten. – Jetzt fiel ihr auch wieder ein, dass sie letzten Abend vergessen hatte, zu Hause anzurufen und ihrer Mutter zu sagen, dass sie gut angekommen waren. Auch das hatte Zeit bis heute Abend: Sie würde versuchen, früh genug anzurufen, damit sie noch mit den Jungen sprechen konnte.

Viel wichtiger als Karten oder Telefonanrufe war das Problem dieses Urlaubs: wie er zu retten oder, falls das misslang, zu überstehen war. Als der furchtbare Moment gekommen war, hatte sich tief in ihr etwas zu Wort gemeldet und sich rücksichtslos ihrer Stimme bemächtigt. Es war, als wäre sie gar nicht selbst daran beteiligt gewesen, als hätte sie in dieser Sache nichts zu sagen. Sich jetzt zu entschuldigen oder einen Rückzieher zu machen war unmöglich. Der Schritt war getan; die Dinge würden ihren Gang nehmen, wohin auch immer er führte, und sie würde folgen.

Dabei war ihr bitter bewusst, wie ganz und gar sie ihren Ehemann von sich gewiesen hatte, sicherlich ohne es zu wollen. Sie war so weit gegangen, dass ihm nichts mehr geblieben war. Es war nicht ihre Absicht gewesen, ihn zu schonen, doch ebenfalls nicht, ihm Hände und Füße zu binden oder ihn auf eine Null zu reduzieren und aller Rechte zu berauben, die ein Ehemann oder Liebhaber, ja selbst ein Freund beanspruchen konnte. Alles, was letzte Nacht geschehen war, musste geschehen; doch nun, mehr denn jemals zuvor in ihrem Leben, musste sie einen Weg suchen, der sie wieder zusammenführte. Er war allein und sie war allein; sie mussten dieser Tatsache ins Auge sehen und die Lücke finden, durch die sie zueinander zurückkehren konnten. Von ganzem Herzen wollte sie ihn in die Arme nehmen und sagen, «Sieh doch, John … John …» – doch wie es dann weitergehen sollte, wusste sie nicht. Sie wusste nicht, was sie ihm sagen sollte; genau genommen hatte sie ihm gar nichts zu sagen; aber wie sonst sollten sie sich wiederfinden? Er würde nicht in ihr Bett kommen, sie konnte ihm deshalb keinen Vorwurf machen; und es war vollkommen unmöglich, dass sie in sein Bett ging und die Wahrheit widerrief, die sie ihm letzten Abend zu erklären versucht hatte.

Auch an diesem Morgen war Ethel Grandin einer Antwort auf die Frage, wie es nun weitergehen sollte, nicht näher als letzte Nacht. Noch lange hatte sie im Korbstuhl gesessen; nachdem John in sein Bett zurückgekehrt war, war sie sicher eine halbe oder ganze Stunde dort geblieben. Selbst als das Harfenkonzert im Salon beendet war und im Hotel Stille einkehrte, ihre Zigaretten aufgeraucht waren und ihr Ehemann schlief, hatte sie noch dort gesessen. Die ganze Zeit über dachte sie buchstäblich gar nichts; sie war erschüttert und verängstigt durch das, was geschehen war, und doch am Ende merkwürdig erleichtert.

Ein einziges Mal hatte sie befürchtet, schwach zu werden: als er in ihr Bett kam und sie merkte, dass er keinen Schlafanzug trug. Verkrampft in seiner flehentlichen Umarmung liegend hatte sie ihm widerstanden, auch wenn ihr Herz aus Mitleid mit seiner Nacktheit zu ihm drängte. Noch nie zuvor war er ihr so bedauernswert erschienen. Kaum ein halbes Dutzend Mal in zehn Jahren hatte er das getan. Aus Takt und Rücksichtnahme setzte er nie voraus, dass auch sie mit ihm schlafen wollte, deshalb trug er immer seinen Schlafanzug, wenn er in ihr Bett kam, sowohl Jacke wie Hose; wenn er ihn überhaupt auszog, dann erst, nachdem sie begonnen hatten, sich zu lieben. Letzte Nacht hatte er keinen Schlafanzug, den er an- oder ausziehen konnte, denn er hatte noch nicht ausgepackt. Als sie hörte, dass er sich im Dunkeln auszog und in sein Bett ging – während sie dort im Dunkeln lag und sich vorstellte, wie er nackt zwischen den kalten Laken des ungewohnten Bettes lag –, hatte sie gewünscht, sie hätte daran gedacht, seinen Schlafanzug herauszulegen, bevor er wieder nach oben kam.

Von dem kleinen Platz, an dem sie saß, schlängelten sich Wege durch die Wohnsiedlungen zum Moor oder zum Strand. An diesen Wegen standen winzig kleine Ferienhäuser mit weit hinunterreichenden Spitzdächern, hoch und klein und so eng beieinander, dass man kaum zwischen ihnen hätte hindurchgehen können. Sie waren nicht gestrichen und hatten aufgrund der rauen Witterung eine einheitliche, harmonische Tönung angenommen, die ganz farblos war, und jedes von ihnen erstickte fast unter Kletterrosen, deren ursprünglich leuchtendes Rosa zu einem Weißrosa verblasst war (denn die Jahreszeit war fortgeschritten und die Sonne hatte Kraft). Viele der Häuser hatten hübsche, aber ganz unnütze Lattenzäune, die ihre Miniaturgärtchen säumten, sie waren nur kniehoch, und man hätte mit einem einzigen Schritt von der Straße ins Wohnzimmer treten können. Alles war pittoresk, bezaubernd und selbstbewusst, genau so, wie man es sich vorgestellt hatte, weshalb das hübsche Sconset für jemanden, der schon Ansichtskarten von Nantucket, Martha's Vineyard oder dem Cape gesehen hatte, keinerlei Überraschung bereithielt.

Nachdem ihr Mann sie am vorigen Abend verlassen hatte, hatte sie ihre Taschen ausgepackt und war zu Bett gegangen. Als er zurückkam, musste er annehmen, dass sie schlief; oder er tat, als würde er das glauben. Vielleicht befürchtete er, dass alles von vorn anfinge, falls er das Licht einschaltete. Aber es gab nichts mehr zu sagen: Er hätte das Licht einschalten und die ganze Nacht lesen können, oder auch versuchen, mit ihr noch einmal über das alles zu reden, doch sie hätte kein einziges Wort mehr zu sagen gehabt. Sie würde heute bestimmt nicht wieder auf das Thema zu sprechen kommen und er ebenso wenig; doch was würde geschehen, wenn sie sich wiedersahen? Sie konnten nicht zwei ganze Wochen in eisigem Schweigen verbringen.

Einer der Gründe, weshalb sie sich für Sconset entschieden hatten, war der, dass sie hier niemanden kannten; nun zum ersten Mal wünschte sie, es wäre anders. Wenn sie jemals Freunde gebraucht hatten oder irgendjemanden, mit dem sie die Zeit verbringen konnten, dann war es jetzt. Eigneten sich die Howards vielleicht dazu? In den zwanzig Minuten, die sie gemeinsam im Bus gefahren waren, hatte er einen ganz liebenswürdigen Eindruck gemacht, aber etwas an Mrs Howard verwirrte sie und nahm ihr den Mut, engeren Kontakt zu suchen. Ihr lag ohnehin nicht gerade viel an Frauen, insbesondere an Frauen ihres Alters, denn viele waren ihr zu versnobt, zu kompliziert oder unehrlich. Glücklich verheiratete Frauen, die sich ihrer Männer sicher waren (wie es bei Mrs Howard der Fall zu sein schien), machten Ethel Grandin befangen und unsicher; sie wollte sich nicht mit ihnen messen oder verbünden. Sehr viel wohler fühlte sie sich in Gesellschaft älterer Frauen, die in ihr die ideale junge Hausfrau mit gesundem Menschenverstand sahen, sie also im Grunde ganz falsch einschätzten, oder gegenüber jüngeren Frauen, die zu ihr als einer erfahrenen Frau und Mutter aufsahen oder unbefangen und endlos von sich selbst und ihren Problemen redeten und ihr somit keinerlei Anstrengung abverlangten. Ihr distanziertes Verhalten war kein Snobismus; es war zum Teil die Folge ihrer Neu-England-Erziehung, zum Teil ihr Mangel an Selbstvertrauen als Ehefrau. Wenn ihre Ehe glücklich wäre, selbst um den Preis, dass sie die Augen vor Problemen verschließen müsste, könnte sie unbefangen Freundschaften und Bekanntschaften schließen. Stattdessen hatte sie keine eigenen Freunde neben den Freunden ihres Mannes, keinen persönlichen Vertrauten, und die Aussichten, dass sich das ändern würde, waren gering.

Letzte Nacht war es nicht fair gewesen, sich eine Zigarette anzustecken, um ihm zu zeigen, dass sie nicht schlief; es war eines dieser weiblichen Manöver gewesen, die sie missbilligte und nur selten anwandte. Sie hatte gewusst, wohin es führen würde. Doch als Frau konnte sie der Versuchung nicht widerstehen, ihm auf diese Weise mitzuteilen, dass sie nicht eingeschlafen war, als wäre nichts geschehen; dass sie auf ihrem Standpunkt beharrte und nichts vergessen hatte. Sie wollte, dass auch er nicht vergaß. Dass er, nachdem sie aufgeraucht hatte, aufgestanden und zu ihr gekommen war, entsprach ganz ihren Erwartungen; was hätte er sonst auch tun sollen? Wäre er nicht auf ihr Manöver eingegangen, hätte sie ihn verachtet, und sich selbst noch mehr – darin lag das Risiko. Er hatte das gespürt: Als er «Ethel» flüsterte, hatte seine Stimme unendlich einsam geklungen. Doch was hätte sie sonst tun sollen? Sie hätte sich nie verziehen, wenn sie im Bett geblieben wäre, nachdem er sich neben sie gelegt hatte; damit wäre alles, was zuvor geschehen war und was sie gesagt hatte, lächerlich gemacht und entwertet worden. Wie sehr sie ihn auch begehrte, letzte Nacht war der Moment gekommen, in dem nichts im Leben wichtiger war, als «Nein» zu sagen. Wie selten hatte sie in letzter Zeit denn schon Gelegenheit gehabt, dieses Wort zu sagen? Das Beschämende der zurückliegenden Wochen war gewesen, dass sie ihn nicht einmal hätte zurückweisen können, denn er wusste, dass sie Nacht für Nacht bereit und willig war. Und das traf auch zu – bis gestern Nacht.

Eine Schar junger Mädchen flatterte auf ihren Fahrrädern vorbei, sie radelten rücksichtslos über den Platz, wobei sie einige Fußgänger nur knapp verfehlten, die sie wie Luft behandelten (nicht als Fußgänger, sondern weil sie alt waren und nicht mehr zählten); dabei redeten sie in gezierter, schriller Tonlage unverständliche Dinge, die keinerlei Logik oder Sinn ergaben. Die Bemerkungen, die hin und her gerufen wurden, waren offenbar an die Allgemeinheit gerichtet und bedurften keiner Antwort; schließlich quengelte eine von ihnen, «Herrje, wir sollten längst am Strand sein», und eine andere antwortete, «Hast du den Verstand verloren, Jimmy, bist du jetzt ganz verrückt geworden? Mensch, es ist noch nicht mal *halb elf.*»

Als sie im sonnendurchfluteten Zimmer aufgestanden war und er im anderen Bett unschuldig schlief, hatte sie nicht gewagt, zu bleiben und ihn in Ruhe zu betrachten. In jener Zeit, als er noch bis zum Morgen in ihrem Bett blieb, hatte sie es so sehr genossen, früh aufzuwachen und ihn anzuschauen, bevor er aufwachte; ihn im Schlaf zu betrachten, wie er neben ihr lag, ohne von ihr oder von sich zu wissen, ahnungslos, wo er sich befand. Damals liebte sie ihn so sehr, dass sie ihre gesamte Selbstkontrolle und all ihre Rücksichtnahme aufbieten musste, sich nicht vorzubeugen und ihn zu küssen oder ihn zu wecken und in die Arme zu nehmen. An diesem Morgen hatte er trotz seiner vierundvierzig Jahre wieder wie ein viel jüngerer Mann gewirkt, der sich inbrünstig dem Schlaf hingab: Er lag auf der rechten Seite, halb von ihr abgewandt, ein Knie gebeugt, das andere Bein gerade durchgestreckt, das linke Handgelenk baumelte schlaff über die Bettkante, die rechte Hand lag unter seinem Kopf und stützte die Wange. Sein dichtes, sandfarbenes Haar war so vorteilhaft zerzaust, wie er es niemals absichtlich hätte frisieren können. In physischer Hinsicht war bei ihr nie eine Gewöhnung eingetreten, die Attraktion seines Körpers hatte nie nachgelassen - vielleicht, weil er nur ihr gehörte, der einzige Mann, den sie jemals hatte oder wollte. Weil er schlief, konnte sie ihn mit den Augen der Erinnerung betrachten, auch wenn die letzte Nacht noch nicht vergessen war. Doch sie betrachtete ihn nur kurz, damit er nicht plötzlich erwachte und ihre Träumerei zerstörte, indem er ein Fremder wurde.

Warum hatte sie gerade diesen Zeitpunkt für die große Abrechnung gewählt, wo er doch jetzt für zwei Wochen ihr Liebhaber hätte sein können? Doch selbst er hatte die Antwort auf diese Frage schon gewusst, als er sie stellte: weil er sich *vorgenommen* hatte, dieser Liebhaber zu sein, weil er wusste, dass es von ihm erwartet wurde. Er wusste es, deshalb hatte er sie mit seinem Spott herausgefordert und einen so kühnen wie wahren Satz gesagt: «Ich nehme an, es ist eine moralische Frage.» Statt einen Urlaub der Liebe oder jedenfalls der körperlichen Vereinigung zu genießen (viel zu spät, und nur als Notlösung für einen oder wenige Monate geeignet), hatte sie sich und ihn ins Verderben gestürzt. Keiner von ihnen konnte die letzte Nacht ungeschehen machen. Nun, aus den Ruinen würden sie etwas Neues erbauen, oder sie würden sich trennen; von jetzt an konnte es keine halben Sachen mehr geben, keine Ausflüchte oder Vorwände und keinen Rückfall in feige Gewohnheiten. Wenn er sie wollte, sollte er sie sich nehmen, aber nicht so halbherzig, wie er es letzte Nacht versucht hatte. Doch zuerst sollte er seine Apathie abschütteln und aus dem eigenartigen Dunkel hervortreten, in dem sie den Mann, den sie liebte, nicht mehr erkennen konnte. Er sollte sich erklären und seine Liebe zeigen, wie er es ganz zu Anfang getan hatte. Sobald sie wusste, dass sie noch immer seine Frau war, wäre sie nur allzu bereit, ihm auf halbem Weg entgegenzukommen und es von Neuem zu versuchen. Doch sie musste wissen – in ihrem Innern und von ihm, und nicht nur durch seine Worte –, dass er sie wollte. In dieser Frage durfte es keine Täuschung geben.

Natürlich war das Problem bei Weitem nicht gelöst oder auch nur erkannt; sie hatte es nur angesprochen. Doch da der erste Schritt zur Lösung eines Problems darin besteht, es anzusprechen, gab es vielleicht Grund zur Hoffnung. Oder verbarg sich dahinter noch etwas anderes, gab es ein Problem hinter dem Thema Ehe, das ihr so am Herzen lag? Sie wusste es nicht; aber sie wusste, wo sie in dieser Sache stand, und hatte das ausgesprochen. Was es für ihren Mann bedeutete – das musste er selbst sagen.

Es war Zeit, zum Strand zu gehen. Wenn möglich, wollte sie allein sein, nur in der Sonne liegen und nicht mehr daran denken, an gar nichts denken. Sie erhob sich von der Bank, um im Drugstore Sonnenöl und Karten für Alan und Ted zu kaufen; als sie den Platz überquerte, musste sie den Fahrrädern ausweichen.

IV

ER FAND SIE NICHT in der Hotelhalle, nicht in ihrem Zimmer und auch nicht auf der langen Veranda. Er versuchte herauszufinden, wo er letzte Nacht im Dunkeln gesessen hatte, und bei dem Gedanken an die Hollywoodschaukel direkt unter ihrem Fenster verging ihm die Lust, an diesem Morgen den Howards zu begegnen. Soweit er sich erinnerte, lag der Drugstore an der Bushaltestelle. Er verließ die Veranda und machte sich auf den Weg, über die heiße Straße am Kliff entlang.

In einer Kurve raste ihm ein junges Mädchen in weißen Shorts, weißer Bluse und weiß gerahmter Sonnenbrille auf einem Fahrrad entgegen; er musste schnell zur Seite springen, um nicht umgefahren zu werden. Unter der weißen Jockey-Mütze quollen ihre roten Haare hervor, und sie war schon vorbei, bevor ihm bewusst wurde, dass sie das Mädchen war, das er auf dem Rasen beim Sonnenbaden gesehen hatte. Er drehte sich nach ihr um, doch jetzt war sie keine Fremde mehr, kein verlockendes Geschöpf, wie sie vom Badezimmerfenster aus gewirkt hatte; ihr Hintern unter straffem Haifischleder sah aus wie ein dickes weißes Herz, das verkehrt herum auf einem Fahrradsattel saß.

Der Drugstore war von jungen Mädchen in mehr oder weniger spärlicher Kleidung bevölkert. Sie kauften Postkarten, Zeitschriften, Getränke, Zigaretten, Badeartikel, Kleenex, Sonnenbrillen und Sonnenöl.

Ethel stand am Drogerie-Tresen; sie wirkte kaum älter als die jungen Frauen in rückenfreien Dirndln oder Jungshosen, auf jeden Fall eleganter. Sie trug ein schlichtes Kleid aus blauem Chambray mit braunem Gürtel. Er war so unsicher, wie sie reagieren würde, dass er beinahe wieder gegangen wäre. Sie sah auf, dann beugte sie sich vor, um ihre Handtasche zu öffnen. «Hier sind ein paar Karten und ein Stift», sagte sie. «Bitte schreib etwas an die Jungen.»

Er benutzte den Glastresen als Tisch und adressierte die Karten. Doch nachdem er die Namen geschrieben hatte, fiel ihm nichts weiter ein. Auf dieser Sommerinsel - in diesem Drugstore, umgeben von so viel Jugend - kamen ihm seine Söhne sehr weit entfernt vor. Schließlich schrieb er, *Lieber Alan, vom Zug aus habe ich ein irres U-Boot gesehen und musste an Dich denken. Hab eine schöne Zeit, aber geh deinen Großeltern so viel wie möglich zur Hand ... Lieber Ted, diese Insel würde Euch Jungs bestimmt gut gefallen, deshalb werden wir versuchen, nächstes Jahr alle zusammen wiederzukommen. Erinnre mich daran, Dir von dem U-Boot zu erzählen.* Er unterschrieb mit *Alles Liebe, Dad* und spürte genau, dass seine Worte unzulänglich waren, wie auch seine Gefühle ...

Ethel hatte ihre Einkäufe beendet. «Ich gehe zurück», sagte sie.

«Ja, ich ziehe kurze Hosen an und sehe zu, dass ich etwas Farbe bekomme.»

«Ich habe Sonnenöl gekauft. Am Strand brennt die Sonne.»

«Ethel –»

«Ja?»

«Wir suchen uns ein ruhiges Plätzchen nur für uns, wo wir in Ruhe liegen können ...»

«Mal sehen.»

Er warf die Karten in einen Briefkasten, und sie gingen zusammen hinaus auf den heißen Platz.

Der lärmende Bus aus Nantucket schaukelte heran und blieb ächzend am Straßenrand stehen. Die breite Tür neben dem Fahrersitz schwang nach außen.

«Ethel», sagte er leise, «schau mal, wer da kommt.»

V

«… Sie haben gesagt, dass wir Ihr Zimmer benutzen können, wenn wir kommen. Na also, wir nehmen Sie beim Wort», fuhr Billie fort. «Cliff hat unsere Schwimmsachen, sehen Sie?», und sie zeigte auf die dicke Handtuchrolle, die ihr Mann unter dem Arm trug. Der Captain strahlte sie an, als wären sie die beiden einzigen Menschen auf der ganzen Welt, die er jetzt treffen wollte – und ohne Zweifel waren sie das auch.

«Da freuen wir uns aber», sagte Ethel. «John und ich kennen hier niemanden, und es ist schön, bekannte Gesichter zu sehen.»

«Ja, das haben wir auch gedacht. Ich meine, auch für uns. Herrje, Sie können sich gar nicht vorstellen, wie einsam wir in Nantucket gewesen sind …»

Als sie den Klippenweg einschlugen, legte Hauman Grandin impulsiv den Arm um die Schultern und drückte ihn an sich. «Wie geht's Ihnen, John?»

Grandin war von dieser Zutraulichkeit derart überrascht, dass er nur lachen konnte, um seine Verlegenheit zu überspielen. Die unbändige Freude des Captains, sie beide wiederzusehen, war verblüffend. Als er in der Bustür stand, unglaublich gut aussehend, gesund, sauber und jung, fing sein Gesicht schon an zu strahlen, bevor er sie sah; bei der Begrüßung machte er den Eindruck, dass Billie und er sich schon die ganze Fahrt über darauf gefreut hatten, sie zu treffen. Sein herzlicher Händedruck und das strahlende Lächeln schienen zu sagen: Na, haben wir euch gefehlt?

Billie trug ein glänzend weißes Seidenkleid, Hauman wie am Tag zuvor Khaki-Hemd und -Hose und Springerstiefel; sein Schiffchen hatte er hinter den Leinengürtel gesteckt. Seine Laune war unwiderstehlich; es wäre spießig gewesen, eine so gutherzige, wenn auch grundlose Zuneigung zurückzuweisen. Er war offenbar einer jener Menschen, für die man bei der zweiten Begegnung schon ein alter Freund war. Seine gestrige Befangenheit war ganz verflogen, doch seine Höflichkeit und fast archaisch kumpelhafte Art zu sprechen waren geblieben – Worte wie Gauner, au Backe, zum Kuckuck und so weiter –, und das neue Selbstvertrauen, das er offenbar beim Wiedersehen gefasst hatte, sagte ihnen, dass von nun an er den Lauf der Dinge bestimmen würde.

Er hakte Grandin unter und zog ihn mit sich, als ob er ein intimes Geständnis ablegen wollte. Doch in Wirklichkeit war er lediglich seit je der Auffassung (wie Grandin immer deutlicher bewusst wurde), dass Männer mit Männern reden sollten und Frauen mit Frauen. Ethel und Billie folgten mit ein wenig Abstand.

Hauman erzählte wie ein Wasserfall von ihrer Pension in Nantucket, dem witzigen Lokal, das sie entdeckt hatten, in dem es so herrliche Doughnuts gab, dem Kinderstrand in ihrer Nähe, dem Walfangmuseum, das sie schon besichtigt hatten (gleich als es am Morgen die Tore öffnete), und dem Jachtklub. Immer wieder wandte er sich im Gehen Grandin zu, nicht um sicherzugehen, dass der auch zuhörte, sondern um zu sehen, wie seine Geschichten ankamen. Obwohl das alles keinerlei Substanz hatte, konnte Grandin nicht anders, als sich zu freuen. Es war lange her, dass ihm so schmeichelhafte Aufmerksamkeit entgegengebracht worden war.

Mr Howard saß allein auf der Veranda und sah ihnen grimmig entgegen. Als Grandin die Haumans vorstellte, sprang er auf und sagte: «Schön, Sie kennenzulernen, Captain.» Er hatte die zwei silbernen Streifen sofort bemerkt. Grandin blieb zurück, während Hauman die Frauen hineinbegleitete. Er wollte herausfinden, ob die Howards den Streit mitbekommen hatten; vielleicht würde ihm Mr Howards Verhalten einen Hinweis darauf geben.

«Kommen Sie doch mit uns hinunter zum Strand!»

«Vielleicht später, danke», sagte Mr Howard. «Im Moment gewöhne ich mich noch an den Gedanken, dass ich wahrscheinlich den größten Teil des Vormittags Junggeselle sein werde. Und das an solch einem Tag!»

«Ein Grund mehr, sich uns anzuschließen.» Aber da das nicht die Antwort zu sein schien, die Mr Howard erwartete, fügte er hinzu: «Ist Mrs Howard Langschläferin?»

«Sie kommt überhaupt nicht aus dem Bett», sagte Howard geradezu stolz. «Ich rechne nicht vor zwölf mit ihrem Erscheinen, wenn überhaupt.»

Als Grandin die Tür zu ihrem Zimmer öffnete, sah er nur Hauman, der gerade sein Hemd auszog.

«Hi, John!»

«Wo sind die Frauen?»

«Ach, die sind im Badezimmer. Ich fand, Sie und ich könnten uns hier umziehen und Mrs Grandin und Billie dort drinnen.»

Die Anordnung kam Grandin merkwürdig vor; er war es gewohnt, dass sich Ehepaare gemeinsam umzogen. Er überlegte, woran ihn die Situation erinnerte, und es fiel ihm wieder ein. Es war wie damals in der Schule, wie bei Verabredungen unter Jugendlichen, wie bei Partys im College – da zogen sich die Männer im einen Raum um und die Frauen im anderen, und oft wurden dabei scherzhafte Bemerkungen über Trennwände oder durch Türen hin und her gerufen, und die Jungen drohten damit, sie würden hereinkommen, bevor die Mädchen fertig waren, was die Mädchen zu fröhlichen Protesten veranlasste.

Doch Hauman war viel zu beschäftigt, um Witze zu machen; vielleicht hatte er die Frauen auch komplett vergessen. In null Komma nichts war er ausgezogen und legte seine Sachen ordentlich gefaltet in einem kleinen Stapel auf den Stuhl. Grandin konnte es nicht lassen, aus Neugier den einen oder anderen verstohlenen Blick auf den entblößten, prächtigen Körper zu werfen. Es war der Körper eines Helden: Herkules, Hektor, ein jüngerer Odysseus, doch so, wie sie in den Geschichtsbüchern nicht gezeigt wurden, zudem modernisiert durch die auffällig weißen Hüften zwischen der tiefen Bräune darunter und darüber. Auch wenn er sich nicht exhibitionistisch zur Schau stellte, bewegte sich Hauman in seiner Nacktheit im Raum, als wäre er allein; ganz offensichtlich war er sich nicht bewusst, dass sein Körperbau Blicke geradezu anzog. Als er in seine kurze Hose stieg, die an alte Basketball-Shorts erinnerte, fiel ihm vor dem Fenster etwas auf.

«Was ist das da unten, John, ein paar Kilometer den Strand entlang?» Er zog den Leinengürtel straff. «Sieht aus wie Nissenhütten.»

Grandin trat ans Fenster. Hauman legte ihm eine Hand auf die Schulter, und sie sahen hinaus.

Drei oder vier röhrenförmig gewölbte Gebilde verteilten sich in einiger Entfernung im Sand, recht nah an der Wasserlinie. Sie wirkten wie dunkle Silos, die der Länge nach durchgesägt und deren zwei Hälften dann horizontal auf den Boden gelegt worden waren. Aus mehreren kleinen Schornsteinen stieg Rauch auf.

«Muss eine Station der Küstenwache sein», sagte Hauman. Er bückte sich und nahm seine Schuhe. «Ziehe lieber die Urwaldstiefel an, scheint ein weiter Weg zum Strand zu sein.»

«Recht weit, das stimmt; ich habe gesehen, dass zuerst ein breiter Weg hinabführt, der Rest ist dann Sand.»

«Ich zieh sie trotzdem an. Ich hasse nichts so sehr, wie barfuß durch Sand zu gehen. – Sie sollten uns draußen in 'Canal sehen, John. Die meiste Zeit laufen wir nackt herum, aber alle tragen ihre Stiefel.»

Er stieg in den einen Stiefel und stützte sich dann auf die kleine Frisierkommode, um den anderen anzuziehen. Ein laut krachendes Geräusch ertönte, dann das Klirren von berstendem Glas.

«*Clifford Hau*man», rief Billie aus dem Badezimmer, «was hast du *jetzt* schon wieder kaputt gemacht?»

«Gar nichts, Liebling», antwortete er beleidigt, «mach dir keine Sorgen, alles in Ordnung.» Er drehte sich zu Grandin um, den Kopf reumütig gesenkt. «Tut mir leid, Sir. Sehen Sie, was ich angestellt habe.»

Ein Bein der Kommode hatte unter seinem Gewicht nachgegeben, und eine kleine Tischlampe war umgefallen; die Birne war zerbrochen.

«Das macht nichts, vergessen Sie's.»

«Ich möchte das gerne bezahlen, Sir.»

«Unsinn.»

«Na gut dann, prima.» Er lächelte. «Mensch, das ist aber nett von Ihnen, John.»

Billie rief aus dem Badezimmer: «Können wir rauskommen?»

«Komm nur, Schatz», sagte Hauman. «Wir sind fertig.»

Billie sah sofort, was passiert war. «Clifford, also *wirklich*!» Mit einem Seufzer der Verzweiflung sah sie die Grandins an, die Hände auf die Hüften gestützt. «Ist es nicht die Höhe, immer muss er alles *kaputt* machen! Alles, was er berührt oder in die Hand nimmt, geht kaputt, bevor er damit fertig ist. Wie dieser Stuhl gestern. Und vor Kurzem hat er sich den Wagen von meinem Vater geborgt, wohlgemerkt, einen großen, schweren Buick ...»

«Ja, Mensch, Billie, ich hab's doch nicht mit Absicht gemacht, oder? Ist ja nur eine dumme Glühbirne», fügte er hinzu.

«Von wegen Glühbirne – sieh dir die Kommode an, Clifford Hauman!» Doch dann, als wäre ihr plötzlich bewusst geworden, dass ihr Professor sie zum ersten Mal im Badeanzug sah, erschien ein schläfriges Lächeln auf ihrem Gesicht, und sie schlenderte durch den Raum, um einen Kalender zu bewundern.

Sie trug einen äußerst weiblichen Badeanzug aus weißem Latex-Satin mit kurzem, bauchfreiem Plisseeröckchen. Er war vermutlich von einem Schneider extra für sie angefertigt worden, und er brachte ihre Schönheit und ihre Figur beeindruckend zur Geltung. Plump gesagt, sie war wie geschaffen für das Vergnügen, das Vergnügen eines Mannes. Ihm war klar, dass es ein aufregender Genuss sein musste, mit ihr ins Bett zu gehen, doch nur, wenn sie auch an ihm interessiert wäre – oder, noch besser, wenn sie eine völlig Fremde wäre.

Ethel trug Espadrilles, einen schwarzen, wollenen Badeanzug (eng anliegend, ohne Rüschen und dergleichen, er ließ ihren Körper glatt und fest erscheinen, fast ohne Hüften wie ein Mädchen unter zwanzig) und einen langen gelben Frotteebademantel, den sie vor sieben oder acht Jahren in Paris gekauft hatten. Für ihre Zigaretten, Kamm, Sonnenöl und anderen Schnickschnack, der am Strand von Nutzen war, hatte sie den Gummibeutel bei sich, den sie für die Windeln benutzt hatten, als Alan ein Baby war.

«Mrs Grandin», sagte Hauman, «ich würde gern Ethel zu Ihnen sagen, wenn es Ihnen nichts ausmacht. Macht es Ihnen etwas aus?»

«Bitte tun Sie es, Cliff.»

Er war erleichtert. Jetzt waren sie allesamt Freunde. Aus dieser Gewissheit heraus nahm er Grandins Arm. «Okay, John, lassen Sie uns gehen.»

In der Eingangshalle hörte Grandin, wie Billie Ethel eine Neuigkeit anvertraute, die, nach der Eindringlichkeit ihrer sonst eher trägen Stimme zu urteilen, äußerst spannend sein musste. «Wissen Sie, was wir im Imbiss in Nantucket gehört haben? Es heißt, Toni Lansing wäre hier in Sconset! Vielleicht begegnen wir ihr, wäre das nicht aufregend?»

«Wer ist Tony Lansing?», fragte Grandin.

«Also wirklich, Mrs Grandin», sagte Billie. «‹Wer ist Toni Lansing›! Männer sind doch wirklich unglaublich, oder?»

Hauman kam ihm zur Hilfe. «Na ja, ich wusste es auch nicht», sagte er. «Anscheinend ist sie ein Filmstar. Billie kennt sie alle. Bei dem Namen glaubt man, es sei ein Mann. Aber hallo» – er lachte kurz und senkte die Stimme –, «ich habe sie mal im Kino gesehen, und ich kann Ihnen sagen, Toni Lansing ist kein Mann.»

Mr Howard winkte ihnen von seinem Stuhl auf der Veranda zu. «Sadie ist endlich aufgestanden», verkündete er fröhlich. «Den neuesten Nachrichten zufolge sitzt sie im Speisesaal bei ihrer zehnten Tasse Kaffee. Ich nehme an, wir stoßen in Kürze zu Ihnen.»

Auf der anderen Straßenseite führte zwischen unzähligen Rosensträuchern, die verschwenderisch blühten, eine solide Holztreppe in zwei Etappen hinab zur Sandwüste und von dort ein hölzerner Steg zum Strand.

«Was für ein furchtbarer Name», sagte Billie. «Sadie!»

VI

Der Rettungsschwimmer hatte den Strand sauber geharkt, und ein Dutzend Menschen blickten aus dem Schatten ihrer Sonnenschirme der kleinen Gesellschaft entgegen, die gerade eintraf. Niemand war im Wasser, alle lagen faul ausgestreckt im glühenden Sand, doch in ihren trägen Gesichtsausdruck mischte sich Neugierde. Die Brandung sah viel zu wild aus, um es heute zu versuchen; die Wellen, die sich am Stand brachen, waren zu hoch und zu gefährlich.

Ethel breitete Bademantel und Handtuch aus, öffnete ihre Tasche, um das Sonnenöl herauszunehmen, und richtete sich für den Vormittag ein. Ihr Mann fragte sich, wer von diesen Leuten letzte Nacht ihren Streit mitbekommen hatte; was mochten diejenigen, die ihn gehört hatten, jetzt wohl denken? Er nickte noch einmal dem goldblonden jungen Mann und seiner Mutter zu, die fünfzehn Meter entfernt im Sand lagen, doch sein Gruß wurde nicht beantwortet. Um nonchalant zu wirken, auch wenn ihm das durchaus nicht entsprach, griff er nach einer Zigarette.

Hauman beugte sich hinab, um ihm Feuer zu geben. Dann, als höre er die Wellen zum ersten Mal, ließ er sein Handtuch fallen und rannte in die Brandung. Es war faszinierend, wie schnell und mühelos sich seine wuchtige Gestalt bewegte. Er stürzte sich kopfüber in eine graugrüne Welle, und Billie folgte ihm. Kurz darauf tauchten sie wieder auf, lachend und prustend. Während der nächsten halben Stunde spielten sie in der Brandung Fangen, schwammen weit hinaus, um auf den Wellen wieder zurückzureiten, oder standen im schwarzen Sand und ließen das Wasser um die Fußgelenke spielen.

Der Rettungsschwimmer kam zu ihnen und stellte sich vor. «Ich heiße Pete, Sir. Möchte jemand von Ihnen einen Sonnenschirm oder Rückenstützen?» Er erläuterte die Preise, die dafür pro Tag oder pro Woche zu entrichten waren.

Vier Rückenstützen wurden für einen Tag gemietet, und ein großer Sonnenschirm für zwei Wochen. Pete holte die Sachen aus einem Schuppen und stellte sie dort auf, wo die Grandins sich niedergelassen hatten. Er war noch sehr jung; auch wenn er so braun war wie Melasse und recht stark wirkte, hatte er die Gestalt eines Kindes – nicht gerade das, was man von einem Rettungsschwimmer erwartete. Als er sich vorbeugte, um den Sonnenschirm auszurichten, sah man ein paar blonde Härchen auf seiner Oberlippe und am Kiefer … Der Krieg, es liegt am Krieg, wir sind im Krieg, wissen Sie nicht, dass wir Krieg haben … Als er seine Pflicht erledigt hatte, stieg er wieder auf seinen Hochsitz und beobachtete das Meer und die Brandung. Doch die Haumans waren auf seine Hilfe oder die von anderen so wenig angewiesen, dass er sich diesen Vormittag ruhig hätte freinehmen können. Und außer den beiden ging niemand ins Wasser.

Die Mutter und ihr Sohn lagen auf einem riesigen gestreiften Handtuch, so groß wie ein Teppich; statt ihrer grünen Strandanzüge trugen sie nun identische hellgrüne Badeanzüge. Der Junge trug als einziger Mann am Strand keine Shorts.

Ethel und John Grandin sahen wie alle anderen auch den Schwimmern zu. Sie hatten nicht darüber gesprochen, aber für beide war das Erscheinen der Haumans eine große Erleichterung; die herzliche Begrüßung an der Bushaltestelle war mehr gewesen als reine Höflichkeit.

«Du solltest sie zum Lunch einladen», sagte sie.

«Wenn du möchtest.»

Am Wassersaum, wo die Wellen ihre Knöchel umspielten, schauten die Haumans hinaus aufs Meer. Er stand breitbeinig und sicher auf dem rutschigen Sand, den Kopf leicht zurückgeworfen. Wie er auf der Überfahrt angedeutet hatte, hatte er ein wenig zugenommen, aber das überschüssige Fett konnte den edlen Proportionen seines Körpers nichts anhaben; eher schien es die heroische Wirkung seiner Statur zu erhöhen, als wäre er eine mythologische Riesengestalt, die zum Leben erweckt wurde, um diesen Sterblichen zu zeigen, wie ein homerischer Gott aussah. Billie lehnte sich gegen ihn, in der gängigen Pose eines Mannequins oder Filmstars (ob nun beabsichtigt oder nicht), das linke Knie in die rechte Kniekehle gedrückt und den linken Fuß angehoben. Ihr kurzes weißes Röckchen flatterte um ihre ausladenden Hüften.

«Du meine Güte, wer ist das denn?», murmelte eine Frauenstimme über Grandins Kopf. Mr und Mrs Howard waren eingetroffen. «Der kann sich schon sehen lassen», fügte sie hinzu, «doch er sieht verdächtig nach Michelin-Männchen aus.»

«Komm, Mama, jetzt mach dich nicht über ihn lustig.»

«Ich mache mich nicht lustig, ganz im Gegenteil. Wer ist er?»

«Ein Captain der Marines, den wir auf dem Dampfer getroffen haben», erläuterte Ethel. «Zufälligerweise war seine Frau eine Studentin meines Mannes.»

«Ist sie das? Hübsches Mädchen.»

«Mmh-mmmh!» Bill Howard machte weit hinten im Hals ein brummendes Geräusch, eine Mischung aus Grunzen und Stöhnen.

«Hübsches Paar. Zu schade, das mit den Rettungsringen. Du liebe Güte, seine Arme und Schultern sehen doch wirklich aus, als wären sie aufgeblasen!» Mrs Howard lachte über ihre eigene Bemerkung. «Ich wette, wenn man mit der Nadel hineinsticht, kann man es bis Woods Hole zischen hören, wenn er in sich zusammensackt.»

«Alles musst du schlechtmachen», sagte Mr Howard.

«Von wegen schlechtmachen. Ich wünschte, du würdest nur halb so gut aussehen.» Falls die Howards von ihrem Streit letzte Nacht etwas mitbekommen hatten, ließen sie es sich nicht anmerken. John Grandin war äußerst erleichtert.

«Wir haben gehört, dass sich ein Filmstar hier in der Gegend aufhält», sagte Mrs Howard. «Toni Lansing oder so ähnlich.»

«Mensch, Toni Lansing! Jetzt sag schon, wo!», sagte Bill Howard.

Der Captain und Billie rangelten am Wassersaum miteinander. Er griff Billie an Knien und Achseln, warf sie hoch in die Luft, und sie kreischte vor Panik. Dann schlug er Flickflack im Sand und machte eine Serie Rolle vorwärts. Ohne genau zu wissen, wieso, hatte Grandin den Eindruck, dass Hauman das weder zu seinem eigenen noch zu Billies Vergnügen vorführte – kurzum, er war nicht mit dem Herzen dabei. Er kam angelaufen, ging in die Knie und schnappte nach Billies Beinen, aber irgendwie war das alles nur Show. Sie hielt an, hockte sich hin und kreischte. Der ganze Strand konnte sie hören und sah fasziniert zu. Schließlich kamen sie zurück und rubbelten sich mit ihren Handtüchern gegenseitig gründlich trocken.

Ethel stellte die beiden Mrs Howard vor. Grandin verfolgte, wie sie sie in Augenschein nahm, kalt, objektiv, doch interessiert. Sie sah zu ihrem Mann hinüber und zog abschätzig, aber doch bewundernd eine Augenbraue in die Höhe. Bill Howard machte Anstalten, den beiden seinen Platz unter dem Sonnenschirm zu überlassen, doch sie bestanden darauf, in der Sonne zu bleiben. Sie knieten sich in den Sand und rieben sich gegenseitig den Rücken mit Sonnenöl ein.

Bevor er sich hinlegte, nahm der Captain ein Streichholzheftchen, beugte sich vor und gab Grandin, der sich gerade eine Zigarette in den Mund gesteckt hatte, Feuer. Grandin amüsierten diese Manieren (die eigentlich keine waren, da er die Frauen komplett ignorierte), aber sie gaben ihm das Gefühl, alt zu sein. Seine Studenten, denen aus vielen Gründen daran gelegen sein musste, ihn freundlich zu stimmen, benahmen sich nie derart unterwürfig.

«Waren Sie auch auf dem Schiff, mit dem John und ich gekommen sind?», fragte Hauman die Howards.

«Ja, genau.»

«Eigenartig, dass wir Sie nicht gesehen haben.»

«Sie hatten für nichts anderes Augen als Ihre schöne Frau. Wir haben Sie gehen.»

Wieder fragte sich John Grandin, wo und wie der Captain verwundet worden war. In Anbetracht des langen Krankenhausaufenthalts und da er noch immer nicht diensttauglich war, musste es sich um wirklich schwere Verletzungen handeln; trotzdem waren keine äußeren Anzeichen zu sehen. Seine anstrengenden Turnübungen im Sand zeigten, dass er bei bester Gesundheit war. Doch als Hauman sein Gesicht der Sonne zuwandte, sah er zum ersten Mal eine schmale Narbe, die vom linken Ohr den Kiefer entlang bis zum Kinn lief; sie war gut verheilt, und dass die Narbe so schmal war, zeugte von höchstem chirurgischen Sachverstand. Nur unterhalb des Kinns war ein kleiner Hautknoten oder eine Verdickung zu sehen. Er wollte ihn darauf ansprechen, war sich jedoch sicher, dass Hauman in Gegenwart der Howards gehemmt wäre, darüber zu sprechen. Es würde sicher später noch eine Gelegenheit geben, wenn sie allein waren.

Billie redete leise mit Ethel, in ihrer Stimme lag eigenartigerweise ein wehmütiger Tonfall. «… Sie können sich nicht vorstellen, was für Heimweh ich nach diesem Zimmer gehabt habe, seitdem wir fort sind, ist das nicht albern? Erst vor einem Monat hat Dad mir das Geld gegeben, um alles zu renovieren. Es liegt direkt neben Mutters Zimmer, aber ich habe mein eigenes Bad. Wir hätten uns nicht träumen lassen, dass Cliff so bald zurückkommt - oder dass ich heiraten würde. Der ganze Raum ist in Babyblau gehalten, es sieht einfach umwerfend aus. Die Frisierkommode hat natürlich einen verspiegelten Aufbau, und auf den Tischen habe ich kleine, ganz reizende verspiegelte Zigarettendöschen. Ich rauche nicht, aber die meisten von meinen Freundinnen tun's, und außerdem sind sie so hübsch. Die Lampen an meinem Bett und am Sofa haben blaue Schleifen. Auf dem Bett habe ich alle meine Puppen aufgereiht. Ich kann gar nicht abwarten, es wiederzusehen. Und wissen Sie was? Es gehört sich nicht, das zu sagen, aber ich finde es schrecklich, das Zimmer aufzugeben ...»

«Soweit ich sehe, brauchen Sie das doch gar nicht», sagte Ethel. «Sie und Cliff werden für einige Zeit noch keinen gemeinsamen Haushalt führen.»

«Oh doch, wir suchen uns ein Haus, sobald wir zurück sind.»

«Ich dachte, Cliff wollte sich zum Dienst zurückmelden?»

«Das sagt er doch nur. Es wäre ziemlich dumm, wo er den Rest seines Lebens Entschädigungszahlungen bekommen kann.»

Mit einem übertrieben lauten Gähnen riss Bill Howard sich (und alle anderen) aus der Lethargie. «Lust zu schwimmen, Sadie?»

«Auf keinen Fall.»

«Gut, dann muss ich ja auch nicht.» Er sah sich ruhelos um. «Nun, ich weiß nicht, was Sie Ihrerseits vorhaben, ich meinerseits werde losgehen und diese Toni Lansing suchen. Mmh, mmmh! Wenn sie sich irgendwo in Sconset aufhält, muss sie am Strand sein und sich sonnen - und sie ist wahrscheinlich schrecklich enttäuscht, dass keiner kommt und sie entdeckt. Irgendwer Lust mitzukommen?»

«Ich komme», sagte Billie.

«Na prima, wenn meine bessere Hälfte nichts dagegen hat. Oder Ihre.»

«Meine bessere Hälfte», sagte Billie. «Komisch, das hab ich noch nie zu ihm gesagt.»

Als Grandin ihnen nachsah, fiel ihm eine andere Gestalt ins Auge, die einsam durch den Sand stapfte, parallel zum Strand, gut fünfzig Meter entfernt, ungefähr auf halber Strecke zwischen Meer und Klippe. Der Mann war weiß gekleidet und arbeitete sich verbissen voran, als hätte er schon einen langen Weg zurückgelegt und noch weit zu gehen. «Pete», rief Grandin, «wer ist das?»

«Die Küstenwache», sagte Pete. «Er ist gerade hinter uns vorbeigegangen. Die patrouillieren Tag und Nacht um die Insel. Sehen Sie den schwarzen Pfosten, an dem er gerade anhält? Das ist eine Stechuhr, er muss jede Stunde seinen Schlüssel hineinstecken. Sie werden ihn - oder einen der andern - hier noch oft vorbeigehen sehen.»

«Einsamer Job, scheint mir.»

«Nicht halb so einsam wie bei Nacht», sagte Pete. «Obwohl, dann haben sie einen Polizeihund zur Gesellschaft. Sie wissen bestimmt, dass jetzt im Krieg die Zivilisten Nachts nicht an den Strand dürfen?»

«Das wusste ich nicht, nein.»

«Vergessen Sie's lieber nicht. Wenn es dunkel ist, darf sich niemand auf mehr als vierhundert Meter dem Strand nähern. Wer es tut und erwischt wird, muss eine enorme Strafe zahlen. Aber die Strafe ist noch gar nichts, verglichen mit dem, was die Hunde mit ihm machen.»

«Kommt die Küstenwache von der Station weiter unten am Strand?»

«Ja, da unten in der Nähe von Tom Never's Head sind jetzt 'ne Menge Männer.»

«Na, dann hat sich das ja auch erledigt», sagte Mrs Howard. «Bill und ich hatten vor, bei Vollmond den Abend am Strand zu verbringen. Solche Sachen sollten sie einem wirklich schon im Prospekt mitteilen.»

Grandin sah dem Mann von der Küstenwache nach, bis er

langsam hinter den Dünen verschwand; seine weiße Uniform leuchtete wie ein kleiner, verlöschender Lichtfunke. Dieser Patrouillendienst war gelinde gesagt ein melancholischer Job, und die Tatsache, dass die Männer vom Wachtdienst jeden Tag so oft an den sonnenbadenden Feriengästen vorbeigingen, die das Nichtstun genossen, machte es bestimmt nicht einfacher.

Mr Howard und Billie kamen im Eiltempo zurück. Als sie die Gruppe erreichten, waren beide außer Atem.

«Wir haben sie gesehen», japste Billie, «wir haben sie gesehen! Da drüben sitzt sie, ganz so – na ja, ganz wie Sie und ich!»

«Nein!», mokierte sich Sarah Howard.

«Auf jeden Fall ein toller Anblick, Mama.»

«Sie ist ganz in Weiß», fuhr Billie begeistert fort; ihr schien gar nicht bewusst zu sein, dass auch sie ganz in Weiß war. «Weißer Anzug, weiße Sandalen und weiße Jockey-Mütze – sogar eine weiße Sonnenbrille!»

«Wer kommt denn auf die Idee, weiße Sonnenbrillen zu tragen?», sagte Hauman.

«Ich meine die Fassung, das weißt du ganz genau. Und sie hat wunderschönes rotes Haar, richtig feuerrot! Ich frage mich, ob das wohl echt ist …»

Hauman stand auf. Seine Shorts waren so eng, dass der Gürtel ins Fleisch zu schneiden schien. «Was meinen Sie, John, wollen wir auch einen Blick auf sie werfen?»

«Ist mir recht», sagte Grandin und stand auf. «Kommst du mit, Ethel?»

«Nein, danke.»

«Aber ich», sagte Billie, «ich zeig euch, wo sie ist.»

«Wir finden sie schon, bleib du nur hier bei Ethel und den andern», sagte Hauman. Er hakte Grandin unter, und sie gingen los.

Grandin fühlte sich unsicher mit Hauman allein; er kam sich wie ein kleiner Junge vor, der einen Mitschüler als Helden verehrt. Und das war umso unvernünftiger, als *er* ja derjenige war, der von Hauman bewundert wurde. Wenn sie zusammen waren, übertrug ihm das eine Verantwortung, auf die er lieber verzichtet hätte.

«Cliff», sagte er, «denken Sie manchmal darüber nach, dass Sie vielleicht nicht zurückkommen werden?»

«Na, Mensch, wir kommen hoffentlich noch oft zurück! Billie und mir gefällt es hier sehr.»

«Ich meinte, aus dem Südpazifik, oder wo immer Sie eingesetzt werden. Schließlich kommen eine Menge von denen nicht wieder.»

«Oh. Nun, ich glaube, jeder stellt sich vor, so was passiert nur den anderen.»

Der Strand unter ihren Füßen war hart, glatt und heiß; links von ihnen überspülte das Wasser den schwarzen Sand in immer neuen Wellen.

«Passen Sie auf. Einmal hat der Major gesagt, wenn er zehn Jungs für einen Einsatz auswählt und schon vorher weiß, dass neun von denen nicht wiederkommen – und selbst wenn er's ihnen sagt –, dann weigert sich keiner von denen zu gehn. Sie werfen sich natürlich komische Blicke zu, weil jeder denkt, dass er derjenige ist, der zurückkommt, und dass es die andern erwischt, aber alle würden gehn.» Er fügte hinzu, «Ich weiß nicht, wie's bei der Army ist, aber so ist's bei den Marines.» Er lachte. «Mensch, wenn Billie dabei ist, würd' ich mich nie trauen, das zu sagen. Sie glaubt, ich schneide auf, und sie hört sowieso nicht gerne Kriegsgeschichten. Aber zum Kuckuck, so ist's nun mal.»

«Und was ist mit Ihnen, Cliff? Ist der Gedanke ans Sterben –»

«Der Gedanke ans Sterben!» Er lachte herzlich. «Niemand denkt ans Sterben, wissen Sie das nicht, John? Die Leute bilden sich das nur ein – in Wirklichkeit tut's keiner. Außerdem hat man gar keine Zeit, man ist viel zu beschäftigt. So wie wir da auf Trab gehalten werden, da denkt man über so was nicht nach.»

«Auch nicht, wenn jemand erschossen wird, den man kannte? Ihr, na ja, Ihr Kumpel, sagen wir mal?» Das Wort war ihm peinlich, aber er spürte, dass Hauman dies Wort verstehen würde.

«Das ist dann eben Pech. Aber man kann nicht jedes Mal stehen bleiben und drüber nachdenken. Das führt zu gar nichts. Außerdem, wenn Sie so viel Tote gesehen hätten wie ich - oh Mensch, das klingt jetzt wahrscheinlich wieder, als wollte ich angeben.»

«Ich nehme an, es ist eine Sache - der Gewohnheit.»

«Na klar!» Hauman legte seine große Hand auf Grandins Schulter. «Wenn Sie sehen, wie große Bulldozer den Strand abkämmen und alle in ein großes Loch schieben, dann glauben Sie irgendwann, dass das Leben nicht so schrecklich viel wert ist, und der Tod auch nicht. Keiner hat Zeit, die Leichen auf altmodische Art mit der Schaufel zu beerdigen, in einem richtigen Grab mit allem Drum und Dran.»

«Die Leichen der Feinde?»

«Oh, auch unsere eigenen! Mit Bulldozern geht das nun mal am besten, die erledigen das ruck zuck. Ein Mann sitzt oben am Lenkrad - habe ich auch schon gemacht -, nur mit Helm, Shorts und Stiefeln. Da kann's ganz schön heiß werden, der Motor macht ordentlich Hitze, wenn man schwere Lasten herumschieben muss. - Sehen Sie, das muss sie wohl sein, auch wenn Billie uns den Offizier verschwiegen hat.»

Fünfzehn Meter weiter saß eine weiß gekleidete junge Frau im Sand, die Grandin schon zweimal gesehen hatte, neben ihr ein junger Offizier der Navy in dunkelblauer Uniform und mit weißer Mütze. Sie hörten auf zu reden, als Grandin und Hauman vorbeigingen.

Es wäre albern gewesen, sich nicht unverblümt umzudrehen, um sie anzuschauen, deshalb waren sie schließlich gekommen, das wusste auch sie genau. Grandin sah, dass ihre Neugier dankbar aufgenommen wurde. Unter dem Schirm ihrer Jockey-Mütze hervor schenkte sie ihnen einen Blick, der ebenso unverblümt war wie ihrer, und ihr belustigtes Lächeln schien Hallo zu sagen.

«Na, das war's dann wohl, John. Gehen wir zurück.»

Grandin fand, sie sollten zur Wahrung des Anstands noch ein kleines Stück weitergehen, aber angesichts des offenen Lächelns, mit dem die junge Frau ihre Neugier akzeptierte, folgte er Haumans Vorschlag, und sie machten sofort kehrt.

«Und, haben wir zu viel versprochen?», fragte Bill Howard, und es gelang ihm, im Tonfall Billies Aufregung ziemlich gut nachzuahmen.

«Na, ich weiß nicht», sagte Hauman. «Ich finde, Billie stellt sie locker in den Schatten.»

«Also, Clifford Hauman, was erlaubst du dir eigentlich?»

«Sie haben ja einen *netten* Ehemann», sagte Sarah Howard, «in mehr als einer Hinsicht, wenn Sie verstehen, was ich meine.»

«Schon in Ordnung, Sadie.»

«Übrigens, Captain», fuhr sie fort.

«Ja, Ma'am?» Er war sofort ganz höfliche Aufmerksamkeit.

«Ihre Frau hat erzählt, dass Sie dienstuntauglich geschrieben sind.»

«Ja, Ma'am, das ist richtig.»

«Ja, und? Nun kommen Sie schon, erzählen Sie uns von Ihren Verletzungen. Wenn Sie mir Ihre zeigen, zeige ich Ihnen meine», und sie brach in schallendes Gelächter aus.

«Wirklich, Mama, muss das sein?»

Es war schmerzlich, Haumans Verlegenheit mit anzusehen. «Ich glaube, da gibt's nicht viel zu erzählen, Ma'am. Ich bin kein Held, wenn Sie das meinen. Ich wurde verwundet, ja, aber – nun ...» Und dann, als wollte er die Sache endlich hinter sich bringen, erzählte er die ganze blamable Geschichte praktisch in einem Atemzug. «Ich führte ein paar von meinen Männern durch den Dschungel, als wir in einen Hinterhalt gerieten. Es war mein Fehler, zum Kuckuck. Ich wusste, dass Japsen in der Gegend waren, aber ich machte einen dummen

Fehler und nahm den falschen Pfad. Also fielen die Gauner über uns her, und dann kann ich mich an nichts mehr erinnern, bis ich im Krankenhauszelt aufwachte und sie mir sagten, es wäre sechzehn Tage später. Acht Kameraden waren tot, sagten sie, aber ein anderer Kerl und ich hatten es ganz gut überstanden.»

«Überstanden, o ja», fauchte Billie, «mit zehn gebrochenen Rippen, alle Zähne eingeschlagen, das Gesicht bis zum Kiefer aufgerissen, mit gebrochenem Schädel und Gehirnerschütterung – das nennst du gut überstanden! Er lag zwei ganze Tage im Dschungel, bis sie ihn fanden, war's nicht so, Cliff?»

«Das haben sie gesagt, aber ich weiß es nicht, Liebling, ich kann mich nicht erinnern.»

«Dann haben Sie jetzt künstliche Zähne?», fragte Mrs Howard.

«Ja, Ma'am.» Er lächelte freundlich, um sie zu zeigen.

«Und was ist mit dem eingeschlagenen Schädel?», wollte Bill Howard wissen.

«Ich glaube, der ist wieder in Ordnung. Manchmal bin ich etwas benommen, und die Nerven in der linken Gesichtshälfte sind tot, aber das merken sie ja nicht bei der Untersuchung.»

«Wie meinen Sie das?»

«Oh, Cliff glaubt, er kann wieder zur Truppe zurückkehren», sagte Billie.

«Das kann ich auch, und ich bestehe die Untersuchung. *Die* können ja nicht wissen, dass ich im Gesicht nichts fühle.»

Sarah Howard verschränkte die Arme und sah ihn abschätzig an. «Ich glaube, Sie sind ein guter Junge und so», sagte sie, «und einer der hübschesten, die ich je gesehen habe. Aber trotzdem sind Sie ein verdammter Narr.»

Hauman wurde rot, ob wegen des ausgefallenen Kompliments oder weil sie «verdammt» gesagt hatte, ließ sich nicht sagen. «Na ja», sagte er verlegen, «ich glaube, das hängt davon ab, wie man zu der Sache steht, Ma'am. Ich bin nun mal da gewesen. Und die Kameraden da drüben – ich weiß nicht richtig, wie ich das erklären soll, aber ich denke mal, da gehöre ich hin.»

«Hat es Ihnen wirklich so viel Spaß gemacht?»

«Spaß? Ich weiß nicht, Ma'am, das habe ich mich noch nie gefragt. Aber eins weiß ich genau! Es fehlt mir, und die Kameraden auch …»

VII

ALS DIE SONNE AM HIMMEL emporstieg und es heißer wurde, versickerte das Gespräch. Die Ferne flimmerte und tanzte in den Hitzewellen, die vom Sand aufstiegen. Es lag eine Trägheit in der Luft, die eher sinnlich als faul war; sie wirkte auf sie alle wie ein Schlafmittel. Kaum zehn Meter entfernt brandete das Meer gegen den Strand, doch niemand achtete darauf; es war vergessen, kaum noch Teil der Szenerie. Die Menschen lagen in unbewusster, träger Gemeinschaft herum, als wäre der Strand ein riesiges Bett. Manche lagen auf dem Bauch und umarmten den Sand in genüsslicher Erschöpfung, andere in Posen, die sie, paradoxerweise, in voller Bekleidung niemals öffentlich eingenommen hätten. Über dem heißen Sand hing der kränklich-süßliche Geruch von Sonnenöl.

«… Also diese Locken», Billie flüsterte kaum vernehmlich. «Ich sage ihm wieder und wieder, er soll sich die Haare schneiden lassen. Im Dienst tun sie das immer, es ist eine strenge Vorschrift. Aber wissen Sie was? Ich glaube, sie gefallen ihm. Er will sie sich nicht abschneiden lassen. Ist das nicht die Höhe? Ich finde das jedenfalls, aber er will es nicht zugeben …»

Falls Hauman sie gehört hatte, ließ er es sich nicht durch die kleinste Bewegung anmerken. Er lag auf dem Rücken, Arme und Beine von sich gestreckt, der Sonne hingegeben. Die rotbraunen Locken zitterten leicht in der Brise, und seine Brust hob und senkte sich langsam und regelmäßig. Unterhalb der Rippen öffnete sich abrupt die Höhle des Magens, sodass die Shorts, so eng sie im Stehen auch waren, nur locker um seine Hüfte lagen. Seine blauen Augen starrten in den Himmel. John Grandin fragte sich, was er wohl denken mochte, aber er wollte diese Ruhe nicht stören, die, abgesehen von den sich hebenden Rippen, der Ruhe des Todes ähnelte. Er konnte nicht sagen, warum er ihn so bewunderte; sein Gefühl glich der Zuneigung, die man ganz jungen Menschen gegenüber empfand: Es war schön, sie einfach nur zu betrachten, ohne Erwartung irgendeiner Erwiderung, sei es intellektuell oder emotional … Doch dann trat ein gänzlich anderes Bild vor sein geistiges Auge, aus einer rätselhaft morbiden Empfindung heraus: Er sah Hauman in Kampfanzug und Gamaschen, den Helm auf dem Kopf, mit Patronengürteln umwickelt und eine Maschinenpistole in der ausgestreckten Hand, wie er (genau wie hier) auf einem Strand lag, jedoch ausgestreckt mit dem Gesicht nach unten, und die ersten kleinen Wellen der auflaufenden Flut umspielten ihn sanft …

Hatte sich die Intensität seiner Empfindung dem anderen mitgeteilt? Falls es so war, tat Hauman sein Bestes, ihm schnell zu versichern, dass alles gut enden würde. Als bestünde in diesem Augenblick ein heimliches Einvernehmen zwischen ihnen, wandte er den Kopf in Grandins Richtung und sah ihn mit ernsthaftem Lächeln an – einem Lächeln, das sich aufgrund seiner heiteren Natur (oder Eitelkeit oder Jugend oder Gefallsucht) schon bald in ein breites Grinsen verwandelte.

Erschüttert spürte John Grandin, wie er in einem sonderbaren Sumpf noch nie erlebter Gefühle versank: Er empfand Trauer, diffuse Begierde, Bewunderung und den verrückten Wunsch, anstelle des anderen zu sterben …

VIII

«ICH STÖRE NUR UNGERN», sagte Bill Howard, «aber ist nicht längst Essenszeit?»

Gut die Hälfte der Sonnenbadenden war fort. Pete hatte die Sonnenschirme stehen gelassen, falls sie später wiederkommen sollten.

«Ich könnte den ganzen Tag hier liegen», murmelte Mrs Howard in den Sand, «hier könnt' ich sterben.»

«Man stirbt nicht mit leerem Magen, Sadie. Komm schon.» Er nahm ihre Handtücher und seinen Bademantel und ging zum Holzsteg, der zu den Klippen führte.

«Das Essen ist mir egal», sagte seine Frau, als sie ihm folgte, «aber du meine Güte, dieser *Geruch* ist mir *nicht egal*, er macht mich krank, ich will ihn endlich abwaschen.»

«Die sind witzig, oder?», sagte Hauman.

«Wir hoffen, Sie leisten uns beim Lunch Gesellschaft», sagte Ethel.

«Aber das geht doch nicht. Zuerst einmal ...»

«Zuerst einmal ist das Essen im Hotel schon bezahlt», sagte Grandin. «Bitte enttäuschen Sie uns nicht.»

«Na, dann haben Sie jedenfalls vielen Dank. Was meinst du, Cliff, können wir das annehmen?»

Sie konnten und sie taten es. Sie sammelten ihre Sachen ein und machten sich im Gänsemarsch auf den langen Weg zurück; Billie als Erste, Grandin bildete die Nachhut. Am Fuß der Treppe, die die Klippen hinaufführte, machte Hauman eine Entdeckung.

«Seht mal, eine Dusche.»

«Oh, gut! Wo denn?»

«Nicht für dich, Liebling, dort steht *Herren*.»

Auf einem kleinen Vorsprung befanden sich hinter einer Bank zwei offene Duschkabinen, halb verdeckt durch Kletterrosen, die ein Spalier emporrankten. Doch wie Hauman gesagt hatte, sie waren nur zum Gebrauch der Männer.

«So eine fiese Gemeinheit», sagte Billie. «Wenn ich im Salzwasser bade, bin ich nachher überall ganz klebrig.»

«Wir haben eine Dusche im Badezimmer», sagte Ethel.

«Wir kommen in null Komma nichts nach, Liebling, geht ihr schon vor.»

Die Frauen stiegen die Treppe hinauf, und Hauman ging in eine der Kabinen; im nächsten Augenblick hörte man, wie seine nassen Shorts auf den Fußboden klatschten.

«Hey», rief er, «was bin ich nur für ein Schussel! Ich kann gar nicht duschen, ich habe ja nichts, das ich nachher anziehen könnte.»

«Sie können meinen Bademantel nehmen», sagte Grandin, «ich muss jetzt nicht baden.» Er zog seinen roten Baumwollbademantel aus und legte ihn auf die Bank, dann setzte er sich auf eine Treppenstufe und wartete. Er steckte sich eine Zigarette an; endlich gelang es ihm, das selbst zu tun, ohne dass Hauman herbeisprang und ihm Feuer gab.

Man hörte Hauman in der Kabine wild herumplanschen. Es klang, als würde ein widerspenstiges Pony mit dem Schlauch abgespritzt. Plötzlich fing er an zu singen, ziemlich schief, aber Melodie und Text waren gut zu verstehen.

„From the halls of Mon-te-zu-u-ma, to the shores of Tri-poli …«

Das Lied brach so plötzlich ab, wie es begonnen hatte. Irgendetwas musste diesen Stimmungswandel bewirkt haben.

Grandin fragte sich, was es war. Wahrscheinlich war Hauman klar geworden, dass man ihn hören konnte, und er wollte nicht riskieren, dass Grandin ihn für einen Wichtigtuer hielt; lieber hatte er aufgehört. Er überlegte, weshalb Hauman diesen Eindruck wohl vermeiden wollte, und vor seinem geistigen Auge erschien eine Abfolge von Bildern. Vielleicht hatten Kadetten und junge Rekruten in der Grundausbildung respektlos die heilige Hymne der Marines gegrölt, aus Stolz, zum Corps zu gehören, und dem Bedürfnis, sich aufzuspielen. Dafür waren sie von dienstälteren Kameraden zusammengeschissen worden; und vielleicht war Hauman einer dieser grünen Jungen gewesen. Jetzt war er Captain und konnte sich leisten, die Hymne zu singen, wann und wo es ihm gefiel; aber vielleicht erinnerte er sich noch an den alten Drill. Und vielleicht war auch ihm die Hymne heilig, durfte nur zusammen mit anderen Marines und nur bei würdigen Gelegenheiten gesungen werden.

Das Wasser wurde abgedreht, und es war still in der Kabine. Dann hörte er Haumans Stimme über die Verkleidung. «John?»

«Ja?»

«Darf ich Sie etwas fragen?»

«Ja, natürlich, Cliff.»

«Ich würde gern wissen», er klang ernst, «sind Sie glücklich verheiratet?»

«Ob ich was?» Grandin musste sich auf diese unerwartete Frage erst einmal einstellen. Er glaubte keinen Moment, dass Hauman sensibel genug war, um mitzubekommen, dass er und Ethel gestritten hatten; er wusste, dass hinter dieser Frage etwas anderes stehen musste. Im Grunde war sie wohl nur rhetorisch gewesen. «Nun ja, doch», antwortete er schließlich, «ich sollte wohl sagen, sehr sogar.» Er dachte nach – nicht über die Frage selbst, aber warum Hauman sie gestellt hatte. «Warum fragen Sie?»

«Ach» – die Antwort kam leichthin, sachlich – «einfach nur so.»

«Glauben Sie, wir sind es nicht?»

«Nein, keine Sekunde, ehrlich. Ich dachte an jemand anderen, die Ehe von jemand anderem, meine ich. Ein Kumpel von mir.»

Er kam aus der Kabine, setzte sich auf die Holzbank und fing an, sich abzutrocknen. Als er ihm zusah, überkam Grandin ein melancholisches Unbehagen. Haumans Frage hatte auch bei ihm eine Reihe von Fragen ausgelöst. Er spürte den überwältigenden Drang, Dinge in Erfahrung zu bringen, die ihn nichts angingen: Dinge, die das geheimnisvolle Wesen betrafen, das dort auf der Bank saß und das er wohl nie begreifen oder erreichen würde, dieses Wesen, das ihm so rätselhaft, fremdartig und fern vorkam und das eines Tages sterben würde. Voller Verzweiflung riss er sich zusammen, unzufrieden, weil er das, was er wissen wollte, unmöglich fragen konnte ... Im nächsten Moment hörte er sich sagen: «Ich habe gerade darüber nachgedacht, dass Sie und Billie sich zu diesem Zeitpunkt wohl noch keine Kinder leisten können. Stimmt's? Ich meine natürlich, wenn Sie zur Truppe zurückkehren.»

«Na ja, ich weiß nicht, John; wahrscheinlich wäre das nicht so gut.»

«Wie ist es denn mit Kindern, Cliff?»

«Was soll damit sein, John?»

«Ich will mich nicht einmischen, aber – nimmt Billie ... oder benutzen Sie ... ich meine, soll ich Ihnen vielleicht ein paar ...»

«Ah, ich verstehe. Machen Sie sich darüber bloß keine Gedanken, John, dafür ist gesorgt.»

Das war eine Zurückweisung; doch seine brennende Neugier ließ nicht nach. Er wusste nicht, weshalb er sich so sehr für Cliff Hauman interessierte, für so viele Dinge, die mit ihm zu tun hatten. In der Art, wie Hauman Billie spielerisch umwarb, seinem Herumalbern mit ihr, als wäre sie der beste Spielkamerad der Welt, glaubte er eine unterdrückte Ungeduld erkannt zu haben, und er fragte sich, was wohl der Grund dafür sein könnte, und auch, ob seine Beobachtung überhaupt zutraf. Dass Hauman gefragt hatte, ob er glücklich verheiratet war, und dann gesagt hatte, er habe an «die Ehe von jemand anderem» gedacht, war nicht sehr subtil gewesen. Vielleicht war ihm zum ersten Mal im Leben aufgefallen, dass die Zukunft etwas war, worüber man sich Gedanken machen sollte, eine heraufziehende Verheißung, die bald Wirklichkeit sein würde. Er hatte angefangen, sich selbst als Ehemann wahrzunehmen – gefiel ihm diese Vorstellung, oder gefiel sie ihm nicht?

Oder war das Gegenteil der Fall: Dämmerte ihm allmählich, dass die Verabredung mit Billie ein wenig zu lange dauerte? Denn offenbar hielt er ihren Urlaub und die Flitterwochen für eine Art «Verabredung», eine Verabredung, die bald vorüber sein würde, wenn er zu seinen Kumpeln zurückkehrte. Wenn er zurückkam, würde er ihnen alles erzählen, dabei jedoch keins der Details enthüllen, die im Grunde am wichtigsten waren – die John Grandin zum Beispiel so gern gewusst hätte, weshalb er tatsächlich die gefährliche Lust verspürte, danach zu fragen. Davon würde Hauman nichts erzählen, denn, wie auch seine Kumpel wussten, Liebe war überall dasselbe, und alle Frauen waren gleich.

Mit dem Liebesspiel – und wie man dabei aufpasste – war Hauman vertraut. («Machen Sie sich darüber bloß keine Gedanken, John, dafür ist gesorgt.») Diese Abfuhr würde Grandin nicht so schnell vergessen. Diese Antwort, und auch Haumans Haltung während der ganzen nervösen, aber kurzen Diskussion, war so nüchtern gewesen, dass er sich gedemütigt fühlte – und, verrückterweise, auch ein wenig stolz auf Cliff, dankbar, dass er das Gespräch in dem Moment beendet und ihm damit ermöglicht hatte, das Thema zu wechseln. Er erschrak bei der Erkenntnis, dass er das Gespräch auf Verhütungsmittel gebracht hatte, weil er hoffte, Hauman würde über sein Sexualleben sprechen. Diese Einmischung bedauerte er zutiefst, doch andererseits war er auch froh: Es war ihm eine Warnung gewesen. Die Abfuhr kam zum richtigen Zeitpunkt und wurde dankbar angenommen. Er würde von jetzt an darauf zu achten haben, dass sich dergleichen nicht wiederholte.

Hauman warf sich den roten Baumwollmantel um die Schultern (er war natürlich viel zu klein) und verknotete den Gürtel; er nahm sein Handtuch und wandte sich mit einem Lächeln an Grandin.

«Alles klar, John? Wollen wir gehen?»

IX

Billie Haumann stand in Höschen und BH vor dem Spiegel und schminkte sich. Ethel Grandin war bereits angezogen und sah ihr vom Korbstuhl zu. Sie achtete nicht wirklich auf das sinnlose Geplapper, sondern dachte: Billie ist solch ein hübsches Mädchen, zu schade, dass sie keine bessere Figur hat. In dem Gedanken kam weder Bosheit noch Neid zum Ausdruck. Billie hatte die klassische weibliche Figur, wie die bildenden Künste sie zeigten, runde Kurven, die Künstler gern malten, die jedoch von Frauen ihrer Generation verachtet wurden. Die Figur, die sie angestrebt und erreicht hatte, entsprach ganz und gar nicht dem Ideal des modernen Mädchens. Billies Üppigkeit mochte das natürliche Kompliment an den harten, aufrechten, männlichen Körper sein, doch in Ethel Grandins Augen waren die Hüften zu breit, die Taille zu schmal, die Schenkel zu dick, zu weich, ja, geradezu fett.

«Ach, ich bin so müde», sagte Billie. «Wasser wirkt auf mich so ener*vie*rend.»

«Sie können sich nach dem Essen ein wenig hinlegen, wenn Sie mögen.»

«Komisch, dass dieses Wort eine ganz andere Bedeutung hat, als man denken würde. Enervieren sollte doch so was heißen wie anregen oder Energie verleihen.» Billie versuchte, sich auf die Frau des College-Professors einzustellen, als die sie Mrs Grandin nach wie vor wahrnahm. «Es gibt viele solche Wörter, wenn man erst mal anfängt, darüber nachzudenken. Ich habe sie früher in meinem Notizbuch aufgeschrieben. Nur zum Spaß, Sie wissen ja, wie man so was halt macht. Ich weiß noch, eins von ihnen hieß ‹dialektisch›. Es müsste eigentlich Mundart oder irgendwas mit der Art zu reden bedeuten, doch es heißt etwas ganz anderes. Sehen Sie», sagte sie und zeigte aus dem Fenster, «da geht schon wieder der Mann von der Küstenwache. Meinen Sie nicht auch, dass es ihm zum Halse raushängen muss, immer wieder denselben doofen Weg zu gehen?» Sie wölbte die Lippen nach innen und presste sie aufeinander, um den Lippenstift zu fixieren. «Die haben's aber nicht besonders eilig, oder? Ich verhungre.» Sie verließ den Schreibtisch, nahm ihr weißes Kleid und zog es sich über den Kopf. Dann fing sie an, sich die Haare zu frisieren. «Du meine Güte, wie Cliff heute Morgen wieder herumgetobt hat, ist das nicht die Höhe? Ich weiß nicht, wie er das schafft, nach allem, was er durchgemacht hat.»

«Meinen Sie Guadalcanal?»

«Ich meine das Krankenhaus und die Monate, als es ihm schlecht ging. Lange Zeit haben sie nicht daran geglaubt, dass er durchkommt. Aber er erholt sich nach so was immer ganz schnell. Ich weiß noch, wie er sich an der Highschool beim Football die Rippen gebrochen hat, und nach ein paar Tagen ging er wieder zur Schule. Nach ein paar Tagen!»

«Kennen Sie ihn schon lange, Billie?»

«Cliff?» Sie sprach den Namen in einer schrillen, hohen Tonlage, als wollte sie sagen, dass es nichts bedeutete, Cliff schon lange zu kennen, dass Millionen von Menschen ihn seit Langem kannten; wer war er denn schon, dass es wichtig war, ihn zu kennen? «Du liebe Zeit, ja. Na ja, ich glaube, ich kenne Cliff, na ja, mindestens seit acht Jahren.»

«Und sind Sie die ganze Zeit mit ihm gegangen?»

«Herrje, nein. Auf der Highschool noch nicht. Ich kannte ihn, aber wir waren nicht zusammen. Ich konnt's einfach nicht. Viele Mädchen konnten's, aber *ich* nicht.»

«Warum denn nicht?»

«Sehen Sie, Cliff war immer so eine Art von – na ja, nicht gerade ein Rowdy, aber er hatte keine gute Kinderstube, wissen Sie. Anständige Mädchen gingen nicht mit ihm. Ich weiß noch, wie ich mich zu Anfang der Highschool mit ihm verabredet habe, und alle meine Freundinnen sind über mich hergefallen. Sie haben gesagt, ich könnte nun wirklich nicht mit solch einem Jungen ausgehen, und wahrscheinlich hatten sie recht – damals.»

«Vielleicht waren sie eifersüchtig.» Ethel gelang es mit Mühe, die richtigen Bemerkungen zu machen, auch wenn sie mit ihren Gedanken nicht beim Thema war.

«Wegen Cliff? Oh nein, überhaupt nicht. Jede von ihnen hätte Cliff jederzeit haben können – er tat alles, um mit anständigen Mädchen wie uns auszugehen –, aber dann hätte man über sie geredet.»

Sie spreizte die Finger einer Hand, legte sie auf ihr Haar und zog sie dann langsam wieder zusammen, um ihre Welle zu richten. «Aber eins muss ich zu seinen Gunsten sagen. Als er mich das erste Mal ausgeführt hat, benahm er sich wie ein perfekter Gentleman. Er versuchte nicht einmal, mich zu küssen. Als ich das den andern erzählte, haben alle geglaubt, ich würde lügen.»

«Wenn das so ist», sagte Ethel, «dann wäre es für Sie doch ganz in Ordnung gewesen, mit ihm zu ‹gehen›.»

«Leider nein, denn wissen Sie, außerdem war da noch seine – nun, es ist nicht sehr nett von mir, aber ich weiß, dass Sie es für sich behalten: da war ja noch seine Familie. Sie lebten nicht im richtigen Stadtteil, er und sein Vater. Sein Vater war Tischler oder Klempner oder etwas in der Art – natürlich ein Einwanderer. Die Haumans machten nicht viel her, wissen Sie. Ich nehme an, das haben Sie schon gemerkt.»

«Ihre Mutter war dagegen?»

«Mutter wusste gar nicht, dass er existierte. *Ich* hatte etwas dagegen.» Sie sah mit verträumtem Blick in den Spiegel. «Komisch, wie solche Dinge sich ändern …»

Ethel antwortete automatisch: «Das muss wohl so sein, sonst hätten Sie ihn nicht geheiratet.»

«Manchmal bin ich so verrückt nach ihm, dass ich's kaum aushalte. Den ganzen letzten Monat war das so, das ganze letzte Jahr. Und manchmal könnte ich – aber so ist das Leben nun mal.»

Ihre Haare waren fertig; sie ging zu den Betten hinüber und lehnte sich, halb sitzend, halb liegend, gegen eins der Fußenden. Sie fixierte die ältere Frau und sah doch durch sie hindurch. Ethel Grandin wurde verlegen. Ihr war klar, dass sie in eine Selbstentblößung hineingeraten war, und sie war weder bereit noch dafür geschaffen, daran teilzunehmen. Warum machten Frauen das, was gab ihnen das Recht, ständig ihre Gefühle zur Schau zu tragen? Wo war ihr Stolz – wo war der Respekt für ihre Ehemänner? Liebe war etwas Intimes und Exklusives, etwas Grundlegendes, über das man nicht sprach, denn mochte sie auch universell sein, in noch höherem Maß war sie persönlich. Die zehn Jahre ihrer Ehe gingen Billie nichts an, und auch niemand anderen. Was für sie richtig war, konnte für andere falsch sein und bedeutungslos für einen Außenseiter. Das war schon immer ihre Überzeugung; nicht, weil ihre Erfahrungen etwas Besonderes waren – doch sie waren persönlich, privat und ihr Eigentum. Sie hatte geglaubt: «Mein Leben ist anders» – und vergessen, dass auf dieser Welt keine Erfahrung einmalig war.

Diese Zurückhaltung war keine Folge ihrer natürlichen Abneigung, über sich selbst zu reden, sondern Loyalität ihrem Mann gegenüber. Selbst wenn es um Leben oder Tod gegangen wäre, hätte sie nicht über den kleinsten Aspekt ihrer Beziehung reden können. Wäre ihre Ehe so glücklich wie im Lehrbuch oder wäre sie im anderen Extrem entsetzlich öde und lieblos, sie hätte zu keiner anderen menschlichen Seele darüber gesprochen. Es war ihr ganz einfach nicht gegeben, mit anderen über ihre Gefühle zu sprechen, erst recht nicht über die Gefühle zu ihrem Ehemann. Sie würde damit der Liebe Schaden zufügen und ihrem Mann das Besondere rauben, ihn zum öffentlichen Eigentum machen und in die Außenwelt anderer Männer versetzen, wohin er (als ihr Ehemann) nicht gehörte.

«Mit Cliff ist das eigenartig», sagte Billie verträumt, doch auch ein wenig ungeduldig. «Es spielt beinah keine Rolle, ob er bei mir ist oder nicht. Als er im Pazifik war, war meine Liebe zu ihm genauso stark wie jetzt, wo wir verheiratet sind, und vielleicht hat sie mir damals auch genauso viel gegeben.

Diese Woche war er ganz anders, so kannte ich ihn gar nicht. Wenn er ins Bett kommt, weiß ich manchmal nicht so genau, ob das wirklich er ist, und wirklich ich. Doch es wird schon Cliff sein, denke ich. Aber eigentlich warte ich darauf, dass dies alles vorbei ist und er die Marines verlässt. Die letzten zwei Nächte habe ich gedacht, herrje, wenn er doch nur fortginge, damit ich wieder von ihm träumen kann. Aber natürlich will ich auch nicht, dass er wirklich fortgeht. Es ist so schön, wenn er bei mir ist und ich ihn einfach nur anschauen kann. Finden Sie nicht auch, dass er wundervoll aussieht? Aber wenn er nah bei mir ist, wenn wir uns lieben, dann *sehe* ich ihn gar nicht …»

Nein, Ethel Grandin fand nicht, dass er wundervoll aussah. In Uniform, ja, vielleicht. Aber sie musste daran denken, wie er hinter ihrem Mann durch den Sand stapfte, als sie von ihrem Spaziergang zurückkamen. Verglichen mit der gepflegten, kompakten Erscheinung ihres Ehemanns, die mit jeder Bewegung Takt, Erziehung und Sanftmut ausstrahlte, wirkte Cliff beinahe wie ein Wesen, vor dem man sich in Acht nehmen musste. Beim Gehen drehte er die Fußspitzen nach innen wie irgendein Wilder, und die schweren, halb geschlossenen Fäuste am Ende der langen Arme schlackerten wie bei einem Affen hin und her. Dass ein Mädchen sich in solch einen Mann verlieben konnte, dessen körperliche Anziehungskraft sich allein seiner wuchtigen Erscheinung verdankte, war ihr unbegreiflich.

«… Und bei unserer Hochzeit, in der weißen Paradeuniform», sagte Billie, «da war er das Atemberaubendste, das man je gesehen hatte. Genau dieselben Mädchen, die mich ein paar Jahre vorher gewarnt hatten, nicht mit ihm auszugehen, waren einfach hingerissen. Auf der Feier waren alle der Meinung, dass doch noch was Anständiges aus ihm geworden war. Ein Captain des Marine Corps *ist* etwas, wissen Sie – darüber rümpft man nicht die Nase, oder? Wer ihn bei der Feier sah, wäre nie darauf gekommen, dass er aus der Haag Street stammt.» Geistesabwesend betrachtete sie ihren Ehering und fuhr dann fort: «Natürlich trägt er nicht *immer* Uniform. Ich meine, manchmal ...» Sie unterbrach sich und sah Ethel mit kindlicher Direktheit an. «Ist es unanständig, darüber zu reden, Mrs Grandin?»

«Warum fragen Sie das, Billie? Meinen Sie, ich nehme Anstoß daran?»

«Ich meine, wenn er zu mir ins Bett kommt. Aber darum geht's doch in der Ehe, oder?»

«Unter anderem.»

«Zumindest ist es das, was *sie* wollen.» Etwas leiser und so unverblümt, als würde sie laut denken, fuhr sie fort: «Er ist der beste Kerl, den ich je hatte – fürs Tanzen, zum Ausgehen, solche Sachen. Wenn er mich abholt und ich ihn sehe, wie er in der Tür steht, das ist unglaublich. Und unterwegs, oder wenn wir nach Hause kommen und er die Arme um mich legt und mich an seine Brust drückt, dann könnte ich sterben. Aber später ist davon nichts mehr übrig. Es ist, als verwandelte er sich in einen anderen Menschen. Ich weiß nicht einmal, ob er Freude über mich empfindet oder – sich selbst. Für ihn bin ich einfach irgendwer. Er nimmt mich gar nicht wahr.»

«Natürlich tut er das. Er begehrt Sie.»

«*Das* kann er von jeder haben.»

«Aber er will es von Ihnen, Billie. Er hat Sie geheiratet, oder?»

«Mag sein. Aber was die letzten zwei Nächte zwischen uns gelaufen ist, hätten wir jederzeit haben können, auch ohne die Heirat. Was er gemacht hat, hätte er mit jedem beliebigen anderen Mädchen machen können. Mit Ehe hat das offenbar nichts zu tun – Cliff weiß gar nicht, was Ehe bedeutet!»

«Mit der Zeit wird das schon, Billie.»

«Nein, bei Cliff ganz bestimmt nicht.»

«Ich meinte nicht Cliff. Ich habe an Sie gedacht. Mit dem richtigen Mann ist Liebe und Liebemachen nach einiger Zeit ein und dasselbe.»

«Aber er kommt mir dann so fremd vor! Er legt los, als wäre ich – ein Stück Dreck …»

«Vielleicht wird er immer ein Fremder für Sie bleiben. Manchmal ist das so. Männer und Frauen sind nicht gleich. Sie können es nicht sein.»

«Sagen Sie mir», fragte Billie, «ist Mr Grandin ein guter Ehemann?»

Ethel zog ein Päckchen Camel aus der Tasche. «Bitte werfen Sie mir die Streichhölzer rüber, die auf dem Nachttisch liegen, ja? Danke.» Sie zündete ihre Zigarette an. «Eine Ehe lebendig zu erhalten braucht furchtbar viel Liebe, Billie. Furchtbar viel, alles, was man hat. Denken Sie immer daran – für alle Zeit.»

Billie sah sich gedankenverloren im Raum um. «Welches ist Ihr Bett, Mrs Grandin?»

«Das am Fenster.»

«Warum haben Sie Einzelbetten?»

«Das war schon immer so.»

«Selbst ganz zu Anfang? In den ersten Monaten?»

«Tut mir leid, das weiß ich nicht mehr …»

«Das ist doch schrecklich.»

«Schrecklich? Das finde ich nicht. Wir lieben uns nicht weniger, weil wir» – es auszusprechen war schwer –, «weil wir allein schlafen.»

«Aber wenn man sich gestritten hat oder so, dann versöhnt man sich viel schneller, wenn man im selben Bett schläft.»

«Das geht auch anders», sagte Ethel und hörte die schreckliche Doppeldeutigkeit.

«Ich will mit Cliff die ganze Nacht zusammen sein. Die ganze Nacht, sobald es vorbei ist. Ich liebe es einfach, neben ihm zu liegen. Dann ist es so schön, und ich fühle mich wunderbar. Verstehen Sie das?»

Ethel Grandin konnte nicht antworten.

«Sie sind wirklich schon zehn Jahre verheiratet?», fragte Billie.

«Kommt Ihnen das so lang vor? Wenn man sich liebt, ist es nicht lang genug.»

«Ich nehme an, es wird einfacher», sagte Billie. «Die ersten Wochen sind wahrscheinlich für kein Mädchen einfach. Wie war es bei Ihnen? Ist es Ihnen schwergefallen, sich daran zu gewöhnen?»

So gern sie Billie auch geholfen hätte, Ethel Grandin konnte nicht antworten. Erinnerungen stiegen auf, über die sie zu niemandem hätte sprechen können.

«Es tut mir leid», sagte Billie. «Verzeihen Sie, wenn ich mich ungehörig benehme. Ich – ich suche doch nur nach etwas, das mir Halt gibt.»

«Die Liebe wird Ihnen Halt geben. Sie sagten doch, dass Sie ihn lieben?»

«Cliff? Wie könnte ich ihn nicht lieben!» Sie seufzte mit echter Ungeduld. «Da kommen sie. Ich höre sie im Flur», verkündete sie. «Wird aber auch Zeit. Wofür halten die uns eigentlich, also wirklich ...»

X

Der Speisesaal bestaunte mit sichtbarem Wohlgefallen den attraktiven Captain der Marines und seine schöne Frau. Auf Ethels Wunsch hatte Miss Fly ihnen einen Tisch am offenen Fenster gegeben, damit die Besucher die Aussicht genießen konnten. Miss Fly strahlte die Grandins und ihre Gäste an und blickte prüfend durch den Saal, ob die anderen Gäste das Ereignis auch angemessen zu würdigen wussten, als wäre dieser spezielle Auftritt ganz allein ihr zu verdanken. Zwei oder drei der Gäste nickten ihr anerkennend zu. Der goldblonde junge Mann hatte die Schultern so hoch gezogen, dass sie beinahe seine Ohrläppchen berührten, und war in unergründliche Träume versunken.

«Mensch, ist das schön hier in Sconset», sagte Hauman, als wäre er gerade erst angekommen. Die drei Cocktails, die er, ohne abzusetzen, hinuntergestürzt hatte, als wäre das bei damenhaften Getränken so üblich, zeigten ihre Wirkung. «Ist es hier draußen nicht schön, Billie, mein Schatz? Am liebsten würde ich auch im Dune House wohnen. Warum tun wir das nicht? Ich mag den großen Speisesaal, und du? Mensch, du hättest sehen sollen, wie mein Daddy geguckt hat, als er da unten auf Parris Island in unsere Messe gekommen ist. Aber ich wette, der Raum war nicht so groß wie der hier, nicht einmal annähernd so groß, glaube ich. Na ja, wie auch immer. So, ich sollte wohl mal die Bestellung aufgeben. Hast du schon bestellt, Billie, mein Schatz? Oh, verzeihen Sie! Ich bin so unachtsam! Sie zuerst, Ethel.»

Kurz darauf sah Grandin, wie Hauman brütend über der Suppe saß, die Brauen nachdenklich gerunzelt.

«Was bereitet Ihnen Sorgen, Cliff?»

«Mir? Gar nichts macht mir Sorgen! Gar nichts auf der Welt. Sehen Sie, Mr und Mrs Howard sitzen dort hinten.» Er versuchte, Blickkontakt herzustellen, rutschte mit seiner mächtigen Gestalt hin und her und winkte ihnen zu. «Mensch, die sind witzig, stimmt's? Sind die nicht nett, Billie?» Er legte den Löffel zur Seite und runzelte die Brauen. Und dann platzte es aus ihm heraus. «Hören Sie, John», sagte er und ruckelte mit dem Stuhl hin und her, wie um die Bedeutung des Themas zu unterstreichen, «ich möchte Ihre ehrliche Meinung hören. Ganz ehrlich, verstehen Sie? Sie müssen mir die Wahrheit sagen, auch wenn sie unsere Gefühle verletzt. Versprochen?»

«Ich werde es versuchen», sagte Grandin mit Unbehagen. «Worum geht es?»

«Hören Sie zu. Sagen Sie uns Ihre ehrliche Meinung, ob aus Billie eine gute Schriftstellerin werden kann. Sie haben doch ihre Aufsätze und so gelesen. Ich meine nämlich, und zwar schon immer, ich will der Karriere meiner Frau nicht im

Weg stehen, das meine ich wirklich. Wenn sie Schriftstellerin werden will, nun ja, dann soll sie das. Finden Sie nicht auch?»

«Leider ist es nicht ganz so einfach», sagte Grandin, «es reicht nicht, es nur zu wollen.» Er hatte nicht gewusst, dass Billie «schrieb», etwas, das er selbst aus Respekt vor den fünf oder sechs großen Romanen der Welt nicht im Traum versuchen würde. Er gab sich Mühe, dem Blick seiner Frau auszuweichen, und den Blicken der Haumans erst recht. Zum ersten Mal empfand er die Schattenseite dieses schönen Tages. Doch Billie selbst befreite ihn von seinem Problem, indem sie bedeutungsschwer verkündete:

«So etwas darf man nicht übers Knie brechen, Cliff. Das braucht Zeit. Außerdem habe ich mich noch nicht entschieden, ob ich Schriftstellerin werden will oder Chemikerin.»

Haumans Enthusiasmus hatte einen Dämpfer bekommen. «Schon gut, Liebling, was ist denn schon dabei zu fragen, wo dein Professor schon einmal hier ist? Das ist doch schließlich *die* Chance, herauszufinden, ob du auf dem richtigen Weg bist.»

Doch Billies Aufmerksamkeit wurde von etwas anderem angezogen. «Schauen Sie mal da drüben.» Sie deutete mit dem Kopf unverblümt auf den jungen Mann mit seiner Mutter, dessen konzentrierte Aufmerksamkeit sich fasziniert auf den Vierertisch am Fenster richtete. «Haben Sie so was wie den da schon mal gesehen?» Ihr Lächeln zeigte pure Verachtung. «Man sieht ja mit verbundenen Augen, dass der n.v. ist – und auch, warum.»

Hauman folgte ihrer Kopfbewegung und wandte den Kopf sofort wieder ab. «Mensch, dieser Kartoffelsalat ist wirklich lecker. Obwohl, irgendwann müssen Sie mal meinen probieren. Mein Vater liebt ihn – er sagt, 'nen besseren hat er nie gegessen.»

Aus Taktgefühl hatte er so schnell eingegriffen, und gerade deshalb hatte er den Zweck verfehlt. Anstatt die Aufmerksamkeit von dem, worauf Billie hinweisen wollte, abzulenken, hatte er sie unbewusst nur erhöht. Doch es war ihm gelungen, das Thema zu wechseln und die Anspielung (die ihm offenbar so unpassend erschien) zu übergehen und vergessen zu machen.

So plump ihre Bemerkung auch gewesen war: Billie stand zu ihren Instinkten; doch ihr Ehemann war verlegen. Der Grund war nicht schmeichelhaft. Junge Leute redeten in Gegenwart älterer Leute nicht über solche Themen. Es war ein weiteres Anzeichen für den Altersunterschied zwischen ihnen, ein weiterer Hinweis darauf, dass Grandin alt genug war, sein Vater zu sein. Oder entsprang Haumans Weigerung, zur Kenntnis zu nehmen, was für alle offensichtlich war, seiner natürlichen Zurückhaltung und seiner sauberen Sprache? Wieder und wieder hatte Grandin bemerkt, dass der Captain jedes auch nur im Geringsten unanständige Wort vermied. Es war weder Prüderie noch Hochnäsigkeit – doch andererseits war es vielleicht genau das. Auf jeden Fall musste er die gesunde, saubere Geisteshaltung ganz einfach bewundern, die Hauman automatisch dazu zwang, das Thema zu wechseln, während kaum ein anderer Mann aus Grandins Bekanntenkreis in einer ähnlichen Situation gezögert hätte, das Offensichtliche und Vulgäre in Worte zu fassen.

XI

JOHN GRANDIN ERWACHTE aus seinem Mittagsschlaf. Die Sonne stand tief, es war später Nachmittag. Er hatte geschlafen, seit die Haumans um drei Uhr gegangen waren. («Es hat uns viel Spaß gemacht, John, es war einfach dufte, ganz bestimmt, ich mein's ehrlich.») Und er hatte tief geschlafen, so tief, dass er noch ganz benommen war und sich nicht besonders erholt fühlte. Es war schon nach sechs. Ethel war nicht im Zimmer.

Als er sich aufsetzte und versuchte, sich wach zu schütteln, kam sie herein.

«Ich war praktisch den ganzen Nachmittag bewusstlos», sagte er. «Und ich kann nicht behaupten, dass ich mich besser fühle.»

«Spritz dir kaltes Wasser ins Gesicht.»

«Ja …»

Er zog das Hemd aus und ging ins Badezimmer. Dort goss er Wasser in die Waschschüssel und betupfte Stirn und Augen. Als er sein Gesicht im Spiegel erblickte, fragte er sich, wann er das letzte Mal so müde gewesen war und sich so sehr nach Schlaf gesehnt hatte. Der Mittagsschlaf hatte ihm nicht gutgetan, das kalte Wasser erfrischte ihn nicht. Er spürte Druck auf den Augäpfeln, als hätte er Kopfschmerzen: Schuld waren die Cocktails beim Essen oder dass er zu lange in der Sonne gewesen war.

Nach ein paar Drinks vor dem Abendessen ging es ihm besser, aber die Mahlzeit war eine trostlose Angelegenheit. Sowohl Ethel wie er hatten absurderweise das Gefühl, man habe sie im Stich gelassen; den größten Teil des Tags hatten ja die Haumans mit Beschlag belegt. Weder John noch Ethel hatten Lust dazu, noch fühlten sie sich verpflichtet, ein Gespräch zu führen, und aus irgendeinem Grund spielte das an diesem Abend auch keine Rolle. Gegen Ende der Mahlzeit kam der goldblonde junge Mann an ihren Tisch, was etwas belebend wirkte.

Seine Mutter war an ihnen vorbei in die Halle gegangen, aber er blieb stehen, um die Grandins herzlich zu begrüßen und sich selbst vorzustellen. Er sagte, sein Name sei Arne Eklund; seine Eltern waren Skandinavier. Sein Vater war gestorben, als Arne vier Jahre alt war.

Wie er an ihrem Tisch stand, bot er ein Bild schüchterner Eleganz. Trotz seiner befremdlich schillernden Erscheinung war er ein liebenswürdiger junger Mann mit guten Manieren, interessant und freundlich. Ungefragt erklärte er ihnen, er sei nicht beim Militär, weil er der einzige Ernährer seiner Mutter und seiner zwei Schwestern war; im Gespräch stellte sich heraus, dass er ein bekannter Dekorateur aus Chicago war.

«Ich gestalte Inneneinrichtungen – für Leute aus dem Speckgürtel, die zu viel Geld und keinen Geschmack haben», sagte er fröhlich. Etwas in seinem Tonfall schien darauf hinzudeuten, dass er sich über sich selbst ebenso lustig machte wie über die Reichen. «Ach, übrigens», fügte er hinzu, «erlauben Sie, dass ich auf Ihre Gäste beim Mittagessen zu sprechen komme. Ich hätte sie nur zu gern kennengelernt. Das Mädchen ist offenbar ein hinreißendes Geschöpf.»

«Es spricht nichts dagegen, dieses Kennenlernen nachzuholen», sagte Grandin. «Vorausgesetzt, sie kommen noch einmal nach Sconset.»

«Oh, Sie sind keine alten Freunde?»

Grandin erklärte die Umstände, unter denen sie die Haumans kennengelernt hatten, und Mr Eklund verabschiedete sich.

«Es ist Zeit, zu Hause anzurufen», sagte Ethel.

«Ja.» John wechselte einen Geldschein an der Rezeption und ging zur Telefonzelle. Er drehte die Kurbel an der Seite des Geräts und sagte Nummer und Ort. Dann hörte er die Stimmen der Vermittlung von Woods Hole, Boston und Old Orchard, die alle gleich klangen; es war ein eigenartiges Gefühl, wieder mit dem Festland verbunden zu sein. Endlich hörte er die Stimme seiner Schwiegermutter. «Einen Augenblick, Mutter», sagte er. «Ruf bitte die Jungs, ja? Ethel möchte sie sprechen.» Er winkte ihr durch die Glastür und verließ die Telefonzelle.

Als Ethel zurückkam, fragte sie, «Wolltest du nicht mit ihnen reden?»

«Ich wusste nicht, was ich sagen sollte. Ist alles in Ordnung? Geht's ihnen gut und haben sie ihren Spaß?»

«Mama sagt, Ted war drei Stunden lang im Wasser. Das hört sich an, als ginge es ihnen gut», sagte sie etwas unsicher.

Im Badezimmer trödelte Grandin. Er überlegte, ob er sich

jetzt rasieren sollte, dann brauchte er das am Morgen nicht zu tun, doch er entschied sich dagegen, weil es seinen ganzen Rhythmus durcheinanderbrächte und er sich dann immer am Abend rasieren müsste, es sei denn, er ließ einen Tag aus, um wieder zum morgendlichen Rasieren zurückzukehren. Dann wurde ihm bewusst, dass er diesen Gedanken nicht ernsthaft verfolgte, sondern unbewusst als Vorwand nutzte, um den Augenblick hinauszuzögern, an dem er mit Ethel allein im Schlafzimmer sein würde.

Es sollte nicht noch einmal zum Krach kommen. Andererseits konnte er nicht so tun, als existierte das Thema nicht. Er liebte Ethel; sie hatte ihm den ganzen Tag über so sehr gefehlt, und er sehnte sich danach, wieder mit ihr zusammen zu sein. Er wagte nicht zu hoffen, dass sie diese Nacht zusammen schlafen würden, jedenfalls würde er selbst ganz bestimmt keinen Versuch unternehmen, nicht nach dem, was gestern gewesen war. Aber etwas musste getan oder gesagt werden, damit er seine Rolle als ihr Ehemann wieder einnehmen konnte. Zehn Jahre waren schließlich kein Pappenstiel. Sie verband so viel; sie waren sich nicht fremd, waren es nie gewesen. Er beugte sich über die Waschschüssel, sah mit leerem Blick in den Spiegel und sammelte Mut.

Als er im Pyjama aus dem Badezimmer kam, lag Ethel im Bett und las in einer Zeitschrift.

Ohne sich Zeit zum Nachdenken genommen zu haben, hörte er sich sagen, was er ganz gewiss nicht hatte sagen wollen. «Und was jetzt, Ethel? Meinst du nicht, das hat nun lange genug gedauert?»

Sie sah ihn eine ganze Weile über ihre Zeitschrift hinweg an; dann sagte sie: «Das mit gestern Nacht tut mir furchtbar leid, John, wirklich furchtbar. Aber ich … ich …»

«Es muss dir nicht leidtun.»

«Ich möchte, dass du immer daran denkst, dass ich dich liebe, John. Ich habe dich immer geliebt und werde es immer tun.»

«Ist es dafür jetzt nicht ein wenig spät?»

«Warum?»

«Du hast mir gesagt, was du von mir hältst. Ich käme mir wie ein Narr vor, ein Heuchler oder Hochstapler, wenn ich mich für etwas anderes halten würde als die totale Null, zu der du mich gemacht hast …»

Irgendwann in der Nacht wachte er auf. Er war sofort hellwach, und ihm war bewusst, dass wenig Aussicht bestand, in absehbarer Zeit wieder einzuschlafen. Eine sinnlose, lästige Schlaflosigkeit hielt ihn im Bann, deren Folgen er am nächsten Tag zu spüren bekäme. Er gab dem Mittagsschlaf die Schuld daran.

Wieder fiel ihm auf, dass die Jalousie noch geschlossen war. Er stand auf und öffnete die Verdunklung der Fenster, die zum Meer gingen. Dann lehnte er sich auf die Fensterbank, die Nase am Fliegengitter. Außer der entfernten Brandung war nichts zu hören. Sehr weit links am Strand, über den dunklen Klippen, war das blinkende Licht des Sankaty-Leuchtturms zu sehen. Es leuchtete rot, verschwand und schien dann strahlend weiß wie ein Diamant; so ging es die ganze Nacht hindurch. Wie albern, eine strenge Verdunklung zu beschließen, aber dem Leuchtturm zu erlauben, sein Licht weiter hinaus über das Meer strahlen zu lassen, als es irgendeiner Nachttischlampe möglich wäre. Direkt vor ihm war der Strand, wo sie am Morgen in der Sonne gelegen hatten: Als er daran dachte, konnte er beinah den schweren, sinnlichen Geruch des Sonnenöls riechen. Er sah zur Station der Küstenwache bei Tom Never's Head hinüber; dort war es dunkel, aber irgendwo an diesem einsamen Strand war ein Wächter mit seinem Hund auf seinem stündlichen Patrouillengang. Er atmete ein. Es war kein Nebel aufgezogen. Das versprach Gutes für die Vollmondnacht in zwei Tagen.

Er wollte lesen oder vielleicht sogar einen Brief schreiben, um wieder müde zu werden. Um Ethel nicht mit dem Licht der Nachttischlampe zu stören, ging er zur Frisierkommode.

Es setzte sich und drückte den Schalter der Lampe unter dem Spiegel. Zu seiner Überraschung funktionierte sie nicht. Dann fiel es ihm wieder ein. («Immer muss er alles *kaputt* machen!») Er musste die Lampe am nächsten Morgen reparieren oder ersetzen lassen, aber vielleicht brauchte man auch nur eine neue Glühbirne einzuschrauben. Er ging wieder ins Bett und hing noch lange seinen Gedanken über den vergangenen Tag nach.

… Falls es eine menschliche Eigenschaft gab, die ihn machtvoller in ihren Bann zu ziehen vermochte als der Zauber frischer Jugend, dann war sie ihm unbekannt; seine Vorstellungskraft konnte nichts hervorbringen, das die strahlende Jungmännlichkeit Cliff Haumans und seine physische Präsenz übertraf … *Jugend, üppig, lüstern, liebend – Jugend, voller Anmut, Zauber, Wucht* … Er war so lange schon von den lebendigeren Unternehmungen der Jugend abgeschnitten, so lange schon in Klassenraum und Arbeitszimmer eingesperrt, dass er vergessen hatte, welchen Sog das Ideal des Athleten auszuüben vermochte, ein Sog, der Tausende und Abertausende in die Basketball-Stadien lockte, zu den Football-Spielen, den Boxkämpfen und den Wettkämpfen der Schwimmer und Läufer. Wenn zu diesem Ideal gutes Aussehen hinzukam, wie in Haumans überwältigendem Erscheinungsbild, musste sich John Grandin widerstandslos geschlagen geben; er wollte nichts anderes, als ihn einfach nur anzuschauen. Tat der Urlaub ein Übriges, das Meer, Sonne und Wetter? Oder war es die Uniform, deren Macht sich, obwohl Hauman sie nicht trug, selbst am Strand entfaltete? (Er hatte sie noch immer vor Augen – das T-Shirt, die feste Hose, das Hemd mit den Silberstreifen am Kragen –, wie sie ordentlich gefaltet dort auf dem Stuhl vor dem Schreibtisch lagen.) Auf tausend Menschen, die den Sportler mit leidenschaftlichen Rufen anfeuerten, kamen zehntausend, die dem Soldaten mit ihrer Liebe den Rücken stärkten; und ja, in Badehosen hatte Hauman, unabhängig von der Pracht seiner Statur, nicht annähernd so unwiderstehlich gewirkt wie von Kopf bis Fuß mit billigstem Khaki bekleidet. Am Strand war er nur einer von vielen gut gebauten Männern, etwas stämmiger als andere, weshalb Sarah Howards Witz über das Michelin-Männchen bei aller Übertreibung nicht ganz aus der Luft gegriffen war. In Uniform war Hauman eine völlig andere Person. Auch wenn er im Vergleich zu ihrer ersten Begegnung jetzt ruhiger wirkte, war er doch von einer inneren Spannung ergriffen, die unablässig nach ihrer einzigen Erlösung schrie: dass er bald wieder fortdurfte; und das Schmerzliche daran lag in der Gewissheit, dass sein Herz nicht bei Billie oder anderen zurückbliebe, sondern umgekehrt die Herzen aller, die ihn kannten, mit sich nehmen würde – selbst die Herzen derer, die ihm nur kurz begegnet waren.

Wie oft war John Grandin schon einem jungen Mann in Uniform begegnet, im Bus, an einer Straßenecke oder auch nur auf einer Fotografie? Für jeden hatte er sofort persönliche Anteilnahme empfunden und Sorge um sein Wohlergehen. Diese irrationale Reaktion überfiel ihn immer wieder überraschend und unvorbereitet. Jetzt hatte er Zeit, sich darauf einzustellen, sie zu untersuchen und infrage zu stellen. Angesichts der Person Cliff Haumans, wie er ihn diesen Morgen am Strand erlebt hatte (nicht des wirklichen Hauman, sondern eines lebendigen, überlebensgroßen Symbols), wurde aus der flüchtigen Anteilnahme ein aktives Gefühl, weder ephemer noch vorübergehend; und wenn er daran dachte, wie die anderen Gäste voll Vergnügen seine Eskapaden im Sand beobachtet hatten – die Hundemarke am Hals und die GI-Stiefel im Sand wiesen ihn eindeutig als Soldaten aus –, dann spürte er, dass der ganze Strand begonnen hatte, sich ein wenig in Cliff zu verlieben.

Doch woher kam das Bedürfnis, sich um das Wohlergehen des Soldaten zu sorgen? Das Chaos des Krieges hatte auch jene befallen, die zurückgeblieben waren. Angesichts der ruhigen, selbstsicheren Gesichter reisender oder heimkehrender Rekruten fragte er sich, weshalb er sich Sorgen um sie gemacht hatte. Die jungen Männer, die von der Front zurückkehrten, die Brust voller Orden, strahlten eine Ruhe aus – eine Würde, Zurückhaltung und Ausgeglichenheit –, die man auf den Gesichtern von Angestellten, die in ihre Büros fuhren, vergeblich suchte.

Die Kriegsfotografien, die seine melancholische Aufmerksamkeit so viele Monate in ihren Bann gezogen hatten – was zeigten sie, wenn nicht die Nostalgie nach Jugend? Er beneidete die Rekruten um ihre Solidarität, Brüderlichkeit und Verbundenheit (die ihnen selbst wohl erst im Nachhinein zu Bewusstsein kommen würde) und spürte deutlich seine vierundvierzig Jahre. Die Tausende von Fotografien, die GIs beim Essen zeigten, junge Piloten, die ihre Fallschirme umschnallten, während sie zu Bombern liefen, deren Motoren im Morgengrauen aufheulten, behelmte, halb nackte Ledernacken, die vom Lenkrad eines Bulldozers in die Kamera grinsten, oder winkende, in Eisenbahnwaggons zusammengepferchte Soldaten, sie alle lächelten in die Kamera, als wären sie auf dem Weg in einen wunderbaren Urlaub. Die Marines reckten die Gewehre empor, wenn sie von den Rampen der Landungsboote sprangen oder lang ausgestreckt über einen mörderischen Strand krochen – sie waren die romantischen Symbole dieser Zeit, von Millionen bewundert, und in ihren Tagträumen nahmen Männer wie Frauen stellvertretend ihre Plätze ein. Das Wissen, dass das Ziel all dessen der Tod war, konnte seine Begierde, daran teilzunehmen, nicht im Geringsten schmälern.

Eine nächtliche Brise kam auf und ließ die Jalousie klappern; das Geräusch rief ihn in die Gegenwart zurück. Plötzlich erschien es ihm absurd, hier zu liegen, so nah bei Ethel in ihrem Bett, und sich Fantasien hinzugeben, die so unendlich weit entfernt von seiner Ehe und ihren Problemen waren. Er war froh, dass Ethel nicht wusste, woran er gedacht hatte; denn einen Moment lang hatte er die Themen ihrer Auseinandersetzung vom vorigen Abend komplett vergessen. Dass sein Geist so weit vom Weg abgekommen war, beschämte ihn. Er riss sich zusammen (denn diese Abschweifung war so genüsslich gewesen wie ein jugendlicher Traum) und kehrte zurück zu Ethel, ihrer Ehe, der Erde.

Hatte er keinen eigenen Willen mehr? Wollte er denn gar nichts unternehmen? Warum um alles in der Welt nahm er die Dinge nicht selbst in die Hand und brachte sie in Ordnung? Dafür gab es einen guten Grund, und der Gedanke daran war nicht sehr angenehm, nichts, dem man gern ins ungeschminkte Antlitz schaute, so allein in der Nacht. Was Ethel in diesem Zimmer vor vierundzwanzig Stunden zur Sprache gebracht hatte, war nur allzu wahr. Hätte ihre Tirade auch nur den Schatten weiblicher Ungenauigkeit aufgewiesen, wäre sie fadenscheinig oder unbegründet gewesen, wäre er sofort zur Verteidigung übergegangen, hätte jede Schuld von sich gewiesen und selbst einen oder zwei Punkte zu seinen Gunsten einkassiert. Kurz gesagt: Er wäre wütend geworden. Dass sie es war, die wütend wurde, und ihm nichts anderes übrig blieb, als abzuwarten, bis sie sich entschieden hatte, was «zu tun» war, machte nur allzu deutlich, wer der Schuldige war, wer sich der Vernachlässigung schuldig gemacht hatte.

Er glaubte nicht, dass sie so weit gehen würde, die Scheidung oder auch nur die Trennung zu fordern. Viel schlimmer, sie würden den Dingen wahrscheinlich ganz einfach ihren Lauf lassen und eine lieblose Ehe führen, um der Kinder und der Gewohnheit willen, oder aus purer Trägheit und Unfähigkeit, jemand anderen zu finden. Aber ihre Ehe war nicht lieblos, war es nie gewesen und würde es niemals sein, egal, wie viele brutale Auseinandersetzungen sie sich in Zukunft noch zumuten würden. Er liebte Ethel Cameron; und wenn er sie nicht mehr so liebte wie in früheren Zeiten, dann brauchte er sie noch immer, wollte niemand anderen, und würde mit ihr schlafen, wenn sein Selbstvertrauen als Ehemann wiederhergestellt war. Viele Männer würden nicht so lange warten; wäre er nur halb so männlich wie früher, würde er noch in dieser Minute hinüber in ihr Bett gehen. Doch das war nicht die Wahrheit: Weder ein halb so männlicher Mann, wie er einmal gewesen war, oder ein x-beliebiger anderer Mann – niemand wäre nach den niederschmetternden Anschuldigungen der letzten Nacht einen Schritt auf sie zugegangen. Kein Mann konnte eine misstrauische Frau lieben; hätte er es getan, wäre er sich noch einsamer und wertloser vorgekommen, als alle Anklagen, die sie in dieser unglücklichen Welt gegen ihn noch erheben könnte, es jemals bewirken würden.

Er sah hinüber zu ihrem Bett. Heute Nacht war kein Schimmer an der Decke zu sehen, keine glimmende Zigarette, kein Rauchen im Dunklen, um ihm zu zeigen, dass sie nicht schlief. Sie war eingeschlafen; er konnte die Umrisse ihrer Gestalt erkennen. Sofort verschwand das Bild der wütenden Frau, und an ihrer Stelle sah er das Mädchen, das er geliebt und geheiratet hatte. Als Braut war sie das frischeste und liebreizendste Wesen der Welt gewesen; sollte ihm im Leben auch nichts mehr gelingen, dies hatte er gehabt, und er würde es nie vergessen. Wie viel von dieser Liebe konnten sie wieder aufleben lassen? Wahrscheinlich nichts; doch er liebte sie noch immer, sie liebte ihn, und wenn sie daran festhielten, mochte es ihnen als Schutzwall gegen Alter und mittleres Alter dienen, die nun vor ihnen lagen. – Obwohl er den ganzen Tag in Gegenwart junger Leute verbracht hatte, gelang es John Grandin nicht, sich selbst mit vierundvierzig bereits als Mann mittleren Alters einzustufen.

Was geschehen war, erschien irgendwie umso trauriger, als gestern eine Braut und ein Bräutigam in ihr Leben getreten waren, wenn auch nur vorübergehend. Er dachte nicht allzu sentimental über die Ehe, aber es war eine Schande, dass sie die Haumans alldem ausgesetzt hatten, auch wenn sie vermutlich nicht mitbekamen, wie kühl sie zueinander waren und wie sehr sich die Beziehung der Grandins von ihrer eigenen unterschied … Und wieder verlor er sich in Träumereien über den Captain und seine Braut …

Als er daran dachte, wie lebendig Billie und Cliff des Morgens am Strand gewesen waren und wie sehr er sich über den Anblick gefreut hatte, drängte sich ihm die Frage auf, an welchem Strand der prächtige Körper Cliffs am Ende verwesen würde und wie schnell sich Billie mit ihren Kindern oder einem anderen Mann oder ihrer Mutter darüber hinwegtrösten würde. Was würde Billie von Cliff in Erinnerung bleiben? War ihr überhaupt bewusst, was sie an ihm hatte und was sie verlieren könnte? Und wenn es verloren war, was würde es ihr bedeuten? Würde es ihr, zum Beispiel, mehr bedeuten als ihr eigener Kummer oder die Tatsache, dass sie die Witwe eines Captains der Marines war und ihr toter Ehemann ein Held - worüber sie mit ihren Freundinnen noch lange reden konnte? Würde dieser kleine Ruhm in der Nachbarschaft ihre Liebe, nach einiger Zeit sogar Cliff selbst, ersetzen können?

Doch das war nutzlose, romantische Spekulation. Das Einzige, was eine Rolle spielte, war, dass Cliff aller Wahrscheinlichkeit nach sterben würde. Er war der Held, der im Tod seine Erfüllung fand, denn das war der Lauf der Welt: So waren Grandins Kindheitshelden aus Literatur und Mythologie gestorben. Er konnte die Spielregeln nicht ändern und diese unausweichliche Entwicklung weder aufhalten oder verändern, und doch wollte er Cliffs kurze Durchreise nutzen, um etwas von seinem Leben für sich zu behalten, bevor es für immer aus seinem Gesichtsfeld verschwand. Er hatte keine Idee, was das sein könnte, denn Cliff hatte offensichtlich weder ihm noch irgendjemand anderem etwas zu geben.

Diese und andere Fantasien, die zunächst ganz ziellos waren, bekamen eine Richtung, wenn nicht gar einen Zweck, als die Haumans am nächsten Nachmittag im Dune House einzogen.

XII

Die schwellende Brust des Meeres zog ihn wie ein wogendes Bett hinab in sanften, genüsslichen Schlaf. Trotz der Gefahr und der Anstrengung, sich über Wasser zu halten, verspürte er eine Sehnsucht, weit hinauszuschwimmen - weit, so weit, jenseits aller Wiederkehr. Dieser wundervolle Kampf mit den Wellen, der Brandung, die ihm ins Gesicht klatschte, und das Gefühl zu fallen, das sie ihm gaben, war die einzige Betäubung, die er seit vielen Monaten erfuhr, der einzige Rausch, in dem er sich verlieren konnte ... *Du Meer! Ich füge mich auch dir – ahnend, was du begehrst....*

Er schwamm allein; das verstärkte auf gewisse Weise diesen einlullenden, exquisiten Genuss. Da niemand bei ihm war, war er umso mehr eins mit dem Meer; vergessen das feste Ufer und alle, die dort lebten. Er überließ sich dem Meer, als wäre er mit ihm in lustvollem, intimem Einklang, und ließ sich weiter und weiter hinausziehen ... *Meer der Tränen des Lebens! Meer nicht geschaufelter, doch stets bereiter Gräber ...*

Er tauchte durch die peitschende Gischt einer Woge, ließ sich hinabgleiten und wieder hinauftragen zur Krone; einen Augenblick lang blieb er dort oben, dann sank er in die grüne Tiefe des Tals hinab, während die Welle ihren Weg zum Strand fortsetzte und die nächste sich aufbaute. Im Grunde war das kein Schwimmen; es ging nur darum, sich über Wasser zu halten und auf den Wellen zu reiten, die ihn immer weiter hinaustrugen. Die starke Strömung aufs Meer hinaus spürte er noch deutlicher unter sich, als er sich umdrehte, um zurückzuschwimmen. Auf den letzten fünfzehn Metern musste er sehr schnell schwimmen, um sie zu überwinden. Als er die Krone der letzten anbrandenden Welle erreicht hatte, wurde er mit Wucht landwärts geschleudert und landete mit einem donnernden Getöse aus Wasser und Kieselsteinen auf dem Strand. Im Brodeln der zischenden und wirbelnden

Brandung versuchte John Grandin, wieder auf die Füße zu kommen.

Ethel lag unter dem Sonnenschirm im Sand. Es war noch früh; außer dem Rettungsschwimmer Pete waren sie und die Eklunds die einzigen Gäste, die schon vom Hotel hinuntergekommen waren.

Als John sich abgetrocknet hatte, verließ Arne Eklund seinen Sonnenschirm und kam mit einer Zeitschrift in der Hand zu ihnen herüber. Er ging in die Hocke und setzte sich dann auf die Fersen, den Rücken kerzengerade aufgerichtet, als sei der Ausdruck von Überlegenheit allein Sache des Körpers (mehr als des Gesichts und der Augen). Seine Hände ruhten leicht auf den Schenkeln, die sie nur mit den Fingerspitzen berührten; die glänzend lackierten Nägel funkelten in der Sonne.

«Ihre Freunde kommen heute nicht?» Seine Stimme hatte einen eigenartig singenden Tonfall; zudem klang sie abartig gut gelaunt, als würde er im nächsten Moment eine Slapsticknummer vorführen, um allen eine Freude zu bereiten.

«Sie haben wohl andere Pläne. Wir wissen im Grunde nur wenig über sie, außer dass sie hier ihre Flitterwochen verbringen.»

«Wie aufregend! Dennoch hoffe ich, dass wir sie wiedersehen», sagte Mr Eklund, «sie sind ein *wirklich* beeindruckendes Paar.» Er gab Ethel die Zeitschrift, ein eher billiges illustriertes Wochenblatt. «Vielleicht mögen Sie einen Blick hineinwerfen, Mrs Grandin; Mutter und ich sind damit durch.»

«Oh, vielen Dank.»

«Ach ja, und noch etwas!» Er griff nach der Zeitschrift und schlug sie auf. «Ich möchte Ihnen etwas zeigen. Sehen Sie hier.»

Er zeigte auf das Foto eines Piloten der Navy; er trug einen Helm und hatte die Schutzbrille nach oben auf die Stirn geschoben. Es war das Gesicht eines Jungen Anfang zwanzig, vielleicht noch jünger, mit ruhigen, klaren Augen und dem schlichten amerikanischen Aussehen, das so viel attraktiver, weil typischer war als pure Schönheit. Der Junge hatte ein Allerweltsgesicht; doch offensichtlich hatte er durchaus kein Allerweltsschicksal gehabt.

«Hören Sie zu», sagte Mr Eklund mit Nachdruck. «Hier steht: ‹Flight Lieutenant Harold L. Manku-, Mankie-› … Also, ich kann das nicht aussprechen, es ist wohl Polnisch mit einer Million Silben, aber *e*-gal: ‹Als einer der besten Sturzbomber-Piloten der Navy war Pilot So und so für seinen Mut und seine Geschicklichkeit bekannt. Obwohl er schon einige Schlachtschiffe, Kreuzer und selbst einen Flugzeugträger der Japsen getroffen hatte, wollte er unbedingt noch einen Zerstörer erwischen, um die Liste zu vervollständigen. Schließlich kam seine große Chance, bei den Salomon-Inseln stürzte er sich auf den Anführer einer Flotte von schwimmenden Blechdosen. Nachdem er seine Bombe abgeworfen hatte, funkte er seelenruhig: «Die Klappen schließen sich nicht.» Auf dem Rückweg zu seinem Flugzeugträger rotteten sich einige «Zeros» der Japsen gegen ihn zusammen, und der Pilot stürzte mit seiner Douglas SBD ins Meer.›»

Er hielt ihnen die Zeitschrift hin, damit sie die Fotografie besser sehen konnten, und blickte Ethel gespannt an. «Ist das nicht tragisch? Nicht wahr?», fragte er eindringlich. «So jung, so schön.» Mit bestürztem, doch merkwürdig herausforderndem Gesichtsausdruck sah er Ethel direkt in die Augen und streckte ihr das Foto entgegen – einen winzigen Moment zu lang (wie John Grandin beinahe erschrocken feststellte), als wollte er sicher sein, dass der erotische Hintergedanke angekommen war.

Grandin spürte, wie Ekel und heftige Wut in ihm aufstiegen. Am liebsten hätte er sich heftig umgedreht und gesagt: «Passen Sie auf, Eklund – wenn die Leute Sie und Ihresgleichen nicht mögen, sind Sie verdammt noch mal selbst schuld daran!» Natürlich sagte er nichts, doch er war unendlich erleichtert, als wäre ein erdrückendes Gewicht von ihm genommen worden, als Eklund davonging, um zu seiner Mutter zurückzukehren.

Nach dem Mittagessen zog John Grandin Hemd und Hose aus und legte sich zu einem Nickerchen auf sein Bett. Ethel hatte sich für einen Spaziergang durch die Sträßchen Sconsets zurechtgemacht, doch im letzten Augenblick änderte sie ihre Meinung, und John befiel eine böse Vorahnung. Sie setzte sich in den Korbstuhl, steckte sich eine Zigarette an und sagte:

«Ich glaube, die letzten Tage waren unerfreulich genug, und ich bin überzeugt, dass du genauso darunter leidest wie ich. Wir sollten deshalb versuchen, die Sache zu vergessen. Im Übrigen bitte ich dich, das Licht reparieren zu lassen.»

«Ich sage Bescheid, heute noch.»

«Ich glaube, eins wird dich noch interessieren», fuhr sie fort. «Wie du weißt, hatte ich vor, auf der Rückfahrt die Jungs aus Maine abzuholen und den Rest des Sommers in New York zu verbringen, damit du nicht alleine bist.»

«Und?»

«Doch jetzt glaube ich» – sie sah ihn nicht an –, «ich komme nicht zurück.»

Er richtete sich auf. Plötzlich kam er sich in Unterhose und Unterhemd irgendwie albern vor, es schien ihm unpassend, als wäre eine fremde Frau im Zimmer. «Was willst du damit sagen?», sagte er.

«Was glaubst du, dass ich damit sagen will?»

«Spiel um Gottes willen nicht den Papagei! Ich habe gefragt, was du damit *sagen* willst.»

Sie wurde rot. Dann hob sie den Kopf, sah ihm direkt in die Augen und blies eine kleine Wolke graublauen Rauch in die Luft; schließlich sagte sie: «Natürlich meine ich, dass ich bei Mama bleibe.»

«Und für wie lange?»

«Was kümmert dich das schon?»

«Ich habe gefragt, für wie lange! Ich habe das Recht, eine Antwort zu erwarten.»

Sie nahm einen Zug von ihrer Zigarette. «Das kommt drauf an.»

«Worauf? Das ist keine Antwort.»

«Auf viele Dinge. Ich glaube, ich bleibe bei meiner Familie, bis ich - bis ich mir im Klaren bin.»

«Verstehe», sagte er. «Glaubst du, du ‹bist dir im Klaren›, bevor die Jungen wieder zur Schule müssen?»

«Sie können auch in Maine zur Schule gehen, wenn es sein muss.»

«Oh nein, das können sie nicht, darauf bestehe ich!»

«Nun», sagte sie, «ich brauche ein paar Wochen, um darüber nachzudenken.»

Das Gespräch hatte Züge einer Farce angenommen - ein nervöses, wortreiches Geplänkel, aber immerhin führte es sie nicht auf die gefährlichen Seitenwege von Beleidigung und Wutausbruch (die man so oft am Ende einschlägt), die beiden Schaden zugefügt hätten; denn es lag Gefahr in der Luft, so allgemein sie auch argumentierten. Eine oder zwei weitere Auseinandersetzungen wie jene, die sie am ersten Abend durchgestanden hatten, würden ihre Belastungsgrenze sprengen, nicht nur die ihrer Ehe, sondern die Belastungsgrenzen ihrer angeborenen Persönlichkeit und der Selbstachtung. Beiden war das bewusst, und sie bemühten sich, das empfindliche Gleichgewicht zu halten; denn es standen nur zwei Wege zur Wahl, um das gegenwärtige Level der Anspannung aufzulösen: die Leidenschaft der Liebe oder die Leidenschaft der Gewalt.

«Und worüber genau wirst du nachdenken?», fragte er.

«Ich weiß nicht ...»

«Kein großes Pensum, oder?»

«O doch.» Zum ersten Mal in dieser Diskussion sprach sie lebhaft und überlegt.

«Dann bin ich also Junggeselle für den Rest des Sommers, stimmt's? Während du faulenzt - und über mein Schicksal entscheidest.»

«Das der Kinder», sagte sie ruhig, «nicht deins.»

Er stand auf und zog den roten Baumwollbademantel über. Dabei merkte er, dass eine der Schulternähte gerissen war; das musste Cliff gewesen sein. «Das Arrangement erscheint mir ganz vernünftig», sagte er. «So haben die Jungen und du wenigstens einen angenehmen Sommer.»

«Du auch.»

«Und was soll das nun wieder heißen?»

«Das weißt du besser als ich, da bin ich mir sicher.»

Er zögerte einen Moment. «Das war unnötig, Ethel. Du kennst mich viel zu gut, um dunkle Anspielungen zu machen. Ich betrüge dich nicht und habe es nie getan.»

«Ich wollte nur sagen, dass es dir besser geht, wenn du allein bist. Du willst uns nicht.»

«Hör gefälligst auf, mir das Denken abzunehmen! Ich weiß, was ich will, auch wenn du das nicht glaubst.»

«Dein Bademantel ist zerrissen», sagte sie.

«Das weiß ich.»

«Gib ihn mir, ich habe Nadel und Faden.»

Er gab keine Antwort. Er legte sich wieder auf das Bett, steckte sich die Kissen hinter den Rücken, um halb aufrecht zu sitzen, und nahm die *Herald Tribune* und einen Stift. Das Datum fiel ihm ins Auge; doch da er den Bezug zur Zeit verloren hatte, wusste er nicht, ob es die Zeitung von gestern oder von heute war. Doch er wollte nicht die Nachrichten lesen, sondern blätterte gleich weiter zum Kreuzworträtsel auf der vorletzten Seite. Er wusste, das war ein feiger Trick, mit dem er Ethel brüskierte, und dennoch flüchtete er sich hinter die Zeitung, aus Angst davor, wohin die Diskussion – die bis jetzt kontrolliert und mit guten Manieren verlaufen war – sie führen konnte. Hinter der Zeitung, die er zwischen sich und Ethel hielt, spürte er, dass sie ihn vom Korbstuhl mit einem Gefühl beobachtete, das ausgewachsener Hass sein musste.

Als er die kleinen Quadrate auszufüllen begann, fielen ihm neben dem Rätsel flüchtig einige eng bedruckte Spalten auf, die er, ohne hinzuschauen, für so etwas wie Aktienkurse oder Börsenberichte hielt. Beim Nachdenken über eine der Fragen des Rätsels ließ er den Blick schließlich über diese Spalten gleiten, und es dauerte eine Weile, bis er die Bedeutung der Überschrift am oberen Rand der Seite begriff:

VERLUSTE
(Fortsetzung von Seite 2)

Die lange Namensliste - endlos lang, wenn man bedachte, dass dies nur ein Tag war unter vielen Tagen davor und danach - war nach den drei Staaten der Metropole gegliedert - New York, New Jersey, Connecticut -, und diese Teile hatten jeweils kleinere Zwischenüberschriften: *Kriegsschauplatz Afrika, Kriegsschauplatz Alaska, Kriegsschauplatz Pazifik*. Die Fantasie reichte nicht aus, sich vorzustellen, dass jeder dieser Namen, die so lapidar in schöner Typografie aufgelistet waren, einem lebendigen, individuellen jungen Mann gehört hatte; genauso unmöglich war es, den einzelnen Tod zu begreifen, das junge Leben, das irgendwo beendet wurde, und den Kummer, den er verursachte, in den Villen, Wohnungen, Slums oder Bauernhöfen der Heimat …

MATYJASIK, Richard, *Technician 4th Grade;*
Ehefrau Mrs Agnes B. Matyjasik, Binghamton.
MATZKO, Donald L., *Private 1st Class;*
Ehefrau Mrs Phyllis Matzko, Batavia.
MATZKOWITZ, Irving J., *Private;*
Ehefrau Mrs Rachel Matzkowitz, Brooklyn.
MCCUE, Charles G., *Technical Sergeant;*
Mutter Mrs Doris McCue, Utica.
MEADER, Henry W., *Private*;
Mutter Mrs Dorothy Meader, Palmyra.
MILLER, Emerson A., *Private;*
Mutter Mrs Alice E. Miller, Buffalo …

Es klopfte an der Tür. Grandin wickelte den Bademantel um seine nackten Knie und rief: «Herein.»

Ein Junge kam herein, der im Hotel als Träger, Türsteher, Piccolo und manchmal auch an der Rezeption arbeitete. «Ein Brief, Sir.»

«Danke, Joe.»

Auf dem Umschlag waren in der oberen linken Ecke die Worte DUNE HOUSE eingeprägt; adressiert war er ganz einfach an «Mr Grandin». Er riss ihn auf und las die kurze Nachricht, die in penibelster Handschrift abgefasst war; es sah fast so aus, als hätte der Absender nur knapp der Versuchung widerstanden, die ganze Nachricht in Druckbuchstaben zu schreiben:

Lieber Johnny,
Was sagen Sie dazu? Wir sind ins Dune House umgezogen. Wir wohnen in Zimmer 212. Kommen Sie einfach rüber!
Cliff

Er las die Nachricht ein zweites Mal. Dann stand er auf, streifte den Morgenmantel ab und zog ein frisches Hemd an. Als er vor dem Spiegel die Krawatte band, sagte Ethel: «Wohin gehst du?» Er gab ihr den Brief.

«Soll das etwa heißen», meinte sie nach einer kurzen Pause, «dass du jetzt sofort zu ihnen hinuntergehst, im selben Augenblick, in dem sie …»

«In dem sie was?»

«Pfeifen.»

«Ich höre kein Pfeifen, und außerdem sind es nicht ‹sie›. Die Nachricht ist von Cliff, wenn du noch einmal genau hinschaust. Also, gibt es irgendeinen Grund, warum ich nicht gehen sollte?»

Er verließ den Raum, bevor sie die Frage beantworten konnte.

XIII

«Hi, Johnny! Überrascht?»

«Schon.» Er schloss die Tür hinter sich.

«Also, es war so: Wir hatten die Nase voll von Nantucket, wenn Sie verstehn, was ich meine. Wir waren überall gewesen und hatten alles getan. Also haben Billie und ich beschlossen, dass es hier in Sconset mit Ethel und Ihnen bestimmt lustiger wäre. Man hat Gesellschaft. Zuerst wollte Billie nicht umziehen, des Geldes wegen, aber du meine Güte, Geld spielt im Moment doch keine Rolle. Man fährt schließlich nicht alle Tage in die Flitterwochen, stimmt's, Johnny?»

Er hockte auf einem Knie am Boden, über einen offenen Koffer gebeugt, und strahlte Grandin zur Begrüßung mit kindlichem Vergnügen an. Sein Anblick war makellos, unglaublich gesund, frisch und guter Laune; und er war beim Friseur gewesen.

«Wo ist Billie?»

«Billie? Oh, sie hat sich auf die Suche nach einer Reinigung gemacht. – Was ist denn, Johnny? Freuen Sie sich nicht, dass wir gekommen sind?»

Grandin setzte sich. «Natürlich freue ich mich, Cliff.»

«Für einen Moment habe ich geglaubt, na ja, Sie wirkten irgendwie – nun, komisch.»

«Ich bin überrascht, sonst nichts.»

«Oh, ich habe gewusst, dass Sie überrascht sein würden! Ich hab heute Morgen bestimmt zwanzig Mal gesagt, Mensch, Johnny und Eth werden aber staunen!» Sein Lächeln war bezaubernd; John Grandin widerstand dem Impuls zu gehen.

«Sie haben ja ein schönes Zimmer bekommen.»

«Klar, war kein Problem. Ich hab vorher angerufen und gesagt, ich sei ein Freund von Ihnen.»

«Wie lange wollen Sie bleiben?»

«Das hängt davon ab, wann ich Nachricht aus Brooklyn kriege. Jeden Tag kann ich Befehl bekommen, mich zu melden», fügte er glücklich hinzu, als läge darin die größte Hoffnung seines Lebens. «Haben Sie uns heute Morgen vermisst?»

«Ja.» Zum ersten Mal wurde John Grandin bewusst, dass er ihn wirklich vermisst hatte.

«Und uns haben Sie auch gefehlt! Du meine Güte, Billie und ich haben gestern Abend und heute Morgen gar nicht gewusst, was wir mit uns anfangen sollten.» Er nahm einen Stapel Hemden aus dem Koffer und legte ihn in eine Schublade. «Billie hat sich schon eingerichtet», sagte er. «Schauen Sie, sie hat sogar schon mein Foto aufgestellt.»

Auf der Frisierkommode stand in spiegelndem Glasrahmen ein großes Foto von Cliff in dunkelblauer Uniformjacke und mit weißer Mütze. Sein Gesicht wirkte ernst und unglücklich, so verkrampft, dass man Mitleid bekam. Er schien nichts mit dem lebensfrohen, gut gelaunten Wesen zu tun zu haben, das in diesem Moment die Atmosphäre des kleinen Hotelzimmers mit nahezu überwältigender Vitalität erfüllte.

«Ich habe noch mehr davon, Johnny, falls Sie eins haben möchten.»

«Danke, Cliff, aber ich mache mir nicht viel aus Fotos von Freunden. Sie – veralten zu schnell.»

«Ja, da haben Sie wohl recht. Na ja, Billie braucht was, das sie ihren Freundinnen zeigen kann. Sie kennen ja die Frauen.»

Auf einem Stapel sauberer T-Shirts lag ein blass khakifarbenes Schiffchen mit zwei silbernen Streifen. Es war ganz flach, nahm kaum mehr Raum ein als ein zusammengefaltetes Taschentuch. Grandin saß da und betrachtete es. Es wirkte geradezu rührend sauber, frisch und militärisch, genau wie Cliff. Das wollte er gern haben.

«Dieser Urlaub hat mir schon richtig gutgetan. Ist Nantucket nicht eine wunderbare Insel, Johnny? Hab mich im ganzen Leben nicht so wohlgefühlt! Ha, ich werde durch diese Nachuntersuchung sausen wie ein frischer Wind …»

Für einen flüchtigen Moment *wollte* Grandin das Schiffchen (er glaubte, das wäre alles, was er von Cliff wollte); er wollte es hin und wieder anschauen können, um sich an Cliff und den Urlaub zu erinnern – er wollte es aufbewahren, wenn Cliff weit fort war, auf der anderen Seite der Welt, oder für immer von ihnen gegangen; doch im selben Moment verwarf er die Idee und fand die Vorstellung schamlos sentimental, er hasste sich dafür, einen solchen Impuls überhaupt empfunden zu haben – und konnte es doch nicht lassen, das Schiffchen anzuschauen, auch wenn er es in Gedanken von sich wies.

Hauman bemerkte seinen Blick. Er nahm das Schiffchen, legte es flach auf seinen Handteller und sagte: «Möchten Sie es gern haben, Johnny? Ich habe noch eins.»

«Wozu?»

«Oh», er zuckte die Schultern, «als Andenken ...»

«Ja.»

«Viele Menschen mögen Andenken an den Krieg. Sie machen Freude. Besonders später, wenn alles vorbei ist.»

John Grandin wurde das Herz schwer. Er wollte sagen – es schien ihm unmöglich, es nicht zu sagen –, Cliff, ich mag dich sehr gern. Die Worte steckten ihm im Hals, er würde es nie fertigbringen, sie auszusprechen, nicht in tausend Jahren; und er war froh, dass das so war. Er faltete das Schiffchen und schob es tief in seine Tasche; und als er das tat, glaubte er, im ganzen Leben noch nie etwas derart Albernes getan zu haben.

XIV

Als die Grandins zum Dinner herunterkamen, saßen Billie und Cliff Hauman schon an ihrem Tisch.

«Diese Miss Fly hat uns hier hingesetzt», erklärte Billie, «ich nehme an, sie weiß, dass wir Freunde sind. Ich habe versucht ihr klarzumachen, dass Sie vielleicht lieber unter sich bleiben, aber anscheinend ist sie so taub wie ein Mops im Paletot.»

«Möpse sind nicht taub», sagte Hauman; «sie sind stumm.»

«Fischer sind stumm. Oder nein, wie war das noch mal. Womit vergleicht man Leute, die taub sind, Mr Grandin?»

«Mit Miss Fly.»

«Ach, Johnny, das hab ich Ihnen noch gar nicht erzählt! Morgen Abend ist im Jachtklub von Nantucket ein großes Fest für die Soldaten. Wie wär's, wollen Sie als mein Gast mitkommen, Johnny?»

«Er meint natürlich, wir alle», sagte Billie zu Ethel.

«Aber ich bin doch kein Soldat», sagte Grandin.

«Wen kümmert das schon. Ich bin eingeladen und kann mitbringen, wen ich will. Die Küstenwache schickt mir sogar einen Wagen, mit Fahrer und allem Drum und Dran.» Er grinste. «Schließlich bin ich Captain.»

«Und was ist das für ein Fest?»

«Ein Ball. Tanzen Sie gern, Johnny?»

«Bitte sagen Sie ja, Mrs Grandin», bettelte Billie. «Es wird ganz wundervoll. Morgen Abend ist Vollmond. Oh, und Toni Lansing wird da sein, heißt es, sie gibt den Jungs Autogramme. Umsonst. Du meine Güte, vielleicht bekomme ich auch eins!»

«Sag mal, wir könnten die Howards doch auch einladen; was meinst du, Billie, Schätzchen?»

«Na ja, aber sind die nicht vielleicht schon etwas zu alt?»

«Wirklich?», sagte Grandin. «Die Howards sind zufälligerweise mindestens vier Jahre jünger als ich.»

«Herrje, ich wollte nicht … also ich hoffe, Sie glauben nicht, ich hätte gedacht …»

«Ich glaube nicht, dass Sie irgendetwas gedacht haben.» Er wandte sich an ihren Mann. «Es geht doch nicht, dass fünf Zivilisten mit einer Uniform reinkommen, Cliff. Wir haben kein Recht dazu, es ist nicht fair.»

«Das ist mein Kommando, Johnny, nicht Ihres. Keine Sorge, das akzeptieren die schon. Wenn sie mich einladen, müssen sie reinlassen, wen ich mitbringe.»

Grandin merkte, dass Ethel, obwohl sie unglaublich wütend auf ihn war (sie schien als Einzige die Abfuhr, die er Billie erteilt hatte, verstanden zu haben), wollte, dass er zusagte. Auf einem Fest mit jungen Leuten würde sie sich bestens amüsieren; der Urlaub war bisher weiß Gott öde genug gewesen. Diese Gelegenheit sollten sie sich nicht entgehen lassen – vielleicht war es ihre einzige Chance, sich noch hier auf der Insel wieder zu versöhnen; aber die Vorstellung, an einem Soldatenfest teilzunehmen, deprimierte ihn ganz unerträglich. Es war das Letzte auf der Welt, zu dem er Lust hatte.

Als die Howards im Speisesaal an ihnen vorbeikamen, baten sie sie an ihren Tisch, und sie nahmen die Einladung freudig an. «Na klar!», sagte Sarah Howard. «Dann kann ich wenigstens mein langes Kleid anziehen.»

«Du meine Güte», sagte Billie, als die Howards weitergegangen waren, «ich hoffe, niemand kommt in Abendkleidung. Ich habe nur einen alten blauen Fummel, der schon tausend Jahre alt ist. Na, dann musst du für mich Ehre einlegen, Cliff, und deine Ausgehuniform anziehen.»

«Da würd' ich nicht drauf wetten. Vergiss nicht, ich habe Urlaub.»

«Und du bist in den Flitterwochen, falls dir das nicht bewusst sein sollte, und ich finde, du benimmst dich schrecklich gemein. Ich kenne dich, Clifford Hauman. Am Ende ziehst du diese billigen alten Khakihosen an, die schlimmer aussehen als der Kampfanzug. Und das auf einem Fest!»

Billies Geplapper und die Aussicht auf ein Tanzvergnügen im Jachtklub – falls er es sich Ethel zuliebe wirklich zumuten sollte – quälten John Grandin so sehr, dass er es nicht ertrug, bis zum Ende der Mahlzeit am Tisch sitzen zu bleiben. Als die Bestellungen für die Desserts aufgegeben werden sollten, stand er abrupt auf. «Bitte entschuldigt mich», sagte er, «ich gehe nach oben.»

Ethel warf ihm einen gereizten und wütenden Blick zu, und Hauman rief ihm nach: «Hey, wollen Sie denn kein Dessert, Johnny? Oder einen Kaffee?»

«Mir ist nicht danach, danke. Bitte entschuldigen Sie …»

Als Ethel das Zimmer betrat, blieb sie noch in der Tür stehen und sah ihn einen langen, unbehaglichen Moment forschend an. Dann sagte sie:

«Du solltest dich wirklich schämen.»

Er saß im Korbstuhl und sah mit gespielter Überraschung zu ihr auf. «Was zum Himmel ist denn jetzt schon wieder los?»

«Ich würde gern wissen, was mit *dir* los ist. Du benimmst dich wie ein zehnjähriges Kind.»

«Ich wollte keinen Nachtisch. Was ist daran auszusetzen?»

«Warum musstest du so schamlos auf Billie herumhacken? Es ist ziemlich dumm, ihr zu widersprechen, wenn sie die Howards alt nennt. Wo bleibt dein Sinn für Humor? Sie sind alt. Für ein Mädchen wie Billie sind wir alle alt.»

«Ihre Ansichten interessieren mich nicht. Billie ist eine Närrin.»

«John!» Ethel kam durch den Raum auf ihn zu. Sie blieb direkt vor ihm stehen und blickte mit verschränkten Armen auf sein abgewandtes Gesicht hinab.

Er wartete in unerträglichem Schweigen. Schließlich sagte er, so beiläufig wie möglich: «Wenn du nichts dagegen hast, mache ich einen Spaziergang.»

«Ich habe etwas dagegen! Ich will, dass du jetzt sofort zum Zimmer der Haumans gehst und dich entschuldigst, oder ich … ich werde …»

«Was wirst du?»

Sie starrte ihn mit intensivem, forschendem Blick unverwandt an; doch als sie dann sprach, waren ihre Worte kaum zu vernehmen: «Allmählich glaube ich, John, dass ich dich gar nicht kenne …»

Er ging hinaus auf die Straße. Abgesehen von einem kaum wahrnehmbaren Leuchten über dem Meer, ganz fern am Horizont, war die Nacht vollkommen schwarz. Die klimpernden Töne der Harfe in seinem Rücken wurden leiser und leiser. Er spürte die harte Straßenoberfläche unter den Füßen, und es kam ihm vor, als vibrierte sie im Rhythmus der Brandung, die knapp einen Kilometer entfernt auf den Strand donnerte; doch vielleicht war es lediglich dieses Geräusch, das den Eindruck eines Bebens erzeugte. Er lenkte seine Schritte zum Strand, von dem dieses Donnern herüberklang. Die Kriegsverordnung untersagte es Zivilisten, sich dem Strand des Nachts auf mehr als vierhundert Meter zu nähern, und das war auch gar nicht seine Absicht. Es war ein weiter und schwieriger Weg dorthin, die Nacht war dunkel, und er war müde und ganz elend vor Selbstekel.

Mit der Hand ertastete er die von Rosen überwucherte Pergola, hinter der die lange Holztreppe an den Klippen hinunterführte. Vielleicht war es schön, die Treppe hinabzugehen und sich unten für eine Weile zu setzen. Bei dieser Dunkelheit war es schwer zu sagen, doch heute schien kein Nebel aufgekommen zu sein; zumindest spürte er keine Feuchtigkeit auf dem Gesicht. Er stieg hinab.

Kurz vorm Ende der Treppe war der kleine Vorsprung, auf dem er gesessen und eine Zigarette geraucht hatte, während Cliff unter der Dusche herumplanschte und *From the Halls of Montezuma* sang. Am Geländer zu beiden Seiten der Treppe und selbst den Abhang hinauf rankten die für diese Insel so typischen Rosen; sie verblassten schnell im Laufe der Saison. Er konnte die Rosen nicht riechen, denn diese Sorte duftete nicht, und er konnte sie nicht sehen; doch er hatte sie bei Tageslicht gesehen und wusste, dass sie da waren. In der grellen Mittagssonne hatten sie hart, kalt und blass gewirkt, als wären sie aus Papier, Wachs oder bemaltem Metall.

Über dem südöstlichen Horizont hob sich aus dem dunklen Wasser, das buchstäblich eine der Straßen zum Südpazifik war, ein verschwommener, lachsfarbener Umriss empor, der sich, je höher er stieg, langsam als der beinah volle Mond entpuppte. Rund bis auf ein kleines Eckchen, riesig und schwach leuchtend stand er niedrig am östlichen Himmel und wirkte viel näher als später, wenn er hell strahlend den Zenit erreicht hatte. Die illusorischen Formen und Schatten seiner Oberfläche waren nur beim ersten flüchtigen Blick zu erkennen; als Grandin genauer hinsah, um ihre Muster zu entziffern und die Umrisse des legendären Gesichts nachzuverfolgen, verschwanden sie.

Ihm fiel ein, dass es an dieser Stelle gewesen war, dass Cliff ihn zaghaft gefragt hatte, Sind Sie glücklich verheiratet?

Der Mond mit seiner fehlenden Ecke stand nun über dem Meer, viel größer als sonst, übertrieben, theatralisch, leuchtend rot. Der spürbare Glanz seiner Farbe, die aussah, als sei sie noch feucht vom Pinsel, hielt nicht vor. Als er höher hinaufstieg, verschwand er allmählich hinter einer unsichtbaren Wolken- oder Nebelwand, und nur sein unterer, immer kleiner werdender Teil glühte hell, bis auch er schließlich verschwunden war; der Mond war fort.

Er hörte die unablässige Brandung, gedämpft, aber noch immer donnernd. Er dachte an den warmen Sand, auf dem sie viele Stunden in der Sonne gelegen hatten, von einem angenehm entspannenden Wohlbehagen erfüllt. Er fragte sich, ob die bunten Sonnenschirme noch immer da waren; oder räumte Pete sie am Nachmittag fort? Vielleicht stieg die Flut des Nachts so hoch, dass der Strand unter Wasser stand; oder zog sich das Meer weiter vom vertrauten Strand zurück und brandete ruhelos dort draußen, wo die Kiesel begannen? Er versuchte mit all seinen Sinnen etwas wahrzunehmen, und beinahe schien es, als hörte er, wie die Kieselsteine in der Brandung hin und her rollten. Er erhob sich von der Treppenstufe und ging hinunter in den Sand.

Er hatte nicht vor, weit zu gehen – nicht so weit, um gegen die Kriegsverordnung zu verstoßen –, doch plötzlich hörte er ganz in der Nähe das wilde Knurren eines Hundes, und die weiße Uniform der Küstenwache trat aus dem Dunkeln hervor.

Der Wächter hielt den Hund an einer strammen Leine zurück und fragte schroff: «Wer da?»

John Grandin machte einen Schritt zurück. «Verzeihung, Officer, ich wollte nur …» Er unterbrach sich, denn der Hund knurrte so laut, dass man ihn nicht verstehen konnte.

«*Still*, Trump! – Wer sind Sie?»

«Ein Gast aus dem Hotel. Ich wollte eine Weile den Mond …»

«Wissen Sie nicht, dass Sie den Strand bei Nacht nicht betreten dürfen?»

«Aber hier ist doch noch kein Strand, oder?»

«Das spielt keine Rolle! Gehen Sie zurück auf die Klippe, wo Sie hingehören, oder ich muss Sie melden!»

«Ja … Also dann, gute Nacht. Es tut mir leid …» Er wandte sich um und ging zur Treppe.

Oben angekommen schaute er hinab, um zu sehen, ob der Mann von der Küstenwache und sein Hund noch da waren. Er meinte, etwas verschwommen Weißes zu erkennen, war sich jedoch nicht sicher.

Als er ins Hotelzimmer kam, war das Licht zwischen den Betten ausgeschaltet. Er ging zur Lampe unter dem Spiegel der Frisierkommode, doch da fiel ihm ein, dass er schon wieder vergessen hatte, sie reparieren zu lassen. Er zog sich im Badezimmer aus.

Schließlich lag er hellwach im Bett und lauschte in die Nacht. Es war keinerlei Geräusch zu hören, nicht einmal die ferne Meeresbrandung, und das Hotel selbst war so still wie ein leeres Haus. Alle waren zu Bett gegangen. Auch in Zimmer 212, nur ein paar Türen weiter, würde jetzt alles still sein. Die Haumans hatten – unnötigerweise, wie er fand – gesagt, sie wollten früh ins Bett gehen …

XV

«WIRKLICH, ICH VERSTEHE NICHT, weshalb Mutter nicht endlich die *Hochzeits*fotos schickt. Sie hat es versprochen! Ich kann's nicht abwarten, sie zu sehen.»

«Wir können sie ja heute Abend anrufen, Billie, mein Schatz.»

«Ach, du und deine Ferngespräche. Wirklich, er wirft mit Geld nur so um sich», sagte Billie zu Ethel. «Er kann einfach nicht sparsam sein. Wie oft er mich von da unten in San Diego angerufen hat ...»

«Meinst du wirklich, ich habe dich von San Diego angerufen, um Geld aus dem Fenster zu werfen?»

«Nun ja, du hättest öfter schreiben können. Briefe haben mehr Gewicht – das stimmt doch, Mrs Grandin. Irgendwie hat man dann etwas in der Hand. Ehrlich, nachdem er aufgelegt hatte, wusste ich gar nicht mehr, was er gesagt hatte. Du etwa, Cliff?»

Der Tag war schön und wolkenlos, aber unerträglich, geradezu bedrohlich heiß. Wer sich nicht schnell bewegte – schwamm, lief oder im Sand spielte (wozu nur wenige Lust hatten) –, schien zu argwöhnen, dass jenseits des Schattenflecks der Sonnenschirme eine böse Gefahr lauerte. Und ebenso erdrückend wie die Hitze der Sonnenstrahlen war die Hitze, die vom Sand aufstieg; es herrschte eine Atmosphäre sengender Anspannung, und nur hin und wieder brachten eine kühlere Brise vom Meer oder vereinzelte Gischtspritzer einer brechenden Welle Erleichterung. Manchmal sandte die Brandung Tröpfchenwolken über den Sand, und in ihnen zogen kleine Regenbogen daher.

Die Howards lagen im Schatten eines Sonnenschirms direkt neben dem der Grandins; die beiden Sonnenschirme zusammen bildeten ein kleines Zelt für die drei Ehepaare. Nicht weit entfernt lag Mr Eklund mit seiner Mutter auf einem riesigen Handtuch und sah fragend zu ihnen hinüber, als hoffe er auf die Einladung, sich ihnen anzuschließen. John Grandin bemühte sich, seinem Blick auszuweichen.

«Wenn wir wieder zu Hause sind», sagte Hauman, «dann müssen Sie uns möglichst bald in Bridgeport besuchen, Johnny. Mein Daddy würde Ihnen gefallen. Stimmt's nicht, Billie?»

«Irgendwann einmal», sagte Grandin. «Warten wir's ab.»

«Mein Daddy würde sich über Ihren Besuch freuen, genau wie wir. Er liebt Gesellschaft. Sie bekommen Ihr eigenes Zimmer, Johnny, wann immer Sie wollen. Sie müssen sich nicht mal vorher anmelden. Ich hoffe wirklich, dass Sie kommen und uns besuchen …»

Ethel und Mrs Howard wollten mit dem Bus um halb zwölf nach Nantucket fahren, wo sie um zwei Uhr beim Friseur angemeldet waren. Seitdem sie morgens aufgestanden waren, schien Ethel es für abgemacht zu halten, dass sie zum Tanz in den Jachtklub gingen, obwohl sie nicht mehr darüber gesprochen hatten. Ihm blieb kaum etwas anderes übrig, als zuzustimmen. Sosehr ihm vor dem Abend auch graute – als Einziger nicht mitzukommen, wenn alle anderen zum Tanz gingen, wäre einer öffentlichen Kriegserklärung gleichgekommen.

Bill Howard setzte sich auf. «Lust zu schwimmen, Sadie?»

«Keine Zeit. Wir müssen gleich aufbrechen.»

«Puh, ich halte das nicht länger aus. Ich bin kein Kanalschwimmer, aber ich will was haben für mein Geld.» Er fing an, auf Armen und Schultern Sonnenöl aufzutragen. Der Duft des schweren, süßlich riechenden Öls hing wie eine Wolke über der Gruppe.

Hauman sprang auf. «Moment, lassen Sie mich das machen.»

«Sehr verbunden, ich komme nämlich nicht an meinen Rücken.»

Hauman goss etwas Öl in seine Hand und begann es auf Howards Rücken und Schultern zu verteilen. Howard brummte zufrieden unter dem Druck der großen Hände. «Junge, das ist ein Service.»

Als er fertig war, kam Hauman zu Grandin. «Ich reib Sie auch ein, Johnny.»

«Nein, danke. Ich kann das selbst.»

Doch Cliff ignorierte das. «Es ist doch viel einfacher für Sie, wenn ich das mache, Johnny.» Er beugte sich vor und legte die Hände auf Grandins Rücken.

Grandin wandte sich heftig ab. «Ich habe gesagt, ich möchte das nicht!» Die Schärfe in seiner Stimme überraschte ihn selbst.

Ein plötzliches Schweigen senkte sich über die kleine Gruppe, als wären sie alle peinlich berührt. Bill Howard rettete die Situation, indem er, obwohl ihm niemand zuhörte, beiläufig sagte:

«Lassen Sie ihn lieber. Ich kenne jemanden, der sich die Schulter verrenkt hat, als er versuchte, sich selbst den Rücken einzureiben. Und kaum zu glauben, das Sonnenöl war sogar von derselben Sorte wie dies hier: Sun-Glo. Obwohl, ich bin nicht ganz sicher; genau genommen roch es nicht ganz so schlimm …»

Ethel stand auf, gefolgt von Sarah Howard. «Rechnet nicht vor dem späten Nachmittag mit uns», sagte Mrs Howard. «Wir essen in Nantucket zu Mittag und machen nach dem Friseur vielleicht noch einen Einkaufsbummel.»

«Sie sollen dich schick herrichten, Mama. Heute Abend hast du schwere Konkurrenz, wenn Toni Lansing kommt.»

«Da mach ich mir keine Sorgen. Tschüss, Liebling.» Sie gab ihm einen Kuss, und die beiden Frauen gingen in Richtung Klippen davon.

John Grandin hatte durchaus bemerkt, dass Ethel kein Wort des Abschieds gesagt hatte, und es hätte die Situation sicherlich nicht entspannt, wenn er ihr ein «Auf Wiedersehen» nachgerufen hätte.

Nachdem sie etwa dreißig Meter gegangen war, drehte

Ethel sich um und kam sogar einige Schritte zurück, um zu sagen: «Ich habe dir mein Sonnenöl dagelassen. Bitte denk dran und lass es nicht liegen.»

Er war ihr dankbar dafür, dass sie ihm vor den anderen diese Aufmerksamkeit schenkte; es tat gut. Er hielt die kleine, klebrige Flasche gerade in der Hand, die Finger fest darum geschlossen. Einige der warmen, feuchten Sandkörner, die an ihr klebten, hatten sich gelöst und drückten unter seinen Fingernägeln.

Als sie auf dem Weg zum Mittagessen bereits die halbe Strecke zurückgelegt hatten, bemerkte Grandin, dass er Ethels Abschiedsworte vergessen hatte: Das Sonnenöl lag nun doch noch irgendwo im Sand. Nun ja, für zehn Cent bekamen sie im Drugstore eine neue Flasche.

XVI

Die Buccaneer war eine umgebaute Fregatte, die am Pier ankerte; auf dem breiten Achterdeck waren unter einem großen Sonnensegel Tische und Stühle aufgestellt. Kellnerinnen in Kostümen aus der Kolonialzeit brachten das Essen von der Küche auf dem Pier über eine Planke an Bord. Möwen schwebten vorüber, sie schlugen mit den Flügeln und stießen schrille Schreie aus. Wenn einer der Touristen ihnen ein Stück Brot zuwarf, waren die größeren Vögel sofort laut kreischend zur Stelle; andere schaukelten sanft auf den Wellen und warteten darauf, mit Essensresten gefüttert zu werden. An Deck wehte ein scharfer Wind, und die Papierservietten flogen davon, wenn die Teller, mit denen man sie beschwert hatte, angehoben wurden; hin und wieder wurde sogar ein Glas Wasser oder eine Blumenvase umgeblasen und der Inhalt über einen der Tische verschüttet.

«Ich bin so damit beschäftigt, alles festzuhalten», sagte Sarah Howard, «dass ich vom Essen kaum etwas mitbekomme. Nicht, dass das schlimm wäre», fügte sie hinzu, «es ist ohnehin schon eiskalt.»

«Trotzdem, den Jungs würde es hier gefallen. Ich meine, meinen Kindern.»

«Ja, und all den alten Damen, die durch Nantucket reisen – und der breiten amerikanischen Öffentlichkeit, die jede altertümliche Kulisse romantisch findet.»

Ethel Grandin fühlte sich in Gegenwart der zynischen Mrs Howard recht unbehaglich; sie hatten wenig Gemeinsamkeiten, und sie machte sich Sorgen, wie sie die nächsten ein, zwei Stunden überstehen sollten. Ihre Sorgen nahmen zu, als Sarah Howard plötzlich ein Thema anschlug, das sie an Sarahs Stelle nicht im Traum berührt hätte.

«Ich hoffe, es macht Ihnen nicht allzu viel aus, wenn ich Sie auf etwas anspreche, das mich nicht das Geringste angeht. Aber Bill und mir ist es aufgefallen, und da wir Sie und Ihren Mann mögen, ist es ganz natürlich, dass wir uns Gedanken machen. Ich meine selbstverständlich die Haumans.»

«Ich fürchte, ich verstehe nicht ganz …»

«Am besten rede ich ganz offen. Diese Billie ist ein außerordentlich hübsches Mädchen, viel hübscher geht's nicht. Und selbst wenn sie eine Studentin Ihres Mannes gewesen ist und die beiden sogar hier damit weitermachen, muss das nicht unbedingt etwas zu bedeuten haben.»

«Womit weitermachen?»

«Sehen Sie, Mrs Grandin, Bill und ich sind nicht von vorgestern, und Sie sind es auch nicht. Ihr Mann hat sich in sie verguckt.»

«Wie kommen Sie darauf?»

«Sind Sie denn nicht selbst dieser Meinung?»

«Aber die Haumans sind frisch verheiratet – sie sind in den Flitterwochen.»

«Glauben Sie, dadurch ist sie für Ihren Mann weniger anziehend? Männer sind in Gegenwart einer jungen Braut meistens ganz aufgekratzt. Also, ich glaube nicht im Geringsten, dass sie und Ihr Mann tatsächlich eine Affäre haben, aber sie kennen sich schon seit einiger Zeit, er interessiert sich für sie, und sie weiß das. Das ist der einzige Grund, den Bill und ich uns vorstellen können, weshalb die beiden sich Ihnen so aufdrängen. Cliff scheint es ebenfalls zu merken, warum sonst sollte er sich solche Mühe geben, tolerant zu wirken? Er versucht geradezu demonstrativ, allen zu zeigen, dass es ihm nichts ausmacht, damit niemand auf dumme Gedanken kommt. Dieses Johnny-und-ich hier und Johnny-und-ich da, als wären er und Ihr Mann die dicksten Freunde, während sie in Wirklichkeit nicht die entfernteste Gemeinsamkeit oder den kleinsten Grund haben, sich zu mögen. Du meine Güte, er redet, als ob Sie und Billie gar nicht existierten. Das ist schon ziemlich offensichtlich.»

«Vielleicht ist das einfach seine Art.»

«Ich verstehe. Wenn es Sie stört, dass ich mich einmische, halte ich den Mund.»

«Es stört mich nicht, wirklich. Aber ich …»

«Wie ich schon sagte, wir machen uns Gedanken, weil wir Sie mögen, und ich dachte, es kann nichts schaden, die Sache anzusprechen, nur zwischen Ihnen und mir. Bill und ich sind glücklich verheiratet – man kann wohl sagen, vollkommen glücklich –, und dennoch, in den letzten Jahren ist es ein paarmal vorgekommen, dass er ein Auge auf ein schönes Mädchen geworfen hat und ich so tun musste, als würde ich nichts merken. Etwas anderes bleibt einem dann ja gar nicht übrig. Sie kommen immer zurück. Diese kleinen Flirts haben nichts zu bedeuten. Die Jungs merken, dass sie älter werden, und das gefällt ihnen nicht. Da tut es gut, wenn sie so tun können, als hätten sie noch eine letzte Affäre mit einem jungen Mädchen, bevor der lange Winter kommt.»

«Ich weiß Ihr Interesse zu schätzen, aber – vielleicht bilden Sie sich das alles nur ein.»

«Vielleicht tue ich das. Ich hoffe es. Doch Bill und mir ist aufgefallen, wie unglücklich Sie sind, und wir dachten, es hätte mit Billie zu tun.»

«Ich – es ist wirklich nicht leicht, darüber zu sprechen. Es scheint so unfair John gegenüber – hinter seinem Rücken ...»

«Zum Teufel mit ihm. Sie sollten besser erst einmal an sich denken. Dann denkt er vielleicht auch etwas mehr an Sie und weniger an Billie. Ich zum Beispiel achte immer darauf, dass Bill Howard nicht den kleinsten Moment lang vergisst, dass ich die wunderbarste Frau bin, der er je begegnet ist. Sie sehen, ich bin eine richtige Hochstaplerin, aber es funktioniert. Bill glaubt daran, und er wird es glauben, bis sein letztes Stündchen geschlagen hat ...»

XVII

ALS JOHN GRANDIN vor dem Abendessen seinen blauen Anzug anzog – an diesem Abend musste der Anzug eine Uniform ersetzen –, sah er durch das Schlafzimmerfenster, wie sich auf dem flachen Ödland zwischen Kliff und Meer der Nebel sammelte. Wie Rauchschwaden zog er über den Sand, wie verschwommener, formloser Dunst, bevor er zur Wolke wurde. Es war, als sähe er vom Kraterrand eines fast erloschenen Vulkans kleine Gaswölkchen aus den Tiefen aufsteigen und ziellos umhertreiben. Der Nebel war ungesehen über das Meer oder aus höheren Luftschichten gekommen, war am Nachmittag unbemerkt zum flachen Ödlandstreifen gezogen, um mit dem Schwinden des warmen Sonnenlichts Gestalt anzunehmen und sichtbar zu werden.

Ethel war fertig; ihre Haare waren frisch frisiert, ihr Mund mit dem Lippenstift nachgezogen, den sie so selten benutzte. Sie trug ein langes, dunkelblaues Abendkleid mit kurzen Ärmeln, silberne Sandalen und keinen Schmuck. Sie sah so jung aus wie noch nie, seit sie auf der Insel waren; ihre Figur konnte es leicht mit der jeder anderen Frau aufnehmen, der sie an diesem Abend begegnen würden; sicherlich mehr als leicht mit Billies breiten Hüften und kleinem Wuchs. Sie gingen früh zum Essen nach unten.

Als die Haumans hereinkamen, waren sie bereits fertig. Billie trug ein kurzes Kleid aus changierender, glänzender Seide, weder blau noch grün, stark aufgebauscht und sehr jugendlich. Hauman war wie immer in Khaki; die einzigen Zugeständnisse an den Anlass waren ein sauberes Hemd und eine makellose Krawatte.

«Wir sind dann auf der Veranda», sagte Ethel.

«Ich weiß», sagte Billie, «Sie wollen sehen, wie der Mond aufgeht.»

«Bis dahin wird es leider noch eine Weile dauern», sagte Grandin.

«Du meine Güte, ich hoffe, wir verpassen ihn nicht beim Tanzen. Heute ist Vollmond. Ist das nicht aufregend?»

Sie saßen auf der Veranda direkt vor dem halb offenen Fenster, hinter dem die Haumans zu Abend aßen. Am Strand unter ihnen war der Nebel dichter geworden; es war jetzt fast sicher, dass der Abend und die Nacht in typischen Nantucket-Nebel eingehüllt sein würden.

«Es tut mir leid, Ethel, aber ich hasse das Tanzen, du weißt es ja. Trotzdem, ich werde einen oder zwei Versuche machen, wenn du möchtest.»

«Das ist nicht so wichtig.»

Er warf ihr einen Blick zu und sah wieder einmal, wie attraktiv sie war. Er wollte eine Bemerkung darüber machen, aber alles, was er herausbekam, war: «Auf jeden Fall bin ich froh, dass wir beschlossen haben hinzugehen. Ich tue mein Möglichstes, Ethel, damit du einen schönen Abend hast.»

«John», sagte sie, «ich versuche, nicht mehr an den schrecklichen ersten Abend zu denken, wirklich. Aber es wäre furchtbar, wenn wir ihn ganz und gar vergessen würden und wieder in dieses – dieses Nichts zurückglitten, in dem wir so lange gelebt haben.»

«O Gott.»

«Schon gut, wir müssen nicht darüber reden.»

«Entschuldige, aber das möchte ich wirklich nicht, wenn du so darüber denkst.» Dann fügte er, plötzlich sehr wütend, hinzu: «Mein Gott, dass Frauen aber auch niemals lockerlassen können …»

«Leider habe ich nicht viel, an dem ich mich festhalten kann …»

Erregt wandte er sich ab und nahm eine Zigarette. Das war ja ein schöner Anfang für einen Abend, dem er ohnehin mit gemischten Gefühlen entgegensah. Durch das Fenster in seinem Rücken hörte er, dass sich die Haumans mit den Howards unterhielten, die an ihrem Tisch stehen geblieben waren. Als er begriff, worüber sie redeten, wäre er vor Überraschung beinahe vom Stuhl gefallen.

«Hey, Bill», sagte Hauman fröhlich, «lassen Sie die Finger von dem hübschen Jungen da, dieser Tunte. Sie kriegen ihn nicht – er gehört mir!»

Howard lachte und die Frauen kicherten. «Der Blonde mit seiner Mutter? Also, Cliff, den habe ich mir schon ausgesucht, als ich ihn zum ersten Mal gesehen habe, Sie kommen leider zu spät.»

«Wollen wir wetten, wer ihn zuerst vernascht?»

John Grandin war verblüfft, wie herzlich und gutmütig Haumans Lachen klang. So verlegen, wie Hauman reagiert hatte, als das Thema zum ersten Mal zur Sprache gekommen war, kam dieser kleine Wortwechsel nun vollkommen unvorbereitet. Trotz seiner eigenen Reaktion auf Arne Eklund am Strand fand er die Bemerkungen empörend und grausam; er wünschte sich zutiefst, er hätte sie nicht gehört.

Die Haumans kamen zu ihnen auf die Veranda. «Mensch, Johnny, was haben Sie für einen schönen Mantel.» Cliff nahm den Mantel von der Stuhllehne und betastete ihn voller Bewunderung. «Meinem Daddy würde der richtig gut stehen. Er mag guten Tweed und solche Sachen, und ich auch. Darf ich ihn mal anziehen?»

Es war ein englischer Staubmantel im Raglan-Schnitt, die Art Mantel, in die jeder hineinpasste, sogar jemand mit solch breiten Schultern wie Hauman. Grandin hatte ihn vor vielen Jahren in London gekauft und erwartete oder hoffte, ihn bis ans Ende seines Lebens zu tragen, denn er mochte ihn sehr.

Hauman zog den Mantel an und drehte sich um, um sein Spiegelbild in einer der Fensterscheiben zu betrachten. Als er den Mantel zuknöpfte, zeigte er sich Grandin im Profil. Die Ärmel waren gut zehn Zentimeter zu kurz, aber an Schultern und Rücken saß er perfekt. Hauman streckte die Arme gerade nach unten und bewunderte sich in der Glasscheibe.

John Grandin betrachtete die Reflexion und auch die Gestalt selbst. Er hatte eine merkwürdige Vision. Vor ihm stand nicht Captain Hauman aus dem Marine Corps, sondern ein junger Rowdie in einem geborgten Mantel.

Hauman sah im Spiegelbild, wie Grandin ihn musterte, und zog den Mantel sofort wieder aus, ohne ein weiteres Wort darüber zu verlieren.

Der Junge von der Rezeption kam auf die Veranda. «Ein Wagen von der Küstenwache ist gekommen, Sir, für Captain Hauman und seine Gäste.»

«Hach, sind wir nobel», sagte Billie und stand auf. «Sagst du Mr und Mrs Howard Bescheid, Joe? Sie sind im Speisesaal.»

Plötzlich sagte Hauman: «Fahr du schon mit, Billie, ich komme in ein paar Minuten nach. Ich muss erst noch etwas erledigen – nur so eine Idee.»

«Aber wie kommst du nach Nantucket?», fragte sie quengelig.

«Hast du schon mal gehört, dass ein Soldat kein Auto findet, das ihn mitnimmt? Ich komme schnell nach; aber ich weiß ja, dass du Toni Lansing nicht verpassen möchtest.»

«Clifford Hauman, was hast du vor? Ich will es wissen!»

Aber er war bereits hineingegangen. Erfreut wandte sich Billie wieder an die Grandins: «Na, ist das nicht süß. Ich wette, er zieht sich jetzt doch noch was Feines an.»

Die Howards kamen heraus, und alle fünf stiegen in die dunkle Limousine; ein junger Mann in der Uniform der Küstenwache saß am Steuer. Er war sehr höflich und zurückhaltend und grüßte sie auf knappe militärische Weise. Grandin setzte sich zum Fahrer nach vorn, und die andern teilten sich den Rücksitz. Als der Wagen anfuhr, hörten sie, wie die Harfe-Spielerin ihr abendliches Konzert begann.

Sie ließen Sconset hinter sich, und der Wagen durchquerte die Moorlandschaft in Richtung Nantucket. Der Nachtwind war kalt und klamm vom Nebel.

«Ich vermute, heute bekommen wir eine echte Verdunklung», sagte Grandin.

«Das glaube ich auch, Sir», erwiderte der Fahrer. «Doch vielleicht hebt sich der Nebel, wenn der Wind dreht.»

Er hörte, wie sich Billie und Mrs Howard auf dem Rücksitz unterhielten.

«Heißen Sie in Wahrheit Sarah?»

«Ja.»

«Weshalb erlauben Sie ihm dann, Sie Sadie zu nennen?», fragte Billie beinahe trotzig.

«Der Name gefällt mir. Ich bestehe auf Sadie.»

«Warum nicht Sally? Das klingt doch viel hübscher.»

«Sally, du meine Güte, da wird mir ganz anders. Sadie ist viel geistreicher. All die alten Namen kommen wieder, haben Sie gemerkt? Libby und Annie und Maggie – die sind jetzt wieder in Mode.»

«Ich finde sie schrecklich.»

«Warum heißen Sie Billie?»

«Nun, wissen Sie, die Mutter meiner Mutter hieß Bertha …»

«Oh mein Gott.»

«Tja, da kann man nichts machen.»

«Sie können, und Sie haben's ja auch getan», sagte Sarah

Howard lachend. «An Billie ist wohl wirklich nichts auszusetzen. Bert wäre allerdings viel schicker gewesen ...»

Als sie die Außenbezirke Nantuckets erreichten, war nicht zu übersehen, dass die Insel eine Gala veranstaltete. Viele Menschen waren unterwegs zum Dampfschiff-Anleger; als der Wagen am Walfang-Museum um die Ecke bog, konnten sie sehen, dass die Menge, Alt und Jung, zum Jachtklub strömte. Das Klubhaus war festlich beleuchtet, ohne Rücksicht auf die Verdunklung, die für diesen Abend anscheinend aufgehoben war.

Die Einheimischen, vor allem Frauen und junge Mädchen, standen in Gruppen unter dem Zeltdach vor dem Klubhaus und warteten auf Toni Lansing. Als der Wagen der Küstenwache unter den Portikus fuhr und John Grandin ausstieg, um den Frauen beim Aussteigen zu helfen, war der Menge deutlich die Enttäuschung anzumerken; die Gesichter verdüsterten sich, und ein verärgertes und vorwurfsvolles Stöhnen der jungen Mädchen und Frauen war zu hören. Es handelte sich natürlich, wenn auch in viel geringerem Ausmaß, um das wohlbekannte Hollywood-Phänomen – hysterische Fans auf dem Sunset Boulevard –, das für diesen Abend zu Ehren des anwesenden Filmstars auch diese kleine Insel in New England ergriffen hatte.

XVIII

John Grandin war nicht der Einzige, der sich als Außenseiter vorkam. Wenn er und die anderen anwesenden Zivilisten sich auch nicht unwillkommen fühlten, so betrachteten sie die wahren Gäste dieses Abends doch mit einer gewissen Ehrfurcht. Diese Hunderte uniformierter junger Männer aller Dienstgrade und Waffengattungen – die meisten herzzerreißend jung –, so sauber und gut aussehend, wurden von allen bewundert und beneidet. Sie waren es, die dem Abend Schönheit, Leben und Inspiration verliehen; ihnen gegenüber wirkten die Würdenträger Nantuckets, die die Gäste begrüßten, unwichtig und namenlos.

Eine Atmosphäre von Jugendlichkeit beherrschte das Klubhaus, das erdrückende Gefühl junger Männlichkeit, so real, dass es beinahe mit Händen zu greifen war – und dadurch unterschied der Abend sich von allem, was John Grandin (oder irgendeiner der Anwesenden) in jüngerer und auch weiter zurückliegender Vergangenheit erlebt hatte. Abendgesellschaften, Empfänge, Tanzvergnügen und andere öffentliche Veranstaltungen dieser Art waren ganz überwiegend der Attraktion und Verehrung schöner Frauen und Mädchen gewidmet. Junge Frauen in strahlenden Kleidern prägten den Abend, und Erfolg oder Misserfolg eines gesellschaftlichen Ereignisses hing von der anwesenden Weiblichkeit ab, ihrem Niveau, Glamour und Charme. Hier galt das Gegenteil: Der Abend diente der Verehrung der Männlichkeit, sie stand im Mittelpunkt. Die Uniform beherrschte die Szenerie wie ein physischer Köder, sie drängte sich in jedermanns Wahrnehmung und nötigte selbst den verschlossensten Gemütern Bewunderung ab. Etwas von diesem Geist schien sich auch im Verhalten der jungen Männer wiederzufinden. Von der Schüchternheit, die die Jugend sonst in Gegenwart von Mädchen und älteren Menschen empfand, war nichts zu spüren. Die Jungen begegneten ihren bewundernden Partnerinnen geradezu mit einer gewissen Aggressivität, und was die Älteren sonst als Arroganz oder Grobheit kritisiert hätten, wurde an diesem Abend als das natürliche und charmante Geplänkel junger Männer empfunden, die in den Krieg zogen. Unter dem Einfluss der alles dominierenden Uniformen erblühten die Frauen und Mädchen wie Blumen, und die Bürger der Insel reagierten gleichermaßen erfreut, bewundernd und voller Zuneigung. Alles drehte sich nur um die Jungs.

An der Tür wurde eine leichte Erregung spürbar, und Toni

Lansing kam herein; sie trug ein schlichtes weißes Kleid, fast wie ein Tennisröckchen. Schnell und äußerst gelassen ging sie zu ihrem Platz bei den Honoratioren am Empfangstisch, gefolgt von einem jungen Offizier der Navy, der ihren leichten Mantel mit Pelzkragen trug. Sie entschuldigte sich beim Commander für ihre Verspätung, dann bückte sie sich und kroch unter dem Tisch hindurch, als wäre es viel zu umständlich, den ganzen Weg bis zum Ende des Tisches und wieder zurück zu gehen. Sie sah die Jungs, die sie ausnahmslos anstarrten, fröhlich an und gab mit einer kleinen Pantomime, mit der sie gut gelaunt ihre Berühmtheit veralberte, zu verstehen, dass sie bereit und willens war, den ganzen Abend über Autogramme zu geben, wenn irgendjemand so verrückt sein sollte, sie darum zu bitten. Bei diesem kurzen Auftritt gelang es ihr, mit bezauberndem Takt den Eindruck zu erwecken, als wäre sie es, der man damit einen Gefallen erwiese, statt umgekehrt.

Billie Hauman sah sie verzaubert an. Auch Grandin spürte, dass er beeindruckt war, wenn auch aus anderen Gründen. Beim Anblick dieser schmächtigen Gestalt mochte man kaum glauben, welche enormen Geldbeträge mit ihr verdient wurden, was für außerordentliche Summen sie im ganzen Land in die Kinokassen spülte und was sie Millionen von Männern und Frauen in Sachen Liebe und Glamour bedeutete. Abgesehen von einer gewissen Geschicklichkeit hatte Toni Lansing an diesem Erfolg wenig Anteil. Er beruhte auf einer Illusion: etwas, das nur auf der Leinwand existierte oder in der Sehnsucht, einem eintönigen Leben zu entfliehen.

Plötzlich brachen alle Gespräche ab, und der ganze Saal nahm Haltung an, respektvoll und ernst. Erst nach einer Weile begriff John Grandin, dass die Nationalhymne gespielt wurde.

Aufrecht stand er an Ethels Seite inmitten der plötzlich schweigenden Menge fremder Menschen – zu denen er nun, aus irgendeinem Grund, auch die Howards und Billie zählte. Die Klänge von *The Star-Spangled Banner* fluteten von der

Bühne hinab und bewirkten einen eigenartigen Aufschub der Zeit, eine Unterbrechung der normalen Abfolge der Ereignisse, eine Pause, in der John Grandin sich so einsam fühlte, als befände er sich in einem großen, leeren Raum. In dieser eigenartigen Menschenmenge kannte er nur seine Frau, nur sie war ihm wichtig, nur sie gehörte zu ihm. Seite an Seite mit ihr, während die Nationalhymne gespielt wurde, empfand er überdeutlich die Armseligkeit, Einsamkeit und Kürze des Lebens, seine unsagbare Vergänglichkeit. Er hörte Ethels Stimme, einen zuversichtlichen, zurückhaltenden Alt, und war zutiefst berührt. Unter all den verwirrten Menschen in der ganzen verwirrten Welt war sie die Einzige, die er kannte; es war höchste Zeit (doch nicht zu spät!), dass sie einander anblickten, sahen, wer sie waren, und das festzuhalten versuchten, was sie aneinander besaßen: Das Leben ging so schnell vorbei! Jeder einzelne Augenblick war lebendig, man musste sich nur öffnen, und gerade dieser hier war von höchster Wichtigkeit. Lange Zeit hatte ihm das richtige Gefühl für ihre Gemeinschaft gefehlt, doch nun erkannte er die klare und einfache Wahrheit, dass im Leben eines Mannes nur eine Aufgabe wirklich zählte: die Frau zu finden, die er liebte, und sie zu lieben. Er tastete nach der Hand neben seiner eigenen, fand ihre Finger und umschloss sie mit seinen, während die Stimmen um ihn herum in die Höhe stiegen. Er wandte den Kopf, um ihren Blick einzufangen. Sie sah starr geradeaus zur Bühne, wo die Kapelle spielte, ihr Kinn leicht angehoben. Da geriet ihm etwas anderes in den Blick. Im Eingang des Saals stand allein, doch in Habachtstellung Cliff Hauman. Von der Schirmmütze bis zu den Schuhen war seine Uniform von prächtigem, atemberaubendem Weiß.

Die Schuhe waren so weiß, dass die Politur gewiss durch die kleinste Berührung ruiniert wurde. Er trug eine steife Drillichhose mit rasiermesserscharfen Bügelfalten und eine Jacke mit fünf goldenen Knöpfen vom Kragen bis zum Gürtel, auf der Brust die Abzeichen seiner Kampfeinsätze und auf den Schultern die silbernen Balken seines Rangs. Die umwerfende Jacke war ein wenig eng, sodass die Goldknöpfe sichtbar belastet waren; der hohe, unbequeme Stehkragen reichte bis dicht unter sein Kinn. Über dem glänzenden Lackleder des Schirms, direkt unter dem runden, gestärkten Teller der Mütze – und auch an beiden Seiten des Hemdkragens – war das Emblem des Marine Corps angebracht, in Silber und Gold; eine Nachbildung der westlichen Hemisphäre, Nord- und Südamerika, über einem unklaren Anker liegend und überragt von einem Adler mit ausgebreiteten Schwingen.

Hier war er wieder, deutlicher als je zuvor, der homerische Held – Hektor oder Achilles – oder auch Lancelot (weit eher als Galahad), Siegfried, der Jason der Argonauten – einer der Männer, die ihn durch seine Kindheit begleitet hatten. Tausendmal war er auf der windumtosten *Argo* über ein Meer gefahren, das so dunkel war wie roter Wein, er hatte mit den Männern dieser männlichen, bunt zusammengewürfelten Mannschaft gegessen, geschlafen, gekämpft und geliebt. Und dort stand nun einer von ihnen, der Inbegriff ihrer Tugenden, und würde gleich zu ihm kommen und vertraulich «Johnny» zu ihm sagen.

Während er wartete, dass die Hymne zum Ende kam, zeigte Haumans junges, selbstvergessenes Gesicht einen Ausdruck bemühter, geradezu sorgenvoller Ehrerbietung; aber sein Gesamteindruck war ein anderer. Das volle Ausmaß der Wirkung, die er hervorrief, würde ihm selbst auf dem extravagantesten Höhenflug von Eitelkeit und Gefallsucht nicht bewusst werden. Das Weiß ließ ihn eher noch größer erscheinen; er glühte wie ein abstraktes Idol, leuchtend und mythisch.

Die Kapelle wechselte ohne Pause in eine lebhafte Tanzmelodie. Hauman betrat den Saal und verschwand in der Menge junger Männer und Mädchen, die sofort zu einer wirbelnden Masse erwacht war.

«Da kommt Bill Howard», sagte Ethel. «Forderst du Mrs Howard zum Tanzen auf?»

Aber als er auf sie zuging, sagte Sarah Howard: «Sie wollen gar nicht tanzen, Sie sind nur höflich. Ich will auch nicht. Wir sitzen das aus.»

Von ihren Stühlen an der Seite des Saals beobachteten sie die aufgeregt hüpfende Menge. Ein junger Matrose tanzte direkt vor ihnen Jitterbug mit sich selbst; seine Partnerin tanzte ein paar Schritte weiter exakt dieselben Figuren, dann fanden sie im vollen Schwung wieder zueinander. Bill Howard und Ethel tanzten vorbei; ihre Zurückhaltung stand in merkwürdigem Gegensatz zu den modernen Possen rings um sie her. In der Mitte des Raums überragte Cliff Haumans blonder Kopf die anderen Tänzer; er wippte fröhlich auf und ab, und Billie lehnte mit geschlossenen Augen an seiner breiten Brust – außer ihm existierte für sie nichts auf dieser Welt.

«Wissen Sie, woran mich das erinnert?», fragte Sarah Howard. «Das hier geht mir nicht aus dem Kopf:

‹Von einem Nachtfest wirbelte die Gasse;
In Belgiens Hauptstadt war vereint zum Ball
Der Adel und die schöne Welt in Masse,
Hell schimmerten die Lampen von Krystall …›

Ich nehme an, Sie halten mich jetzt für eine Angeberin», fügte sie hinzu.

«Nein, gar nicht. Wissen Sie, wie es weitergeht?»

Sarah Howard stieß ein kurzes Lachen aus. «Ich glaube schon, auch wenn ich nie gedacht hätte, dass ich in meinem Alter noch einmal Byron rezitieren würde:

‹Und als Musik begann mit sanftem Schall,
Da tauscht' man Liebesblicke süß erschrocken
Und tausend Herzen hob des Glückes Schwall,
Es war ein heiter hochzeitlich Frohlocken –
Da horch! schlugs an das Ohr wie ferne Todtenglocken.›»

«Ich hatte vergessen, wie gut das ist», sagte Grandin. «Es fängt tatsächlich die Stimmung ein …»

Die Kapelle hatte ein neues Stück begonnen, eine langsame, swingende, nostalgische Melodie in der Art einer College-Hymne, und bald darauf fielen die Stimmen vieler junger Männer und Mädchen in den Refrain ein. Grandin und Sarah Howard hörten dem Gesang der sich wiegenden Tänzer zu, die zu einem langsameren Tempo übergegangen waren und die Köpfe aneinanderschmiegten; viele von ihnen hielten sich in aller Öffentlichkeit eng umschlungen. Die Melodie ähnelte der Hymne von Haumans Universität – *Where the Vale of Onondaga Meets the Eastern Sky* – oder dem *Far Above Cayuga's Waters With its Waves of Blue* von Cornell, das auf dieselbe Melodie gesungen wurde. Doch plötzlich begriff John Grandin, was er dort hörte, auch wenn er es kaum glauben konnte. Im selben Moment sagte Mrs Howard:

«Meine Güte, haben Sie schon jemals so was Komisches erlebt? Hören Sie nur!»

«Let's re-mem-ber Pearl Har-bor
As we go to meet the foe.
Let's re-mem-ber Pearl Har-bor
As we did the Al-a-mo.»

Die Köpfe aneinandergeschmiegt und verträumt lächelnd, trällerten die jungen Männer und Mädchen das Lied gedankenlos vor sich hin, während sie sich langsam auf der Tanzfläche drehten. Es war eine simple Melodie, die man, einmal gehört, sofort verstanden hatte; sie durchflutete den Saal wie eine Football-Hymne am Abend vor dem Entscheidungsspiel: Und wie eine Football-Hymne war sie, wenn sie von jungen Männern und Frauen gemeinsam gesungen wurde, ebenso sehr ein Liebeslied wie alles andere.

«We will al-ways re-mem-ber
How they died for li-ber-ty.
Let's re-mem-ber Pearl Har-bor
And go on to vic-to-ry.»

Grandin überkam das Bedürfnis, dem Saal für eine Weile zu entfliehen. «Hätten Sie Lust, vor die Tür zu gehen und ein wenig frische Luft zu schnappen?»

«Gehen Sie nur», sagte Sarah Howard, «das hier lass ich mir um nichts auf der Welt entgehen.»

XIX

Hinter dem Klubhaus erstreckte sich eine Rasenfläche bis zur steinernen Kaimauer, die im rechten Winkel zum Pier verlief. Im Halbdunkel stieß er beim Überqueren der Wiese gegen eine kleine Bank. Er drehte sie herum und setzte sich, so konnte er auf die Bucht hinausblicken und hatte den Klub im Rücken. Die Nacht war kühl.

Dichter Nebel lag über dem Wasser; man sah kleine rote und grüne Lichter, die hin und her hüpften oder schwankten: die Nachtlaternen der Boote, die im Hafen ankerten. Zu seinen Füßen plätscherte das Wasser; es schlug in kleinen Wellen gegen die Kaimauer. Er sah nach unten, aber schon nach wenigen Metern verschwand das Wasser im Nebel.

Hinter sich hörte er Tanzmusik, das Geräusch vieler Füße, Gelächter und Stimmen. Wenn die Kapelle zwischen den Stücken eine Pause machte, gab es lauten Applaus, unterstützt durch schrilles Pfeifen. Er war überzeugt, dass die mittelalten Matronen dieses vulgäre Verhalten, das sie im Jachtklub normalerweise schockiert hätte, heute ganz reizend fanden.

Er hatte vielleicht eine halbe Stunde dort gesessen, als plötzlich direkt hinter der Bank eine Stimme zu ihm sprach.

«Sind Sie das, Johnny?»

Hauman umrundete die Bank und setzte sich. «Ich habe Sie gesucht. Mrs Howard sagte, Sie wären vielleicht hier draußen.»

«Wo ist Ethel?»

«Oh, Eth geht es bombig. Ich habe gerade selbst mit ihr getanzt, und jetzt hat sie einen anderen Kerl, einen Lieutenant Junior Grade. Ich selbst würde normalerweise einen Lieutenant nicht mal als Fußabtreter nehmen, aber dieser Kerl sah verdammt gut aus – übrigens, Eth ist eine tolle Tänzerin. Sie sollten auf sie aufpassen!»

Im Halbdunkel war seine weiße Uniform als großer weißer Fleck zu erkennen. Grandin sah, wie Hauman sich an den Hals griff und den engen Kragen öffnete.

«Wollen Sie nicht tanzen, Johnny?»

«Vielleicht.»

«Sagen Sie, ist jetzt nicht der Monat der Sternschnuppen? Heute Nacht haben wir nichts davon, wegen des Nebels. Aber hier wäre ein toller Platz, sie zu beobachten – der Himmel ist so weit. Vielleicht kommen sie auch erst im August. Sie sollten die Sterne über dem Pazifik sehen», fuhr er fort. «Mensch, die sind so nah, es sieht aus, als könnte man sie mit einem Stock vom Himmel holen. Dann ist da noch was, das nennen sie Kreuz des Südens. Das sollten Sie sehen, Johnny. Wenn man es eine Zeit lang fest anschaut, scheint es zu wackeln, als würde es durchgeschüttelt oder so. Natürlich ist es kein richtiges Kreuz, aber irgendwie sieht es schon so aus, deshalb heißt es auch so. Mein Kumpel Walt, von dem muss ich Ihnen demnächst mal erzählen, der kennt die Namen von vielen großen Sternen und Planeten, aber ich schaff's einfach nicht, sie mir zu merken. Genau wie in der Schule, ich war nie besonders gut in Sprachen.»

Das war wenig mehr als kindliches Geplapper; John Grandin fand beim besten Willen nicht heraus, weshalb es zugleich so zauberhaft war – erdrückend zauberhaft und berührend.

Die weiße Gestalt, die neben ihm im Dunkeln leuchtete, hatte eine überwältigende Ausstrahlung, und es verwirrte ihn wieder einmal zutiefst, dass er sich, wenn sie allein zusammen waren, nur halb so alt wie Hauman fühlte, wobei in Wirklichkeit Hauman nur halb so alt war wie er; eine schuljungenhafte Verehrung der umwerfenden Uniform und auch des Menschen, der sie trug, hatte ihn ergriffen. Es war absurd, befremdlich und ohne Beispiel. Deshalb fehlte ihm jede Voraussetzung, seine Gefühle zu verstehen oder zu kontrollieren, er war unfähig, sein Dilemma zu erkennen und als das zu benennen, was es war.

«Johnny, glauben Sie, Sternschnuppen bedeuten, dass gerade jemand gestorben ist? Aber ach was, wenn das wahr wäre, würden sie ja nur so vom Himmel regnen. Vor allem in diesen Tagen.»

Grandin entzündete eine Zigarette und warf das Streichholz in das dunkle Wasser zu ihren Füßen, das, trotz der plätschernden Geräusche, ganz massiv wirkte, hart, wie ein regelrechter Bodenbelag oder eine Straße, die hinaus in die Nacht führte, weiter und immer weiter, unter dem Nebel hindurch.

«Gehen Sie ruhig wieder tanzen, Cliff.»

«Kommen Sie auch?»

«Bald.»

«Ja, Billie wird mich vermissen – am besten gehe ich wieder.»

«Ja.»

«Dann bis später, Johnny.»

Die geheimnisvolle Spannung blieb bestehen. Als er gegangen war, war John Grandin stärker denn je überzeugt, dass Cliff Hauman das Zeichen des Todes trug. Realistisch betrachtet war sein Tod nicht von Interesse und hatte keine besondere Bedeutung. Der Tod an sich war nicht wichtig, er war nicht einmal dramatisch. Wichtig war – auch dramatisch und sogar leidenschaftlich – allein die Intensität seines jetzigen Lebens, seine Vitalität, sein Charme und seine Freude am Leben sowie die erfrischende Wirkung, die er auf jeden ausübte, mit dem er in Berührung kam. Haumans bevorstehender Tod war ohne jede Tragweite. Grandin fühlte sich nur deshalb so betroffen, weil Cliff Hauman *jetzt* so überaus lebendig war; das machte sein Schicksal zum Paradebeispiel für die derzeit grassierende, schamlose und extravagante Verschwendung.

Der Nebel war dichter geworden, er konnte kaum die Kaimauer zu seinen Füßen erkennen. Ihm war kalt, und er brauchte seinen Mantel, also stand er auf und ging zum erleuchteten Klubhaus zurück, um Ethel zu suchen und nach Sconset zurückzukehren.

Bill Howard lief ihm über den Weg.

«Sadie sucht Sie schon. Sie möchte gern nach Hause.»

«Ich bin bereit.»

«Dann könnte ich mit Ethel ja noch eine Weile bleiben», sagte Bill Howard. «Hätten Sie was dagegen?»

«Nicht im Geringsten, wenn sie das möchte.» Das Angebot kam von Herzen.

Doch auch Ethel wollte nicht länger bleiben, zumindest nicht ohne ihren Mann. Alle vier gingen sie zur Garderobe und holten ihre Sachen. Sie verzichteten darauf, den Haumans Gute Nacht zu sagen, um ihnen nicht den Spaß zu verderben, denn vielleicht würden sie sich dann verpflichtet fühlen, ebenfalls aufzubrechen. Aus der kleinen Gruppe der Fahrer vor dem Klubhaus löste sich der junge Mann, der sie hergebracht hatte, und führte sie zu seinem Wagen auf dem Parkplatz.

Die Rückfahrt verlief schweigend. Grandin bot Ethel seinen Mantel an, aber sie verzichtete. Über dem Moor lag dichter Nebel, was im Licht der Autoscheinwerfer wundervoll aussah und die Fahrt zu einem Erlebnis machte. Die kühle Feuchtigkeit der Nacht wehte durch die Fenster herein und erfrischte Grandins ermüdete Lebensgeister; er wurde wacher und wacher, je näher sie Sconset kamen. In der gegenüberliegenden Ecke der dunklen Sitzbank im Fond der Limousine saßen schweigend die Howards, ineinander verschlungen wie ein junges Paar. Der Fahrer hielt die Augen starr auf das sich hin und her windende und schwer auszumachende Band der Straße gerichtet und ignorierte seine Fahrgäste geradezu demonstrativ.

Abgesehen von der ungewöhnlich lauten Meeresbrandung war im mitternächtlichen Sconset kein Geräusch zu vernehmen. Das Dorf lag im Schlaf. Dune House war verdunkelt und still. Sie stiegen vor der Veranda aus dem Wagen, der sofort davonfuhr.

«Gute Nacht, Kinder, ich bin todmüde», sagte Sarah Howard und verschwand mit ihrem Mann im dunklen Hotel.

John Grandin setzte sich auf die unterste Stufe vor der Veranda; Ethel stand über ihm.

«Was tust du da?», fragte sie.

«Nichts. Ich möchte hier gern eine Weile sitzen.»

«Es ist zu neblig und feucht.»

«Das macht mir nichts aus.»

«John, ich will mit dir reden.»

«Hör zu», sagte er scharf, «ich bleibe hier sitzen, und ich komme ganz bestimmt nicht nach oben, wenn du dich streiten willst! Ich hab es satt!»

«Nicht so laut, sonst kann man dich hören!» Sie kam die Stufen wieder hinunter. «John – was ist los mit dir?», fragte sie eindringlich.

«Ich weiß nicht, wovon du sprichst. Weißt du es?»

«Ich bin mir nicht sicher …»

«Wenn es dich ärgert, dass ich dich nicht zum Tanzen aufgefordert habe, tut es mir leid. Ich konnte nicht.»

«Das hatte ich gar nicht erwartet. Aber du hättest Billie auffordern können.»

«Warum zum Teufel hätte ich Billie auffordern sollen? Ich wollte nicht mit ihr tanzen!»

«Cliff hat mich aufgefordert!»

Sie führten ihr Gespräch in einem erregten Flüstern, intensiv und unwirklich, als wären sie Schauspieler in einer schrecklichen Verschwörung, die gegen niemand anderen gerichtet war als sie selbst.

«Was macht es denn für einen Unterschied, ob ich mit Billie tanze oder nicht?»

«Oh, ich glaube, gar keinen ...»

«Worüber in Gottes Namen streiten wir dann?»

«Ich weiß es nicht», sagte sie, «ich weiß es nicht ...»

Er starrte in den Nebel, wollte allein sein.

«Du bist nicht mehr du selbst, John. Was sollte diese alberne Szene heute Morgen am Strand! Und alle haben es mitbekommen!»

Seine Wut nahm zu. «Was für eine Szene?»

«Wie du dich wegen des Sonnenöls aufgeführt hast! Cliff wollte dir doch nur helfen.»

Er war aufgebracht; es war ihm unmöglich, noch länger sitzen zu bleiben – er wollte nur noch weg, weg von ihr. «Ich brauchte keine Hilfe!»

«Bill Howard hat sie angenommen. Warum konntest du das nicht auch?»

Kochend vor Wut untersagte er sich jede Erwiderung.

«So kindisch habe ich dich noch nie erlebt. Ich fand es peinlich! Die anderen auch.»

Er stand auf und ging hinüber zur Straße.

«Wohin gehst du? John!»

«Spazieren ...»

«Es ist schon Mitternacht! Außerdem sieht man nicht die Hand vor Augen!»

«Gute Nacht.»

«John!»

XX

Trotz des dichten Nebels war die Nacht nicht vollkommen dunkel. Der Mond irgendwo weit oben verwandelte den umherziehenden Nebel in ein trübes Gelb, das heller oder dunkler wurde, je nachdem, ob der Nebel sich senkte oder hob. So gruselig das auch war, wirkte es doch beruhigend, wie die Flucht in den Schlaf. Der windgepeitschte Nebel schuf eine magische Unwirklichkeit, in der selbst nahe liegende Dinge – die Veranda des Dune House, die Seitenstreifen der Straße, die Pergola am Kopf der Treppe, die zum Strand führte – weit entfernt wirkten, nicht real, fragwürdig. Er wusste, wo diese Dinge sich befanden und dass sie existierten, aber stimmte das auch wirklich? Wenn er sie anstarrte, den Blick auf die Stelle fixierte, wo sie sein mussten, sah er ihre schattenhaften Umrisse, die, wenn er sie länger ansah, verschwanden, wie das Gesicht im Mond am vorigen Abend. Wartete Ethel noch auf den Stufen, oder war sie schon hinaufgegangen? Er allein war die einzige Gewissheit auf der Welt, die einzige Präsenz, deren er sich sicher sein konnte. Er begann seinen Spaziergang.

Am besten hielt er sich von der rosenumrankten Pergola und der Treppe fern, sagte er sich, in Erinnerung an seine Begegnung mit der Patrouille der Küstenwache. Der Kerl hatte sich alle Mühe gegeben, so hart und entschlossen zu wirken wie sein knurrender Hund; doch Grandin hatte den Verdacht, dass der junge Mann sich ebenso unbehaglich gefühlt hatte, ebenso überrascht und überrumpelt gewesen war wie er selbst. Sie hatten Theater gespielt, reflexhaft ein ernstes kleines Ritual vollzogen, das der Krieg von ihnen verlangte.

Er erinnerte sich, dass die Schotterstraße ungefähr einen Kilometer weit den Klippen folgte und dann in Richtung Sconset umschwenkte. An dieser Kehre führte ein Feldweg weiter geradeaus an den flacher werdenden Klippen entlang in Richtung Tom Never's Head. Bis zu dieser Kehre wollte er gehen.

Ihr alberner Zank hatte nicht mehr Substanz gehabt als die Familienstreitigkeiten in Comicstrips. Man konnte ihn kaum ernst nehmen; schon früher hatte es solche Auseinandersetzungen gegeben, und es würden sicher noch viele folgen. Ernst zu nehmen war jedoch, was mit ihnen geschehen war, seit sie auf diese Insel gekommen waren. Und noch ernster war die Notwendigkeit, herauszufinden, warum der Urlaub, von dem sie sich beide eine neue Annäherung versprochen hatten, sie stattdessen weiter auseinandertrieb als je zuvor. – Jedoch war er noch immer von rasender Wut erfüllt. Es war unerträglich, wie Ethel ihn wegen Cliff und des Sonnenöls verspottet hatte – typisch Frau, einem Ereignis, das ganz und gar unwichtig war, eine derart unvernünftige und übertriebene Bedeutung beizumessen.

Um als Mann in der Ehe glücklich zu werden – man konnte fast sagen: um zu überleben –, war es wichtiger, sich selbst genau zu kennen, als seine Frau zu kennen. Das erste Jahr der Anpassung aneinander spielte keine Rolle, auch wenn es schon seit langer Zeit als Stoff für Komödien herhalten musste. Für viele Männer kam die Stunde der Wahrheit später, zehn, zwölf oder fünfzehn Jahre, wenn Müdigkeit eingesetzt hatte. Mit Anfang zwanzig wusste ein Mann noch, warum er geheiratet hatte. Mit vierzig war er gar nicht mehr so sicher. Er fragte sich: Was habe ich davon, was hält uns zusammen, ist es die Sache wert? – Um diese Fragen zu beantworten, musste er nicht nur das momentane Problem oder die Krise begreifen, die sie verursacht hatte, sondern sein ganzes Leben.

Seine Füße gingen jetzt auf einem weichen, sandigen Weg; er hatte die Kehre erreicht, an der die Straße vom Kliff abbog und ins Dorf zurückkehrte. Wenn er auf der Schotterstraße blieb, würde er sich verlaufen; es war besser, auf dem Feldweg weiterzugehen und kehrtzumachen, sobald er müde wurde. Dieser Weg war sicherer; abgesehen davon, dass die Gefahr, sich zu verlaufen, geringer war, war auch nicht zu befürchten, im Nebel von einem Auto angefahren zu werden, das noch spät vom Fest im Jachtklub zurückkehrte.

Seine halbe Kindheit hatte er sich auf die Annehmlichkeiten des Erwachsenenlebens gefreut: endlich alt genug zu sein, um sein Leben in die eigenen Hände zu nehmen und etwas Gutes damit anzufangen; aber wie frei war ein Mann wirklich, wann hatte er schon die Wahl? Als es so weit war, entsprach die Realität so gar nicht seinen Erwartungen. Immer wieder hatte er sich Milchmädchenrechnungen über die Zukunft hingegeben. Die Zeit des Werbens um Ethel und die ersten Jahre der Ehe waren für ihn ein einziges Versprechen künftiger Genüsse; als ihr erstes Kind geboren wurde, war er der glücklichste und stolzeste Mann der Welt. Doch diese Träume hatten sich nicht erfüllt. Waren auch sie nur eine Illusion, wie die Träume seiner Jugend? Erst vor ein paar Monaten hatte er Ethel vorgeworfen, ein unrealistisches Bild von der Ehe zu haben, denn Ehe war für sie identisch mit Glück; dabei hatte er demselben Irrglauben angehangen, hatte früher dasselbe darunter verstanden. Stattdessen verlangte die Ehe ständige, kontinuierliche, tägliche Arbeit; niemals so sehr wie gerade jetzt.

Seine Kindheit und Jugend waren ganz gewöhnlich gewesen, von geradezu peinlicher Durchschnittlichkeit; seine Erfahrungen aus dieser Zeit waren dieselben wie die Tausender anderer amerikanischer Jugendlicher. Und doch, wenn er gelegentlich auf diese wirklichkeitsfernen Tage zurückblickte, erschienen sie ihm als die prallste, aussichtsreichste Phase seines Lebens, denn zu jener Zeit versprach der *Blick nach vorn* unerhörte Möglichkeiten von Glück. Und was bedeutete der «Blick nach vorn» heute? Er konnte das Heranwachsen seiner Söhne miterleben, sich über die Beförderung an der Universität oder die Anerkennung für sein Buch freuen – das zu schreiben ihm mehr bedeutet hatte als die Reaktion der Leser – und ansonsten die Liste all dessen abhaken oder bestätigen, was er nach Auffassung des Common Sense und eigener Erfahrung vom Leben noch erwarten durfte (was kaum geistreicher oder aufregender war als eine Firmeninventur).

Die helle, undurchsichtige Nacht umhüllte ihn aufs Angenehmste; doch es lag auch eine unheilvolle Ahnung darin, die er nicht näher bestimmen konnte. Zum einen spürte er, dass er aus dem Konkreten ins Nebulöse und Irreale, vielleicht auch Gefährliche driftete; und er kam sich vor, als torkelte er über Treibsand, der unter seinen Schritten nachgab und ihn zu verschlingen oder hinabzuziehen drohte, wenn er nicht schnell genug weiterging. Der Nebel war von merkwürdigen Schemen bevölkert; er selbst schwebte hindurch wie in einem dieser Albträume, die man aus derben Späßen kennt: Der Protagonist macht sich mit verbundenen Augen oder in einem dunklen Zimmer zum Narren, ohne zu wissen, dass seine Freunde oder Bekannten um ihn herum versammelt sind und Zeugen seiner Blamage werden. Es war, als wäre nur wenige Meter entfernt ein Gericht zusammengetreten, das seiner Misere beiwohnte, ohne einzugreifen, ihn weder lenken noch ihm helfen wollte. Er konnte diese Gestalten im Dunst herumlungern sehen, glaubte, ihre Namen zu kennen – und es drängte ihn, sie anzusprechen und zu sagen (wenn auch nur, um sich selbst zu beruhigen): Ich weiß, dass ihr da seid; geht weg, lasst mich in Ruhe … Er ignorierte sie, richtete den Blick zum Boden, der nicht zu erkennen war, und sagte sich wieder und wieder, dass niemand wusste, wo er war.

Mit vierundzwanzig, zwei Jahre nach dem College und als frischgebackener Aushilfslehrer, hatte er seine zweite Affäre gehabt – wenn man die zehn oder zwölf Minuten, die er im Alter von siebzehn mit der rothaarigen Darlene im Bett verbracht hatte, überhaupt eine Affäre nennen konnte. Er lebte in einer Pension an der West 88th Street, und seine Vermieterin hatte sich in ihn verliebt. Sie war Wienerin, zwanzig Jahre älter als er, aber noch immer hübsch, eine geistreiche, romantische Frau mit leidenschaftlichem Interesse an den Ideen junger Menschen und an den jungen Menschen selbst. Seine

Unerfahrenheit war kein Problem für ihre Liebe; sie bemerkte sie sofort und übernahm anfangs intuitiv an seiner Stelle die Führung im Liebesspiel. Sie machte ihm keine Vorwürfe, als er beim ersten Mal wenig zustande brachte (anders als ein junges Mädchen, das sich vielleicht ungeliebt gefühlt hätte), und falls sie über ihn schmunzelte, so ließ sie es ihn nicht merken. Es war jene Art von Beziehung, die jeder junge Mann mit achtzehn, neunzehn haben sollte; dass sie in seinem Fall gut fünf Jahre zu spät kam, minderte nicht ihren Wert. Die Beziehung erwies sich für ihn als geradezu ideal; er profitierte außerordentlich davon. Seine Freunde bemerkten die Veränderung seiner Persönlichkeit, vor allem Frauen, die ihn nun stärker beachteten als früher – doch vielleicht hatte sich auch seine Wahrnehmung geändert, und er erkannte jetzt Reaktionen, wenn nicht sogar Einladungen, die er früher gar nicht bemerkt hätte. Anders als andere Männer hielt er es nie für selbstverständlich, dass die Frauen ihn anziehend fanden. Merkwürdigerweise spielte in dieser idealen Beziehung der Ehemann der Hauswirtin eine ebenso große Rolle wie seine Frau; er war ein ungezwungener und lebenslustiger Europäer, der ebenfalls außereheliche Affären hatte, und wenn es sich ergab, dass er zu Hause war, verbrachten sie zu dritt wundervolle gesellige Abende mit guten Gesprächen und guter Musik, gefolgt von einem mitternächtlichen Imbiss, dem unausgesprochenen Vorspiel zu einer unverbindlichen Liebesnacht.

Darauf folgte eine kurze Reihe anderer Frauen, niemals junge Mädchen, und keine dieser Beziehungen dauerte lange, darauf legte er großen Wert. Aus ihm war einer jener zahllosen jungen Männer geworden, die ihr eigenes Leben lebten, ihren eigenen Weg gingen, ohne emotionale Bindungen einzugehen: der ideale Kavalier bei Abendgesellschaften oder der Vierte beim Bridge, die (zu Recht) vertrauenswürdige Anlaufstelle junger Mädchen aus seiner Heimatstadt, die zum ersten Mal New York besuchten; beliebt, unbeteiligt, Gegenstand von Spekulationen, von den Männern beneidet und heimlich angehimmelt von den Frauen – einer jener Männer, die nur dann in eine Affäre einwilligten (wenn überhaupt), wenn im Vorhinein vollkommene Klarheit darüber bestand (auf seiner, und oft auch auf der Seite der Partnerin), dass keine ernsten Absichten bestanden. Und dann, in seinen Dreißigern, lernte er Ethel kennen.

Der Nebel schien sich zu heben, das Mondlicht wurde heller; doch gerade als die Sicht klar genug zu sein schien, um zu erkennen, wo er war, verschlechterte sie sich wieder, als ob starke Windböen neuen Nebel an Land drückten. Wieder war er von dichtem Dunst umhüllt, undurchdringlich, aber auch wohltuend – abgesehen von den großen, schemenhaften Gestalten, die er immer wieder auf seinem Weg auszumachen meinte; doch wenn er ihnen auswich, stellte sich heraus, dass niemand dort war. Ungeachtet dieser Fantasiegebilde, die an seinem Weg lauerten, war er im alles verhüllenden Nebel allein.

Ethel Cameron arbeitete in der Universitätsbibliothek. Dort war er ihr begegnet, außerdem mehrere Male in der Wohnung eines Lehrerkollegen. Sie war dreiundzwanzig, weder lebhaft noch herausfordernd auf eine erotische Art, allerdings hübsch; sie hatte eine perfekte Figur und eine aufrechte, stolze Haltung. Ihre Bescheidenheit und Zurückhaltung gefielen ihm; für ihn waren es Merkmale einer Person, die man kennenlernen sollte. Er würde nie vergessen, wie er sie das erste Mal zum Essen ausführte, in ein kleines italienisches Restaurant in Greenwich Village, denn es war der Wendepunkt seines Lebens. Es fühlte sich gut an, Ethel Cameron an einem kleinen Tisch gegenüberzusitzen und guten Chianti zu trinken; der Kellner machte großes Getue, als ob sie ein Liebespaar wären; und plötzlich, ganz impulsiv (weil er in diesem Augenblick so glücklich war und sie ihm an den Lippen hing, als wäre er der interessanteste Mann, den sie je getroffen hatte) hatte er gesagt: «Wissen Sie was, Ethel? Wenn ich Lust hätte zu heiraten, dann wären Sie genau die Sorte Frau, für die ich mich entscheiden würde.» – «Also, John, ich …» – «Unsinn, wie komme ich nur auf ‹Sorte›», unterbrach er sie, «es kann auf dieser Welt wohl kaum viele andere geben, die so sind wie Sie.» – «John, das ist das netteste Kompliment, das ich je bekommen habe», sagte sie, «ich bin schrecklich dankbar und freue mich sehr. Doch natürlich ist uns klar, dass es niemals dazu kommen wird.» – «Warum nicht?» – «Nun, wie Sie selbst gesagt haben, Sie – Sie haben keine Lust zu heiraten …» – «Nein, wohl eher nicht …» Doch wenn sie es auch bestritten, die Liebe proklamierte sich selbst. Als er später am Abend in ihrem Wohnzimmer auf dem Sofa saß – in dem Moment, als er sich neben sie setzte und sie an seiner Seite spürte, obwohl er schon oft mit ihr auf den Sofas anderer Leute gesessen hatte –, fühlte er zum ersten Mal, wie ein kleiner heißer Punkt in seiner Brust nach unten wanderte: das Gefühl der Begierde. Nach einer Woche waren sie ein Liebespaar, und bevor der Monat zu Ende ging, waren sie zusammen im Bett gewesen. Von dem Augenblick an war er gefesselt vom Gedanken an Heirat, versank er in diese Vorstellung, war er verzückt vor Glück – er konnte sich zwischen diesen Gefühlen nicht entscheiden, und tatsächlich wurde er sich erst nach der Hochzeit darüber klar.

Der Boden unter seinen Füßen war nun uneben, dicht von einer Art Rasen bewachsen, und nicht mehr der staubige Feldweg. Vielleicht war er von der Straße abgekommen. Er war so von seinen Träumereien in Besitz genommen, dass er nicht annähernd wusste, wie weit er gegangen war. Es war, als hätte er eine Zeitspalte oder ein Reich des Traums betreten, das jedoch, ganz anders als ein Traum, sehr reale Merkmale aufwies – den Nebel, den ständigen Wechsel von hell und dunkel, die Erde unter seinen Füßen –, doch andererseits auch die dunklen Gestalten, die immerzu undeutlich vor ihm auf dem Weg aufzutauchen schienen. Er widerstand dem Impuls, stehen zu bleiben und «Wer da?» zu rufen, wie der Mann der

Küstenwache am vorigen Abend. Er spürte die feuchte Nachtluft auf seiner Wange; Stirn und Augen wurden von feuchtem Nebel betupft. Es war Zeit, umzukehren, bevor er unwiderruflich in die Irre lief. Und doch fühlte er sich gezwungen weiterzugehen. Während er über den unebenen Boden stolperte, sah er in den Nebel hinauf, um festzustellen, wo dort oben am Himmel der Mond stand. Obwohl um ihn herum irgendwelches Licht flackerte, konnte er nichts erkennen.

Welchen Anteil an seinem Beschluss zu heiraten hatte seine Liebe zu Ethel, und welchen Anteil die Lust, einen Platz in der Welt einzunehmen und der Mann einer Frau wie Ethel Cameron zu sein? Ihm gefiel das Bild, das sie sich von ihm gemacht hatte und ihm zurückspiegelte, und dafür liebte er sie. So oder so, sie hatten sich ineinander verliebt, und es dauerte eine sehr lange Zeit, bis sie sich fragten, was das für sie bedeutete. Erst in dieser Woche war die Frage gestellt worden, nach zehn Jahren Ehe – doch mit einer derart rohen Gewalt, dass er bezweifelte, es je vergessen oder sich davon erholen zu können, wobei der Großteil der Schuld, das konnte er nicht bestreiten, bei ihm lag.

Das Meer war laut. Er vermutete, dass die dichte Atmosphäre und auch der Nebel den tosenden Strand näher wirken ließen, obwohl solch eine Nacht die Lautstärke doch eher dämpfen und mildern als verstärken sollte (wie er als jemand, der nichts davon verstand, vermutete). Dunst wehte ihm ins Gesicht, als wäre es die Gischt der Brandung, und doch war er Teil des wabernden, spürbaren Nebels.

Er begann, ernsthaft darüber nachzudenken, wie weit er gegangen war und wohin; er war besorgt. Falls er sich verlaufen hatte, wäre es vernünftig, sich hinzusetzen und auszuruhen, am besten zu warten, bis der Nebel sich hob. Halb hatte er den Verdacht, das Hotel läge nur wenige Hundert Meter entfernt; er war bestimmt nicht sehr weit gegangen, und wenn die Nacht klar wäre und es keine Verdunklung gäbe, könnte er es bestimmt von hier aus sehen. Er schlug den Rückweg ein. Sicher, dass jetzt die Richtung stimmte, stapfte er voran, in der Erwartung, bald wieder Schotter unter den Füßen zu spüren und nach Hause zurückzukehren.

Aber die Erwartung erfüllte sich nicht. Er war müde, also beugte er sich hinab und tastete nach dem Boden; er war weich und glatt, und Grandin ließ sich im Sand nieder. Bevor er weiterging, würde er sich ein wenig ausruhen. Unter seinen Handflächen vibrierte die Erde im Donner der Brandung. Der gelbe Dunst, der schnell über die Insel zog, stieg auf und senkte sich wieder, er konnte den strahlenden Himmel weder enthüllen noch ganz verdunkeln. Grandin dachte: Irgendwo über dem Nebel ist der Vollmond, auf den Ethel gewartet hat. Plötzlich füllte sich sein Herz mit Mitleid – für Ethel, die bei hartem elektrischem Licht eine Zeitschrift las, während er durch den Nebel wanderte und nach einer Lösung für sein inneres Dilemma suchte. Er streckte sich bäuchlings zu voller Länge aus, den Kopf zur Seite geneigt und mit der Wange im Sand. Für einen Moment schien das Mondlicht hell und klar; nur zehn Meter entfernt traf die Brandung auf den Strand. Eine Armlänge entfernt schimmerte ein kleiner Gegenstand. Als er danach griff, spürte er, dass er mit klebrigen Sandkörnern überzogen war. Die Berührung weckte die Erinnerung an ein schmerzlich vertrautes Objekt, und seine erstaunte Hand schloss sich um die vergessene Sonnenöl-Flasche.

Als die Wellen über den Sand zurückliefen, hörte er, wie die Kiesel, die von der Brandung voller Wucht auf den Strand geworfen worden waren, zischend und raschelnd den Abhang wieder hinunterrollten; auf Gesicht und Händen spürte er die kühle Gischt. Er hielt die Flasche fest in seiner nun ebenfalls klebrigen Hand, einige Sandkörner hatten sich bereits unter seine Fingernägel geschoben. Er dachte an Cliff.

Er dachte daran, wie er am Morgen in der heißen Sonne am Strand gesessen hatte, als Cliff sich über ihn beugte (was er ihm nicht erlaubt hatte) und seine Schultern berührte. In seiner Fantasie fühlte er, wie die kräftigen Finger seine nackten

Arme entlangwanderten, wie sie es schon bei Bill Howard getan hatten; und er fühlte den Druck der kräftigen Hände auf Oberarmen, Schultern und Rücken. Diese Berührung war so persönlich und intim, dass er sie nicht ertragen hätte. Und plötzlich spürte er voller Entsetzen, wie sich in seinen Lenden ein langsam wachsender, primitiver Druck bemerkbar machte. Er konnte nicht länger mit dem Gesicht nach unten im Sand liegen; er musste sich auf den Rücken drehen.

Was ihn noch lange Zeit hilflos am Strand zurückhielt, war die Erkenntnis der Gefahr, in der er sich befand. Oh, nicht wegen der Küstenwache; damit wurde er fertig. Sollte ihn der Mann mit seinem Hund überraschen, könnte er die Situation erklären und wie er in sie hineingeraten war. (Konnte er das wirklich?) Er konnte erklären, dass er im Nebel spazieren gegangen war und sich verlaufen hatte. (War das eine Erklärung?) Für den Mann von der Küstenwache wäre das ausreichend. (Aber für ihn selbst?)

Ende

Früh am Morgen saß Ethel Grandin allein an einem der kleinen Tischchen im Schreibzimmer. Dieser Raum des Dune House barg wahrscheinlich das geringste Risiko, anderen Gästen zu begegnen. Ihre Versuche, mit den kratzigen Federhaltern und der schwarzen, zu Kleister eingedickten Tinte zu schreiben, waren bisher recht halbherzig gewesen. Der rätselhafte Streit um Mitternacht, an dessen Ende ihr Mann aufgestanden und wie ein Fremder im Nebel verschwunden war, ging ihr nicht aus dem Kopf. Sie begann zu glauben, dass er tatsächlich ein Fremder war. Als er fort war – obwohl sie ihm verzweifelt nachgerufen hatte, wie in panischer Angst um sein Wohlergehen –, war sie hinauf in ihr Zimmer gegangen und überraschenderweise sofort in tiefen Schlaf gefallen, einen Schlaf der Erschöpfung.

Vorhin hatte sie einen Brief an den Dekan der Fakultät begonnen und wieder zerrissen, in dem sie die Frage stellte, ob es möglich sei, ihren Gatten von seinen Lehrverpflichtungen während des Sommers zu entbinden. Anschließend hatte sie einen Brief an ihre Schwiegereltern schreiben wollen, um ihnen mitzuteilen, dass ihr Sohn sich gründlich erholen müsse, ohne sie und die Jungen, und ob er vielleicht den Sommer bei ihnen in seiner Heimatstadt verbringen könne? Aber sie verwarf beide Briefe. Es schien ihr nicht fair, solche Pläne zu schmieden, ohne zuvor mit ihrem Mann, den sie vor allem betrafen, darüber gesprochen zu haben. Stattdessen schrieb sie mit dem heiklen Füllfederhalter das Folgende:

Lieber Alan u. Ted!
Ist es nicht gemein von mir, Euch nur so selten zu schreiben? Obwohl wir hier nichts zu tun haben, scheint es unmöglich, einen freien Moment zu finden, um mich hinzusetzen und nach der Feder zu greifen. Heute Morgen bin ich früh aufgestanden, um sicherzustellen, dass ein Brief an Euch in die Post geht, denn um halb zehn oder zehn Uhr ist es schon zu spät, weil wir dann zum Strand aufbrechen und die Chance vertan ist.
Geht es Euch gut bei Grandma u. Grandpa? Ob Ihr brave Jungs seid, brauche ich ja nicht zu fragen. Bei Euch eignet sich das Meer bestimmt besser zum Schwimmen als hier, denn die Brandung ist sehr heftig, u. es gibt eine starke Unterströmung, weshalb es riskant ist, weit hinauszuschwimmen. Aber Sconset ist wunderbar. Der Strand ist großartig, und wir hatten jeden Tag perfektes Wetter. Des Nachts zieht meistens starker Nebel auf, aber die Tage sind herrlich.
Eurem Vater u. mir geht es hier glänzend. Gestern Abend sind wir auf einem großen Ball gewesen, der in Nantucket für die Soldaten u. Matrosen gegeben wurde. Es hat viel Spaß gemacht. Wir haben uns mit einem Captain der

Marines u. seiner Frau angefreundet; der Captain hat an den Kämpfen um Guadalcanal teilgenommen. Es ist schrecklich interessant, ihm zuzuhören, u. ich muss oft daran denken, wie sehr ihr Euch freuen würdet, ihn kennenzulernen.
Euer Vater ist noch in unserem Zimmer und schläft, weil es gestern Abend sehr spät geworden ist, deshalb richte ich Euch seine Grüße aus. Er wird Euch bestimmt morgen oder übermorgen selbst schreiben. Grüßt Grandma u. Grandpa von uns. Wir wünschen Euch alles Gute. Ihr fehlt uns.

In Liebe
Mutter

Irgendwie war Ethel Grandin mit ihrem Brief nicht sehr zufrieden. Sie sah vom Tisch auf und blickte sich im Raum um. Es war niemand anderes hereingekommen. An den Wänden hingen einige Gemälde, die den Walfang vergangener Zeiten verklärend darstellten, und zwei konventionelle Seestücke unbekannter Künstler. Durch das Fenster sah sie, wie die Howards Arm in Arm in Richtung Tom Never's Head davonschlenderten. Sie schrieb die Adresse auf den schon frankierten Umschlag und vergaß den Brief sofort. In Gedanken war sie nicht bei der Sache gewesen, und noch weniger bei John, der in ihrem Zimmer im Obergeschoss schlafend im Bett lag. Ihre Gedanken waren ihrem Mann am vorigen Abend in den undurchsichtigen Nebel gefolgt, um nach ihm zu suchen; und was das Schlimmste war, sie hatte das schreckliche Gefühl, dass sie vielleicht nie wieder zurückkehren würden.

II

Es war nicht wichtig, was uns zustößt. Jedem kann alles Mögliche zustoßen. Wichtig ist, welche Macht wir diesen Vorfällen einräumen.

Diese Lebensweisheit hatte John Grandin oft von seinem Vater zu hören bekommen. Er hatte sie bei passender Gelegenheit an drei oder vier seiner Studenten weitergegeben und sich schon oft vorgestellt, dass sie auch seinen Söhnen helfen könnte, erwachsen zu werden. Es war eine dieser Weisheiten, die in jeder Familie kursierten; Eltern griffen darauf zurück, wenn ihnen andere Worte fehlten oder wenn eine gute, vertraute Redensart eine langwierige oder unangenehme Erklärung ersetzen konnte. Mit ihrer Hilfe ließ sich der allzu großen Neugier der Kinder Einhalt gebieten, indem man ihnen einen Denkanstoß gab, der sie für eine Weile beschäftigte. Die Wahrheit dieser Redensart ließ sich nicht leugnen, und ihr Wert verhielt sich proportional zum Ernst der Lage. John Grandin war jedoch in seinem Leben kaum je in ernste Lagen geraten und hatte deshalb nur selten darüber nachgedacht.

Das hieß, bis jetzt. Jetzt war etwas geschehen, das nicht geschehen durfte. Und die Frage lautete, welche Macht er dem Vorfall einräumen würde.

Grandins erster Gedanke, als er die Augen aufschlug, galt seinem Nebelspaziergang: wohin ihn der Spaziergang geführt und was er dort gefunden hatte. Sogar noch deutlicher erinnerte er sich, was seiner physischen Person widerfahren war, als er die Flasche mit Sonnenöl in der Hand hielt und sich an die sinnliche Situation erinnerte, die ihn unerklärlicherweise so sehr geärgert hatte; das Unerklärliche war nun erklärlich geworden. Es war, als erwachte man aus einem bösen Traum, nur um festzustellen, dass dieser Traum nur allzu wahr, ja, gar kein Traum gewesen war und den ganzen Tag über andauern würde, vielleicht noch viele Tage und Wochen, unerschütterlich, unvergesslich, unbestreitbar. Der Schock, der ihn vorige Nacht am Strand getroffen hatte, hatte sich gelegt; an seine Stelle war eine beinahe physische Depression getreten, ein kraftvoller, aber wirkungsloser Widerspruch, der hinausschrie, dass *so etwas nicht sein kann*, um durch die scheußliche Erkenntnis ad absurdum geführt zu werden, dass es durchaus sein konnte und tatsächlich der Fall war. Ihm war, als wäre er aufgestanden und hätte voller Entrüstung und Wut gerufen: «Hört mal, ich mache da nicht mit! So einer bin ich nicht, versteht ihr?» – nur um vom widerhallenden Echo das Urteil zu empfangen: Du bist es doch.

Aber er wollte damit nichts zu tun haben! Das Leben war zu kurz, und es war schwierig genug. Er hatte eine Familie, Studenten, einen Beruf. Und Cliff Hauman, mochte er ihn noch so sehr mögen, wollte es genauso wenig wie er.

Es war bestimmt kein Zufall; frühere Ereignisse deuteten darauf hin, dass es unvermeidlich war, sogar angemessen. Aber war der Mensch nicht das Resultat seines eigenen Willens, entschied er nicht selbst, was er wollte oder nicht wollte, und war er nicht in gewissem Grad auch Herr seines Schicksals – ungeachtet bestimmter willkürlicher, unbewusster und vorübergehender Regungen? Ihm fiel ein Theaterstück von Odets ein, das ihn tief beeindruckt hatte; eine Textzeile hatte ihn so sehr beunruhigt, dass sie ihm in der schlaflosen Nacht, die auf die Aufführung folgte, nicht aus dem Kopf gehen wollte: «Mein Leben lang hatte ich Angst davor, etwas Falsches zu tun, und jetzt habe ich es getan.» Dieser Gedanke hatte ihn mit solcher Macht ergriffen, dass es schien, als wäre er nur für ihn allein aufgeschrieben worden, obwohl zu jener Zeit nichts in seinem Leben eine solche Beunruhigung über ein paar Worte rechtfertigte.

Doch er hatte nichts Falsches getan, und er würde nichts Falsches tun. Er hatte eine Warnung erhalten; jetzt wusste er, was ihn beunruhigt hatte, und er konnte und würde in Zukunft auf der Hut sein. Er fühlte, dass Cliff die Macht verloren hatte, ihn auf so verwirrende Weise in Bann zu schlagen, weil er endlich die Natur seiner Beziehung zu ihm, die sich in eine so gefährliche Richtung entwickelte, verstanden hatte. Cliff Hauman war nicht mehr wichtig für ihn, außer als das Mittel, das ihm geholfen hatte, sich selbst zu verstehen. John Grandin hatte stets geglaubt, sich durch und durch zu kennen; indem er erkannte, dass das nicht stimmte, hatte er die letzte Unklarheit ausgeräumt. So erschreckend die Enthüllung auch war, Cliff war eine Erfahrung gewesen, die ihm Einblick in sein Unbewusstes verschafft und sein Wesen bereichert oder doch ausgeleuchtet hatte. Nun gut, auch wenn er sich weigerte, diesem neuen Impuls zu folgen, würde er versuchen, diese Erfahrung anzunehmen – denn, so fragte er sich, was hatte uns das Leben anderes zu bieten als Erfahrung? So schwer es auch sein mochte, alles, was uns widerfuhr, sollte unser Wissen vertiefen, uns in der Zukunft von Nutzen sein – gut sein.

John Grandin hielt sich für modern und zivilisiert. Bis zu einem gewissen Grad hatte er Verständnis für die Neurosen seiner Zeitgenossen; anscheinend wussten sie sich nicht zu helfen. Jedoch, hemmungslos jedem beliebigen Impuls nachzugeben führte zu Anarchie und Chaos. Zivilisation bedeutete Kontrolle; wo käme er hin, wenn er dem Unmöglichen und Abscheulichen Tür und Tor öffnete? «Modern», «zivilisiert», «geistreich» sein – zum Teufel damit. Was hatte das schon zu bedeuten, was war es anderes als ein selbst ausgedachter oder aufgesetzter Geisteszustand, etwas Ungesundes und Künstliches. Der «Geist des zwanzigsten Jahrhunderts» war nur ein Euphemismus, den der schillernde Arne Eklund und seinesgleichen als Fassade für ihr mutwilliges Verhalten benutzten, als Entschuldigung für ihre Zügellosigkeit. Auch der moderne Mensch wurde als Wilder geboren und würde so lange ein Wilder bleiben, bis er dem fühlenden Herz in seiner Brust zu folgen lernte.

In Anbetracht der jüngsten Ereignisse war John Grandin ein famoser Ratgeber für die Jugend. Die Ironie des Schicksals war ihm nur allzu bewusst. Professoren, die persönliche

Gespräche mit Jugendlichen führten, sollten von vorbildlicher Lebensführung sein und mannhafte Tugenden repräsentieren: Aus diesem Grund hatte man ihm diese Aufgabe übertragen. Gewiss, weder sein Fachbereich noch die Studenten mussten (und sollten) erfahren, was geschehen war. Aber wie stand es mit ihm selbst? Auch wenn er an der Universität hohes Ansehen genoss, würde er sich durch und durch als Heuchler fühlen, und als solcher wäre er nicht in der Lage, den Studenten frei und aufrichtig gegenüberzutreten. Sein Gewissen und seine Schuld - kurz gesagt, sein neues Wissen um sich selbst - würden einer engen Beziehung zu den Studenten im Weg stehen. Er hatte keine Zweifel daran, dass er damit durchkommen würde; doch was ihm Sorgen machte, war sein eigener Geisteszustand. Sich aufzuspielen, als könne er die Jugend in irgendeiner Hinsicht beraten, erschien ihm als empörende Unredlichkeit.

Der merkwürdigste Aspekt seines Dilemmas war der, dass kein äußerer Konflikt existierte, in den andere als er selbst involviert waren. Sein Problem war, wenn schon nicht selbst gemacht, so doch ohne Bedeutung für irgendeinen anderen, einschließlich Cliff und auch Ethel; für sie existierte es nicht. Das Problem bestand lediglich in seinem moralischen Konflikt, der ihn innerlich so zerrüttet und ihn gestern Morgen und letzte Nacht so deutlich daran erinnert hatte, dass jeder andere Mann, der mit einem Soldaten befreundet war (was heute ja oft vorkam), ihm aus einer momentanen Zuneigung heraus den Arm kameradschaftlich um die Schultern legen durfte, doch *er* durfte es nicht. Wenigstens wusste er jetzt, warum. Und wenn die erschöpften und überspannten Gefühle dieser Tage das Dilemma auch nicht geschaffen hatten, so hatten sie es doch ans Tageslicht gebracht und ihm einen Namen gegeben.

Doch was nützte es, sich das alles einzugestehen? Was hatte er davon? Könnte Bill Howard zum Beispiel so etwas je widerfahren?

Bill Howard hatte Glück gehabt, das war alles - ohne eigenes Verdienst hatte er das Glück, als die richtige Mischung zur Welt gekommen zu sein (was auch immer da gemischt wurde, wer wusste das schon?), deshalb hatte er keine Veranlagung zu Irrtümern dieser Art. John Grandin fiel plötzlich ein Gespräch ein, das er erst im letzten Frühjahr mit einem alten Freund an der Universität von Maine geführt hatte, der in den Osterferien zu Besuch gekommen war. Sie aßen zusammen zu Mittag, und irgendwann hatte sein Freund bedeutungsvoll verkündet: «An der Universität ist etwas sehr Trauriges geschehen, es macht uns allen zu schaffen.» - «Ach?» - «Einer der Professoren», fuhr er - weiterhin in ernstem Tonfall - mit seiner Geschichte fort, «wurde erwischt, wie er ein Schwein vögelte.» Zum Entsetzen seines Kollegen hatte Grandin unwillkürlich den Kopf in den Nacken geworfen und war in lautes Gelächter ausgebrochen. Der Freund hatte ihn erschrocken und enttäuscht angesehen. John Grandin konnte ihm das nicht übel nehmen, denn im selben Moment, als er diesem Impuls nachgegeben hatte, war ihm voller Mitleid das ganze Ausmaß dessen bewusst geworden, was der arme Kerl nun durchzumachen hatte: die absolute öffentliche Demütigung wegen eines Vorfalls, der niemandem Schaden zugefügt hatte, eine Katastrophe, die seine Karriere restlos beendete, und eine private Tragödie, die noch viele Jahre andauern würde.

Dabei war all das nur eine Frage der Abstufung. Bill Howard war ein Glückspilz, ein sorgloser Mann, von aller Welt wohlgelitten. Eine Frage der Abstufung, angefangen beim Professor, der das Schwein gevögelt hatte (so albern das auch klang), über den Lehrer, Philanthropen, Geistlichen oder Bankier, der in einer Hafenspelunke oder einem billigen Hotel an der West Side von einem Matrosen zusammengeschlagen wurde, über die aufgedonnerte Tunte, die am Riverside Drive nach echten Kerlen und Soldaten Ausschau hielt, den wundervollen Tänzer oder Künstler, dessen Kunst ohne seine Neurose undenkbar wäre, oder den Pfadfinderleiter oder Direktor einer Jungenschule, dessen sublimierte Leidenschaft für Jungs in kurzen Hosen ihn für seine beruflichen Aufgaben bestens prädestinierte, bis hin zu John Grandin selbst und dem gut angepassten, glücklichen Bill Howard; auch in die andere Richtung war es von dort aus nur eine Frage der Abstufung - von Bill Howard zum sexbesessenen Handelsvertreter, zum verheirateten Mann, der mit außerehelichen Affären angab, die an Satyriasis grenzten, zum Verführer von kaum der Pubertät entwachsenen Mädchen, zum brutalen Vergewaltiger und zum sogenannten Sex-Psychopathen, dessen Sucht nach kleinen Mädchen in Mord und Verstümmelung kulminierte. All diese Menschen waren bedauernswert, hilflos oder tragisch - sie alle, mit Ausnahme von Bill Howard, dem Glückspilz.

John Grandin schmerzte die Einsicht, dass er zu einer Art von Menschen gehörte, die er stets abgelehnt hatte. Er wünschte von ganzem Herzen, er könnte in seinem Innern eine deutliche Bestätigung finden, dass seine Zuneigung zu Cliff Hauman - seine Vernarrtheit, um es klar zu sagen - keiner Rechtfertigung bedurfte; dass die Fakten für sich selbst sprachen. Doch es waren die Fakten, die er nicht akzeptieren konnte.

Was war mit seiner Frau, was war mit seinen heranwachsenden Söhnen; was war mit Billie, und was mit Cliff selbst? Jeder von ihnen würde von einer solchen Wendung der Dinge abgestoßen und außerstande sein, die Wahrheit zu akzeptieren. Wenn sie es wüssten, würden sie ihn von sich weisen, und er konnte es ihnen nicht einmal verübeln. Cliff durfte auf gar keinen Fall davon erfahren; seine innerste Männlichkeit würde dadurch beleidigt (John Grandin erinnerte sich noch an die ruhige, erwachsene Abfuhr, die er sich eingehandelt hatte, als er über Umwege das Gespräch auf Empfängnisverhütung gebracht hatte). Ebenso wenig durfte Ethel davon erfahren, es würde sie womöglich so sehr verletzen, dass sie ihn für immer verließ, nachdem sie herausgefunden hatte, dass der Mann, den sie liebte, kein richtiger Mann war. Jetzt endlich bekam ihr heftiger Streit eine unheilvolle, aber kristallklare Bedeutung. Er verstand jetzt, was Ethel ihm gesagt hatte, ohne sich dessen selbst bewusst zu sein, und er begriff, weshalb ein Krach, der zwischen Mann und Frau im Grunde gar nichts Ungewöhnliches war, ihn so beunruhigt hatte. Aber ihr Streit war mehr als eine Episode, er war der logische Höhepunkt einer langen Anspannung, dem Geheimnis ihrer unzulänglichen Beziehung entsprungen; er offenbarte (bevor die Flasche Sonnenöl einen Beweis ganz anderer Art erbracht hatte), dass er Ethel ein armseliger Ehemann gewesen war – über die unbestreitbare Tatsache hinaus, dass er wie viele andere Männer in seinem Alter nicht mehr zu seiner Frau ins Bett gekommen war – und auch, warum.

Merkwürdigerweise machte es ihm nichts aus, Cliff bald wieder zu begegnen; doch die Aussicht, Ethel gegenüberzutreten, versetzte ihn in Schrecken. Schließlich hatte sich ihr Vorwurf aus dem Streit der ersten Nacht bewahrheitet: Er war als Ehemann noch unzulänglicher, als ihr bewusst war. Dieser Enthüllung konnten sie nicht standhalten, dafür waren sie nicht stark genug. Wenn er ihr erzählte, was geschehen war, würde das ein tieferes Zerwürfnis bewirken, als sie es je erlebt hatten, vielleicht den endgültigen Bruch, einen Bruch, der unmöglich zu kitten war, weil er etwas so Grundsätzlichem entsprang wie ungleicher Liebe.

Er stand auf und zog sich an. Ethel hatte das Zimmer schon früh verlassen. Als er letzte Nacht zurückkam, war das Licht schon gelöscht und sie war eingeschlafen. Er erinnerte sich, wie verärgert sie gewesen war, als er die Veranda verließ und ohne ein Wort im Nebel verschwand. Falls sie immer noch ärgerlich war, war es nicht der richtige Moment, sie darüber aufzuklären, was ihm in der letzten Nacht klar geworden war. Im Grunde wusste er, dass er niemals mit ihr darüber reden konnte, zumindest nicht, wenn er weiter mit ihr und den Kindern zusammenleben wollte – und das war alles, was er sich vom Leben wünschte, alles, was er geplant hatte, und alles, was ihm am Herzen lag.

III

ALS JOHN GRANDIN am Strand eintraf, lagen Cliff und die Howards unter den Sonnenschirmen. Billie hatte sich hingesetzt, die Hände auf den Hüften, und erzählte mit aufgerissenen Augen von einem ganz unerhörten Ereignis.

«Stellen Sie sich vor! Ich hab's vergessen», rief sie aus, «einfach vergessen! Ist das nicht die Höhe? Dabei war das Autogramm der wichtigste Grund, warum ich zum Tanz gehen wollte. Doch irgendwie, ich weiß nicht, warum oder weshalb …»

«Toni Lansing spielte gestern Abend nun mal keine große Rolle», sagte Sarah Howard, «genau wie all die anderen. Die Einzigen, die zählten, waren die Jungs …»

«Ich weiß nicht, was ihr eurerseits davon haltet, aber ich meinerseits hätte das Fest um nichts auf der Welt versäumen mögen», sagte Bill Howard. «Junge, Sie haben die andern total in den Schatten gestellt, Cliff, mit dieser Straßenfeger-Uniform. – Hallo John! Wo ist die werte Gattin?»

Grandin setzte sich. «Ich nehme an, Ethel hat noch Dinge zu erledigen, vielleicht ist sie im Drugstore. Sie kommt dann etwas später.» Er wollte ihnen nicht auf die Nase binden, dass er sie im Hotel nirgendwo finden konnte und nach dem Frühstück im Zimmer auf sie gewartet hatte. «Um wie viel Uhr sind Sie gestern nach Hause gekommen, Billie?»

«Oh, wir haben noch bis in die Puppen getanzt.»

«Wir haben Sie vermisst», sagte Cliff. «Mensch, Sie haben nicht mal Gute Nacht gesagt, Johnny.»

«Sie hatten so viel Spaß. Ethel und ich wollten nicht stören.»

«Uns stören! Schließlich waren wir auch zusammen gekommen, und überhaupt!»

«Nun, wenn Sie nicht verstehen, was ich meine», sagte Grandin kalt, «dann kann ich's Ihnen nicht erklären.»

Wie schon ein Mal zuvor fiel ihm auf, dass Hauman sich gekränkt fühlte. Grandin merkte, dass er es nicht immer vermeiden konnte, Cliffs Gefühle zu verletzen. So war das nun einmal im Umgang mit gefühlvollen, allzu herzlichen Menschen: Erst überschütteten sie einen mit ihrer gedankenlosen Aufmerksamkeit, doch wenn man sie nicht genügend beachtete oder sich endlich wieder um seine eigenen Angelegenheiten kümmern wollte, waren sie verletzt. Er wusste, dass er daran ebenso schuldig war wie Cliff; aber er wusste auch, dass er nicht der Einzige war, der ihre unmögliche Beziehung so besessen am Leben erhalten hatte.

Wenn er Cliff jetzt vor den Kopf stieß, um innerlich auf Distanz zu gehen, dann war das an sich ziemlich mies. Er betrachtete den großen blonden Kopf, der zur Seite abgewandt war, die starken Schultern, den kindlichen Mund und all seine unglaubliche Lebendigkeit und Jugend. Gewiss, es war ihm jetzt bewusst, dass er Cliff mochte, aber den Satz auszusprechen, Cliff, ich mag dich sehr, war einfach unmöglich – und würde es immer bleiben … Die Unschuld und das saubere, hübsche Aussehen Cliff Haumans berührten ihn tief. Er sollte lernen, ihn als das zu akzeptieren, was er war, und begreifen, was Cliff ihm bedeutete und immer bedeuten würde, auch wenn er eines Tages aus seinem Gesichtskreis verschwunden war. Vielleicht war das ein ausreichender Schutz vor Verwicklungen und Gefahr, vielleicht auch nicht. Doch immerhin hatte John Grandin verstanden, worin ihre Beziehung bestand, was sie bedeutete – und was er war, was er wollte und nicht wollte.

IV

Ethel Grandin stand am Fenster ihres Zimmers und blickte über die Klippen hinab zum Strand. Sie war mit Absicht im kleinen Schreibzimmer geblieben, bis alle gegangen waren. Nachdem ihr Mann sie gestern Abend auf so rätselhafte Weise kalt abgefertigt und abrupt stehen gelassen hatte, als wäre sie gar nicht da, musste sie am Morgen allein sein. Vom Schreibzimmer aus sah sie, wie die Haumans endlich über die Veranda das Haus verließen, zur rosenumrankten Pergola auf der anderen Straßenseite hinübergingen und auf der Treppe zum Strand verschwanden; wenige Minuten später folgten ihnen die Howards, nachdem sie von ihrem Spaziergang zurück waren. Als schließlich ihr Ehemann in Sandalen und seinem lädierten Bademantel die Straße überquerte, das Handtuch über dem Arm – er wirkte sehr allein und irgendwie armselig, vielleicht deshalb, weil er nicht wusste, dass er beobachtet wurde –, verließ sie das Schreibzimmer, durchquerte die fast menschenleere Lobby und ging hinauf in ihr Zimmer. Hier konnte sie ein paar Stunden für sich allein sein, bis ihr Mann zum Mittagessen vom Strand zurückkehrte.

Im weißen morgendlichen Dunst konnte sie die Gruppe unten am Strand gerade noch erkennen; sie lagen im Schatten der Sonnenschirme, doch auf diese Entfernung konnte sie die einzelnen Personen nicht unterscheiden. Nur Pete auf seinem Hochsitz war klar und deutlich auszumachen; vielleicht döste er in der Sonne, da höchstwahrscheinlich keiner der Badegäste im Wasser war.

Ethel Grandin verstand nicht, was passiert war – oh, nicht etwa ihr, sondern ihrem Mann. Er schien sich unmittelbar vor ihren Augen zu verändern. Beim kleinsten Wort der Kritik ließ er sie stehen; sie würde sicher nicht so schnell vergessen, wie er plötzlich im Nebel verschwunden war, ohne auf sie zu hören. Früher war er selbst dann, wenn er mit sich selbst oder seiner Arbeit beschäftigt war, der mitfühlendste Ehemann gewesen, den man sich denken konnte. Was war aus dem Mann geworden, den sie liebte? Es war, als hätte jemand anderer an seiner Stelle die Insel betreten, ein Fremder.

Die Schwierigkeiten, mit denen sie sich plagten, seit sie in Sconset waren, waren ihre Schuld. Auch wenn sie sich nicht verzeihen konnte, wie sie ihn am ersten Abend angegriffen hatte, so war es doch nicht zu verhindern gewesen: Es hatte geschehen müssen, besser jetzt als später. So konnte es einfach nicht weitergehen. Entweder liebte er sie nicht mehr, oder der kleine Rest ihrer Liebe war ihm egal.

War er überarbeitet? Lag es am neuen Buch, das er gerade beendet hatte, oder an der Mehrarbeit im Herbst? War es die Aussicht, im Sommer unterrichten zu müssen? Würde ein freier Sommer, ein Sommer zu Hause, etwas nützen, ein Sommer ohne sie? Anderen gegenüber schien er noch ganz er selbst zu sein; nur wenn sie miteinander allein waren, verhielt er sich eigenartig und fremd. Sie hatte damit gedroht, nach Hause, nach Maine zu gehen und dort zu bleiben, bis sie sich darüber klar geworden war, was aus ihrer Ehe werden sollte; und die einzige Schwäche, deren sie sich schuldig gemacht hatte, war die, nicht längst gegangen zu sein. Den Rest der zwei Wochen mit ihm in Sconset zu bleiben erwies sich als ständige Demütigung. Welche unvernünftige Dickköpfigkeit hatte sie getrieben, das auch nur zu versuchen? Angesichts ihrer Entfremdung war die anormale Position, in die sie sich durch ihr Bleiben begeben hatte, unerträglich geworden. Sie war überrascht, dass ihr das nicht schon früher aufgefallen war, und fasste ihren Entschluss; sofort ging es ihr besser. Sie wandte sich vom Fenster ab, entschlossen, die Insel mit dem ersten Boot, das zum Festland fuhr, zu verlassen.

Soweit sie sich erinnerte, gingen zwei Schiffe pro Tag nach Woods Hole, das eine früh am Morgen, das andere kurz nach Mittag, doch sie konnte keinen Fahrplan finden, weder in ihrer Handtasche noch auf der Kommode oder in der Schublade. Vielleicht hatte ihr Mann einen Fahrplan in seinem Gepäck. Sie ging in die Knie, zog seine Reisetasche unter dem Bett hervor und öffnete sie.

Gleich obenauf, flach wie eine Krawatte und offenbar brandneu, lag ein khakifarbenes Schiffchen mit zwei silbernen Streifen. Im ersten Moment sah sie die Mütze verwundert an.

Dann hoben sich ihre Hände hinauf zu den Wangen. Ein anderes Erlebnis, vor vielen Monaten, zu Hause in ihrer Wohnung, fiel ihr ein – ein Erlebnis, das ebenfalls aufregend, doch weit weniger beängstigend gewesen war, weil sie es nicht verstanden hatte. Jetzt verstand sie es. Mit jeder Faser ihres erschütterten Körpers verstand sie nun die Bedeutung des Fotos, das sie unter der Schreibunterlage ihres Mannes gefunden hatte, das Bild des kampfesmüden Soldaten, das sie gerührt und fasziniert hatte, als sie es fand, das jedoch ihren Mann weit stärker berührt haben musste.

V

«… KLAR! DIE NAVY kassiert die Orden, wenn sie ab und zu ein paar Zeros abschießt. Aber zum Henker, wo wäre sie wohl ohne die Marines! Wenn die Marines nicht als Erste an Land gingen und das Areal sicherten, gäbe es keinen einzigen Landeplatz am ganzen Pazifik! Keine einzige Insel …»

«Ich will mich nicht mit Ihnen streiten, Cliff», sagte Bill Howard, «ich frage ja nur.»

Billie fing Grandins Blick auf und lächelte matt; es störte sie nicht, dass Cliff mit den Marines angab, sondern dass sie schon wieder über den Krieg sprachen. Demonstrativ stand sie auf.

«Hört mal zu, alle miteinander, wie wär's, wollen wir ein paar Fotos machen? Ich sehe, Sie haben Ihre Kamera dabei, Mr Howard.»

«Warum nicht?» Bill Howard zog die Kamera aus ihrer Hülle.

«Ich möchte gern einen guten Schnappschuss von uns allen haben», sagte Billie, «als Souvenir, sozusagen.»

«Du meine Güte», sagte Sarah Howard, «Sie führen doch nicht etwa ein Reisetagebuch?»

«Aber natürlich», antwortete Billie mit Nachdruck.

«Ohne mich, jetzt, wo Ethel nicht da ist», sagte Grandin. «Ich mache die Fotos.»

Billie wurde überraschend lebendig. Mit fast schon professioneller Autorität arrangierte sie die Gruppe im Sand, dann setzte sie sich mit einem bezaubernd trägen Lächeln in die erste Reihe. Neben ihr kniete Cliff, die Brust herausgedrückt und den Bauch eingezogen, und schaute eifrig zu Grandin und zur Kamera hinüber. Die Howards standen etwas verlegen hinter den Haumans; und im selben Moment, als Grandin den Auslöser betätigte, zog Sarah Howard eine Grimasse.

Dann übernahm Bill Howard die Kamera, und die Haumans posierten einzeln und gemeinsam für ein paar Fotos. John Grandin saß im Sand und sah zu – betrachtete Cliff mit melancholischer Faszination.

So schlicht und durchschaubar er auch war, Grandin wusste, dass er Cliff niemals wirklich kennen, niemals zu ihm durchdringen würde, wie er sonst zu Menschen, die er mochte, durchdringen und sich mit ihnen austauschen konnte. Cliff öffnete sich voll und ganz; aber was genau kam dabei schon zum Vorschein – außer einem Übermaß an gutem Willen, der sich letztendlich als unnütz, weil geistlos herausstellte? Die schmeichelhafte Aufmerksamkeit, die er allen schenkte, entsprang lediglich seinem kindlichen Wunsch, zu gefallen und gemocht zu werden, um damit allen das Leben leichter und angenehmer zu machen; sie schien nur wenig mit der Person, der sie entgegengebracht wurde, zu tun zu haben. Doch sich darüber Gedanken zu machen war genauso unnütz wie Cliffs Schmeicheleien. Er war ein Kind im Naturzustand – ein seltener Fall, in der Tat, auch wenn so oft davon die Rede war; er glaubte, alle Welt wäre gut, und mochte alles und jeden, vorausgesetzt, man mochte ihn auch. Seine einfältige, aber aufrichtige Zuneigung (oh, wer würde an ihrer Aufrichtigkeit zweifeln) war unerschütterlich, umso mehr, je weniger sie sich beweisen musste.

Es war schwer, sich dieses große Kind als Captain vorzustellen, als jemanden, der wegen seiner Fähigkeit, andere Männer zu führen, ausgewählt worden war. Im Marine Corps war Cliff ohne Zweifel ein vollkommen anderer Mensch: ernst, zurückhaltend, kenntnisreich, ja, vielleicht sogar distinguiert. Er war einer von vielen Tausend jungen Männern, die bei aller Mittelmäßigkeit plötzlich spezielle Fähigkeiten an sich entdeckt hatten, die in dieser Welt der Gewalt gebraucht wurden; Jungen, für die sich die Intensität des Lebens seitdem auf einen einzigen, alles verzehrenden Zweck konzentrierte. Die Essenz vieler Lebensjahre wurde auf wenige Monate zusammengestaucht - häufig auf wenige Stunden -, und die Höhepunkte der Existenz, auf die die meisten Menschen ihr Leben lang warteten, erlebten diese Jungen jeden Tag. Kein Wunder, dass für Cliff diese Flitterwochen weit weniger Erholung nach langer Anspannung als vielmehr die Unterbrechung seines einzigen, mit ganzem Herzen verfolgten Interesses waren. Seine jetzige Ruhelosigkeit verwies schon auf die ereignislose Zukunft, die nach dem Krieg auf ihn wartete - falls er überlebte. John Grandin glaubte, die Chance dazu sei gering; Cliffs Leidenschaftlichkeit machte ihn fast zwangsläufig zum Todeskandidaten.

Er wusste nicht, warum, aber plötzlich erschien ihm sein Glaube an Cliffs Heldentod als ganz und gar verantwortungsloses Pathos. Es gab keinen vernünftigen Grund für seine Überzeugung, dass Cliff dem Tod entgegenging. Obwohl er so zuversichtlich war, die Untersuchung in Brooklyn zu bestehen, war bei Weitem nicht sicher, dass es ihm wirklich gelingen würde. Er konnte durchaus abgewiesen und zu Billie zurückgeschickt werden, und die beiden würden sich in einer kleinen Dreizimmerwohnung in Bridgeport oder Stamford einrichten. Cliff würde einen normalen Beruf ergreifen (zu Anfang widerwillig, am Ende glücklich) und sich sehr schnell zu der Art von jungem Mann entwickeln, die John Grandins Interesse nicht für fünf Minuten erregen konnte - ohne die Aura der Uniform, ohne den Ruhm des Marine Corps. Und wenn seine Vorahnung sich bestätigte, wenn Cliff dorthin zurückkehrte, wo er so gern sein wollte, und nicht wieder zurückkehrte, was ließ sich daran ändern? Viele Tausend junge Männer starben derzeit auf fernen Schlachtfeldern und Stränden. Es war der Lauf der Zeit - und wer wusste schon, ob es nicht Cliffs Erfüllung sein sollte, sein Lebenszweck und Ziel, zu dieser ständig wachsenden Zahl von Menschen gerechnet zu werden?

Billie hatte sich den Fotoapparat geliehen und machte Aufnahmen von Cliff; Grandin schaute den beiden zu. Cliff stand hoch aufgerichtet und breitbeinig, die Hände in die Seiten gestützt. Er wirkte verlegen und ein wenig angespannt, doch weil er wollte, dass Billie ein gutes Foto gelang, fügte er sich bereitwillig jeder ihrer Anweisungen. Für ein strahlendes Lächeln war der Moment zu ernsthaft, aber er gab sich alle Mühe, liebenswürdig zu wirken. Das gelang ihm so gut, dass John Grandin sich wünschte, einen Abzug dieses Fotos zu bekommen. Dabei überfiel ihn zugleich die verrückte Vorstellung, wie dieser Schnappschuss in ferner Zukunft vergilbt und wellig in seinem Büro hinter dem Spiegel stecken würde, lange nachdem er das letzte Mal von Cliff Hauman gehört hätte.

VI

Von unten waren Rufe zu hören, dann schnelles Fußgetrappel auf dem Kiesweg. «Wer zuletzt zum Essen kommt, ist eine lahme Ente!» Es war Bill Howard.

Ethel Grandin erstarrte auf ihrem Stuhl. In unerträglicher Anspannung wartete sie darauf, die Schritte ihres Mannes im Flur zu hören. In der letzten Stunde hatte sie immer wieder den Impuls verspürt, aufzustehen und davonzulaufen – aber wovor wollte sie weglaufen? Und vor allem: wohin? Sie besaß nichts, es gab keinen Ort, an den sie gehen konnte. Sie war vollkommen nutzlos, in ihrer Ehe und vielleicht selbst für die Kinder. Kurz bevor die Tür geöffnet und sie ihrem Mann gegenüberstehen würde, merkte sie, wie unzureichend sie für diesen Moment gerüstet war – was ihr fehlte, war nicht etwa Mut, sondern kalter Hass, doch von einer solchen Empfindung war sie weit entfernt. Alles, was sie spürte, war Selbstmitleid, und das reichte aus, sie innerlich zu zermürben.

Er kam herein, der rote Bademantel halb offen und die Haare nass und zerzaust von der Dusche an den Klippen.

«Wo bist du gewesen?», fragte er. «Ich habe dich ...» Er sah die Mütze in ihrem Schoß und verstummte.

Nach einer Pause sagte sie ruhig: «Was hat das zu bedeuten?»

Sie konnte ihm nicht ins Gesicht sehen und senkte die Augen, in denen sich Tränen sammelten. «Was ist das, John?»

Mutlos erwiderte er, «Das ist Cliffs Mütze.»

«Das weiß ich. Warum hast *du* sie?»

«Er hat sie mir gegeben.»

«Warum?»

«Weil ich sie gern haben wollte.»

«Warum?»

Er ging zum Fenster. «Tja, warum», wiederholte er ruhig. Er kehrte ihr den Rücken zu und sah hinaus. «Ich habe sie in seinem Zimmer gesehen und wollte sie haben. Zu dem Zeitpunkt wusste ich nicht, warum.»

«Warum sagst du das?»

«Weil ich es jetzt weiß.» Er nahm seine Kraft zusammen, drehte sich um und sah sie an. «Ich nehme an, du weißt, dass ich Cliff Hauman sehr lieb gewonnen habe. Wenn du mich nur ein wenig kennst, hast du es gemerkt.»

«Ich fürchte, ich weiß nicht besonders viel von dir …»

«Bitte lass mich ausreden …»

«Ich will nicht … ich glaube, ich will das nicht hören … ich kann das nicht …»

«Du musst mich anhören», sagte er energisch. «Ich habe bestimmt nicht gewollt, dass du dies herausfindest, aber nun musst du mich anhören.» Er ging auf ihren Stuhl zu und versuchte, ihre Hände zu ergreifen, doch sie zog sie weg. «Bitte sieh mich an», sagte er.

Sie begrub das Gesicht in den Händen.

Er sah sie schweigend an, sein Herz krampfte sich vor Mitleid zusammen. Nach einer Pause fuhr er fort: «Seit wir hier angekommen sind, habe ich Cliff furchtbar gern. Ich würde lieber - ach, egal was -, als dir all das zu sagen, aber nun muss ich es tun. Ich glaube, ich habe Cliff sogar geliebt; ich weiß es nicht. Als wir uns auf dem Schiff trafen, bin ich in seinen Bann geraten - so, als hätte ich mich verliebt. Es geschah ganz ohne mein Zutun, das schwöre ich. Ich habe nicht einmal gemerkt, dass es geschah. Wenn ich es gewusst hätte - aber ich wusste es nun einmal nicht. Ganz bestimmt, ich habe es nicht gemerkt. Es hatte überhaupt nichts mit mir zu tun - oder mit uns.»

Sie nahm die Hände vom Gesicht. «Nichts mit uns zu tun», sagte sie, so bitter und so leise, dass er es kaum hören konnte, «wie kannst du das *sagen*!»

Er hatte das scheußliche Gefühl, dass Worte nicht mehr helfen konnten, aber wie unter Zwang machte er weiter, so vergebens es auch war. «Es lag außerhalb unserer Kontrolle, wollte ich sagen. Es hatte nicht das Geringste mit meiner Liebe zu dir zu tun – außer dass es mich verwirrte und durcheinanderbrachte, ohne dass ich wusste, weshalb; deshalb war ich so empfindlich und schwierig. Also gut, ich gebe es zu: Ich habe Cliff in der vorigen Woche geliebt, aber zumindest ist es mir jetzt bewusst.»

Das Gespräch wurde auf beiden Seiten im allerruhigsten Tonfall geführt, als redete jeder nur mit sich selbst. Es war nicht der Moment für schrille Vorwürfe und verkrampfte Verteidigung.

«Was hat das zu bedeuten?», fragte sie, ohne eine Antwort zu erwarten. «Seit ich dies hier gefunden habe, frage ich mich, was hat das nur zu bedeuten ...»

«Es hat das zu bedeuten, was ich gesagt habe. Du musst mir glauben, Ethel. Wenn du mir je vertraut hast, dann tu es auch jetzt. Ich gebe zu, es war albern, Cliff um seine Mütze zu bitten. Als ich's getan habe, kam ich mir wie ein Spinner vor, aber – ich wollte sie. Aber jetzt spielt das keine Rolle mehr.»

«Warum sagst du immer wieder ‹jetzt›?»

Er erzählte ihr, was letzten Abend im Nebel passiert war, wohin er, ohne es zu wissen, gegangen war, was er gefunden hatte und was es ihm enthüllt hatte. Schließlich sagte er: «Ich hatte mich nicht verlaufen. Ich bin absichtlich im Dunkeln dorthin gegangen, als folgte ich einem Plan – wie ein Schlafwandler, um unbewusst das zu tun, was ich mit klarem Bewusstsein niemals getan hätte. Man kann auch sagen, dass ich geistig gestört und außer Kontrolle war, wie ein Mensch unter Schock die Stadien von Angst, Panik und Orientierungsverlust durchläuft. Dann fand ich die Flasche mit Sonnenöl – ich war direkt zum Strand gegangen. Als Cliff mir damit die Schultern einreiben wollte, warst du wütend auf mich, weil ich mich so albern benommen habe. Ich war ein Narr, mehr nicht.»

«Es ist pervers», sagte sie mit dem Mut der Verzweiflung.

Er versuchte, die Wut zu unterdrücken, die bei diesem Vorwurf in ihm emporstieg. «Es tut dir später leid, Ethel, wenn du jetzt solche Ausdrücke benutzt», sagte er. «Und überhaupt, es gibt gar keine Perversion», fügte er hinzu. «Alles ist entweder normal, zu wenig oder zu viel. Wenn ich bei dieser Sache etwas gelernt habe, dann ist es das …»

«Und was heißt das nun?»

«Gar nichts. Ich verstehe jetzt, was es mit Cliff auf sich hat und was ich für ihn empfunden habe. Aber seit letzter Nacht ist alles anders. Ich will das nicht in meinem Leben haben, genauso wenig, wie Cliff es will. Natürlich mag ich ihn noch und werde ihn immer mögen – es gibt ja keinen Grund, das nicht zu tun.»

«Ich meinte, für uns …»

«Ich weiß, dass es nicht leicht ist, mit dieser Erkenntnis fertig zu werden», sagte er. «Auch mir ist es schwergefallen, vielleicht mehr noch als dir. Zuerst habe ich gar nicht geglaubt, dass so was möglich ist. Verstehst du denn nicht? Aber *wenn* es möglich ist …»

«Hör auf! Ich will das nicht hören.»

«Ethel, du musst das verstehen! Ich gebe zu, es liegt nur an mir, wenn du willst, falls es jemand ‹gewesen› sein muss – aber es ist nicht meine Schuld, wirklich nicht. All das ist nicht mit Absicht geschehen. Hier in Sconset war ich die ganze Zeit am Meer …»

«Hier in Sconset», sagte sie mit hohler Stimme. «Glaubst du wirklich, es hat erst hier angefangen?»

«Vielleicht nicht, du kannst recht haben. Vielleicht hat es sich schon seit langer Zeit angekündigt. Ganz ehrlich, ich weiß es nicht. Erst Cliff hat es zum Vorschein gebracht. Vielleicht ist es ein fester Teil von mir, ein Teil meiner Natur. Aber bis jetzt hat meine Liebe zu dir es in den Hintergrund gedrängt, wo es hingehört. Unsere Liebe vermag das auch jetzt noch.»

«Liebe. Glaubst du, du kannst mich dazu benutzen, als ein … ein …»

«Sag nichts, das dir später leidtut», unterbrach er sie. «Ich liebe dich, Ethel. Ich glaube, dass du mich liebst. Ich glaube, das ist das Einzige, worauf es ankommt. Ist es nicht so? Ist Cliff etwa wichtiger als wir? Für mich jedenfalls nicht.»

«Mit Worten kennst du dich aus», sagte sie. «Das sind doch alles nur Worte …»

Normalerweise hätte er nicht so lange durchgehalten. Wenn ein ehrliches Geständnis nichts nutzte, waren auch vierzig weitere Geständnisse vergebens. Doch das Dilemma war nun mehr zu *Ethels* als zu *seinem* Problem geworden, und aus einem Gefühl der Schuld heraus fühlte er sich gezwungen, weiterzumachen, in dem verzweifelten Bemühen, ihr seine Auffassung der Situation so gut wie möglich zu vermitteln. Verwegen nahm er Zuflucht zum Sarkasmus, als könne er ihren Streit damit auf normales Maß zurechtstutzen – zu einem ganz normalen Ehekrach. «Na gut», sagte er, «wenn es dir lieber ist, dass ich nicht darüber spreche, hätte ich es genauso gut für mich behalten können. Die meisten Männer würden das tun.»

«Hast du das denn nicht? Hast du das nicht?»

«Nur so lange, bis ich wusste, worum es hier geht. Aber am Ende hätte ich es dir ganz bestimmt gesagt.»

«Ich weiß nicht», sagte sie. «Du hättest gar nichts gesagt, wenn ich nicht dies hier gefunden hätte.»

«Nun, dann ist es vielleicht eher deine Schuld als meine. Du hättest nicht in meinem Koffer herumschnüffeln sollen.»

«Verstecke ich etwas vor dir? Nein, ich habe das nicht nötig!»

Er ging wieder zu ihr hin. «Gib sie mir.»

«Was hast du damit vor?»

«Sie behalten, natürlich.»

«Ich verlange, dass du sie Cliff zurückgibst.»

«Was in Gottes Namen würde das nützen? Er wollte, dass ich sie nehme. Er wäre nur gekränkt, wenn ich sie zurückgebe.»

«Und was ist mit mir?», sagte sie. «Zähle ich denn gar nicht?»

«Ethel – Ethel! Es führt doch zu nichts, wenn wir uns an dieser dummen Mütze festbeißen und alles andere vergessen. Die Mütze selbst bedeutet gar nichts. Dass ich sie haben wollte, war wichtig. Jetzt, wo ich den Grund kenne, kommt es auf die Mütze nicht mehr an.»

«Dann gib sie zurück!»

«Du kannst sie aus dem Fenster werfen», sagte er, «du kannst sie in Stücke reißen oder verbrennen – was immer du willst, es ist mir egal. Aber ich werde sie Cliff nicht zurückgeben. Er würde es nicht verstehen.»

Sie sah zu ihm auf, und in ihren Augen, den Augen, die er so gut und lange kannte, erblickte er kalten Hass.

Mit Mühe versuchte er sich zu sammeln, doch als er sich schließlich schuldbewusst abwandte und ins Badezimmer ging, war sein Herz voller Verzweiflung. «Ich ziehe mich um», sagte er so beiläufig wie möglich, «und gehe nach unten zum Essen. Es ist schon spät. Bist du fertig?»

Als er wieder herauskam, packte sie ihren Koffer. «Was hast du vor?», fragte er.

Sie antwortete nicht. Auf ihrem Schweigen, auf jeder ihrer Bewegungen lastete eine Endgültigkeit, die ihm sagte, dass es vorbei war. Neben seinem Kummer über diese Wendung der Dinge wurde sein Stolz geweckt. «Willst du damit sagen, du fährst?»

Noch immer sagte sie kein Wort.

«Und wie soll ich das bitte den anderen erklären?», rief er wütend und enttäuscht. «Welchen Grund soll ich den Haumans um alles auf der Welt für eine so plötzliche Abreise nennen?» Noch als er die Fragen aussprach, wurde ihm bewusst, wie sinnlos sie waren. Was spielte das alles in Anbetracht des echten, weit ernsteren Problems für eine Rolle? Ethel verließ ihn. Er wollte jedoch nicht glauben, dass das wirklich geschah, und ging nach unten.

Äußerst verlegen erklärte er Billie und Cliff, Ethel gehe es nicht gut. Noch immer unter dem Eindruck der Szene mit

Ethel und auch der plötzlich so aufdringlichen Präsenz der Haumans verließ er den Speisesaal so schnell wie irgend möglich.

Er wagte es nicht, nach dem Essen in ihr Zimmer hinaufzugehen, um nachzusehen, ob sie abgereist war. Er redete sich ein, es sei möglicherweise nur ein weiblicher Trick gewesen, den Koffer zu packen; aber im Grunde wusste er nur zu gut, dass sie fortging oder schon gegangen war. Falls Ethel noch oben war, sollte er eigentlich hinaufgehen und versuchen, sie aufzuhalten, ihr sagen, dass es ihm leidtat, oder sich von ihr verabschieden. Stattdessen machte er allein einen Spaziergang in Richtung Tom Never's Head, die Straße entlang, die er letzte Nacht hätte gehen sollen und im Nebel zu gehen gemeint hatte.

Obwohl er nicht vorhatte, sie zurückzugeben – denn wirklich, wie er Ethel schon erklärt hatte, wozu sollte das gut sein? –, begriff John Grandin, was für ein unglaublich dummer Fehler es gewesen war, die Mütze überhaupt anzunehmen. Und als er über seine Lage nachdachte und nach einem Ausweg suchte, erschien ihm sein ganzes Dilemma als eine einzige Anhäufung von Fehlern.

In diesem Urlaub hatte er von Anfang an jedes Mal, wenn es darum ging, einen Beschluss zu fassen, zwischen zwei Möglichkeiten zu wählen oder ein Urteil zu fällen, unweigerlich die falsche, wenn nicht eine verheerende Entscheidung getroffen – vielleicht sogar vorsätzlich, auch wenn es ihm nicht bewusst gewesen war. Sein Aufenthalt auf Nantucket war von Anfang an eine bittere Komödie der Irrungen gewesen.

Vollmond oder nicht, es war ein Fehler gewesen, sich für diesen Zeitpunkt zu entscheiden und nicht für den späteren, längeren Urlaub nach dem Ende der Sommerkurse. Es war ein Fehler gewesen, in der Cafeteria Sandwiches für Cliff Hauman zu kaufen: er kannte ihn ja gar nicht; und ein noch viel größerer Fehler war es, die Haumans einzuladen, sich zu ihnen aufs Hauptdeck zu setzen. Es war ein Fehler gewesen, ihnen anzubieten, sich im Dune House umzuziehen, wenn sie nach Sconset kamen. Ethel wegen ihrer Verzweiflung zu hänseln («Ich nehme an, es ist eine moralische Frage») war ein ernsthafter Fehler gewesen. Es war ein Fehler, sich von den Haumans so mit Beschlag belegen zu lassen; und er hätte Miss Fly niemals erlauben sollen, sie zu ihnen an den Tisch zu setzen. Er hätte Cliff unter der Dusche keine derart persönlichen Fragen stellen, ihm so viel wie möglich aus dem Weg gehen sollen (welche Gemeinsamkeiten hatten sie denn schon?) und er hätte nicht zum Fest im Jachtklub gehen sollen, wo er, wie ihm von Anfang an bewusst gewesen war, nicht hingehörte. Wie sich herausstellte, war es ein schwerer Fehler gewesen, die Flasche mit Sonnenöl am Strand zu vergessen, obwohl es lediglich ein Versäumnis war; und er hätte Ethel nicht verlassen sollen, um im Nebel allein diesen katastrophalen Mitternachtsspaziergang zu unternehmen; ob mit Absicht oder nicht, er war direkt zum Strand gegangen, entgegen der Kriegsverordnung. Doch vielleicht lag der größte Fehler von allen weit in der Vergangenheit: Er hätte nicht heiraten sollen.

Warum hatte er geheiratet? Er hatte Ethel Cameron geliebt, oder zumindest hatte er das geglaubt; doch wenn er jetzt daran zurückdachte, kam ihm sein Gefühl für sie eher wie eine Laune vor, und nicht wie Liebe. Er wollte dazugehören, sich anpassen, einen Platz im Leben finden, und das erreichte man nur durch Heirat. Auch wenn es gut gemeint war – hatte er das Recht gehabt, mit dem Leben eines anderen Menschen zu spielen? Aus dem Willen, ein guter Mensch zu sein, und der unbewussten Furcht vor den Irrtümern, auf die ein Junggeselle leicht verfallen konnte, hatte er Ethel in sein eigenes, unlösbares Problem verwickelt und mit sich in den Untergang gezogen. Wie konnte er das jetzt wiedergutmachen? Als er Ethel erlaubte, die Insel allein zu verlassen, hatte er einen weiteren tödlichen Irrtum begangen. Sie war in so gefährlicher Verfassung, dass man nicht wissen konnte, ob sie sich etwas antun würde. Dennoch hatte er hilflos zugesehen und ihr erlaubt zu gehen. Warum? Vielleicht aus Stolz. Sicherlich hatte es wenig mit Cliff Hauman zu tun. Seit der bestürzenden Enthüllung der letzten Nacht hatte er jede noch so entfernte Möglichkeit verworfen, dass seine Freundschaft mit dem Marine zu irgendetwas führen könnte.

VII

ABGESEHEN VON PETE war er der Erste am Strand. Die Sonne hatte noch nicht ihre volle Kraft, doch es war bereits brütend heiß. Vielleicht war dies sein letzter Morgen in Sconset – er sollte es wenigstens sein, falls er noch einen Funken Verstand besaß (doch im Herzen wusste er, es war nicht der letzte) –, und er wollte ihn in vollen Zügen genießen, auch wenn es nicht schön war, allein zu sein, und er nicht gerade in vergnügter Stimmung war. Ethel war am gestrigen Nachmittag abgereist; ohne sie konnte er eigentlich nicht länger bleiben. Es war nur allzu bekannt, dass sie gestritten hatten; doch merkwürdigerweise schien das keine Rolle zu spielen.

Pete hatte den Strand geharkt und stellte die Sonnenschirme auf. «Sie sind früh heute Morgen, Mr Grandin.»

«Ein wenig.»

Gestern beim Abendessen hatte er den Haumans – und später auch den Howards – erklärt, dass Ethel ein Telegramm von zu Hause erhalten habe und abreisen musste, etwas sei mit den Kindern; sie habe ihn gebeten, allen Grüße auszurichten und Auf Wiedersehen zu sagen. Ob sich Cliff und Billie darüber wunderten oder nicht – und ob die Howards ahnten, was geschehen war –, war ihm egal. Das Einzige, was eine Rolle spielte, war, dass Ethel ihn verlassen hatte; ihr Urlaub war verdorben, vielleicht ihr ganzes weiteres Leben, obwohl er ehrlich versucht hatte, aufrichtig mit ihr zu sein.

Er musste es akzeptieren. Als er am Morgen allein zum

Frühstück herunterkam, hatte Miss Fly darauf verzichtet, ihn zu irgendwelchen lustigen Unternehmungen zu drängen; im Gegenteil, sie wirkte ausgesprochen verlegen, und wenn sie in seine Nähe kam, schwieg sie niedergeschlagen; sie machte einen großen Bogen um seinen Tisch und verbrachte stattdessen demonstrativ eine Viertelstunde an Tisch der Eklunds, Mutter und Sohn. Sie redete ein wenig zu laut, und die Eklunds antworteten ihr in derselben Lautstärke, in dem vergeblichen Bemühen, sich ihr verständlich zu machen. Er sah zu Arne Eklund hinüber, doch sein Blick wurde nicht erwidert. Das kam nicht überraschend; weil er ihn nicht den Haumans vorgestellt hatte, hatte er schon vor Langem die Freundschaft des jungen Mannes verspielt. Sofort nach dem Frühstück zog er kurze Hose und Bademantel an und ging zum Strand.

Er legte sich auf dem Rücken in die pralle Sonne. Der einzige Mensch auf der Welt, der ihm jetzt fehlte, war Ethel Cameron. Falls ihre Ehe zu Bruch ging, war alles vergebens, was er seit den Dreißigern aufzubauen versucht und wofür er gelebt hatte. Er wollte kein anderes Leben und wusste nicht, wie er ohne Ethel leben sollte. Es war schlimm genug, dass er seine Söhne verlieren würde – doch weit schlimmer erschien ihm der Verlust von Ethel. Die Jungen würden erwachsen werden und aus dem Haus gehen, schließlich weit entfernt ihr eigenes Leben führen; genau so gehörte es sich. Aber Ethel zu verlieren – der Gedanke, ohne sie weiterzuleben – bedeutete, dass es für ihn keine Zukunft gab. Nach ein paar Wochen könnte er vielleicht einen neuen Versuch unternehmen, sie zurückzugewinnen und ihre Ehe neu zu beleben; doch wenn ihm das misslang (und sie hatte furchtbar entschlossen auf ihn gewirkt, weshalb er damit rechnen musste zu scheitern), was sollte er dann mit seinem Leben anfangen? An ein kleines College gehen und den Rest seiner sinnlosen Tage allein verbringen? Und was war mit Ethel? Würde sie einen anderen Mann finden, den sie lieben konnte und der ihr die Liebe gab, die er selbst ihr vielleicht nicht immer rückhaltlos gegeben hatte?

Aber Ethel kam nicht leicht mit anderen Männern in Kontakt. Nachdem sie den einen Mann gefunden hatte, den sie liebte – und dem sie sich selbst ganz hingegeben hatte –, war es für sie unmöglich, dies auch für einen anderen Mann zu tun. Für Ethel kam die Liebe nur ein Mal. Und dasselbe galt auch für ihn und die Art von Liebe, die er für Ethel empfunden hatte – die einzige Art von Liebe, die ihm etwas bedeutete.

Es war jämmerlich von ihm gewesen, sie gehen zu lassen, ohne ernsthaft zu versuchen, sie zu halten; und es war auch gefährlich. Nach allem, was geschehen war, war Ethel nun alles zuzutrauen; vielleicht war die Bombe, mit deren Detonation er gerechnet hatte, nicht die gestrige Enthüllung, sondern Ethels Reaktion darauf, eine Reaktion auf die furchtbaren Qualen, die sie hatte erleiden müssen. Obwohl ihm das bewusst war, hatte er ihre Abreise geschehen lassen, als wäre alles in Ordnung; er hatte den Kopf abgewandt und in die andere Richtung geschaut, sozusagen, und Ethel ihrem Elend überlassen. Warum hatte er das zugelassen, was hielt ihn noch hier? Es hatte gewiss nichts mit Clifford Hauman zu tun. Was Cliff anging, hatte er eine klare Entscheidung getroffen, beinahe wütend, und hätte frohen Mutes eingewilligt, ihn niemals wiederzusehen. Es gab nur einen Weg, dieses Ziel zu erreichen: Er müsste nur die Insel verlassen, so wie Ethel es getan hatte, und die Haumans würden für immer aus seinem Leben verschwinden. Und dennoch, aus irgendeinem unerklärlichen Grund blieb er dort.

Als er anfing, um Ethel zu werben, und auch noch in den ersten Monaten ihrer Ehe hatte er gefürchtet, er könnte sie verlieren. Jetzt erschien ihm das wie eine Vorahnung dessen, was ihm im Lauf dieser Woche widerfahren war. Als Verlobter und Bräutigam hatte er sich mit dem Gedanken gequält: Liebte sie ihn wirklich genug, oder würde sie das Interesse verlieren, seiner müde und gleichgültig werden? Doch das war nicht eingetreten. Je länger sie verheiratet waren, umso sicherer wurde er, dass sie eine tiefe Liebe für ihn empfand. Es war ein wunderbares Gefühl, das Fundament seines Glücks. Diese Sicherheit war ihm das Allerwichtigste. Doch was war geschehen? *Er* war es, der gleichgültig wurde, der ihre Liebe als etwas Selbstverständliches auffasste und seinen ehelichen Pflichten nur dann nachkam, wenn ihm gerade danach war. Ihre Liebe (wenn er überhaupt darüber nachdachte) war ihm als etwas Gegebenes erschienen, wie die Wohnung, die Kinder und seine Arbeit. Es war ihm tatsächlich zur Gewohnheit geworden, mehr Zeit mit den Kindern, weit mehr Zeit und Engagement auf seine Arbeit zu verwenden als für Ethel. Diese Vernachlässigung war unverzeihlich gewesen, das wusste er jetzt. Er wünschte sich von ganzem Herzen, es wiedergutmachen zu können, wie er es sich schon auf der Zugfahrt gewünscht hatte. Doch es war nicht diese Vernachlässigung, die ihren letzten, ernsten Streit herbeigeführt hatte, oder wenn, dann nur insofern, als sie eine vorübergehende Schwärmerei für Cliff Hauman mit sich brachte und er von dessen jugendlichem Charme in Bann geschlagen wurde. Hätte sich Ethel vor einigen Monaten von ihm abgewandt, hätte er es verstanden und akzeptiert, weil er wusste, dass sie im Recht war. Doch dass sie ihre Trennung mit seiner Besessenheit für einen jungen Mann begründete, den er vor wenigen Tagen kennengelernt hatte und bald schon aus den Augen verlieren würde – eine Besessenheit, die er weder vorsätzlich herbeigeführt noch überhaupt begriffen hatte, bevor es zu spät war –, das war unfair.

Er versuchte nicht, die Ereignisse zu rationalisieren oder sich zu entschuldigen. Er hatte Ethel immer verstanden (so glaubte er), und dieses Verständnis war eines der stärksten Bänder zwischen ihnen gewesen. Er verstand sehr gut, dass eine Frau wie Ethel, voller Temperament und unbeirrter Hingabe, doch mit begrenztem Erfahrungshorizont – im Grunde also jede Frau –, ausreichend Zeit benötigte, um seinen vorübergehenden Ausflug in eine andere Art der Liebe zu verarbeiten, den sie als Angriff auf ihren innersten Stolz, ja auf ihre

Weiblichkeit selbst empfinden musste und unmöglich ertragen konnte. Er wusste es und konnte es verstehen; während dieser Feuerprobe hätte er ihre Gedanken für sie denken, ihr Problem für sie artikulieren können, wohingegen ihr in ihrer haltlosen Verwirrung die Worte fehlten. Weshalb sollte es ihr – ihnen *beiden* – auf lange Sicht Schaden zugefügt haben, dass er für kurze Zeit durch eine Schwärmerei abgelenkt wurde, deren Unmöglichkeit ihm schließlich selbst zu Bewusstsein gekommen war?

Er war nicht so dumm zu glauben, dass Ethel sagen würde, Nun mach schon, liebe ihn – denn das war es ja gar nicht, was ihn zu Cliff hinzog; er hätte Ethels Liebe sicherlich bitter in Zweifel gezogen, wenn sie einen solchen Vorschlag gemacht hätte. Dass sie verwirrt war, vielleicht so sehr, dass keine Möglichkeit bestand, sie zurückzugewinnen, war der eindeutige Beweis, dass sie ihn wirklich liebte. Doch konnte ihn das trösten, wenn er sie aus diesem Grund verlieren sollte? Dass er in Cliffs Bann geraten war, hatte keine größere Bedeutung als ein Urlaubsflirt mit einem jungen Mädchen, weniger sogar, denn solch ein Flirt könnte zu einer heimlichen, wenn auch kurzen Erfüllung führen, während es mit Cliff keine Erfüllung gab. Falls er Cliff liebte – also gut, dann liebte er ihn eben, und das war alles; die Sache war zu Ende, sobald er sie begriffen hatte. Selbst wenn er zu denen gehörte, die körperliche Liebe mit einem Mann suchten oder brauchten, dann wäre auch das in Ordnung gewesen, vorausgesetzt, die Liebe war echt und unausweichlich; denn was ist, ist, und Wahrheit ist Wahrheit, egal, welche Form sie annimmt. Doch in Gefühl und Erfahrung war er ebenso wenig wie Cliff darauf vorbereitet, den anderen zu lieben. Vielleicht hatten sie sich gern, wenn es denn so sein sollte, und würden das alles dann wieder vergessen. Es war eine Episode, etwas Vorübergehendes, vielleicht ein Zeichen der Zeit; Ethel konnte, selbst in ihren verrücktesten Fantasien und im tiefsten Schmerz, nicht wirklich glauben, dass es mehr zu bedeuten hatte. Und doch hatte sie ihn verlassen, obwohl er ihr gestern zutiefst aufrichtig – so aufrichtig wie überhaupt nur möglich –, wenn auch vergebens erklärt hatte, wie er die Dinge sah, die ihm widerfahren waren.

Weitere Hotelgäste waren an den Strand gekommen, doch er hielt die Augen noch immer geschlossen und ignorierte sie, als würde er schlafen. Doch dann hörte er, wie sich vertraute Stimmen näherten.

«Seht euch das an, da liegt der Herr Professor und grillt sich wie einen Spießbraten. Was sollen wir tun, Asche auf sein Gelehrtenhaupt streuen?»

Grandin öffnete die Augen und setzte sich auf. Bill Howard kam mit Billie und Cliff Hauman auf ihn zu.

«Macht es Spaß, wieder Junggeselle zu sein?», fragte Howard.

«Nein.»

«*Meine* Frau schreibt Briefe. Zumindest sagt sie das; aber unter uns, ich wette, sie ist wieder ins Bett gegangen. Kenne niemanden, der so gern schläft wie Sadie.»

«Oh, da fällt mir ein», sagte Billie, die sich gerade unter dem Sonnenschirm niederließ, «ich habe noch keine einzige Karte geschrieben, um mich für all die entzückenden Hochzeitsgeschenke zu bedanken. Nicht eine!»

«Meine Güte», sagte Bill Howard, «Sie sind doch erst drei oder vier Tage verheiratet. Für so was ist später noch Zeit genug, wenn der öde Alltag beginnt.»

«Aber vier Tage!»

«Ich bin sicher, niemand erwartet, dass Sie in den Flitterwochen Danksagungen für zwölf Sets von Salz- und Pfefferstreuern und völlig unnütze Drehplatten verschicken.»

«Doch, das gehört sich so für eine Braut!»

«Vergessen Sie's, schöne Frau. Na los, wie wär's mit einer kleinen Abkühlung gleich zu Anfang, damit wir's hinter uns haben?»

«O wie gerne, Mr Howard.»

«Und Sie, Cliff? Den weisen Doktor wage ich nicht zu stören.»

«Ich glaube, ich lege mich erst ein Weilchen in die Sonne», sagte Cliff geistesabwesend. «Vielleicht später.»

Bill Howard und Billie liefen johlend in die Brandung, und Cliff setzte sich in den Sand. Grandin legte sich wieder auf den Rücken.

«Wie geht's Ihnen, Johnny?»

«Alles in Ordnung.»

«Ich nehme an, Eth fehlt Ihnen.»

«Ja, sehr.»

Überraschenderweise fragte Cliff: «Keine Lust zu reden?»

«Nein, nicht besonders.»

«Ich habe über Sie nachgedacht, Johnny», sagte er. «Oh Mann, Sie werden mir ganz schön fehlen, wenn wir von hier wegfahren.»

«Sie werden mir auch fehlen, Cliff.»

«Wissen Sie, an wen Sie mich erinnern, Johnny, so irgendwie? Nicht direkt, aber irgendwie halt. Gestern Abend fiel mir das ein. Einer der bombigsten Männer, die ich je getroffen habe, der netteste Kerl, den man sich nur denken kann.»

«Und wer ist das?»

«Auf dem College hatten mein bester Kumpel und ich schlimme Probleme in Englisch. Wir spielten beide Football, aber natürlich durften wir nicht bei den großen Spielen mitmachen, bevor wir die Prüfung bestanden hatten – Sie wissen ja, wie genau die das nehmen. Nun ja, Joe und ich hatten denselben Englischlehrer, er hieß Scott», fuhr Cliff fort, «ich hab Scotty zu ihm gesagt – und er nahm sich alle Zeit der Welt, um uns durchzubringen. Mensch, das war ein toller Kerl, Johnny, wenn man so darüber nachdenkt. Was wird wohl aus Scotty geworden sein … Also, es gab wirklich nichts, das er nicht gewusst hat. Der wusste alles, was man überhaupt über Bücher und so was wissen kann. Und er hat immer noch mehr Bücher gelesen! Man konnte was lernen, wenn man einfach nur mit ihm zusammen war, ganz bestimmt. Sie und er hätten sich bestimmt toll verstanden. – Passen Sie auf, Johnny, wollen Sie wissen, was er alles für Joe und mich getan hat? Vor den Prüfungen hat er sich mit uns die Nächte um die Ohren geschlagen und uns beim Büffeln geholfen, damit wir durchkommen – hat noch mal den ganzen Stoff mit uns durchgekaut, die ganzen Sachen, die Joe und ich im Unterricht nicht kapiert hatten, weil wir zu dumm waren», fügte er lachend hinzu. «Sie glauben gar nicht, wie viel er für uns getan hat, das glauben Sie nicht! Also, wir verdanken ihm wirklich alles, Joe und ich. Ich weiß verflixt genau, dass wir nur seinetwegen die Prüfung geschafft haben. Ich kann Ihnen gar nicht sagen, wie viel Zeit er sich für uns genommen hat, so viel Zeit!»

John Grandin hatte die Arme über die Augen gelegt, um sie vor der Sonne zu schützen, doch er hörte aufmerksam zu und verstand ihn nur zu gut.

«Aber wissen Sie was», sagte Cliff. «Eines Abends saßen wir in seiner Wohnung am Schreibtisch, nur er und ich – ich war zu ihm gekommen, damit er mit mir lernen konnte –, und wissen Sie, was er gemacht hat? Scotty hat mir seine Hand aufs Knie gelegt, die ganze Hand, und hat sie da liegen lassen. Was sagen Sie dazu, Johnny? Was sagen Sie dazu?»

Grandin sagte: «Und was haben Sie getan?»

«Getan! Na, was glauben Sie wohl!», antwortete Cliff heftig. «Ich hab gesagt, ‹O nein, Scotty, nichts da!› – Sein Gesicht hätten Sie sehen sollen.»

Nach einer Pause fragte Grandin: «Und war die Sache damit erledigt?»

«Na klar, so was gibt's bei mir auf keinen Fall. Trotz allem! – Und wissen Sie was», fuhr er fort, «mit Joe hat er dasselbe versucht, das hat Joe mir erzählt. Was sagen Sie dazu, Johnny? Mensch, das war ganz schön schlimm, er war ja wirklich ein großartiger Kerl, ehrlich. Vielleicht glauben Sie das nicht, nach allem, was ich erzählt habe, aber es stimmt. Wirklich, Scotty hätte alles für Joe und mich getan, alles auf der Welt ...»

Grandin setzte sich auf und zog den Bademantel aus. «Ich glaube, ich gehe schwimmen.»

Cliff antwortete nicht. Er wirkte merkwürdig geistesabwesend und düster. Er saß da, die Arme um die Knie geschlungen, und starrte aufs Wasser. Schließlich sagte er – nach einer so langen Pause, dass kaum noch ein Zusammenhang bestand: «Damals war ich natürlich noch viel jünger als jetzt …»

Einen Moment lang fragte sich John Grandin, ob er richtig gehört hatte. Wenn ja, was hatte dieser Nachsatz zu bedeuten – und war es überhaupt ein Nachsatz? Aber darüber wollte er jetzt nicht nachdenken. Er stand auf und ging hinunter zum Wasser.

Er hatte das Bedürfnis, etwas zu unternehmen, er brauchte Bewegung; dennoch blieb er zunächst am Wassersaum stehen und musterte die Wellen, als wollte er erst einmal ihre Kraft prüfen. Ein starker, auflandiger Wind wehte, und die großen grünen Brecher donnerten auf den Strand. Seine Fersen sanken tief ein, wenn das Wasser um seine Füße wirbelte und den Sand darunter fortspülte. Er spürte die Gischt auf dem Gesicht; sie erfrischte ihn, obwohl sie ihm heftig entgegenpeitschte. Er wartete, bis die nächsten Brecher anrollten, und stürzte sich kopfüber hinein.

Als er auf der anderen Seite wieder auftauchte, zogen ihn die zurücklaufenden Wellen mit sich hinaus. Er schwamm auf den nächsten Brecher zu, der sich auftürmte, und erreichte die Krone, bevor er wieder in sich zusammenfiel. Schon nach wenigen Augenblicken war er weit draußen.

Es machte Spaß, von den graugrünen Wogen herumgeschleudert, hochgehoben und wieder herabgetragen zu werden und durch die langen Wellentäler zu gleiten, die wieder und wieder auf den Strand rollten. Er überließ sich dem heftigen, einlullenden Schaukeln … *Schnell, tragt mich fort vom Angesicht der Gestade; Bettet mich weich, wiegt mich in wogenden Schlaf; Peitscht mich mit liebendem Nass – ich kann's euch vergelten …*

Da sah er, dass Cliff mit ihm schwamm, er war ihm schon voraus, bereits weiter draußen als er. Hin und wieder erblickte er den nassen, dunklen Kopf – der trocken so hell war –, wenn er eine mächtige grüne Welle erklomm, verschwand und in der Tiefe des Wellentals wieder zum Vorschein kam, nachdem die Welle weitergezogen war. Er schwamm elegant und kraftvoll; es war eine Freude, ihm zuzuschauen, wie er die rollenden Wellen meisterte.

Doch dann hatte er genug. Er machte kehrt und hielt auf das Land zu; flach ausgestreckt durchpflügte er eilig die Wellen, um mit einem rollenden Brecher Schritt zu halten, und ließ sich von ihm schnell zurück an den Strand tragen. Er warf Grandin einen triumphierenden Blick zu, als er an ihm vorbeikam. Kurz darauf kehrte auch Grandin um.

Doch so einfach, wie es bei Cliff ausgesehen hatte, war das nicht. Schon sehr bald, viel zu bald, um gelassen zu bleiben, spürte er die Anstrengung. Er hielt den Blick aufs Ufer und die am Strand liegenden Menschen gerichtet, die er nur ab und zu von der Krone eines Brechers sehen konnte, als würde vor dem Ziel seiner Anstrengungen ein Vorhang geöffnet und zugezogen, geöffnet und zugezogen; der Strand schien noch immer so weit entfernt wie zuvor, so verzweifelt er auch voranzukommen versuchte.

Es war das Beste, nicht hinzuschauen: den Strand und die Entfernung zu vergessen, sei er nun nah oder fern, und sich auf das zu konzentrieren, was er hier und jetzt ganz allein zu bewältigen hatte. Er schwamm weiter, mit so wenig Anstrengung wie möglich; entspannt und kräfteschonend, und ohne an Angst und Erschöpfung zu denken, so arbeitete er sich langsam, aber sicher voran (so dachte er). Er drehte den Kopf zur Seite, atmete ruhig und befahl seinen Gliedern, mit der geringstmöglichen Anstrengung ein Maximum an Kraft und Ausdauer zu erzeugen. Als er es wagte, wieder nach vorn zu schauen, war er dem Strand kein Stück näher gekommen; doch was in ihm die heftigste Panik hervorrief, war die Tatsache, dass die Menschen am Ufer – Billie und Cliff, Bill Howard und die anderen Gäste, selbst Pete, der auf seinem Hochsitz döste – von seiner Notlage nicht das Geringste mitbekamen.

Dann überfiel ihn ein völlig unerwartetes Gefühl, eine rasende, noch nie da gewesene Wut, die zerstörerischer und viel gefährlicher war als Panik. Sie entsprang dem überraschenden und überraschten Gefühl, sich zum Narren gemacht zu haben – und zwar durch eigene Schuld, wodurch es so unerträglich war –, indem er sich in eine so demütigende Lage begeben hatte; ganz offensichtlich würde es ihm nicht gelingen, sich aus eigener Kraft in Sicherheit zu bringen, er hatte sich bereits viel zu sehr verausgabt. Innerlich tobte er vor Wut, und zugleich schämte er sich. Seine Gefühle waren ganz anders, als er sich die letzten Gedanken eines Ertrinkenden vorgestellt hatte: nämlich dass, im letzten Augenblick, bevor er unterging, sein ganzes Leben wie ein Film sekundenschnell noch ein Mal vor seinen brechenden Augen abliefe. Doch nichts von alldem geschah. Grandins ganzes Wesen protestierte wütend und leidenschaftlich dagegen, dass es *so* zu Ende gehen sollte. Es war eine Beleidigung seiner Würde und all der Vorbereitungen, die er im Lauf seines ganzen Lebens getroffen hatte, die ihm nach Möglichkeit ein angenehmes, privilegiertes Leben und die Wertschätzung der Mitmenschen verschaffen, zumindest aber kein so schmähliches Ende wie dieses hätten bereiten sollen – und nur, weil er so närrisch gewesen war (ja, das war alles, was er sich hatte zuschulden kommen lassen, nichts, das eine derart kränkende und endgültige Demütigung rechtfertigte), so weit hinauszuschwimmen, dass seine Kräfte nicht reichten, an Land zurückzukehren. Während seine Freunde nicht mehr als dreißig Meter entfernt am Strand saßen, musste er hier ertrinken, ohne dass jemand davon erfuhr und seine Not bemerkte, keiner, an den er sich wenden konnte, um – nein, nicht Auf Wiedersehen zu sagen, sondern ihm zuzurufen: Ist das nicht albern? Ist es nicht unfassbar und albern, dass mein Leben so enden soll? – Er bekam nicht einmal die Möglichkeit, es zu erklären …

Er könnte rufen, und sofort würde ihm jemand zu Hilfe kommen, aber das Vertrackte an der ganzen Situation bestand darin, dass er auf keinen Fall rufen konnte. Er merkte, dass er es nicht vermochte, auch nur eine einzige Silbe hervorzubringen, nicht einmal dann, wenn sein Leben davon abhing. Ehe er eine so demütigende Aufmerksamkeit auf sich zog, würde er ertrinken, (vorerst) unbemerkt und ohne ein Wort.

Solche Gedanken gingen ihm durch den Kopf (jedoch weitaus leidenschaftlicher, bitterer, unerträglicher), während er sich bemühte, über Wasser zu bleiben. Es war eine erschreckende Ironie des Schicksals, dass die Floskel Ich-würde-lieber-sterben-als-um-Hilfe-bitten hier wortwörtlich und aberwitzig zur Wahrheit wurde. Doch dann blieb ihm beinahe das Herz stehen: Cliff hatte sich umgedreht und blickte hinaus aufs Meer; er schaute umher und lauschte in ruhiger Alarmbereitschaft. Schwer atmend, die Augenbrauen kaum oberhalb des feuchten Elements, fing Grandin seinen Blick auf. Cliff löste sich von der Gruppe und kam bis zum Wassersaum auf ihn zu. Mit unauffälligen Gesten stellte er über die Entfernung hinweg die stumme Frage: Ist alles in Ordnung?

Er konnte nicht antworten, ja, nicht einmal den Kopf schütteln; durch übermenschliche Anstrengung gelang es ihm lediglich, sich einige Zentimeter voranzukämpfen – nur, um von der Unterströmung wieder hinaus auf See gezogen zu werden. Seine durch die Gischt ermüdeten Augen, die mehr und mehr das Interesse an allem Sichtbaren verloren, verfolgten, wie Cliff äußerst angespannt am Wassersaum stehen blieb, die Brauen runzelte und die Situation analysierte, um dann, wie eine losgelassene Feder, hinaus in die Brandung zu schnellen.

An das, was dann geschah, konnte er sich nicht erinnern; er kam erst wieder zu sich, als Cliff ihn auf den trockenen Sand legte, außer Reichweite der Wellen. Er lag keuchend auf dem

Rücken und blickte hinauf zu Cliff – der vorgebeugt vor ihm stand, die Hände auf den Knien, und ihn mit besorgtem Gesichtsausdruck musterte.

«Nicht sprechen. Alles ist gut, Johnny, nicht sprechen.»

Er wandte den Kopf zur Seite und sah, dass Billie und Bill Howard, und nun auch Sarah Howard, ein ganzes Stück entfernt im Schatten der Sonnenschirme saßen. Wieder sah er zu Cliff empor, gerührt durch dessen so wohlüberlegtes und taktvolles Verhalten.

«Wir sind hier an Land gekommen», sagte Cliff. «Die Strömung hatte uns ein Stück die Küste entlanggetrieben. Sie haben gekämpft, Johnny, das war schon 'n gutes Stück Arbeit.»

Erleichterung stieg in ihm auf; er war am Leben – und das war in diesem Augenblick das Einzige, was zählte. Zum ersten Mal seit seiner frühen Jugend schien das Leben plötzlich eine Fülle ungeahnter Möglichkeiten zu bieten. Er war zutiefst dankbar, dass Cliff ihn ein Stück von den andern entfernt an Land getragen hatte, auch wenn er ihm das nicht sagen konnte.

Dazu bestand auch keine Notwendigkeit. Cliff übernahm das Reden.

«Sie waren noch über Wasser, als ich ankam, noch immer am Paddeln, Johnny, wenn auch etwas langsam. Ich dachte schon, Sie wollten aufgeben. Aber das hätten Sie nicht getan, stimmt's?»

«Nein.» Er lächelte, außerordentlich dankbar und zufrieden mit Cliff. «Wir gehen jetzt besser zurück.»

«Warten Sie noch einen Moment.»

«Ich bin okay. Außerdem möchte ich nicht, dass die andern davon erfahren.»

«Nehmen Sie meine Hand, Johnny.» Er half ihm auf die Beine, und sie gingen zusammen durch den Sand.

«Weiß jemand, wie spät es ist?», fragte Cliff, vielleicht ein wenig zu fröhlich, als sie bei den anderen ankamen.

Wenig später gingen die Haumans und John Grandin über

den Holzsteg zurück zum Hotel. Sarah Howard, die mit ihrem Mann zurückgeblieben war, sah ihnen nach. Plötzlich drehte sie sich um. «Was bin ich nur für ein Schaf», sagte sie. «Die ganze Zeit dachte ich, es wäre Billie. Aber du meine Güte, es ist Cliff.»

«Was ist Cliff?»

«Der, in den sich John Grandin verliebt hat.»

«Nein!», rief ihr Mann.

«Doch.»

«Der arme Kerl …»

Allein in seinem Schlafzimmer, wo er sich vor dem Mittagessen erholte, begriff John Grandin, weshalb er Ethel hatte gehen lassen, ohne einen ernst gemeinten Versuch zu unternehmen, sie aufzuhalten, und weshalb er sich gestattete, willenlos hier zurückzubleiben, obschon ihn, wenn schon nicht die Selbstachtung, dann der gesunde Menschenverstand dazu hätte veranlassen müssen, zusammen mit seiner Frau die Insel zu verlassen. Es war, als hätte er schon die ganze Zeit gewusst, dass Cliff diese unglaubliche Bemerkung machen würde, die Worte, die niemand auf der ganzen Welt erwartet hätte: «Damals war ich natürlich noch viel jünger als jetzt.» Bis zu diesem Moment hatte Grandin widerstanden, doch dieser Satz besiegelte seine Niederlage. Wohl wissend, welcher Gefahr er sich aussetzte und wie unwahrscheinlich die Erfüllung war, war er doch froh darüber, geblieben zu sein.

VIII

Durch die verschmierten Abteilfenster wirkte Cape Cod wie eine Einöde. Man wunderte sich, dass so viele Menschen sich auf dieser kahlen, abgelegenen Landzunge ihre Ferienhäuser errichteten. Doch Ethel Grandins Blick glitt über die flachen Sandwüsten, sumpfigen Felder und brackigen Tümpel, und auch über die selbstbewussten Häuschen der reichen Urlauber hinweg, ohne sie zu sehen; die Fahrt nach Boston war eine Auszeit, die sie nutzen musste, um mit sich ins Reine zu kommen; dabei interessierte sie sich nicht für die Landschaft.

Es war eine Flucht. Sie hatte das einzige Taxi in Sconset gemietet und in Nantucket die Mittagsfähre erreicht, die rechtzeitig in Woods Hole ankam, um den Anschlusszug nach Boston zu nehmen. An die Überfahrt konnte sie sich nicht erinnern; sie hatte sich ausgesprochen elend gefühlt, nicht weil sie allein war und ihren Mann verlassen hatte, sondern weil sie nicht wirklich wusste, wovor sie flüchtete, und noch weniger, wohin sie wollte. Das Schiff war nicht sehr voll gewesen, anders als am Morgen, wenn viele Urlauber aufs Festland zurückkehrten, um den frühen Zug nach New York zu erreichen. Sie hatte im Liegestuhl auf dem schwankenden Deck gesessen und den Rufen der Seemöwen gelauscht, die dem Schiff wie eine Schar verlorener Seelen folgten, sowie der tosenden Gischt, die am Bug emporspritzte. Ihren langweiligen oder gleichgültigen Mitreisenden, die mit ihren eigenen simplen Freuden und Leiden beschäftigt waren, schenkte sie keine Beachtung und erfror beinahe im eisigen Wind, der gnadenlos über das ungeschützte Deck pfiff. Sie hätte hineingehen können, doch aus irgendeinem Grund musste sie an der frischen Luft sein, wenn es auch noch so kalt war.

Als der Zug aus Boston heranschnaufte, stieg sie sofort ein, ohne an ihre Ankunft vor ein paar Tagen zu denken, das Wiedersehen mit ihrem Mann, ihren dummen Fehler, auf der falschen Seite des Zugs auszusteigen, und an die angespannte Überfahrt, während der sie so oft den Tränen nahe gewesen war. Die Haumans waren eine willkommene Ablenkung gewesen, wenn auch nur deshalb, weil sie den Ausbruch der Krise hinauszögerten, die unausweichlich bevorstand. Alles, was ihr von ihrem Aufenthalt in Nantucket im Gedächtnis geblieben war, neben der niederschmetternden Szene gestern

Mittag, als sie Cliffs Uniformmütze in der Reisetasche ihres Mannes gefunden hatte – und er dieses Vorkommnis auf so beleidigende Weise zu rationalisieren versuchte –, war ihr Versäumnis, überhaupt nicht, nicht ein einziges Mal gesagt zu haben, wie sehr es sie freute, dass sein Buch von Scribner's angenommen wurde und im Herbst erscheinen sollte. Wie er darüber dachte, dass sie diesen Wendepunkt in seinem Leben so vollständig ignoriert hatte, spielte in diesem Moment für sie keine Rolle. Neben der tragischen Tatsache, dass sie, wie sie glaubte, ihren Mann für immer verloren hatte, spielte nichts eine Rolle.

Es kümmerte sie nicht, was die Howards über ihre plötzliche Abreise denken würden, oder Cliff und Billie, ja, nicht einmal, was ihr Mann darüber dachte. Sie hatte fortgemusst, und Gott sei Dank war sie so mutig gewesen, selbst eine Entscheidung zu treffen. Nach dem furchtbaren ersten Abend in Sconset zu bleiben, war eine grausame Erniedrigung gewesen; länger zu bleiben hätte alles entwertet, was sie ihm versucht hatte zu sagen. Jetzt endlich hatte sie verstanden, worum es ihr in diesem ersten Gespräch gegangen war. Sie wünschte, sie hätte ihren Mann für seine nutzlosen Versuche, sein Verhalten zu «erklären», bedauern können; stattdessen hatte sie ihn gehasst, wirklich gehasst, und das erschreckte sie zutiefst und raubte ihr jede Hoffnung.

Noch niemals zuvor in ihrem ganzen Leben hatte irgendein Mensch – und erst recht nicht ihr Ehemann – ihr das Gefühl gegeben, so unbedeutend zu sein. Sie hatte fortan keine Bedeutung für ihn, könnte nie wieder eine Bedeutung erlangen, und deshalb war ihr weiblicher Stolz im tiefsten Innern verletzt; ihre Liebe wurde nicht gebraucht, er schleuderte ihr seinen Spott mitten ins Gesicht. Was war Sarah Howard doch für eine glückliche Frau! Auch wenn Bill nicht so klug und fein war wie John, so wurde sie doch von ihm geliebt. Sie liebten sich mit der Leidenschaft der Jugend; jetzt, wo sie so desillusioniert von ihrer eigenen Ehe dachte, bedrückte Ethel die Leidenschaft der Howards mehr, als sie ertragen konnte. Und was die Haumans anging, so war Billie vielleicht eine bedauernswerte Figur, doch sie würde im Lauf der Zeit lernen, den Mann zu lieben, den sie geheiratet hatte. Billies Zukunft bereitete Ethel Grandin keine Sorgen; nur ihre eigene Zukunft erschien ihr öde und trostlos.

So sehr, wie sie ihn geliebt hatte, hasste sie jetzt ihren Mann, weil er sie allein gehen ließ. Wenn er nur das kleinste bisschen für sie empfand, nur ein klein wenig Verständnis für ihre Verzweiflung aufbringen könnte, wäre er nicht geblieben. Für ihr Selbstbewusstsein als Frau war es empörend, dass Cliff Hauman vielleicht der Grund dafür war. Dieser Gedanke war unerträglich und kaum zu fassen – obwohl John mit so vielen Worten zu erklären versucht hatte, dass es überhaupt nichts bedeutete, dass er Cliffs Mütze besaß – wie einen wertvollen Schatz, ein intimes Andenken, das Taschentuch eines geliebten Menschen.

IX

Obwohl er sich zweimal über sie geärgert hatte, fühlte sich John Grandin genötigt, vielleicht aus Pflichtgefühl, so objektiv wie möglich über Billie zu reden. Er und Cliff lagen im Schatten des Sonnenschirms, und sie waren so allein zu zweit, als befänden sie sich auf einer einsamen Insel. Grandin war sich der Intimität der Situation deutlich bewusst, doch er versuchte, sich deswegen keine Gedanken zu machen.

«Es geht mich zwar nichts an, Cliff», sagte er, «doch etwas ist mir aufgefallen.»

«Was denn, Johnny?»

«Nun, Billie scheint nicht zu begreifen, was für eine ernste Sache Ihnen bevorsteht – und auch ihr. Sie sind dafür verantwortlich, es ihr zu erklären.»

Unglücklich sah Cliff hinaus aufs Meer. «Billie und ich …», sagte er, «wir können über solche Sachen nicht sprechen, das ist das Problem. Wenn ich's versuche, herrje, dann tut sie, als würde sie gar nicht verstehen, wovon ich rede. Mensch! Ich rede nicht gern hinter ihrem Rücken darüber, aber so ist's nun mal.»

«Vergessen Sie nicht, Cliff, Sie haben ganz andere Erfahrungen gemacht als sie. Wie sollte Billie das auch verstehen können?»

«Aber sie versteht ja nicht einmal, dass wir uns im Krieg befinden, oder? Ich meine, anscheinend weiß sie gar nicht, was da vor sich geht. Wenn ich vom Krieg erzähle …»

«Fühlt sie sich ausgeschlossen. Davon versteht sie nichts. Sie waren fort, haben dort allein ein aufregendes Leben geführt, und vielleicht kehren Sie sogar dahin zurück.»

«Zum Kuckuck, das werde ich, da haben Sie recht, aber sie tut so, als würde sie mir nicht glauben.»

«Sie glaubt Ihnen, Cliff. Aber …»

«Aber was?»

«Vielleicht will sie es einfach nicht wahrhaben. Wie viele andere Menschen auch will sie nichts davon wissen. Wenn solchen Leuten etwas nicht in den Kram passt, dann tun sie so, als existierte es gar nicht.»

«So ist es! Genau so ist es, Johnny», sagte Cliff begeistert und ganz erstaunt, dass jemand anderes zum Ausdruck bringen konnte, wofür ihm selbst die Worte fehlten. «Sie will es nicht wissen – Billie *will* es einfach nicht wissen …»

«Sie ist noch jung, Cliff. Sie haben in letzter Zeit durch Zufall eine Menge erlebt; aber Billie – sie hat gar nichts erlebt, alles ist immer nur Ihnen widerfahren.» Er endete etwas lahm: «Sie wissen, dass es nicht ihre Schuld ist, stimmt's?»

Cliff schaute nachdenklich auf die Brandung, die Stirn sorgenvoll gerunzelt. «Mensch, ich habe schon mal gedacht …»

«Sagen Sie's lieber nicht.»

Überrascht drehte er sich um. «Was wollte ich denn sagen?»

«Ich glaube, so etwas wie – Sie hätten bis nach dem Krieg warten sollen.»

«Mann, das ist genau …»

«Ja, aber Sie dürfen es nicht einmal denken.»

«Man braucht mich da, zum Kuckuck», sagte er heftig. «Ich kann mich doch jetzt nicht häuslich niederlassen, mitten im Krieg!»

«Ich habe gemerkt, dass Billie nicht daran glaubt, dass Sie wieder zur Truppe zurückkehren. Sie glaubt es immer noch nicht.»

«Aber ich tu's, ich tu's ganz bestimmt. Ich muss!»

«Dann», und Grandin fragte sich, welches Recht er hatte, solche Dinge zu sagen, zumal es ihm im Grunde egal war, «dann müssen Sie sie dazu bringen, es zur Kenntnis zu nehmen und zu akzeptieren. Alles andere wäre unfair.»

Cliffs Gefühle brachen in einem Wortschwall aus ihm heraus. «Johnny, genau das macht mir ja Sorgen, das geht mir schon die ganze Zeit durch den Kopf, ich werd' es einfach nicht los, ich weiß nicht, was ich tun soll. Sie haben recht, Sie haben vollkommen recht – Männer verstehn das, Frauen nicht. Wenn ich Billie sage, dass es mir ernst ist mit dem Einrücken, dann laufe ich jedes Mal gegen eine Wand. Was kann ich tun, damit sie mir glaubt? Wie Sie gesagt haben, sie will es einfach nicht. Und deshalb – rede ich mit ihr über etwas anderes, oder – wir reden gar nicht …» Er machte eine Pause und sprach dann weiter, doch jetzt in einem ganz anderen Tonfall, leise und ernst: «Doch eins hilft mir dabei. Ich liebe Billie, schon immer. Wir hatten tolle Zeiten. Sie ist das beste Mädchen, mit dem ich je zusammen war, ich will keine andere. Wir sind so glücklich. Am Tag, an dem ich fortging, nahmen wir uns vor zu heiraten. Beim Gedanken, dass sie mich will, war ich der glücklichste Kerl auf der Welt. Die ganze Zeit im Ausbildungslager und auf 'Canal und die Monate im Krankenhaus habe ich an Billie gedacht, ich konnte es nicht erwarten, zu ihr zurückzukehren. Gut, jetzt sind wir also verheiratet ...» Er versank in brütendes Schweigen, als wäre damit alles gesagt.

Grandin spürte grenzenlose Zuneigung zu diesem Burschen, und er wünschte, er könne ihm irgendwie helfen. Das Leben war ziemlich schlecht eingerichtet, dachte er, wenn man in einem solchen Fall nichts anderes tun konnte, als dazustehen und Mitleid zu haben.

«Ich weiß nicht, Cliff, es ist Ihr Problem», sagte er. «Aber eins können Sie tun. Beim Himmel, es kann sein, dass Sie und Billie für sechs Monate getrennt sein werden, oder für Jahre, vielleicht sogar für immer. Sie müssen sie dazu bringen, den Dingen ins Gesicht zu sehen, Cliff. Sonst läuft sie noch in ein furchtbares Unglück. Es ist nicht Ihre Schuld – Sie wollen auf jeden Fall zurück zur Truppe, und dafür kann man Ihnen keine Vorwürfe machen. Doch wenn Sie nicht dafür sorgen, dass Billie den Tatsachen endlich ins Gesicht sieht, dann sind Sie – und glauben Sie mir, ich sage das nicht gern, denn Sie sind eine durch und durch ehrliche Haut –, dann sind Sie meiner Meinung nach sehr grausam zu ihr ...» Und dann, weil sich Cliff bei solchen Gesprächen unwohl fühlte, ging er zu einem Thema über, das ihm sicher mehr zusagte. «Erzählen Sie mir von Guadalcanal, Cliff. Das haben Sie noch nie gemacht.»

Sofort wirkte Cliff erleichtert. «Wissen Sie was», sagte er und wandte sich mit bezaubernder, rührender Frische Grandin zu, «jede Nacht, wie ein Uhrwerk, kamen diese Gauner angeflogen. Sobald es ein Uhr war, auf den Glockenschlag, fielen sie aus dem Himmel über uns her. Wenn wir überhaupt zum Schlafen kamen, dann nur vor eins und nach drei.»

«Und was haben Sie in den zwei Stunden gemacht?»

«Gemacht! Da konnte man nichts *machen*. Wenn wir die Sirenen hörten, kamen wir aus unseren Löchern geschossen und rannten an die Flakgeschütze. Und da blieben wir, bis sie wieder wegflogen, das ist alles.»

Das reichte John Grandin nicht. Er hatte hier einen Augenzeugen, aber er kriegte nichts aus ihm heraus. «Haben Sie denn selbst keine Flugzeuge losgeschickt?»

Cliff lachte ein befreites Lachen. «Herrje, wir hatten nichts, das wir losschicken konnten. Wir hatten überhaupt gar nichts. Wir waren gerade erst gelandet, bevor die Army auftauchte, oder die Navy, oder sonst jemand. Wir hatten nur das, was wir auf dem Rücken an Land getragen hatten. Mensch, letzte Nacht musste ich laut lachen, als mir einfiel, dass diese Gauner immer gewartet haben, bis wir in der Kiste lagen, bevor sie ankamen. Billie hat mich gefragt, weshalb ich lache.»

«Aber wenn die Japsen von oben kamen», beharrte Grandin, «dann müssen sie doch im Sturzflug geflogen sein – wie ist das gewesen?»

«Wie soll es gewesen sein?»

«Zum Beispiel», er kam sich albern vor, etwas so Offensichtliches anzusprechen, aber vielleicht führte es zu irgendwelchen greifbaren Auskünften, «das muss doch ganz schön laut gewesen sein, stimmt's?»

«Das kann ich Ihnen sagen! Herrje, was war das für ein Lärm. Und was für eine Aufregung! Aber Mensch, das ging alles so schnell, dass man erst anfing, darüber nachzudenken, wenn es vorbei war.»

«Konnten Sie denn etwas sehen?»

«Nichts als jede Menge Mündungsfeuer. Natürlich stocherten die Suchlichter im Himmel rum, und ab und zu haben sie ein Flugzeug gefunden, aber meistens fanden sie nichts. Jedenfalls war es so schön wie – es war wirklich schön, besonders in klaren Nächten.»

Wie ihm zuvor schon öfters aufgefallen war, bemerkte John Grandin auch jetzt, dass der Mann der Tat nicht in der Lage ist, wiederzugeben, was er durchlebt hat. Cliffs Geschichten bestanden vor allem aus großen Löchern, nichts wurde ordentlich erzählt und komplett wiedergegeben, weshalb man Dutzende von Fragen stellen musste, um sich ein Bild zu machen – und selbst die Antworten auf diese Fragen waren nicht wirklich Antworten. Es schien, als würden die dramatischen Dinge im Leben immer den falschen Menschen widerfahren (zumindest in Hinblick auf gute Geschichten); sie waren selten in der Lage, darüber zu berichten. An die entscheidenden Details, die eine Geschichte lebendig und wahr machten, konnten sie sich nicht erinnern; und das lag womöglich daran, dass sie das Ereignis nicht im eigentlichen Sinn erlebt, ihm also nichts abgewonnen hatten – dass sie sich, sozusagen, gar nicht bewusst waren, was sie erlebt hatten. Unweigerlich fehlte die bezeichnende Episode, der man sofort anmerkte, dass sie sich auf jeden Fall wirklich ereignet hatte, und die es ermöglicht hätte, sich mit der Geschichte zu identifizieren. Vielleicht, ging ihm durch den Kopf, verlangte «Erfahrung» mehr als Erfahrung: Vielleicht verlangte sie im gleichen Maß auch Fantasie.

«Nachdem Sie erst einmal das Lager aufgeschlagen hatten», fragte Grandin, «waren Sie doch bestimmt stinkwütend, wenn Sie jede Nacht geweckt wurden, nehme ich an?»

«Wütend? Ich weiß nicht, vielleicht, Johnny, ich kann mich nicht erinnern. Wenn es richtig losging, dachten wir darüber nicht nach. Wissen Sie, etwas Aufregung hat noch keinem geschadet. Die hielten uns so in Atem, dass wir keine Zeit hatten, darüber nachzudenken, ob wir wütend waren oder nicht. Mensch, war das ein Spaß, irgendwie. Ich meine, aufregend.»

«Spaß?»

«Na ja, vielleicht war es kein Spaß, vielleicht ist das der falsche Ausdruck.» Doch offensichtlich war es der richtige. Cliffs Begeisterung, darüber zu reden, zeigte nur allzu deutlich, dass es ein Spaß gewesen war, ein großer Spaß; und wenn er jetzt die Wahl gehabt hätte zwischen solch einer Nacht und einem milden Abend auf Nantucket, dann gab es kaum einen Zweifel, wofür er sich entschieden hätte.

Auch wenn er sich besser hätte ausdrücken können, wäre aus Cliffs Bericht nichts Neues zu erfahren gewesen. Es war die übliche Geschichte in diesen Zeiten. Man hörte sie überall und las sie in jeder Zeitung. Die Jungs, die von der Front zurückkamen, erzählten alle mehr oder weniger dasselbe – fast alles, was sie zu sagen hatten, wusste man bereits im Voraus, und in vielen Fällen hätte man ihre Geschichte besser erzählen können als sie. Wenn das so war, warum lauschte John Grandin dann mit solcher Bewunderung, solcher Aufmerksamkeit, solchem Interesse Cliffs Geschichten? Er selbst fragte sich, warum er jedes Wort des Berichts in sich aufsog, obwohl der keineswegs originell war. Ein Aspekt, der ihn fesselte, war Cliffs Eifer, Erlebnisse mit ihm zu teilen, von denen er wusste, dass Grandin sie niemals selbst erleben könnte – wofür er ihn, möglicherweise, bedauerte. In gewisser Weise, und ohne sich dessen bewusst zu sein, versuchte Cliff, ihm ein Stück seiner Jugend abzugeben, oder zumindest etwas von dem, was es hieß, im Jahr 1943 jung zu sein. John Grandin war gerührt von der Mühe und von dem Geschenk, auch wenn es bewirkte, dass er sich Cliff noch ferner fühlte als zuvor.

«Johnny», sagte Cliff plötzlich, «Sie sind ein wundervoller Bursche, wissen Sie das?»

«Nun, ich …»

«Nein, wirklich. Ganz bestimmt. Johnny, Sie können sich nicht vorstellen, was es für mich bedeutet, über diese Sachen reden zu können. Seitdem ich zurück bin, habe ich viel darüber nachgedacht. Da draußen ist mir bestimmt kein einziger Gedanke durch den Kopf gegangen; aber in letzter Zeit – was ich durchgemacht habe, was all die anderen Burschen durchgemacht haben, darüber muss man hin und wieder reden. Sie können gut zuhören, Johnny. Ich glaube, deshalb habe ich Sie ausgesucht.»

«Es interessiert mich, Cliff.»

«Das weiß ich, das kann ich spüren, und es bedeutet mir viel.» Er nahm eine Handvoll Sand und ließ ihn auf seine Knie hinabrieseln. «Sie sind einer von denen, die sich auskennen. Ich habe das Gefühl, dass ich mit Ihnen über alles Mögliche reden könnte.»

«Ich fühle mich geschmeichelt, Cliff, aber – das alles hat wahrscheinlich nur wenig mit mir zu tun. Sie würden bestimmt auch jemand anderen finden. Meinen Sie nicht, es liegt vor allem daran, vielleicht, dass Sie schon lange nicht mehr mit jemandem geredet haben?»

«Vielleicht haben Sie recht, Johnny, aber Frauen verstehn das nun mal nicht. Wenn es drauf ankommt, dann sind Männer die Einzigen, mit denen man reden kann. Und Sie ganz besonders.»

«Aber wir kennen uns kaum, Cliff.»

«Mann, das kommt mir gar nicht so vor. Meinen Sie wirklich, Johnny? Es ist nicht das erste Mal, dass ich reden wollte», sagte Cliff; er untersuchte aufmerksam den Sand, der durch seine Finger rieselte. «Ich wollte früher schon mal so richtig mit Ihnen reden, aber ich brauche viel Zeit, bevor ich auf jemanden zugehe. Ich meine, ich bin kein besonders zutraulicher Typ. Ich bilde mir lieber vorher ein Urteil über die Menschen.»

Wieder spürte John Grandin eine quälende Neugier in sich aufsteigen, wie vor ein paar Tagen bei der Dusche, obwohl er wusste, dass er kein Recht hatte, Cliff Fragen zu seinem Privatleben zu stellen. Hilflos und beklommen fühlte er, wie die Gier danach stärker und stärker wurde, auch wenn sein unvernünftiger Wissensdurst ihm Unbehagen bereitete. An seiner zwanghaften Neugier merkte er – und es war ihm schnurzegal –, dass er fragwürdigen Veränderungen unterlag, die sich seiner Kontrolle entzogen.

«Und was ist mit Ihren Freunden auf Guadalcanal?», fragte er. «Hatten Sie dort keine Kameraden, mit denen Sie gut zurechtkamen und reden konnten, oder Gedanken austauschen?»

«Ich hatte ein paar wundervolle Kumpel», erwiderte Cliff überschwänglich. «Aber ich erinn're mich nicht, dass wir viel geredet hätten. Und Mensch, was haben wir zusammen erlebt! Das waren die tollsten Burschen, die ich kenne. Mein bester Kumpel war Walt Farnsworth. Er ist der Größte, Johnny, der Größte! Auf der ganzen Welt gibt's keinen besseren Kumpel. Himmel, Sie hätten sehen sollen, was der essen konnte! Der verdrückte mehr als zehn Burschen zusammen. Es tat gut, ihm einfach zuzugucken! Was für Berge von Futter der wegspachtelte! Ich fand Walt einfach toll, bestimmt hätten Sie das auch. Von dem Moment an, als wir in San Diego an Bord gingen, bis zum Tag, an dem sie mich zurückbrachten, haben Walt und ich alles gemeinsam gemacht, auch, wenn wir auf Urlaub waren; Junge, was waren das für Zeiten, in Sydney und Melbourne, oder wo auch immer!»

Obwohl er sich nur allzu gut an die Abfuhr erinnerte, die er sich beim Gespräch an der Dusche eingehandelt hatte, konnte John Grandin sich die Frage nicht verkneifen, was denn in Sydney und Melbourne passiert war. Die Gefahr war ihm bewusst, aber er machte sich nichts daraus; in seinem Leichtsinn hoffte er sogar, Cliff würde merken, worum es ihm ging.

«Und wie war das so, in Sydney und Melbourne?»

«Was soll gewesen sein, Johnny?»

«Haben Sie und Walt – ich meine, waren Sie ...»

«Wenn Sie meinen, ob wir's uns haben gutgehen lassen: na klar! Junge, war das 'ne Gaudi! Was Walt gefuttert hat, da ging einem das Herz auf.»

«Und was war mit Mädchen, Cliff?»

«Warum fragen Sie das, Johnny?»

«Na ja, ich meine, nach dieser Isolation in Guadalcanal muss Sex doch irgendwie, ich meine ...»

«Ach, Sex», sagte Cliff mit einem Lächeln, als wäre von nichts Wichtigerem als dem Wetter die Rede. «Wahrscheinlich gehört Sex schon irgendwie dazu, darüber mach ich mir aber keine großen Gedanken. Himmel, dafür hat man keine Zeit. Und überhaupt, das ist doch überall dasselbe.»

X

KURZ NACH DEM ABENDESSEN kam Ethel Grandin zu Hause an. Die Kinder waren schon im Bett, aber ihre Mutter und ihr Vater saßen noch am Tisch. Sie redeten nicht. Es war ihnen zur Gewohnheit geworden, stundenlang beisammen zu sein, ohne sich zu unterhalten. Als Ethel hereinkam, dachten beide gleichzeitig: Was hast du denn hier zu suchen?

Ethel wich ihren Blicken aus. «Ich hätte euch wohl vorher Bescheid sagen sollen.»

«Was ist passiert?», fragte ihre Mutter.

«Nichts.»

«Aber – was ist mit John? Was sollen wir davon – was sollen die Leute denken?»

«Ich pfeife drauf, was die Leute denken», sagte Ethel und wandte sich ab. «Spielt es denn keine Rolle, wie es *mir* geht?»

«Und was ist mit uns?», fragte ihre Mutter. «Haben wir nicht das Recht, zu erfahren, ob – ob etwas geschehen ist?»

«Wir haben uns nicht gestritten, wenn du das meinst. John fährt zurück nach New York, und ich bin nach Hause gekommen. Sconset und Nantucket haben uns nicht gefallen, das ist alles.»

«Möchtest du einen Kaffee?», fragte Mrs Cameron.

«Nein, danke.»

«Wirklich, Ethel, du wirkst so verändert.»

«Ich bin verändert!», sagte sie und verließ schnell den Raum.

Als sie in ihrem Zimmer den Koffer auspackte, kam ihre Mutter herein.

«Ich weiß, es geht mich nichts an», sagte Mrs Cameron, «aber ich möchte wissen, was passiert ist.»

«Nichts ist passiert.»

«Weshalb bist du dann so schnell schon wieder zurück?»

«Ich sagte doch, nichts ist passiert. Mehr gibt es nicht zu sagen, Mutter.»

«Es war bestimmt nicht sehr schön für deinen Mann, den Urlaub so bald abzubrechen.»

«Für mich war es auch nicht schön! Mutter, bitte …»

Verärgert ging ihre Mutter wieder nach unten.

Nachdem sie sich ausgezogen hatte, ging Ethel durch den Flur ins Badezimmer. Auf der Suche nach Zahnpasta öffnete sie das Medizinschränkchen, und das Erste, was ihr ins Auge fiel, war eine Flasche Salpetersäure. Sie erinnerte sich nicht, sie dort schon einmal gesehen zu haben. Zu Tode erschrocken starrte sie die Flasche an. Dann, ohne recht zu wissen, was sie tat, ging sie zurück in den Flur.

«Mutter!»

«Ja?»

«Was hat die Flasche Salpetersäure im Badezimmer verloren?»

«Eigentlich gar nichts. Ich habe Handschuhe gereinigt.»

«Das ist nicht der Platz dafür! Die Kinder …»

«Wirklich, Ethel, wir haben nur ein Badezimmer hier im Haus.» Ihre Mutter kam ein Stück die Treppe hinauf. «Ethel Grandin, was in aller Welt ist nur los mit dir?»

«Ich heiße nicht Grandin», sagte sie, «ich heiße Cameron. Ich heiße schon immer Cameron. Schon immer, immer …» Sie flüchtete in ihr Zimmer und schloss hinter sich die Tür, zitternd vor Angst.

XI

JOHN GRANDIN VERTRÖDELTE im Dune House die Zeit, als wäre er der sorgloseste Mensch der Welt. Er war sich durchaus bewusst, was Ethel jetzt zu Hause durchzustehen hatte, aber er verdrängte die Gedanken: Er wollte sich den Urlaub nicht verderben lassen. Nachdem er sein Schicksal angenommen hatte, überließ er sich ganz seinen Tagträumen über Cliff

Hauman – er schwelgte lustvoll in Fantasien, die niemals Wirklichkeit werden konnten.

Glücklicherweise waren die Howards mit sich selbst beschäftigt. Sie unternahmen Ausflüge über die Insel und hatten nur wenig Zeit für ihn; wenn sie sich kurz begegneten, war Bill Howard herzlich und verständnisvoll zu ihm, wenn auch recht angespannt, und Sarah verhielt sich reserviert. Das war mehr als verständlich angesichts der Tatsache, dass sie zuvor zwei Ehepaare gewesen waren; jetzt entsprach sein Status dem eines Junggesellen. Die Haumans waren mit ihren Fahrradtouren beschäftigt und verbrachten viel Zeit am Strand – während John Grandin aus irgendeinem Grund die Lust am Strandleben verloren hatte. Eines Abends, als sie in gezwungener Atmosphäre zusammen bei Tisch saßen, verkündete Cliff überraschend: «Das Telegramm ist gekommen, Johnny. Ich melde mich am Montag in aller Frühe in Brooklyn zur Untersuchung! Morgen reisen wir ab. Es ist so weit, Johnny!» Angesichts dieser Begeisterung krampfte sich Grandins Herz zusammen.

Billie zeigte demonstrativ keinerlei Reaktion. Sie hatte ein dickes Päckchen mit in den Speisesaal gebracht – ihre Hochzeitsfotos, wie sie glücklich erklärte. Sie breitete die großen Fotos auf der Tischdecke aus, und John Grandin betrachtete eins nach dem anderen, während Billie die Bilder erläuterte. Die Brautjungfern in ihren langen Kleidern standen zu beiden Seiten von Billie und Cliff auf dem Rasen; die bescheidenen, lächelnden, recht gedrungenen Eltern, die Brillen trugen und sich sehr ähnlich sahen, schienen verblüfft über all den Glanz, den ihr Nachwuchs entfaltete. Auf mehreren Bildern war nur Billie allein zu sehen – wie sie den riesigen Kuchen anschnitt, lächelnd in die Kamera winkte oder neben einem Blumenkübel auf der Treppe stand, den linken Fuß noch auf der oberen Stufe, eine weiß behandschuhte Hand würdevoll auf dem Geländer und den anderen Arm ausgestreckt, um ihren Brautstrauß in die Menge zu werfen. Es gab auch ein Foto von Cliff.

In seiner hoch zugeknöpften weißen Uniform stand er da und machte ein derart sorgenvolles Gesicht, dass John Grandin beinahe über den rührenden Charme des Bildes gelacht hätte.

Trotzdem befiel den Tisch eine seltsame Traurigkeit, als Cliff das Telegramm aus der Tasche zog – eine Traurigkeit, die auch Cliff ergriff, obwohl ihm zugleich eine neue und fröhliche Anspannung anzumerken war, ein ruheloser Eifer, endlich aufzubrechen.

Nach dem Essen gingen sie hinaus in die Abendluft, um sich – recht gezwungen – auf der Veranda von den anderen Gästen zu verabschieden. Sarah und Bill Howard gingen wie Fremde an ihnen vorbei und brachen Arm in Arm zu einem Spaziergang in Richtung Tom Never's Head auf. Billie und Cliff Hauman mussten früh zu Bett, wie sie sagten. Um sechs Uhr früh würde sie ein Taxi abholen und nach Nantucket bringen, damit sie die Sieben-Uhr-Fähre nach Woods Hole erreichten. Am späten Nachmittag würden sie in New York eintreffen; und am Montag wäre dann die Untersuchung, die über Wohl und Wehe entscheiden sollte. Cliffs Augen leuchteten, als er das sagte, aber er war nicht mehr er selbst; weder Billie und John noch die Abschiedswünsche der anderen Gäste interessierten ihn, am liebsten wäre er sofort ohne ein Wort abgereist.

Nun, da es zu Ende war, stand John Grandin verlegen auf der Veranda und benahm sich recht förmlich den Haumans gegenüber. Cliff war nicht so sehr verlegen als vielmehr in Gedanken versunken; er war sehr ruhig und sagte in den letzten Minuten, die ihnen blieben, nur wenig. Billie besann sich auf ihre gute Erziehung und lächelte verträumt.

«Und wie sind Ihre Pläne, Mr Grandin?», fragte sie höflich. «Vielleicht besuchen wir Sie und Ihre Frau eines Tages in New York», fügte sie mit lustloser Gleichgültigkeit hinzu.

«Ich muss in einer Woche in New York sein, wenn die Sommerkurse beginnen, aber Ethel bleibt mit den Kindern bei ihrer Mutter in Maine. Ich werde etwa einen Monat allein sein – aber die Familie hat es auf dem Land ja sehr viel angenehmer …»

Billie war plötzlich wieder ganz bei der Sache. «Wollen Sie sagen, dass Sie und Mrs Grandin sich einen ganzen *Monat* nicht sehen werden?»

Er lächelte. «Wenn Sie einmal so lange verheiratet sein werden wie wir …» Er lachte. «Ich vermute, das klingt furchtbar, nicht wahr? Aber so ist das in der Ehe.»

Billie hörte nicht zu. Der Gedanke schien sie stark zu beunruhigen, und sie klammerte sich geistesabwesend an Cliffs Arm, ohne recht zu merken, was sie tat. Instinktiv drückte sie sich an ihn, umfasste seinen starken Arm mit beiden Händen und starrte Grandin an. Mit leiser, besorgter Stimme, fast so, als würde sie laut denken, sagte sie, ohne sich an jemand Bestimmtes zu wenden: «Oh je, ich könnte nie so lange von Cliff getrennt sein …»

Sie gingen zusammen ins Haus. Im ersten Stock trennten sie sich, die Haumans gingen in die eine Richtung den Flur entlang, Grandin in die andere.

Cliff, wollte er sagen (und bei dem Gedanken traten ihm Tränen in die Augen), ich hab dich sehr lieb gewonnen, Cliff; viel Glück – und alles Gute … Doch das würde er niemals über die Lippen bringen. Er blieb noch einen Augenblick stehen und sah zu, wie Cliff den Flur hinunterging, kraftvoll und befangen, weil er wusste, dass er beobachtet wurde.

Es war zu Ende. Er hatte sein Bestes gegeben, sein mutwillig-gefährliches Bestes, und nichts war dabei herausgekommen. Die Sache war vorüber, er war wieder frei (sie waren beide frei – frei, einander zu lieben oder zu ignorieren, wie es selbst unter den besten Freunden vorkam), und er war so unaussprechlich erleichtert, dass sowohl er als auch Cliff der Gefahr entgangen waren, dass er begann, Cliff Hauman wieder so zu lieben, wie man ihn lieben sollte. Als er ihn nun ein letztes Mal auf seine typische, kampfbereite Art davongehen sah – viel eher geeignet für die Kampfeinheit, das Panzerlandungsschiff oder den umkämpften Strand und so fehl am Platz in diesem farblosen, adretten Hotelflur –, konnte er nicht anders, als ihm von ganzem Herzen alles Gute zu wünschen … Viel Glück, Cliff, Gott segne dich; auf Wiedersehen! … Sie würden sich nie wieder begegnen, nicht morgen, und auch nicht später. Zu schade, denn so enttäuscht er auch war, jetzt könnte ihre Freundschaft sinnvoller sein als je zuvor. Aber er hatte seine Arbeit, Cliff ebenfalls, und ihre Wege würden sich gewiss nicht wieder kreuzen, was auch immer die Zukunft bringen mochte. Er fragte sich, ob Cliff sich an ihn erinnern oder an ihn denken würde. Er bezweifelte, dass er oft an Cliff denken würde, doch vergessen würde er ihn nie …

In seinem Zimmer angekommen, diesem nun sehr einsamen Zimmer, nahm er einen Stift, einen Umschlag und einen Bogen des eleganten Hotel-Briefpapiers und tat etwas, das entweder sehr unnütz oder sehr leichtsinnig war. Er schrieb:

Mein lieber Cliff!

Ich bin zuversichtlich, dass Sie durch diese Nachuntersuchung «sausen werden wie ein frischer Wind» (Ihre Worte). Wer so mit dem Herzen bei seiner Sache ist, verdient es, erhört zu werden. Ich wünsche Ihnen Glück, mit allem, was ich habe.

Ich kann nicht anders, aber nun, wo unsere Beziehung vorüber ist, bin ich ein wenig traurig, so närrisch das sein mag, und noch närrischer ist es, das auszusprechen. In diesem Zusammenhang dachte ich mir, dass es Sie vielleicht interessieren könnte, dass ich an dem auf Ihre Untersuchung folgenden Montag allein zu Hause sein werde. Ich sage allein, weil Ethel, wie Sie wissen, noch für einige Zeit in Maine bleiben wird und ich mich schrecklich nach Gesellschaft sehnen werde. Ich glaube, Sie wissen, wie glücklich ich wäre, Sie wiederzusehen. Meine Adresse lautet 532 West 116th Street, meine Telefonnummer ist Cathedral 6-4324.

Voller Zuneigung,
«Johnny»

Ich sollte wohl zugeben, dass ich mir irgendwie albern vorkam, wenn Sie mich Johnny nannten. Außer Ihnen hat mich seit der Kinderzeit niemand so genannt. Und doch, wenn ich mir – und Ihnen – gegenüber ganz aufrichtig bin, fühle ich mich auch ein wenig geschmeichelt.

J. G.

Er ging hinunter in die Eingangshalle, legte den Brief ins Fach der Haumans und kehrte zurück in sein Zimmer, um eine schlaflose Nacht zu verbringen.

XII

NACHDEM DIE HAUMANS die Insel verlassen hatten, wusste er nicht, was er mit sich anfangen sollte. Die Howards schienen viel zu sehr mit ihren Exkursionen beschäftigt zu sein, als dass sie Zeit für ihn erübrigen konnten. Auch er brauchte und wollte ihre Gesellschaft nicht. Er vermisste Ethel sehr, besser gesagt, er machte sich Sorgen um sie – sie ging ihm nicht aus dem Kopf –, und dennoch schrieb er ihr keinen einzigen Brief, auch nicht an seine Söhne. Am meisten, geradezu leidenschaftlich, vermisste er Cliff. Überall spürte er seine Gegenwart, und er vermied die Orte, an denen sie glücklich gewesen waren; des Nachts träumte er von ihm. Es war ein willkommener Genuss, umso mehr, als Cliff Hauman sich faktisch verabschiedet hatte und diese unmögliche, aufwühlende Beziehung vorüber war.

Ein paar Tage nachdem die Haumans abgereist waren,

wusste John Grandin – so sicher, als hätte er ein Telegramm erhalten –, dass Cliff Hauman die Untersuchung in Brooklyn bestanden und seine Rolle als Captain des Marine Corps wieder eingenommen hatte, die seit Langem sein Lebenszweck war; für Grandin war er wahrscheinlich für immer verloren. So verstrichen die melancholischen Tage – nicht undankbar, nicht unglücklich –, bis sein letzter Abend auf der Insel gekommen war. Nach dem Abendessen stellte er die Howards, um sich zu verabschieden, und entgegen seiner sonstigen Einstellung sagte er auch Arne Eklund Auf Wiedersehen, der ihm, wie er merkte, ausgesprochen gleichgültig war. Es war eine Formsache, mehr nicht; und das Schlimmste war, dass auch seine höfliche Verabschiedung von Sarah und Bill Howard nur eine Formsache war.

Am Sonntag, bevor die Sommerkurse begannen, brachte ihn im Morgengrauen ein Taxi von Sconset zur Fähre in Nantucket; um sieben Uhr war er wieder auf dem Ozean, auf der Rückfahrt zum Festland. Er saß in einem Stuhl auf dem kalten Oberdeck und sah zu, wie die Insel im Morgennebel kleiner und kleiner wurde, diese Insel, auf der er so glücklich und so unglücklich gewesen war. Doch Sconset und das, was dort passiert (oder nicht passiert) war, nahm in seinen Gedanken nur geringen Raum ein; ihn beschäftigte der bevorstehende Unterricht. Die kreischenden Schreie der Möwen, die dem Geräusch von Kreide auf einer Tafel so ähnlich klangen, blieben ungehört; er konzentrierte sich auf die Pflichten, die ihn am morgigen Tag erwarteten, und mehr noch auf die neuen, aber nicht unerfreulichen Verantwortlichkeiten, die er im neuen Semester übernehmen würde, das im September begann.

Wie immer zu Anfang eines neuen Semesters – auch wenn es sich jetzt nur um die Sommerkurse mit ihren recht gleichgültigen Studenten handelte – war John Grandin im Voraus ein wenig nervös. Er fragte sich, wie die neuen Studenten wohl sein würden. Wenn nur ein halbes Dutzend darunter wäre, denen die Kurse ein Zehntel dessen bedeuteten, was sie ihm bedeuteten, dann wäre es der Mühe wert. Er war sich darüber im Klaren, dass er Ethel absichtlich aus seinen Gedanken verbannt hatte, aus Unwillen, über ihr Elend nachzudenken. Was ihn stattdessen beschäftigte und womit er sich ablenkte und zerstreute, waren seine im Herbst bevorstehende Beförderung und die Veröffentlichung von *Das tragische Ideal*, die ihm wohl eine gewisse Anerkennung einbringen würde.

Der Leuchtturm vor Nantucket lag schon weit hinter ihm. Seevögel folgten dem Dampfer, als wäre er das einzig reale Objekt in ihrer unwirklichen Welt. Ein kühler Wind blies über das Deck; John Grandin wickelte sich so behaglich wie möglich in seinen Mantel und wünschte sich, dass diese einsame Fahrt bald vorüber sein würde, auch wenn sie nicht annähernd so einsam war wie die Hinfahrt in Gesellschaft seiner Frau, auf der sie sich bis an die Grenze der Feindseligkeit voneinander entfremdet hatten.

Kurz vor zehn bestieg er in Woods Hole den Zug. Wie auf der Hinfahrt fuhr er im Salonwagen, und wieder vorbei an Orten mit so faszinierenden Namen wie Falmouth, Pocasset, Buzzards Bay, Onset und Taunton, ganz zu schweigen von Providence, dessen biblische Konnotation von «Vorsehung» nun in den Vordergrund zu treten schien. Ungeachtet der Tatsache, dass seine Romanze mit Clifford Hauman zu nichts geführt hatte (denn es *war* eine Romanze gewesen), war es ein eigentümliches und dennoch tröstliches und angenehmes Gefühl, wie schnell die Urlaubsinsel hinter ihm zurückblieb; dies war wahrhaftig kein Urlaub gewesen. Den größten Teil der Reise überließ er sich pragmatischen Problemen des Alltags. Vielleicht hatte er Ethel verloren, vielleicht auch nicht; doch Clifford Hauman, Gott sei Dank, existierte nicht mehr. Er würde ihn gewiss niemals wiedersehen …

Die Luft war stickig, schwül und drückend, als er im Grand Central die Rampe emporging. Nach der ständigen Brise in Sconset meinte er, keine Luft zu bekommen. Als er auf die feuchte Straße hinaustrat, wurde es nicht besser; doch im

Taxi nach Uptown blies so etwas wie Wind durch das offene Fenster. In der Wohnung angekommen, öffnete er sofort alle Fenster und lehnte den umgefallenen Schürhaken wieder gegen die Kamineinfassung. Halbherzig überlegte er, ob er Ethel in Maine anrufen sollte, um ihr zu sagen, dass er wieder zu Hause war; in ungefähr einer Stunde würde der Abendtarif für Ferngespräche gelten. Ob sich Ethel auch nur eine Minute dafür interessierte, wo er war? Vielleicht interessierte es sie, aber er konnte das Risiko nicht eingehen, dass sie sofort den Hörer auflegte, wenn er anrief.

XIII

MORGENDÄMMERUNG. Das Licht vor den Fenstern war eher blau als weiß. Alan und Ted lagen ausgestreckt in dem großen Bett.

Ethel Grandin erschien in der Tür. Zögernd wartete sie einen Moment und kam dann leise herein. Sie ging zum Bett, blieb steif daneben stehen und sah gedankenverloren hinab auf die schlafenden Kinder.

Ted lag flach auf dem Rücken in unschuldigem, reglosem Schlaf. Alan schlief auf der rechten Seite, ein Knie angezogen und das andere ausgestreckt, die linke Hand baumelte locker über die Bettkante, genau wie bei seinem Vater. Beiden lag ein leichter Tau von Schweiß auf Stirn und Oberlippe.

Es war der Höhepunkt einer schrecklichen Woche. Wie schon in den Nächten zuvor hatte sie keinen Schlaf gefunden, sondern einen wachen Albtraum aus Unsicherheit und Angst durchlebt, wie die Qualen einer Geburt, und die Wiedergeborene war sie selbst. Doch jetzt, als das Morgenlicht vor den Fenstern heller wurde und sie auf die still schlummernden, schwitzenden Kinder blickte, verschwanden ihre Ängste: Unerklärlicherweise fühlte sie sich ausgeruht und erleichtert.

Hier lag ihre Liebe, jetzt und für immer: Durch ihre Söhne empfand sie die Liebe zu ihrem Mann deutlicher denn je, so endgültig, als würde sie ihn erst in diesem Moment wirklich lieben. Beim Anblick der beiden kleinen Jungen erkannte sie, wie sehr sie ihn wollte, und dass sie nie wieder ertragen würde, nicht gewollt zu werden – von ihnen oder von ihm.

Was war denn eigentlich geschehen? Zwischen den Sachen ihres Mannes hatte sie eine Mütze gefunden, das Schiffchen eines jungen Mannes, den sie beide mochten. Mehr nicht – das war schon alles. Als sie ihn darauf ansprach und einen furchtbaren Vorwurf erhob, hatte er ihr erklärt, was es zu bedeuten hatte, und was nicht. In ihrer Angst war sie nicht bereit gewesen, ihm zu glauben. Jetzt glaubte sie ihm, sie bedauerte ihn von ganzem Herzen, und sie liebte ihn. Er hatte schon damals alles verstanden, er war sich der Gefahr, in der er sich befand, vollkommen bewusst gewesen und hatte die unmögliche Schwärmerei bereits beendet. Hätte er sich dieser Schwärmerei rücksichtslos hingegeben, ohne dabei an ihre Ehe und an sie zu denken, dann hätte sie wirklich einen Grund gehabt, ihn zu verlassen. Doch das hatte er nicht getan. «Ist Cliff etwa wichtiger als wir?», hatte er gefragt. «Für mich jedenfalls nicht.» Und obwohl sie abgereist war und ihn auf der Insel zurückgelassen hatte, wo er sich jederzeit mit Cliff allein treffen konnte, wusste sie, dass die Episode bereits der Vergangenheit angehörte: Keiner von ihnen würde Cliff je wiedersehen.

Sie ging zurück in ihr Zimmer, nahm Stift und Papier, und kurz darauf hatte sie einen Brief verfasst, der schon vor Tagen hätte geschrieben werden müssen. Eine Stunde später war er unterwegs, per Luftpost und Eilzustellung; und kurz darauf war sie wieder sie selbst und organisierte ein Picknick am Strand von Old Orchard für ihre Eltern und die Kinder.

XIV

John Grandin suchte gerade die Bücher zusammen, die er im Unterricht brauchen würde, als das Telefon klingelte. Die automatische Klingel des Direktwahlsystems erfüllte das Wohnzimmer mit ihrem insistierenden Ton. Zuerst wollte er es einfach klingeln lassen, doch dann sagte er sich, dass das ein Zeichen von Angst wäre - der Angst, abzuheben, und der Angst vor dem, was der Anrufer sagen könnte. Nach kurzem Zögern nahm er den Hörer.

Über den Draht erklang die Melodie der jungen Baritonstimme, so herzlich wie immer, aber merkwürdig angespannt und nervös:

„Johnny? Ich bin's, Johnny - Cliff. Ich bin am Bahnhof von Bridgeport, auf dem Weg nach New York. Kann ich Sie besuchen, Johnny?»

«Was ist denn los, Cliff?»

«Oh, nichts Besonderes - ich dachte nur, falls Sie zu Hause sind ...»

«Warten Sie einen Moment, Cliff, da ist jemand an der Tür ...»

John Grandin legte den Hörer hin und ging in die Mitte des Raums. Welchen Grund hatte Cliff, ihn zu besuchen, oder er, Cliff wiederzusehen? Er kannte den Grund genau. Wenn Cliff ihn besuchen wollte - wenn sie beide die Gelegenheit haben würden, sich allein in der Wohnung zu treffen, ohne dass jemand davon wusste –, was gab es da noch zu entscheiden? Es war ein privates, zufälliges Treffen - wozu? –, auf das er nicht zu hoffen gewagt hätte. Einen kurzen Moment zögerte er noch, dann ging er zurück zum Telefon.

«Entschuldigung, Cliff, es war der Bote der Wäscherei. Also, was war doch gleich Ihr Anliegen?»

«Anliegen? Nichts, Johnny, ich bin nur auf dem Weg in die Stadt, und wenn Sie nichts vorhaben ...»

Mit schlechtem Gewissen sah Grandin die Bücher an, die er für die erste Stunde herausgelegt hatte. «In Ordnung, Cliff.»

«Ich bin in anderthalb Stunden da», sagte die eifrige junge Stimme, «spätestens so gegen halb elf. Ich komme dann direkt zu Ihnen, Johnny, ja? Ist das in Ordnung?»

«Ja. – Sie wissen, wo ich wohne?»

«Na klar! Ich habe die Nachricht aufbewahrt, die Sie in unser Fach gelegt haben, bevor wir abgereist sind. Ich habe bestimmt schon ein Dutzend Mal angerufen, obwohl ich ja wusste, dass Sie erst heute wieder da sein würden. Wahrscheinlich hab ich gedacht, vielleicht kommen Sie ja schon früher …»

«Eins noch, Cliff.» Es war nicht leicht, die richtigen Worte zu finden, aber das musste er noch fragen: «Ist Billie etwa bei Ihnen?»

«Nein, ich bin allein.»

Nachdem er aufgelegt hatte, kam Grandin bang zu Bewusstsein, dass er sich nicht die Zeit genommen hatte, um nachzudenken, ob er das wirklich wollte. Wieder einmal hatte ihn Cliff Hauman völlig überrumpelt.

Er setzte sich ans offene Fenster und wartete. Auf dem Wohnzimmertisch lag die abgewetzte Aktentasche, die offene Klappe hing über der Tischkante: bereit, gepackt zu werden. Gerade hatte er die Bücher für seinen Unterricht hineinstecken wollen. Doch das war schon in Ordnung, sagte er sich: Unterricht oder nicht, viel wichtiger war, dass er mit dieser Sache nun endlich ins Reine kam – auf die eine oder andere Weise, ein für alle Mal.

Ihn erfüllte eine geradezu physische Vorfreude. Es hatte keinen Zweck, sich etwas vorzumachen. Vielleicht würde ja gar nichts passieren, aber er wusste, dass er einiges in Kauf nehmen würde, nur damit er Cliff im selben Raum gegenübersitzen konnte – ohne dass irgendjemand wusste, wo sie waren und was sie taten oder nicht taten. Dass Cliff ihn anrief, war kein Zufall gewesen. John Grandin wusste nur zu gut, dass er selbst schuld daran war, weil er im Dune House eine

Nachricht hinterlassen hatte; Cliff hatte seinen Namen nicht einmal im Telefonbuch nachschlagen müssen. Und es war nicht sein erster Anruf gewesen, wie Cliff selbst gesagt hatte. Was hatte dieses Treffen zu bedeuten? Was bezweckte Hauman damit? Zum ersten Mal überkam Grandin das Gefühl, dass mit ihm gespielt wurde, aber in diesem Fall war ihm das egal. Zur Hölle mit dem College und dem Kursbeginn. Sollte Cliff nur kommen, sollte geschehen, was geschehen musste.

Der heiße Morgen erschien ihm endlos. Trotz seiner Entscheidung fühlte er sich zutiefst schuldig bei dem Gedanken, dass die neuen Studenten auf ihn warteten – und sich fragten, was ihrem Professor am ersten Tag der Sommerkurse widerfahren war: Und er saß hier in der Wohnung, gleichgültig ihnen gegenüber und unfähig, sich selbst zu helfen. Gegen halb elf klingelte es an der Tür.

Bevor er öffnete, ließ John Grandin noch ein letztes Mal den Blick durch das Wohnzimmer schweifen, wohl wissend, wie albern und unwichtig das war; am Morgen vor seiner Abreise nach Woods Hole hatte er gründlich aufgeräumt. Er versuchte, ruhig zu wirken, was er durchaus nicht war, und ging an die Tür.

Cliff kam atemlos, aber mit strahlendem Lächeln herein, einem unendlich gesunden und bezaubernden Lächeln.

«Wie geht's Ihnen, Johnny? Mensch!»

Er wirkte auf unsinnige Weise froh, hier zu sein, geradezu glücklich – ganz und gar nicht so rastlos (in diesem Augenblick) wie an ihrem letzten, unfrohen Abend in Sconset, der für John Grandin deshalb so unfroh gewesen war, weil er geglaubt hatte, er würde Cliff niemals wiedersehen.

Doch von Minute zu Minute nahmen Cliffs Anspannung und Unsicherheit zu, wie damals, als sie sich auf der Überfahrt das erste Mal unterhielten. Ohne Grandin direkt anzuschauen, ging er durch die Wohnung und war voll überschwänglicher Bewunderung. John Grandin sah ihm zu. Als Cliff das bemerkte, wurde er befangen und setzte sich auf einen Stuhl.

John Grandin griff nach einer Zigarette. Cliff riss sofort den Blick von den Bildern an den Wänden, eilte zu ihm und gab ihm Feuer; anstatt sich wieder hinzusetzen, fuhr er dann mit seiner Besichtigung der Wohnung fort.

Den Rücken John Grandin zugewandt, die großen Hände in die Hüften gestemmt und den blonden Kopf in den Nacken gelegt, betrachtete er die überladenen Bücherregale, die bis zur Decke reichten. Grandin sah dunkle Flecken unter den Achseln seines Khakihemds, die ersten Anzeichen von Schweiß, die er je am makellosen Clifford Hauman bemerkt hatte: Es musste an der feuchten New Yorker Hitze liegen.

«Mann, ich hab noch nie so viele Bücher gesehn. Was würde mein Daddy wohl dazu sagen! Er liest so viele Bücher, ein richtiger Bücherwurm ...» Er drehte sich um und sagte, als wäre es ihm gerade in den Sinn gekommen: «Sagen Sie, Johnny, macht es Ihnen was aus, wenn ich ein Bad nehme? Mir ist ekelhaft heiß, und schmutzig bin ich bestimmt auch ...»

Ohne die Antwort abzuwarten, fand Cliff sofort das kleine Badezimmer zwischen Wohn- und Arbeitszimmer, und kurz darauf hörte Grandin das Rauschen der Dusche, und wie Cliff unter dem spritzenden Wasser herumplanschte.

Du kleines Flittchen, dachte Grandin, trotz des heftigen Ausdrucks eher amüsiert ... So lasse ich nicht mit mir spielen, ich lasse mich nicht zum Affen machen. Wäre er halbwegs bei Verstand gewesen, hätte er die Wohnung sofort verlassen; sollte Cliff doch allein den Ausgang finden. Doch er wusste, dass er das nicht tun konnte und auch nicht tun würde. Er blieb. Zu seiner Bestürzung merkte er, dass es ihm gefiel. Er selbst hätte nicht im Traum vorgeschlagen, dass Cliff duschen sollte: Es wäre ihm viel zu offensichtlich gewesen, eine so billige Einladung zum Sex, dass es ihm nie in den Sinn gekommen wäre. Doch als Cliff von sich aus den Wunsch aussprach, war er nicht in der Lage gewesen, ihn zurückzuweisen.

Nach weniger als zehn Minuten war Cliff wieder im Wohnzimmer. Er war vollständig bekleidet wie zuvor, strahlend und frisch; seine Krawatte sah aus, als trüge er sie zum ersten Mal, die dunklen feuchten Stellen unter den Achseln waren fort.

John Grandin saß wie angewurzelt auf seinem Stuhl; von Sekunde zu Sekunde wurde er mutloser, und sein Herzklopfen bereitete ihm physische Schmerzen. Er sah, wie das Hemd auf Cliffs breitem Rücken um die Schultern spannte. Er liebte Cliff Hauman, und es reichte nicht, dass ihm selbst das bewusst war. Er spürte, er musste sich erklären, auf welche Weise auch immer, und zwar jetzt. Doch er brachte es nicht fertig, saß nur da und wartete. Er dachte flüchtig an seine Vorlesung, die jetzt beginnen sollte, während er hier zu Hause saß; reumütig stellte er sich vor, dass die Studenten im Seminarraum auf ihn warteten und sich fragten, wo ihr Professor wohl sein mochte und ob sie sich vielleicht ein falsches Datum oder eine falsche Uhrzeit notiert hatten.

Schließlich setzte sich Cliff ihm gegenüber, doch in recht großer Entfernung. Aus einem Grund, den nur er kannte, hatte er sich einen Stuhl am anderen Ende des Zimmers genommen. Grandin machte Konversation, um den unfrohfröhlichen Besuch zu verlängern, und rauchte dabei eine Zigarette nach der anderen; jedes Mal sprang Cliff auf, kam schnell herüber, um ihm Feuer zu geben, und ging dann zu seinem weit entfernten Stuhl zurück. Grandin bemerkte, dass Cliff vorgebeugt auf der Kante seines Stuhls saß, die Ellbogen auf den Knien, in exakt derselben Haltung wie bei ihrer ersten Begegnung auf dem Schiff nach Nantucket – verspannt, unruhig und verlegen. Obwohl er gut aussah und so viel Frische verströmte mit seinem blonden Haar, das noch feucht und deshalb dunkler, aber exakt gekämmt war, war dies, wie Grandin deutlich empfand, nicht mehr der natürliche, fröhliche, sorglose Bursche, der er in Sconset gewesen war. Cliff schien hin- und hergerissen zwischen dem rastlosen Wunsch, aufzustehen und fortzugehen, und einer Art Sorge oder Unbehagen, dass Grandin das Interesse an ihm verlieren könnte.

Plötzlich kam John Grandin aus heiterem Himmel der Gedanke, Cliff Hauman hätte vielleicht die Nachuntersuchung in Brooklyn nicht bestanden und klammerte sich an jeden, der in ihm noch immer den Captain der Marines sah, der er so gern sein würde. Falls das der Fall war, brauchte er sich keine Sorgen zu machen, John Grandin hatte das Interesse an Cliff auf keinen Fall verloren: Im Gegenteil, wider besseres Wissen empfand er das leidenschaftliche Bedürfnis, diesen Burschen in die Arme zu nehmen. Doch was konnte ihm das nützen, oder Cliff? Solch ein unverblümter Vorstoß würde wahrscheinlich ihre Beziehung für immer beenden …

«Mensch», sagte Cliff eifrig, aber unfroh und angespannt, «was gäbe ich nicht dafür, wenn Sie meinen Kumpel Walt kennenlernen würden, und er Sie. Er würde Ihnen gefallen, Johnny. Das ist ein toller Kerl, mit dem man prima einen draufmachen kann. Gott im Himmel, was hatten wir in Melbourne für einen Spaß! Ich wünschte, Walt könnte Ihnen eines Tages davon erzählen, er kann das viel besser als ich. Ich glaube, keiner von uns beiden hat im Urlaub jemals was mit 'ner Puppe gehabt, ohne sie mit dem anderen zu teilen. Ihm gefiel das, und mir auch. Wie heiß so 'ne Puppe auch war, es nützte gar nichts, wenn Walt nicht dabei war. Wir machten es die ganze Nacht – nicht nur ein- oder zweimal, verstehen Sie, sondern sieben- oder achtmal.»

Fasziniert und erschrocken nahm John Grandin eine Zigarette, um sich zu beruhigen. Cliff sprang auf der anderen Seite des Raums sofort auf, aber Grandin schüttelte den Kopf. «Lassen Sie nur, Cliff, ich habe Feuer.»

Die Geschichte war erfunden, von vorn bis hinten. Er glaubte ihm kein einziges Wort. So gern er ihn mochte, war John Grandin enttäuscht und traurig, dass Cliff ihn für dumm verkaufte. Er wollte sagen: Du hast mich verstanden, Cliff, aber das war es nicht, was ich wollte …

«Hören Sie, Johnny», fuhr Cliff fort, «habe ich Ihnen schon erzählt, wie ich mit ein paar anderen Burschen von San Diego nach Hollywood gefahren bin? Wir hatten drei Tage Urlaub vom Krankenhaus …»

«Einen Augenblick, Cliff», unterbrach ihn Grandin.

«Ja, Johnny?»

«Ich dachte, Sie wären schwer verwundet gewesen. Billie konnte Sie in Kalifornien nicht besuchen, weil Sie zu krank waren – war es nicht so?»

«Na klar, schon.» Er lachte. «Lieber Himmel, aber ab und zu mussten sie uns rauslassen, sonst wären wir verrückt geworden. Ich war nicht die *ganze* Zeit so krank, dass ich mich nicht hin und wieder nach 'nem steilen Zahn gesehnt hätte.»

«Verstehe …»

«Meine zwei Kumpel und ich sind jedenfalls rauf nach Hollywood, um uns mal umzusehen. Sie wissen ja, was die Filmstars für ein Trara machen, wenn man Soldat ist, und vor allem aus dem Marine Corps. Herrje, du kannst jede kriegen, wenn du 'ne Uniform trägst. Und wie ich sagen wollte, einmal sind wir zum Haus von Marina Colfax rausgefahren, draußen in Bel Air – Sie wissen ja, Swimmingpool, Butler und so –, und bevor wir unseren Drink ausgetrunken hatten, waren meine Kumpels mit den beiden anderen Puppen verschwunden. Marina sah mich listig an und sagte, ‹Na, worauf wartest du, Junge?› Ist das zu fassen, Johnny?» Er lachte nervös, dann fügte er mit einem Grinsen hinzu: «Wir sind nach oben gegangen, und bis Mitternacht hab ich's ihr dreimal besorgt.»

Cliff wirkte in diesem Moment so erbärmlich, dass es Grandin das Herz zerriss. Er wusste offenbar nicht, was er wollte, genau wie Grandin. Es war bestimmt nicht Cliffs Absicht, einladende Signale zu senden, ob bewusst oder unbewusst. Er war ein einsames, liebebedürftiges Kind, das alles tat, um gemocht zu werden, auch wenn das hieß, den anderen durch ein Gespräch zu stimulieren und bei der Stange zu halten, das Cliff selbst ebenso abscheulich vorkommen musste, wie John Grandin es widerlich, faszinierend und ärgerlich fand.

In aller Ahnungslosigkeit zerstörte er dadurch gerade das, was er bewahren wollte. Rückblickend stieg in Grandin der Verdacht auf, dass Cliff ihn sehr wahrscheinlich schon seit Langem missbrauchte. Der Gedanke machte ihn traurig, doch eigenartigerweise war er zugleich außerordentlich erleichtert. Er stand auf und durchquerte bedächtig und wie betäubt den Raum.

Als er näher kam, stand Cliff mit ängstlichem, besorgtem Lächeln auf. Obwohl Cliff ihm nichts mehr bedeutete – ja, im Grunde für ihn schon gar nicht mehr existierte –, tat er John Grandin so leid, dass er ihn am liebsten in die Arme genommen und gesagt hätte, Hab keine Angst, Cliff, in den nächsten Tagen kehrst du zur Truppe zurück, und alles wird gut ... Doch er wusste, dass das nicht der Wahrheit entsprach, Cliffs glückliche Tage bei den Marines waren wahrscheinlich schon gezählt. Laut sagte er stattdessen die unmöglichen, die völlig undenkbaren Worte, eine Liebeserklärung, von der niemand je erwartet hätte, sie aus seinem Mund zu hören: «Cliff, du bist mir sehr ans Herz gewachsen, ich kann nichts dafür ...»

Er empfand keine Befriedigung, es endlich gesagt zu haben, doch die Erleichterung, die er verspürte, verlieh ihm eine Zielstrebigkeit und Entschlusskraft wie seit Jahren nicht mehr. Cliff lehnte unbeholfen am Kamin, so verlegen und befangen, dass es ihm Schmerzen bereitete. John Grandin trat sehr nah an ihn heran. Er legte seine Hände um Cliffs kräftige, aber schlanke Mitte; unter seinen Fingern spürte er das lebendige Fleisch voll Zauber und Macht, all diese kraftvolle Jugend. Unfreiwillig schlangen sich Grandins Hände um Cliffs Körper und hielten ihn fest, zogen ihn eng an sich heran.

Einen Moment lang erstarrte der feste Körper; dann reagierte er, gewalttätig und automatisch, wie aus einem Reflex heraus.

John Grandin sah, wie die blauen Augen plötzlich aufleuchteten, die Hand nach hinten griff und der Schürhaken mit voller Wucht auf sein Gesicht traf. Doch er gab nicht Cliff die

Schuld, er selbst hatte dieses Unglück heraufbeschworen, ja geradezu danach verlangt …

XV

ETHEL GRANDIN LAG auf dem Bauch im Sand, die Wange auf den gekreuzten Armen. Das Picknick zur Mittagszeit war längst vorüber, und die Kinder badeten gerade zum zweiten Mal mit Ethels Vater im Meer; ihre Mutter verfolgte das Treiben voll Sorge. Sie selbst war zufrieden, einfach im Sand zu liegen, sich für eine Weile nicht um die Kinder kümmern zu müssen und an ihren Mann zu denken. Ihr Brief war vielleicht bereits zugestellt worden oder würde es bald sein; auf jeden Fall würde er sie am Abend anrufen, und sie freute sich schon darauf.

Sie hörte, wie die Jungen vor Vergnügen und Aufregung kreischten, als ihr Großvater sie an der Hand in die schwache Brandung führte, und wie ihre Mutter ihnen von Zeit zu Zeit zurief, sie sollten vorsichtig sein.

Zum ersten Mal in ihrem Leben wurde Ethel Grandin bewusst, weshalb sie John Grandin so attraktiv gefunden hatte, weshalb unter all den Männern, die sie kannte, ausgerechnet er der einzige war, dem sie sich hingeben konnte. Vielleicht war es seine Empfänglichkeit für die Ausstrahlung Cliff Haumans, die ihn zu dem Mann machte, der er war; vielleicht war sie ein und dasselbe wie die Empfindsamkeit, für die sie ihn, unbewusst, von Anfang an geliebt hatte. Gab es so etwas wie den absoluten Mann oder die absolute Frau? Wenn ja, dann konnte es zwischen ihnen nur Kampf geben, und keine Liebe. Wäre John Grandin ein hundertprozentiger Mann, ein Mann durch und durch, hätte es zwischen ihnen keine Gemeinsamkeit gegeben.

In ihrem Brief hatte sie davon natürlich nichts geschrieben;

nicht einmal Cliffs Namen hatte sie erwähnt. Sie hatte es nicht über sich gebracht, das zu schreiben, was sie noch immer so deutlich empfand – dass sie, sollten ihr Mann und Cliff sich wiedersehen, nicht zu ihm zurückkehren könnte. Der Gedanke war in ihrem Brief enthalten, und sie wusste, dass ihr Mann ihn verstehen würde. Außerdem wäre es unnötig gewesen, Cliff zu erwähnen: Sie glaubte ihrem Ehemann nun, was er gesagt hatte – es sei vorbei, vorbei, weil begriffen. Man hätte ihren Brief in dem einen Satz zusammenfassen können: *Ich weiß, es hatte nichts zu bedeuten.*

XVI

Die Abendsonne sandte in waagerechten Strahlen ihr gelbes Licht quer durch den Raum zu den Bücherregalen. Noch war es hell, doch die Dämmerung würde bald hereinbrechen. Es klingelte an der Tür, aber John Grandin nahm es nicht wahr. Erst als der letzte hartnäckige Klingelton verklang und im Raum wieder forderndes Schweigen einkehrte, erwachte er aus seinem schmerzvollen Schlaf.

Er öffnete die Augen. Zuerst konnte er nichts sehen. Dann wischte er das Blut von Brauen und Gesicht und versicherte sich seiner Umgebung. Er machte sich nicht die Mühe, herauszufinden, wer an der Tür gewesen war; er war sich nicht einmal sicher, dass es geklingelt hatte. Von dort, wo er lag – auf dem Fußboden, den Kopf unter dem Servierwagen –, wirkte der Raum entstellt und unvertraut. Dann erkannte er seinen Mantel auf der Klavierbank, den Schürhaken neben sich auf dem Teppich und die Bücher. Im selben Moment sah er, wie ein Brief unter der Tür durchgeschoben wurde. Im Flur waren Schritte zu hören, die sich entfernten; kurz darauf fiel die Gittertür des Aufzugs ins Schloss, gefolgt vom jaulenden Geräusch des hinabgleitenden Lifts.

Er versuchte nicht, vom Boden aufzustehen. Die Anstrengung war zu groß. Er blieb still liegen und ordnete seine Gedanken; die Erinnerung an das, was am Mittag geschehen war, kehrte zurück …

Das gelbe Licht fiel waagerecht ins Zimmer, und John Grandin auf dem Fußboden lag im Halbdunkel, bei vollem Bewusstsein, aber mit heftig pochendem Schädel. Er dachte an den Kurs, den er versäumt hatte und morgen wieder versäumen würde. Er dachte an das Wintersemester, seine Beförderung, die Studenten, denen er Ratschläge erteilen sollte, und die Veröffentlichung seines Buchs, das ihn so lange Zeit in Anspruch genommen hatte. Voll Bitterkeit dachte er an die Wendung der Ereignisse, die aus ihm diesen Mann gemacht hatten, der zusammengeschlagen und blutend am Boden lag. Er war für eine alte Schwäche oder einen Irrtum bestraft worden, doppelt bestraft, weit strenger, als er verdient hatte; der Gerechtigkeit war Genüge getan. Glücklicherweise war es Ethel und den Kindern erspart geblieben, diesen Vorfall und diesen Anblick miterleben zu müssen. Doch nur für den Moment. Wie die Studenten würden auch sie sicherlich davon erfahren. Die Welt war klein, sein Umfeld an der Universität und seine Familie waren noch kleiner. Ein Unheil hatte ihn zu Boden gestreckt, doch es war nichts im Vergleich zum Unheil einer ungewissen Zukunft.

Weil es getan werden musste, erhob er sich schließlich auf Hände und Knie und kroch über den Teppich zur Tür. Es dauerte Minuten, bis es ihm gelang, den Umschlag zu öffnen und den Brief hervorzuziehen, Minuten, ihn zu lesen, und wiederum Minuten, bis er seinen Inhalt verstanden hatte. Unfreiwillig sank sein Kopf tiefer und tiefer zu Boden, und er spürte nichts als das verzweifelte Bedauern darüber, dass Cliff seine Arbeit nicht zu Ende gebracht hatte.

«Tiger im Bambusdickicht»

Nachwort

Charles Jackson (1903-1968) ist heute vor allem als Autor eines einzigen Buchs bekannt: des Romans «Das verlorene Wochenende» aus dem Jahr 1944 (deutsche Ausgaben 1946 und 2014), dessen Verfilmung durch Billy Wilder den Autor schlagartig berühmt machte. Jackson schrieb fünf weitere Romane, von denen zwei auch ins Deutsche übersetzt wurden; «Die Niederlage» (1946), sein zweiter Roman, ist für deutsche Leser noch zu entdecken. Jackson erzählt darin, wie ein verheirateter Mann «verbotene» Gefühle für einen jungen Offizier entwickelt. Mit fünftausend verkauften Exemplaren war auch «Die Niederlage» in den USA recht erfolgreich. Klaus Mann äußerte deshalb die optimistische Auffassung, in Amerika habe «sowohl das Feuilleton wie das Lesepublikum die Bedeutung dieses Themas» erkannt.

Bereits in seinem ersten Roman hatte Jackson das Thema der mannmännlichen Liebe gestreift. Der Protagonist Don Birnham erinnert sich an ein peinliches Ereignis, das seine Schulausbildung abrupt beendete:

> *«In seinem allerersten Monat am College brachte er einem älteren Studenten eine leidenschaftliche Heldenverehrung entgegen, die als unheilvolle Schwärmerei Skandal und öffentliche Schande nach sich zog, denn niemand hatte verstanden oder auch nur zu verstehen versucht, worum es ihm ging, am wenigsten der ältere Student, der nun von allen anderen als Held verehrt wurde (...)»*

Eine solche «unheilvolle Schwärmerei» steht auch im Zentrum des zweiten Romans, wobei es sich nun jedoch um einen ganz realen Helden handelt. Die Handlung spielt im Jahr 1943, die USA befinden sich im Krieg, und Cliff Hauman, der junge Captain, dessen Charme der Familienvater John Grandin erliegt, ist auf Genesungsurlaub, nachdem er bei der Schlacht um die Pazifikinsel Guadalcanal schwer verwundet wurde. Obwohl Grandin doppelt so alt ist wie Hauman, kommt er «sich wie ein kleiner Junge vor, der einen Mitschüler als Helden verehrte». Auch der junge Offizier bringt seinem zivilen Verehrer eine fast kindliche Bewunderung entgegen, jedoch frei von erotischen Absichten.

Noch nie zuvor war in den USA ein Roman veröffentlicht worden, der sich ausführlich dem Thema mannmännlicher Liebe widmet. Zwar hatten schon 1933 die Amerikaner Charles Henri Ford und Tyler Parker mit «The Young and Evil» einen sehr provokanten, sexuell expliziten (und formal experimentellen) Roman über homosexuelles Leben geschrieben, doch dieses Buch erlebte seine Erstveröffentlichung mit 500 verkauften Exemplaren in Paris und wurde erst 1975 in den USA aufgelegt. Zwei Jahre nach «Die Niederlage» begann mit Gore Vidals «Der geschlossene Kreis» die homosexuelle Literaturgeschichte der USA im engeren Sinne; anders als Jackson beschreibt Vidal eine zwar unglücklich verlaufende, aber immerhin zeitweilig erwiderte Liebe unter Männern. Doch auch Vidal hütet sich davor, sich seinem Thema auf bejahende, zustimmende Weise zu nähern: Er stellt dem Roman als Motto ein Bibelzitat voran: «Und sein Weib sah hinter sich und ward zur Salzsäule.» (1. Mose 19,26) Auf diese Salzsäule (pillar) bezieht sich der amerikanische Titel des Romans – «The City and the Pillar» – und stellt damit die Handlung in den Kontext der sittlich verwahrlosten «Städte der Ebene», Sodom und Gomorrha. Offenbar war Vidal wie vor ihm schon Jackson der Meinung, nur mit warnend erhobenem Zeigefinger über mannmännliche Liebe schreiben zu können.

Im internationalen Vergleich geraten vier Romane in den Blick: Schon 1914 schreibt E. M. Forster mit «Maurice» ein hochemotionales Plädoyer für die körperliche Liebe zwischen Männern; hier rechtfertigt sich die Titelfigur jedoch nicht vor seiner Frau, sondern vor seinem besten Freund Clive, mit dem er eine platonische Liebesbeziehung führt. Der Roman wurde erst 1971, nach Forsters Tod, veröffentlicht (und 1987 von James Ivory verfilmt). 1929 veröffentlicht Marguerite Yourcenar den Roman «Alexis oder der vergebliche Kampf». In der Form eines langen Briefes erklärt ein Mann seiner Frau die Unüberwindbarkeit seiner homosexuellen Bedürfnisse. Yourcenars Untertitel scheint bei Jacksons «Die Niederlage» («The Fall of Valor») Pate gestanden zu haben. Und 1956 veröffentlicht Julien Green den bereits in den 1930er Jahren verfassten Roman «Der Übeltäter»: Als Hedwige erfährt, dass Jean, den sie liebt, in ihren Vetter verliebt ist, nimmt sie sich das Leben. Jeans Bekenntnisbrief, in dem er offen auf seine Homosexualität zu sprechen kommt, wurde in der Erstausgabe gestrichen und erst in den 1980er Jahren wieder eingefügt. Erster deutschsprachiger Autor, der einen literarischen Rechtfertigungsversuch unternahm, war der Schweizer Alexander Ziegler. Dessen 1975 erschienener Roman «Die Konsequenz» wurde 1977 vom heutigen Hollywood-Regisseur Wolfgang Petersen verfilmt, mit Jürgen Prochnow in der Hauptrolle. Obwohl Zieglers Melodram in der Schwulenbewegung jener Jahre als Schnulze abgetan wurde, wird hier die reine, selbstaufopfernde Liebe unter Männern als natürlich vorausgesetzt; die fatalen Folgen der homosexuellen Liebe hat ausschließlich die verständnislose Gesellschaft zu verantworten.

Heutige Leser werden die moralische Entrüstung über eine Sexualität, die in zivilisierten westlichen Ländern längst als fester Bestandteil des menschlichen Verhaltensrepertoires verstanden wird, vielleicht befremdlich finden. Im Fall von Jacksons «Die Niederlage» haben wir es jedoch mit einem in vielerlei Hinsicht äußerst präzisen Sittengemälde der 1940er

Jahre zu tun, das die Lebensumstände einer Epoche zur Anschauung bringt, an die sich nur noch wenige zu erinnern vermögen. Aus diesen Lebensumständen erklären sich auch die geschlechts- und klassenspezifischen Verhaltensweisen der Romanfiguren, die uns heute weitaus antiquierter erscheinen, als sie historisch tatsächlich sind. Für die Übersetzung erwies es sich beispielsweise als Herausforderung, ganz und gar auf das Wort «verdammt» zu verzichten, denn wie in einer kleinen Szene auf S. 142 nachzulesen, errötet selbst ein Soldat, als dieses Wort gesprächsweise verwendet wird. Höchst modern zeigt sich Jackson dagegen mit der von seinem Held John Grandin vorgetragenen Theorie, alles Sexualverhalten sei nur eine Frage der «Abstufung», der Mann des richtigen Maßes, im Roman verkörpert vom braven Ehemann Bill Howard, stehe als «Glückspilz» im Zentrum eines breiten Spektrums möglicher Verhaltensweisen (S. 230f). Zwei Jahre später, im Jahr 1948, formuliert Alfred Kinsey in «Das sexuelle Verhalten des Mannes»:

«Nur der menschliche Geist führt Kategorien ein und versucht, die Tatsachen in bestimmte Fächer einzuordnen. Die lebende Welt ist in allen ihren Aspekten eine Kontinuität. Je eher wir uns dieser Tatsache in Bezug auf die menschliche sexuelle Verhaltensweise bewusst werden, desto eher werden wir zu einem gesunden Verhältnis der Realitäten gelangen.»

Kinseys «heterosexuell-homosexuelle Zuordnungsskala» mit Werten von 0 bis 6 hat trotz gewisser methodischer Fragwürdigkeiten ihren Ehrenplatz in der Sexualwissenschaft bis heute behaupten können; die Übereinstimmung mit den Ansichten der Romanfigur John Grandin legt nahe, dass eine solche Sichtweise Ende der 1940er Jahre in der Luft lag.

Im ersten Teil des Romans beschreibt Jackson, wie Grandin während der Zugfahrt unverhofft in ein lächelndes Gesicht blickt:

«Als er Grandins Sessel erreichte, geriet der baumlange Kerl ins Straucheln und musste sich mit der Hand am Gepäcknetz über Grandins Kopf festhalten, um nicht gegen das Fenster zu prallen. In dieser instabilen Haltung sah er auf ihn hinab und lächelte. John Grandin gelang es nicht sofort, das Lächeln zu erwidern; es war das mit Sicherheit umwerfendste Lächeln, das er je gesehen hatte, und er war wie vom Donner gerührt. Als er sich gefangen hatte, war der Soldat schon gegangen.»

Im Moment der Überraschung wird die Selbstkontrolle außer Kraft gesetzt, und authentische, wenn auch vielleicht ungewollte Regungen brechen sich Bahn. Auf diesen Mechanismus verweist das Macbeth-Zitat, das Jackson dem Roman vorangestellt hat: «Unvorbereitet, ward nur des Mangels Diener unser Wille.» Schon dreißig Jahre vor John Grandin wurde der Urlauber Gustav von Aschenbach durch ein Lächeln in seinen Grundfesten erschüttert:

«Er war der teuren Erscheinung nicht gewärtig gewesen, sie kam unverhofft, er hatte nicht Zeit gehabt, seine Miene zu Ruhe und Würde zu befestigen. Freude, Überraschung, Bewunderung mochten sich offen darin malen, als sein Blick dem des Vermissten begegnete, – und in dieser Sekunde geschah es, dass Tadzio lächelte: ihn anlächelte, sprechend, vertraut, liebreizend und unverhohlen, mit Lippen, die sich im Lächeln erst langsam öffneten. (…) Sonderbar entrüstete und zärtliche Vermahnungen entrangen sich ihm: ‹Du darfst so nicht lächeln! Höre, man darf so niemandem lächeln!›»

Ein Mann mittleren Alters, zutiefst erschöpft, reist auf eine entlegene Badeinsel; dort wird er vom Anblick eines schönen Jünglings verzaubert, und unter dem Ansturm sinnlicher Reize gerät der Primat des Geistes, dem er stets gefolgt ist, ins Wanken. Um ihn herum sterben die Menschen, der Held driftet «aus dem Konkreten ins Nebulöse und Irreale» und endet tragisch: Um die Geschichte eines Mannes zu erzählen, der unfreiwillig mit tief in seinem Innern schlummernden homoerotischen Wünschen konfrontiert wird, griff Jackson ganz offensichtlich auf die Erzählstruktur von Thomas Manns berühmter Novelle «Der Tod in Venedig» zurück, die er schon in den 1920er Jahren gelesen hatte.

Wie ähnlich, wie unterschiedlich sind die beiden Werke? Wie inszenieren Mann (1912) und Jackson (1946) die schicksalhafte Persönlichkeitsveränderung ihrer Protagonisten? Thomas Mann verschmäht die psychologische Herangehensweise an sein Thema, stattdessen erfüllt sich Aschenbachs Schicksal in einer mythologisch objektivierten Welt. Sein apollinischer Held wird vom Dionysoskult eingeholt – der Gegensatz apollinisch-dionysisch war in der deutschen Literatur seit Schelling und Nietzsche fest verankert. Als ihn auf einem Spaziergang die Reiselust überkommt, sieht Aschenbach «eine Art Urweltwildnis aus Inseln, Morästen und schlammführenden Wasserarmen, [und] zwischen den knotigen Rohrstämmen des Bambusdickichts die Lichter eines kauernden Tigers funkeln». Dieses Szenario wird in der Sekundärliteratur als Beschreibung des Gangesdeltas identifiziert; Indien ist Ursprungsort von Cholera und Dionysoskult, die in ihrem Zusammenwirken die westliche Zivilisation bedrohen, oder, wie Vargas Llosa in seinem Aufsatz «Der Ruf des Abgrunds» folgert, «den politischen und sozialen Verfall eines Europa [symbolisieren], das im Begriff stand, sich selbst zu zerstören». Die verbotene Liebe zu einem engelsgleichen Jungen ist lediglich eine Verlockung des Dionysoskults und damit nur indirekt Ausdruck der Persönlichkeit des Liebenden.

Charles Jackson löst dieses monolithische Gebilde auf. Zwar steht auch bei ihm die Welt im Begriff, sich selbst zu zerstören, doch findet dieser zerstörerische Kampf nicht in der Heimat, sondern im fernen «Bambusdickicht» pazifischer Inseln statt. Stellvertretend nennt er die Schlacht um Guadalcanal, in deren Verlauf Cliff Hauman schwer verwundet wurde. John Grandins «unheilvolle Schwärmerei» richtet sich auf den männlichen Krieger, der den Angriff der Barbaren abzuwenden versucht und dabei sein Leben riskiert. Ohne die Uniform der Marines wäre Hauman einer jener jungen Männer, die Grandins Interesse «nicht für fünf Minuten erregen» könnten. Insofern sind die Objekte der verbotenen Begierde in beiden Werken grundverschieden. Tadzio als Todesbote ist ein ephebenhafter Hermes psychopompos:

«Sein Antlitz, bleich und anmutig verschlossen, von honigfarbenem Haar umringelt, mit der gerade abfallenden Nase, dem lieblichen Munde, dem Ausdruck von holdem und göttlichem Ernst, erinnerte an griechische Bildwerke aus edelster Zeit …»

Doch im realen Weltkrieg ist der Todesbote ein homerischer Held wie Cliff Hauman:

«… Hektor oder Achilles – oder auch Lancelot (weit eher als Galahad), Siegfried, der Jason der Argonauten – einer der Männer, die ihn durch seine Kindheit begleitet hatten. Tausendmal war er auf der windumtosten Argo über ein Meer gefahren, das so dunkel war wie roter Wein, er hatte mit den Männern dieser männlichen, bunt zusammengewürfelten Mannschaft gegessen, geschlafen, gekämpft und geliebt. Und dort stand nun einer von ihnen, der Inbegriff ihrer Tugenden, und würde gleich zu ihm kommen und vertraulich ‹Johnny› zu ihm sagen.»

Und statt Grandin mit stummer Geste ins Totenreich zu führen, rettet Cliff ihm das Leben, als er im Meer von der Unterströmung erfasst wird und zu ertrinken droht. Während also Aschenbachs Verliebtheit in Tadzios kränkliche Erscheinung morbide und dekadente Züge trägt, bedrückt Grandin vielmehr die Verschwendung der blühenden Jugend:

«Als er gegangen war, war John Grandin stärker denn je überzeugt, dass Cliff Hauman das Zeichen des Todes trug. Realistisch betrachtet war sein Tod nicht von Interesse und hatte keine besondere Bedeutung. Der Tod an sich war nicht wichtig, er war nicht einmal dramatisch. Wichtig war – auch dramatisch und sogar leidenschaftlich – allein die Intensität seines jetzigen Lebens, seine Vitalität, sein Charme und seine Freude am Le-

ben sowie die erfrischende Wirkung, die er auf jeden ausübte, mit dem er in Berührung kam. Haumans bevorstehender Tod war ohne jede Tragweite. Grandin fühlte sich nur deshalb so betroffen, weil Cliff Hauman jetzt so überaus lebendig war; das machte sein Schicksal zum Paradebeispiel für die derzeit grassierende, schamlose und extravagante Verschwendung.»

Jacksons Variationen über den «Urtext» verdeutlichen die von Thomas Mann getroffenen Formentscheidungen, indem sie vor Augen führen, dass sich fast alles auch ganz anders erzählen ließe; zugleich schafft die durch vielerlei kunstvolle Zitate erzeugte Präsenz von «Der Tod in Venedig» einen Kontext, der Jacksons Roman gewissermaßen mit Bedeutungen auflädt.

Während Thomas Mann die Gegenüberstellung von sinnlichen und geistigen Effekten vor allem in ästhetischer Hinsicht erörtert, sieht Jackson hier ein moralisches Problem ersten Ranges. Als Grandin merkt, in welche Richtung sich seine Gefühle bewegen, stellt er sich die Frage:

«So erschreckend die Enthüllung auch war, Cliff war eine Erfahrung gewesen, die ihm Einblick in sein Unbewusstes verschafft und sein Wesen bereichert oder doch ausgeleuchtet hatte. Nun gut, auch wenn er sich weigerte, diesem neuen Impuls zu folgen, würde er versuchen, diese Erfahrung anzunehmen – denn was hat uns das Leben anderes zu bieten als Erfahrung?»

Wer ist der «Tiger», dessen Augen bedrohlich im Bambusdickicht funkeln? Während Thomas Mann die Ursache der Gefahr in kulturellen Gegensätzen verortet, sieht Jackson sie in den Tiefen des Unbewussten. Einziges Bollwerk des Geistes gegen sinnliche Impulse ist die Seelenstärke. Anhand der Protagonisten seiner ersten Romane zeigt Jackson mit psychologischer Finesse, wie schwach dieses Bollwerk (geworden) ist – der Alkoholsucht wie der erotischen Verführung haben sie nichts entgegenzusetzen. Wer in Versuchung geführt wird und wer nicht, ist dabei lediglich eine Frage des Zufalls: Der harmlose, glücklich verheiratete Bill Howard ist eben ein «Glückspilz».

Zermürbt von unheilbarer Lungenkrankheit und Alkoholismus nahm sich Charles Jackson im Alter von 65 Jahren das Leben. Nach Jacksons Freitod schrieb Arthur Miller: «Es war lange her, seit die Kraft von ‹The Lost Weekend› ihm zu einem kurzen Blick vom erstaunlich hohen Kamm der Welle verholfen hatte.» Mit dem Bild vom Wellenkamm zitiert er «Die Niederlage», Grandins Kampf ums Überleben gegen die übermächtige Strömung:

> *«Er hielt den Blick aufs Ufer und die am Strand liegenden Menschen gerichtet, die er nur ab und zu von der Krone eines Brechers sehen konnte, als würde vor dem Ziel seiner Anstrengungen ein Vorhang geöffnet und zugezogen, geöffnet und zugezogen; der Strand schien noch immer so weit entfernt wie zuvor, so verzweifelt er auch voranzukommen versuchte. (…) doch was in ihm die heftigste Panik hervorrief, war die Tatsache, dass die Menschen am Ufer – Billie und Cliff, Bill Howard und die anderen Gäste, selbst Pete, der auf seinem Hochsitz döste – von seiner Notlage nicht das Geringste mitbekamen.»*

Joachim Bartholomae